Lea Busch

LIGHTNING
The Second Strike

Roman

Für alle, die von Eishockey-Romance nicht genug bekommen können.

E-Mail: leabusch01@web.de

Instagram: autorin.leabusch

TikTok: autorin.leabusch

Playlist

Somebody Like You	–	Giant Rooks
Lavender Haze	–	Taylor Swift
Summerland	–	half alive
Can't Sleep	–	K.Flay
Feelings	–	Hayley Kiyoko
Lights Up	–	Harry Styles
i think you're really cool	–	guardian
Habit	–	Louis Tomlinson
Pink Skies	–	Giant Rooks
Must Be Love	–	Niall Horan
Walking in The Wind	–	One Direction
Call Me Out	–	Sea Girls
Calm Down	–	All Time Low
Used To The Darkness	–	Des Rocs
Ghost Of You	–	5 Seconds Of Summer

Prolog

Er ist vor seinem Freund wieder wach, ohne den Wecker gestellt zu haben. Er ist nicht böse darum, dass Elliot noch schläft; so viel wie er gestern getrunken hat, wird er einen ausgewachsenen Kater haben. Zwar hat Archer ihm gestern noch eine Kopfschmerztablette eingeflößt, aber deswegen wird Elliot nicht direkt wieder topfit sein, wenn er die Augen aufschlägt. Archer seufzt lautlos und streicht sich die Locken aus dem Gesicht. Lane und Duncan wissen es. So sehr er sich gestern Abend bemüht hat, davon überzeugt zu sein, dass die beiden die Klappe halten und so sehr er daran glauben will, dass Elliot weiterspielen wird, gänzlich sind die Sorgen und Zweifel nicht verschwunden.

Der Sportler liegt eng an ihn gekuschelt neben (oder eher halb auf) ihm und atmet ruhig. Archer streckt vorsichtig und langsam den Arm aus, angelt nach seinem Handy und sieht dabei die ganze Zeit zu Elliot. Er möchte ihn nicht wecken. Er soll weiterschlafen, denn das braucht er gerade. Schließlich schafft er es, zieht es vom Ladekabel und bettet seinen Kopf zurück auf das Kissen. Elliot bewegt sich etwas. Kurz denkt Archer, er würde aufwachen, aber dann kuschelt er sich enger an ihn und murmelt irgendetwas Unverständliches, ehe er seelenruhig weiterschläft. Schmunzelnd sieht Archer auf den jungen Mann in seinen Armen herab. Er hat unfassbares Glück mit Elliot. Noch ist es vielleicht etwas komplizierter, aber Archer glaubt daran, dass es besser werden wird. Er liebt ihn.

Weder von Duncan noch von Lane hat er eine Nachricht erhalten. Kurz denkt er darüber nach, den beiden zu schreiben. Aber was? Immerhin erpresst er sie, wenn man es ganz genau nimmt. Sein Gewissen meldet sich sofort und ein drückendes

Gefühl macht sich in ihm breit. Er weiß ganz genau, wie mies es von ihm ist, aber gleichzeitig kann er nicht verstehen, weswegen Lane und Duncan so uneinsichtig sind. Zumindest bei den beiden war Archer sich sicher, dass sie hinter Elliot stehen würden. Und jetzt das. Was haben sie davon, wenn alle davon erfahren, dass Elliot schwul ist? Was bringt es einem Verteidiger und einem Goalie, wenn ein Stürmer aus dem Team geworfen wird? Das ergibt überhaupt keinen Sinn.

Elliot bewegt sich wieder ein kleines Stück. Archer sieht vom Bildschirm weg. Elliot wacht offenbar auf. Ob er noch etwas von gestern Abend weiß? So betrunken, wie er war und so beschissen wie es ihm ging, würde Archer sich nicht wundern, wenn er einen Filmriss hätte. Für einen Moment denkt er darüber nach, ob es nicht sogar besser wäre, wenn Elliot von all dem, was letzte Nacht geschehen ist, nichts mehr wüsste.

1. Kapitel

Noch bevor ich die Augen aufmache, merke ich den Kater. *Verdammte Scheiße.* Ich stöhne genervt auf und spüre, wie mir jemand durch die Haare streicht. Nein, nicht jemand, Archer. Ich drücke meine Nase gegen seine Haut und atme einmal tief durch.

„Kopfschmerzen?"

„Mir ist schlecht", brumme ich missmutig. Die Kopfschmerzen halten sich erstaunlicherweise in Grenzen.

„Willst du ins Bad?", fragt er als Nächstes, aber ich antworte nur: „Mhm. Geht schon."

Die Augen lasse ich zu und seufze leise, als er beginnt, meine Kopfhaut zu kraulen. „Ari…", murmle ich und wünsche, mir würde es in diesem Moment gut gehen und ich könnte es voll und ganz genießen.

„Wie geht's dir?"

„Ich hab Hunger. Aber ich denke nicht, dass ich jetzt etwas essen sollte", gebe ich zu. „Dir?"

„Ich hab nicht einmal Kopfschmerzen, aber ich habe auch nicht viel getrunken", antwortet er mir. „Was weißt du von gestern Abend noch?", fragt er und einen Moment lang muss ich tatsächlich darüber nachdenken. Es sind Bruchstücke, die nach und nach wieder auftauchen.

„Du hast mich getragen, oder?"

„Vom Bad ins Bett", antwortet er amüsiert.

„Mhm… Du hast mich nach Hause gebracht."

„Allerdings", nickt er.

„Wir waren draußen mit Lane und Duncan und – Scheiße!", fluche ich laut und setze mich ruckartig auf. *Gar nicht gut.* Sofort wird mir schwindelig. Meinem Magen hat diese Bewegung ganz und gar nicht gefallen. Ich stolpere aus dem Bett, stütze mich am Türrahmen und an der Wand im Flur ab, ehe ich es noch gerade so zur Toilette schaffe.

„Oh nein", höre ich Archer sagen. Dann bin ich schon auf die Knie gefallen und mir steigen Tränen in die Augen. Auch als mein Magen schon längst leer ist, hört mein Körper nicht auf, sich übergeben zu wollen. Archer streicht meine Haare nach hinten und mit der anderen Hand reibt er mir über den Rücken, während er neben mir hockt.

„Fuck", murmle ich und ein schummeriges Gefühl macht sich in mir breit.

„Besser?", fragt er und reicht mir einen kühlen, nassen Waschlappen. „Weiß ich noch nicht", antworte ich ehrlich und er drückt die Spülung. „Tut mir leid."

„Muss es nicht", widerspricht er mit ruhiger Stimme und ich lasse mich auf meinen Hintern fallen, ehe ich mir durchs Gesicht wische. Archer reicht mir einen Becher mit Wasser. Ich nehme nur einige wenige, kleine Schlucke. Ich habe zwar Durst, aber ich denke, wenn ich jetzt zu schnell trinke, hänge ich gleich wieder über der Kloschüssel.

„Lane und Duncan wissen es", murmle ich und immer wieder spielt sich die Szene von letzter Nacht vor meinem inneren Auge ab. Die ganze Zeit sehe ich ihre Gesichtsausdrücke, ihre Reaktionen und höre, wie sie sagen, dass ich ein Schwanzlutscher bin. „Sie wollen es dem Team sagen."

„Werden sie nicht."

„Wie hast du das gemacht?"

„Was meinst du?", fragt er verwirrt.

„Du hast geschafft, dass sie nichts verraten werden. Wie hast du das hinbekommen?", möchte ich wissen. Dieser Teil ist verschwommen. Ich weiß in etwa, was passiert ist, aber ich kann mich ab diesem Zeitpunkt an keine Details mehr erinnern.

„Ich habe ihnen gesagt, dass sie das dir überlassen sollen, weil es nur dich etwas angeht", antwortet er schulterzuckend.

„Schließlich hat das nichts damit zu tun, dass du ein Weltklasse Eishockeyspieler bist."

Mein Herz flattert. Mir ist zwar bewusst, dass ich ein sehr guter Spieler bin, sonst wäre ich schließlich nicht in einem Team der NHL, aber es von Archer zu hören fühlt sich anders an. Ganz anders.

„Du wirst ja rot um die Nase", grinst er plötzlich.

„Gar nicht."

„Und wie!", widerspricht er amüsiert und ich verdrehe genervt die Augen. „Hilf mir lieber wieder hoch, Swan."

„Bist du dafür etwa zu schwach, du Supersportler?", fragt er lachend und sieht von oben auf mich herab, als er sich auf die Füße geschwungen hat.

„Ich habe einen Kater und falls es dir entgangen ist, habe ich mich gerade übergeben", entgegne ich mürrisch. Archer hält mir seine geöffnete Hand hin und widerwillig lege ich meine hinein. Er zieht mich mit Schwung nach oben und sofort wird mir wieder schlecht.

„Schwindelig?"

„Ein bisschen", gebe ich zu und merke, wie Archer einen Arm um meine Taille legt. Ich schnappe mir meine Zahnbürste und die Zahnpasta und lehne mich an ihn. Ich muss diesen Geschmack in meinem Mund loswerden.

„Meinst du, ich kann eben in die Küche, oder kippst du dann auf dem Weg ins Schlafzimmer um?", fragt er wenige Minuten später.

„Schlafzimmer?", frage ich irritiert. „Wieso sollte ich ins Schlafzimmer gehen?"

„Weil du, gelinde gesagt, beschissen aussiehst."

„Du kannst mich mal."

„Geh wieder ins Bett", schmunzelt er, küsst meine Stirn und verschwindet anschließend aus dem Badezimmer.

Ich seufze leise und gehe mit kleinen Schritten zurück. Die Kissen und die Decke sind noch warm, als ich mich hinein kuschle. Dann fällt mein Blick auf mein Handy. Einerseits will ich wissen, ob Lane und Duncan mir geschrieben haben, andererseits will ich nicht wissen, was sie mir geschrieben haben. Ich sehe es einige Sekunden lang nur an, ehe meine Hand wie von selbst danach greift. Ich zögere einen Moment, aber dann entsperre ich es doch.

Neo

Die erste Nachricht, die mir angezeigt wird, ist von Noah. *Ach scheiße.* Kurz schließe ich die Augen und versuche meine Gedanken zu sortieren. Nur seinetwegen ist das alles passiert. Hätte er nicht einfach von New York aus arbeiten können? Oder mich zumindest nicht küssen können? *Oh Gott.* Archer hat mitbekommen, dass er mich geküsst hat. Ich halte inne und denke augenblicklich daran, wie er mich angesehen hat. Duncan und Lane haben es ihm gesagt. Mein Herz setzt einen Schlag aus und mir wird kälter. Ohne es zu wollen, denke ich daran, wie ich mich fühlen würde, wenn es andersherum gewesen wäre. Eine Gänsehaut läuft mir den Rücken herab. Haben Archer und ich da gestern noch drüber gesprochen? Ich weiß es nicht mehr. Ich öffne die Nachricht.

Neo: Ich hoffe, du bist gut zu Hause angekommen.

Neo: Ich denke mal, du bist es, Archer ist schließlich bei dir.

Neo: Seid ihr zusammen? Du bist verliebt in ihn, oder nicht? Sah zumindest so aus.

Neo: Tut mir leid, falls ich dir deswegen Schwierigkeiten gemacht habe, ich dachte, du wärst Single.

Ich überlege, was und ob ich ihm antworten soll. Es ist immer noch Noah. Ich kenne ihn gut genug, um zu wissen, dass er die Entschuldigung durchaus ernst meint und es nie sein Plan war, dieses Chaos zu stiften. Trotzdem hat er es getan.

Duncan: Hi. Du bist zu Hause nehme ich an und liest das erst morgen früh. Ich hoffe es geht dir dann besser. Möchtest du darüber sprechen, was passiert ist oder so?

Von Lane habe ich keine Nachricht bekommen. Ich weiß nicht, ob ich enttäuscht sein soll oder doch erleichtert. Es ist eine Mischung aus beidem, schätze ich.

„Haben sie dir geschrieben?", fragt Archer plötzlich. Er steht mit einem Tablett in den Händen im Türrahmen.

„Frühstück?", frage ich verwundert und er nickt. „Tee, Rührei und Toast. Ich hoffe, das reicht dir."

Er kommt zum Bett, gibt mir das Tablett und rutscht neben mich unter die Bettdecke.

„Es ist perfekt", antworte ich und sehe ihn an.

„Was ist? Magst du nicht anfangen? Oder geht es deinem Bauch immer noch schlecht?", fragt er besorgt.

„Ich denke, ich kann etwas essen", überlege ich laut und sehe für einen Moment auf das Frühstück, ehe ich wieder ihn anblicke.

„Darf ich dich küssen?", frage ich zögerlich und irritiert sieht er mich an. *Oh, okay.* Archer antwortet erst einen Moment später: „Wieso fragst du das?"

„Schon gut", winke ich ab und nehme mir die Teetasse. Er hat sich Kaffee gemacht. „Elliot, sieh mich bitte an."

Ich trinke einen Schluck, verbrenne mir fast die Zunge und stelle die Tasse zurück.

„Denkst du etwa, du kannst mich nicht küssen?", möchte er irritiert wissen und mustert mich skeptisch. Ich zucke unbeholfen mit den Schultern. „Können ja. Ob ich es sollte, ist die Frage."

Archer schweigt einen Moment. Er sieht mich nur an und mit jeder Sekunde werde ich nervöser und unruhiger. Dann legt er eine Hand an meine Wange, streicht mit dem Daumen sanft über meine Haut und legt seine Lippen auf meine. Liebevoll küsst er mich. Ich schließe die Augen und schmiege mein Gesicht gegen seine Handfläche. Der süße Kuss lässt mein Herz fliegen und meinen Körper kribbeln. *Es fühlt sich so wahnsinnig gut an, ihn zu küssen.*

„Du darfst mich immer küssen", beantwortet er mir anschließend meine Frage. Der Kuss hätte zwar gerne länger andauern können, aber auch dieser Satz reicht schon aus, damit ich mich Glücksgefühle erfassen. Ich nicke und sehe auf seine Lippen. Ich möchte ihn sofort noch einmal küssen, doch Archer fragt mich stattdessen: „Wieso zweifelst du jetzt daran?" Er trinkt etwas Kaffee und wartet geduldig auf meine Antwort.

„Du hast es mitbekommen."

„Was meinst – den Kuss", bemerkt er im gleichen Augenblick und ich nicke. „Eigentlich hat er mich sogar zwei Mal geküsst", gebe ich zu.

„Das ist mir neu."

„Stört es dich nicht?", frage ich verwundert und obwohl ich glücklich darüber sein sollte, dass er offenbar nicht wütend ist, versetzt es mir einen Stich, wie wenig es ihm anscheinend gegen den Strich geht. Wäre es andersherum, wäre ich rasend vor Wut. Niemand soll Archer küssen können. Oder dürfen. Nur ich. Ich allein habe dieses Privileg und ich kann mir nicht vorstellen, dass ich ruhig bleiben könnte, wenn jemand anderes Archers Lippen kostet. *Scheiße, niemals wäre ich so entspannt, wie er es jetzt gerade ist.*

„Es stört mich, dass er dich geküsst hat, aber du hast mir gestern schon gesagt, dass der Kuss nur einseitig von ihm aus war."

„Habe ich?"

Er schmunzelt und nickt. „Gestern, als du im Badezimmer auf dem Klodeckel mit der Zahnbürste im Mund saßt, hast du gesagt, dass du nur mich gerne küssen möchtest."

„Oh."

„Du weißt das nicht mehr", stellt er fest.

„Nicht so genau. Nur, dass wir im Bad waren", erwidere ich ehrlich. „Du bist nicht sauer?"

„Zumindest nicht auf dich. Auf Noah schon, immerhin hat er meinem Freund seine Zunge in den Hals gesteckt, aber er wusste nicht, dass du vergeben bist. Und du bist verdammt attraktiv, also kann ich ihm nicht verübeln, dass er dich anziehend findet. Es gefällt mir zwar nicht, aber ich kann es nachvollziehen", schmunzelt er und wieder merke ich wie mein Gesicht etwas wärmer wird. *Verdammter Mist, das soll aufhören!*

„Was hast du vor? Also was Noah betrifft?"

„Ich weiß nicht. Ich habe nicht damit gerechnet, dass das passiert. Ich dachte wirklich, er flirtet nicht mit mir."

„Weiß ich", nickt er. „Ich bin davon ausgegangen, dass es so ist, weil ihr euch so lange nicht gesehen habt. Nicht weil er offenbar doch noch etwas von dir will", erklärt er.

„Ich will nichts von ihm, nur von dir", antworte ich.

„Da bin ich ja beruhigt", grinst er und drückt mir einen kurzen Kuss auf die Lippen, der jedoch vollkommen ausreicht, um meinen Verstand wieder durcheinander zu bringen.

„Wieso haben alle anderen bemerkt, dass es Flirten war?", frage ich Archer danach unsicher.

„Es war ziemlich offensichtlich. Zumindest wenn man weiß, dass ihr beide auf Männer steht."

„Das wissen sie aber nicht. Zumindest nicht von mir", widerspreche ich ihm. Er nickt. „Schon, aber Noah war nicht gerade unauffällig. Er hat mit dir geflirtet und ich denke jeder andere aus deinem Team hätte ihm sofort klar gemacht, dass das nicht geht. Du aber nicht. Du warst höflich und außerdem seid ihr Freunde. Oder nicht?"

„Ich weiß es nicht. Ich dachte es zumindest bis gestern Abend", erwidere ich schulterzuckend.

„Mach dir keinen Kopf deswegen. Ich bin nicht wütend und die anderen wissen nicht, was da geschehen ist."

„Bis auf Lane und Duncan. Und außerdem hast du es nie gut gefunden, wenn wir uns unterhalten haben", erinnere ich ihn, aber Archer winkt ab. „Das ist schon geklärt." Dann hält er kurz inne. „Und ich mochte es nicht, weil ich wollte, dass du das mit mir machst, anstatt mit ihm. Wenn du dich mit mir so in der Öffentlichkeit blicken lassen würdest, hätte ich nichts dagegen, wenn du dich mit ihm unterhältst, wenn alle es sehen", erklärt er mir und ertappt sehe ich einen Moment lang zur Seite.

„Wann fährt er wieder?", möchte ich wissen. „Die Kampagne ist vorbei. Das bedeutet, dass Noah wieder nach New York zurückgeht, oder nicht?"

„So ganz vorbei ist die Kampagne noch nicht. Sie muss noch ausgewertet werden. Einmal jetzt und dann noch einmal, wenn etwas mehr Zeit vergangen ist", gibt Archer zu bedenken. „Aber ich glaube nicht, dass er beim nächsten Auswärtsspiel noch dabei sein wird. In vier Tagen ist das Spiel in Dallas."

Ich nicke verstehend. Maximal also noch drei Tage, denn wir werden über Nacht nach Dallas reisen.

„Haben Lane und Duncan dir geschrieben?"

„Nur Duncan", antworte ich und zeige ihm die Nachricht.

„Klingt doch ganz gut."

„Mhm, vielleicht. Keine Ahnung."

Archer nimmt mir mein Handy aus der Hand und legt es weg. „Du hast erst morgen wieder Training. Denk so lange nicht darüber nach."

„Wie soll das gehen? Immerhin könnte ich noch heute die Nachricht bekommen, dass ich zum nächsten Training gar nicht mehr antreten brauche!", widerspreche ich ungewollt laut. „Fuck", fluche ich leise und fahre mir mit beiden Händen durch die Haare.

„Sie werden nichts sagen."

„Das kannst du nicht mit Sicherheit sagen. Und vielleicht hat es einer der anderen mitbekommen. Wenn es Gibson oder Duckie gesehen haben, bin ich geliefert!"

„Das ist dein Kopfkino. Keiner hat etwas gesehen. Nicht einmal Ian und der war mit Ellie sogar kurz draußen."

„Er war was?"

„Die Beiden haben sich nur einen Uber gerufen, reg dich nicht auf", erklärt er sofort. „Die Zwei wissen genauso wenig wie der Rest deines Teams." Ich will es ihm glauben, aber dutzende Szenarien schwirren in meinen Gedanken umher, in denen es doch schon die Runde gemacht hat, dass ich nicht hetero bin.

„Lio, sieh mich mal an", bittet er und dreht meinen Kopf mit seiner Hand an meiner Wange vorsichtig zu sich. „Du wirst Eishockeyspieler in Atlanta bleiben. Wahrscheinlich stehst du in zehn Jahren noch auf dem Eis. Deine Karriere ist noch lange nicht vorbei! Du bist nicht umsonst gerade erst in die erste Reihe versetzt worden", stellt er klar.

„Danke", antworte ich ehrlich.

Er lächelt. „Gerne."

2. Kapitel

Wenig später stellt er das leere Tablett weg. „Geht es dir jetzt besser, nachdem du etwas gegessen hast?"

„Ja, schon. Aber ich möchte im Bett bleiben. Du musst heute nicht arbeiten, oder?"

Archer winkt ab. „Und wenn schon. Ich habe so viele Überstunden, dass ich auch mal einen Tag freinehmen kann." Zufrieden lächle ich und sehe wieder auf seine Lippen.

„Küss mich doch einfach", grinst er und ertappt sehe ich wieder einige Zentimeter höher. „Arschloch."

„Dir geht es offenbar wirklich wieder besser", stellt er trocken fest.

„Nicht genug, als dass ich das Bett verlassen könnte", erinnere ich ihn.

„Aber gut genug, um mich zu küssen?", fragt er grinsend und ich nicke. „Auf jeden Fall. Das geht immer."

„Das merke ich mir", lacht er, bevor er sich zu mir lehnt und mich küsst. Ich lasse mich zurück in die Kissen sinken und ziehe ihn mit mir. Der Kuss endet nicht, im Gegenteil, er wird intensiver und Archer stützt sich mit einem Unterarm neben meinem Kopf ab. Meine Finger gleiten durch seine weichen Haare, seinen Nacken hinab und tanzen über seinen Rücken. Himmel, ich liebe seinen Rücken. Ich spüre die angespannten Muskeln unter der Haut, merke wie sie sich bewegen, als er sein Gewicht verlagert, ein Bein zwischen meine schiebt und sich an mich drückt. Mit der freien Hand streicht er über meinen Oberkörper, meine Seite, bis hin zu meiner Hüfte. Eine Gänsehaut macht sich auf mir breit und mein Herz schlägt immer schneller. Alle Sorgen und Zweifel, die vor einigen Augenblicken noch meine Gedanken eingenommen haben, verschwinden nach und nach und ich fokussiere mich immer mehr auf meinen heißen Freund, der mich mit jedem einzelnen Kuss verführt. Seine Finger tauchen unter den Bund meiner Shorts, reizen mich minimal und ich seufze auf.

„Immer noch verkatert?"

„Ich hab gehört, Sport soll da helfen", antworte ich schmunzelnd und küsse ihn wieder. Seine Hand wandert wieder etwas höher und kurz danach liegt sein Arm um meinem Rücken. Er küsst meine Wange, meinen Kiefer und meinen Hals. Immer wieder saugt er hier und da leicht an meiner Haut und seufzend lege ich den Kopf zur Seite. Ich kann von diesen Berührungen nicht genug bekommen. Ich bin ihm, was das angeht, vollkommen ausgeliefert und könnte, nicht einmal, wenn ich es wollte, etwas dagegen tun. Genießend streichle ich über seinen Rücken und seinen Nacken. Archer drückt sich immer wieder gegen mich und ich spüre, dass es ihn selbst ebenso wenig kaltlässt wie mich.

„Love…", murmle ich ergeben und er küsst die andere Seite meines Halses und meiner Schultern.

„Wir haben Zeit", erinnert er mich. „Ausnahmsweise haben wir alle Zeit der Welt. Ich möchte das genießen", bittet er und ich nicke zustimmend. *Himmel, dieser Mann ist wunderbar.* Er küsst meinen Oberkörper entlang, berührt meinen Körper und zupft zwischendurch immer wieder am Bund meiner Shorts.

„So wunderschön", flüstert er gegen meine V-Linie. Zaghaft zieht er den Stoff Stück für Stück weiter hinab, verteilt Schmetterlingsküsse überall auf meiner Hüfte und wandert tiefer zu meiner Mitte. Ich kann nicht anders, als immer wieder zu seufzen und leise zu stöhnen. Ich bin hart, mein Schwanz drückt gegen meine Shorts, aber Archer lässt sich davon nicht beirren. Er streicht mit beiden Händen über meine Oberschenkel nach oben, küsst sich die Innenseiten entlang und seine Finger schlüpfen unter den unteren Rand des Stoffes.

„Ich würde dich am liebsten den ganzen Tag so sehen", lächelt er und ich streiche durch seine Locken. „Du bist so schön, wenn du einfach nur genießt."

Bevor ich etwas antworten kann, saugt er vorsichtig an der Innenseite meines Oberschenkels und entlockt mir ein kehliges Stöhnen. „Oh, Archer." Wenig später zieht er mir endlich das einzige Kleidungsstück aus, was ich trage und lässt es neben das Bett fallen. Er richtet sich auf, kniet nun zwischen meinen Beinen und ich zeichne seine Tattoos nach.

„Zieh dich aus", bitte ich ihn und zupfe an dem Bund seiner Shorts. Er lächelt verschmitzt und hauchzart gleiten ein paar meiner Finger über den Stoff zu seiner Erregung. Er zieht die Luft ein, als ich darüber streiche, obwohl der Stoff noch dazwischen ist. Ich necke und reize ihn gezielt, sodass er die Augen schließt, den Kopf zur Seite und dann in den Nacken legt und immer wieder aufstöhnt.

„Love, zieh dich aus", wiederhole ich mit ruhiger Stimme.

„Mhm...", seufzt er und ich drücke meinen Handballen gegen seinen Schwanz.

„Oh fuck", keucht er auf und sieht mich mit dunklem, verlangendem Blick an. Dann lasse ich von ihm ab und stützte mich zurück auf die Unterarme. Archer klettert vom Bett, behält mich dabei die ganze Zeit im Blick und streift seine Boxer vom Körper. *Halleluja, dieser Mann ist so verdammt heiß.*

„Komm schon", grinse ich und greife zu meinem Nachttisch. Archer legt sich zwischen meine Beine, küsst mich innig und unsere Zungen tanzen. Er vernebelt vollständig meinen Verstand und ich liebe jeden Moment davon. Dann dreht er uns um. Provokant sieht er mich an. Ich küsse ihn. Verlangend, bestimmend und gleichzeitig spreizt er seine Beine, sodass ich mich dazwischen legen kann. Sein Schwanz ist hart und liegt an

20

seinem Bauch. Meiner reibt dagegen, als ich meine Hüfte etwas bewege und uns beiden entfährt ein erregtes Stöhnen.

„Love, was möchtest du?", frage ich und küsse seinen Hals und seine Schultern.

„Alles", murmelt er und drückt mich an sich.

„Alles?"

„Mach schon", verlangt er und sieht zur Seite. Ich folge seinem Blick und bleibe an einer Schublade meiner Kommode hängen. *So ist das also.* Als ich aufstehe, grinst Archer vorfreudig und auch in mir macht sich dieses Kribbeln breit. Ich überlege kurz, nehme dann aber das Seil aus der Schublade und blicke zurück zu meinem Freund. Er windet sich auf dem Bett und ihm ist anzusehen, dass er sich beherrschen muss, nicht selbst Hand anzulegen. „Lio…"

„Mehr?"

„Mhm…, entscheide du", erwidert er und kurz sehe ich wieder in die Schublade. „Du hast immer noch nicht deinen Hattrick bekommen", überlege ich laut und Archer zieht die Luft ein. „Jetzt?"

„Willst du?"

„Ich würde nicht *nein*, sagen", antwortet er, aber ich brauche ihn gar nicht anzusehen, um zu wissen, dass er grinst und dass sein Gesichtsausdruck laut *Ja* schreit. Also nehme ich den Penisring heraus und lege beides neben das Gleitgel auf das Bett. Archer streicht über meine Seiten und küsst mich voller Liebe. *Ich will, dass dieser Moment niemals aufhört.* Es erregt mich ungemein, ihn so unter mir zu sehen. Bei der Vorstellung, wie er sich gleich verlieren und winden wird, wird mein Schwanz noch härter. Ich rutsche ein Stück weiter herunter und küsse seine V-Linie. Er seufzt und stöhnt immer wieder, schnappt nach Luft, als ich seine empfindliche Spitze zwischen meinen Lippen empfange und an ihr sauge.

„Oh fuck. Oh Gott, Elliot!", keucht er, als ich mehr und mehr seiner Erregung in meinem Mund gleiten lasse und sie mit meiner Zunge umspiele. „Heilige Scheiße!", flucht er, als ich meine Finger dazu nehme und beginne, seine Hoden zu massieren. Er krallt sich in meine Haare, streicht über meinen Nacken und stößt seine Hüfte immer wieder nach oben. Ich lasse zu, dass er meinen Mund fickt, ich stehe darauf.

Es dauert nur wenige Augenblicke, bis er zittert, seine Beine enger um meinen Oberkörper schließt und sich mir entgegendrückt, als er kommt. Ich sauge ihn aus, nehme seine Lust auf und lecke danach noch einmal von der Wurzel bis zur Spitze, wo ich einen hauchzarten Kuss platziere. Archer atmet flach und sieht mich mit glasigem Blick an. Lächelnd küsse ich seinen Oberschenkel.

„Verdammt, du bist der Wahnsinn", murmelt er.

„Schon außer Puste?", frage ich grinsend.

„Gib mir einen Moment", bittet er. Ich küsse seinen Bauch und seinen Oberkörper, bis ich einen Kuss auf seine Nasenspitze setze.

„Verdammt, Archer, du bringst mich um den Verstand."

Er lächelt glücklich und drückt seine Lippen auf meine.

„Drehst du dich für mich um?", bitte ich ihn ein paar Minuten später und er nickt. Ich kann nicht anders, als meine Hände über seinen Rücken gleiten zu lassen.

„Damn, Archer. Du bist scharf." Er lacht verlegen. „Das ist nur die Wahrheit", antworte ich daraufhin und massiere seinen Nacken. Er seufzt genießend auf. „Was hast du mit mir vor?", möchte er wissen und greift das Seil.

„Vertraust du mir?"

„Natürlich tue ich das", antwortet er. „Aber küss mich vorher." Wie könnte ich ihm diese Bitte verweigern?

„Leg deine Arme nach oben", weise ich ihn an und bedacht darauf, ihn bloß nicht zu verletzen, binde ich seine Handgelenke erst aneinander und dann an meinem Bettgestell fest. Er drückt seinen Hintern etwas höher und seine Brust nach unten. Ich schmunzle und meine Fingernägel fahren über seinen Rücken entlang bis zu seinem Hintern.

„Mhm… Elliot", seufzt er und ich wiederhole es mit der anderen Hand. Ich drücke meine Knie zwischen seine Beine und spreize sie. Dann lege ich meine Hände an seine Hüfte und ziehe ihn nach oben. Er zieht instinktiv die Beine ran und streckt mir nun seinen Hintern entgegen.

„So heiß." Ich stehe auf, um eine meiner Krawatten zu holen.

„Classic", grinst Archer, als ich sie ihm um die Augenpartie binde. Ganz bewusst berühre ich ihn ab diesem Moment seltener, aber dafür gezielter. Er ist hart, lehnt sich meinen Berührungen entgegen und windet sich bereits jetzt ein wenig auf dem Bett. Das Gleitgel erwärme ich kaum, bevor ich es auf ihn lasse. Er zieht erschrocken die Luft ein und keucht auf. Fast gleichzeitig drücke ich den ersten Finger in ihn. Ihm ist anzusehen, dass er zwischen Erregung und Schmerz gefangen ist. Ich warte ein wenig, ehe ich mich bewege. Ich möchte ihm nicht weh tun.

„Mehr", fordert er und ich drücke erst den zweiten und kurz darauf den dritten Finger in ihn. „Okay?"

„Oh Gott, mach!", verlangt er und ich ziehe mich aus ihm zurück, ehe ich nach dem Penisring greife und ihn über meine eigene Erregung streife. Es ist ein wenig unangenehm, aber ich weiß, dass es Archer in den Himmel katapultieren wird.

Ich drücke mich nicht zu schnell, aber auch nicht langsam in ihn und spüre, wie er mir entgegenkommt. Er zerrt an dem Seil, als ich in ihn stoße. Tief und gezielt, treffe ich immer wieder seinen süßen Punkt. Seine heiße Enge treibt mich in den Wahnsinn.

„Love… oh fuck", stöhne ich und halte ihn mit einer Hand an der Hüfte fest. Mit der anderen streiche ich über seinen Rücken und seinen Nacken.

„So gut!"

Archer wird lauter. *Fuck, wie heiß das ist!*

„Fass mich an!", verlangt er, aber ich komme dieser Bitte nicht nach. Ich will sehen, wie weit ich ihn treiben kann, ohne seinen Schwanz anzufassen. Es dauert nicht mehr lange, ich werde schneller und härter mit meinen Stößen und er kommt unberührt auf mein Bett.

„Elliot! Fuck!", flucht er laut und zittert, als ich weiter in ihn stoße.

„So viel", keucht er, als ich kurz innehalte und ihn einen Moment wieder zu Atem kommen lasse, mich aber nicht aus ihm herausziehe. Meine Lust staut sich bis ins Unermessliche und die Versuchung, den Penisring abzunehmen und ihr Raum zu geben, ist groß. Zu wissen, dass Archer gleich ein drittes Mal kommen wird, reicht voll und ganz, um nicht klein beizugeben. Ich stoße wieder in ihn, langsam, aber tief und hart. Archer schnappt nach Luft, als ich dazu seinen Schwanz umfasse und meinen Daumen wieder und wieder über seine Spitze gleiten lasse.

„Ich weiß nicht, ob ich es noch einmal schaffe", keucht er, wird aber nur wenige Sekunden später erneut hart. Ich küsse seinen Nacken und seinen Rücken.

„Mach mich los", bittet er und sofort öffne ich die Knoten. Er nimmt sich die Krawatte ab und wirft sie zur Seite, ehe er sich umdreht und auf meinen Schwanz sieht. Ich bin aus ihm geglitten und atme schwer. Ohne etwas zu sagen, nimmt er den Penisring ab und wirft ihn ebenfalls weg.

„Fick mich, Elliot", verlangt er mit tiefer Stimme, spreizt seine Beine und lädt mich wieder ein, in ihn zu gleiten. Sein Schwanz reib über unsere Körper, er drückt mich an sich und umschließt meine Hüfte mit seinen Beinen.

„Oh, Love!", stöhne ich an seinen Hals, küsse ihn immer wieder und verwöhne erneut mit einer Hand seine harte Erregung.

Es vergehen nur wenige Augenblicke, bis eine Welle der Lust und Ekstase meinen Körper ergreift und mich mit sich reißt. Ich komme tief in Archer. Er wird enger um mich, reizt meine Lust gänzlich aus und ergießt sich selbst zwischen uns. Ich sehe ihn an. Er zittert, ringt nach Atem und gibt sich mir vollkommen hin.

„Du bist der Wahnsinn, Lio", murmelt er, küsst mich ruhig und sanft, ehe ich mich aus ihm ziehe.

„Sagst gerade du", antworte ich grinsend und glücklich.

3. Kapitel

Verpasster Anruf: Noah

Ich verdrehe die Augen.

„Was ist los?", fragt Archer verwundert und ich halte ihm mein Handy unter die Nase. „Ich denke, du solltest das mit ihm klären." Überrascht sehe ich ihn an und noch bevor ich fragen kann, spricht er weiter: „Dass er mir ein ganzes Stück unsympathischer geworden ist, brauche ich dir wohl nicht sagen, aber ich weiß, dass dir die ganze Sache keine Ruhe geben wird, bis ihr das geklärt habt." *Ich weiß leider, dass er recht hat.*

Archer streicht mir durch die Haare. Ich liege quer im Bett und benutze seine Brust als Kissen. „Ich will gerade nicht mit ihm sprechen. Wäre er in New York geblieben, wäre das alles nicht geschehen", sage ich missmutig und Archer spannt sich unter mir an. Verwirrt drehe ich mich um. „Jetzt sag bloß, dass du froh bist, dass er hergekommen ist."

Er zuckt mit den Schultern. „Ich hätte die Kampagne allein nicht auf die Beine stellen können und er macht seinen Job wirklich gut. Zumal waren seine Kontakte zur Presse sehr hilfreich und…"

„Das meine ich doch nicht", falle ich ihm ins Wort. Archer schweigt einen Moment. Ich mustere ihn und schnell wird mir etwas klar. „Scheiße, du bist froh darum, dass er mich geküsst hat."

„Elliot, das ist Schwachsinn. Wieso sollte ich das gut finden?", fragt er, aber ich sehe es ihm an. „Dadurch haben Lane und Duncan es erfahren und das findest du gut!", schlussfolgere ich und setze mich nun richtig auf. „Das kann nicht dein Ernst sein!"

„Ich finde es ganz und gar nicht gut, was da geschehen ist, aber …"

„Wenn jetzt ein *aber* kommt, ist alles davor irrelevant", unterbreche ich ihn und kann einen Moment nicht glauben, was ich da höre.

„Jetzt übertreibst du!", widerspricht er und wird, so wie ich, etwas lauter. „Ich denke nur, dass es nicht schlecht ist, wenn es zwei deiner Teamkollegen wissen."

„Bitte was?", entgeistert sehe ich ihn an. „Hab ich irgendetwas nicht mitbekommen?! Die zwei wollten es allen sagen und du weißt, was dann geschieht! Und jetzt sitzt du vor mir und sagst mir allen Ernstes, dass du das gut findest?!" Ich schüttle den Kopf und klettere aus dem Bett. „Wow, Archer."

„Sie werden dir helfen und sie werden dich nicht outen."

„Und ob sie das werden", murmle ich und fahre mir durch die Haare, während ich einige Schritte hin und her laufe.

„Rede noch einmal mit ihnen."

„Mhm."

„Bitte, Elliot." Archer ist wieder ruhiger und gefasster geworden. Ich hingegen kann nach wie vor nicht glauben, was er gerade gesagt hat.

„Willst du, dass ich mich oute?"

„Was?"

„Willst du, dass ich mich oute?", wiederhole ich meine Frage. Er überlegt einen Moment, bevor er antwortet und die Zeit gebe ich ihm. „Natürlich fände ich es schön, mit dir rauszugehen und nicht so zu tun, als wären wir lediglich Arbeitskollegen", beginnt er und ich schließe kurz die Augen. „Ich weiß aber, dass das in dieser Situation nicht realistisch ist und wenn ich das nicht aushalten und akzeptieren würde, würde ich wohl kaum nackt in deinem Bett sitzen", stellt er klar. Ich seufze leise und setze mich auf die Bettkante, ehe er weiterspricht. „Du hast mir gestern gesagt, du wärst nicht wütend auf mich, wenn ich dich nach Hause bringe. Du hast mich darum gebeten, zu dir zu kommen und du warst derjenige, der sich an mich gedrückt hat, sodass jeder erkannt hat, dass wir mehr als nur Kollegen sind. Und jetzt bist du wütend." Es ist keine Frage, sondern vielmehr eine Feststellung. „Nicht auf dich."

„Du hast dich gestern dazu entschieden, zu zeigen, dass du ganz offensichtlich irgendetwas für mich fühlst."

„Irgendetwas?", frage ich irritiert.

Archer schweigt.

„Als irgendetwas kann man das wohl kaum bezeichnen. Ich stehe auf dich und das wissen die drei jetzt auch."

Archer lächelt einen kurzen Moment lang. Ich schweige ein paar Sekunden, ehe ich sage: „Es hätte schlimmer kommen können; wenn Duckie oder Gibson oder Warren es gesehen hätten."

„Was möchtest du jetzt tun?", fragt Archer mich zögerlich.

„Ich weiß es nicht", gebe ich zu und streiche unbewusst mit den Fingerspitzen über seinen nackten Oberschenkel. „Ich mache weiter, spiele weiter und hoffe, dass du recht hast."

„Und… sonst?"

„Was meinst du?", fragend sehe ich ihn an.

„Wie willst du dich verhalten? Vor den anderen meine ich."

„Was… oh." Ich verstehe es in dem Moment, indem ich nachfragen möchte. Er sieht einen Augenblick lang zur Seite. „Du meinst wegen uns."

Er nickt kaum bemerkbar. „Möchtest du Abstand?"

Sofort schüttle ich den Kopf. „Nein, nicht schon wieder!", widerspreche ich. „Das hatten wir gerade erst und es war beschissen."

Archer nickt verstehend.

„Können wir weitermachen wie bisher?", überlege ich laut. „Ich werde nicht wieder so tun, als kenne ich dich nicht", betone ich und er lächelt. „Gut."

„Dachtest du das?"

„Ich wäre zumindest nicht überrascht gewesen", gibt er zu. Ich sehe auf meine Finger auf seinem Bein. „Tut mir leid."

„Wieso entschuldigst du dich?"

„Du hast eine Beziehung verdient, die du nicht verstecken musst." Mein schlechtes Gewissen überkommt mich. Archer sollte fröhlich mit seinem Partner oder seiner Partnerin oder wem auch immer durch die Straßen der Stadt gehen können, ein Dinner genießen und danach in eine Bar oder eine Kneipe ausgehen können. Mit mir kann er all das nicht einmal ansatzweise machen.

„Ich möchte aber mit dir zusammen sein. Ich verstecke mich lieber, als mit wem anders auszugehen", sagt er mit fester Stimme entschlossen und gibt mir somit zu verstehen, dass hier keine Diskussion zulässig ist. Mein Herz flattert (schon wieder) und ich rutsche näher zu ihm. Einen Moment denke ich darüber nach, ob es nicht unpassend ist, aber dann ist es mir egal. Ich lehne mich zu ihm herüber und küsse ihn sanft und liebevoll.

„Danke, Love." Er lächelt, antwortet nicht mit Worten, sondern legt seine Lippen wieder auf meine. Ohne Hektik oder Eile rutscht er etwas nach hinten, bis er sich anlehnen kann. Ich folge ihm und lasse mich von ihm leiten, sodass ich wenig später, ihm gegenüber und ihn immer noch küssend, auf seinem Schoß sitze. Er seufzt leise, nicht sexuell, nur genießend.

Der Moment ist nicht geladen von Lust und Verlangen. Er ist viel mehr durchflutet von Liebe und Zweisamkeit. Es ist ein Moment, den nur wir beide teilen. Wir brauchen gerade keine Worte, die Nähe ist vollkommen ausreichend. Ich weiß, dass er weiß, dass ich glücklich bin und dass ich nirgendwo anders sein möchte und ich werde einen Teufel tun und in meine alten Verhaltensweisen zurückfallen.

Lächelnd sehe ich ihn an und streiche seine Haare nach hinten. Seine Fingerspitzen tanzen über meinen Rücken und verursachen eine Gänsehaut, die meinen Körper hinab rennt. Er schmunzelt, als er meine Reaktion auf ihn sieht. Ich kraule mit einer Hand seinen Nacken und seine Kopfhaut. Die andere liegt inzwischen an seinem Hals und mit dem Daumen streiche ich über seine Wange. *Heilige Scheiße, dieser Mann ist so wahnsinnig schön.*

Es vergehen einige weitere Augenblicke, bis plötzlich sein Handy klingelt und die Blase, die uns von der Außenwelt bis gerade eben abgeschirmt hat, mit einem Mal zerplatzen lässt. Er zuckt zusammen und greift nach dem Störenfried.

Noah Whitten

„Super", brumme ich und Archer verdreht die Augen, ehe er abhebt. „Swan."

Ich streiche weiter über seine Haut und Archer schließt die Augen. Er lehnt seinen Kopf gegen die Wand und lächelnd sehe ich ihn an. Er genießt es sichtlich.

„Mhm… nein, ich komme heute nicht mehr ins Büro… ich habe genug Überstunden… deswegen wird nicht alles direkt den Bach hinunter gehen… ja, weiß ich… ja, alles gut… okay… mhm… sag ich ihm… Bis dann." Er legt sein Handy wieder weg.

„Was wollte er?"

Archer küsst meine Schulter und meinen Hals. „Wissen wo ich bin und ob ich heute noch arbeiten komme."

„Tust du nicht."

„Nein, tue ich nicht", stimmt er mir zu. „Er hat gefragt, ob es dir besser geht. Er ist davon ausgegangen, dass ich bei dir bin."

„Mhm. Super", murre ich.

„Und ich soll dir sagen, dass er gerne mit dir über gestern sprechen würde. Es klang so, als täte es ihm ehrlich leid."

„Mal sehen."

„Rede mit ihm, bevor er zurück nach New York fliegt", bittet Archer mich. „Du würdest es bereuen."

„Ich will heute nicht über Noah nachdenken."

Archer nickt und küsst meine andere Schulter. „Was möchtest du stattdessen?"

„Mit dir im Bett liegen, vielleicht gleich einen Film schauen."

„Und?", fragt er weiter.

„Schokolade. Und noch einen Tee."

„Und?"

„Kuscheln", gebe ich schließlich zu, wissend, dass es das war, was er hören wollte.

„Geht doch."

„Und Sex."

„Hat dir das vorhin etwa nicht gereicht?", fragt er amüsiert.

„Ich sage ja nicht, dass es sofort sein muss. Wir haben den ganzen Tag Zeit. Heute lasse ich dich nicht mehr gehen."

„Das klingt wie eine Drohung", grinst er provokant und platziert zarte Küsse auf meinen Schlüsselbeinen.

„Tu nicht so, als würdest du es nicht mögen, was ich mit dir tue."

„Ich liebe es."

„Wann hast du morgen wieder Training?", fragt Archer mich, als der Film, den wir gerade gesehen haben, zu Ende ist. Ich schiebe den Laptop zur Seite und stelle die leere Schale weg, in der bis etwa zur Hälfte des Films Snacks lagen.

„Zu früh, wie immer", antworte ich und strecke mich.

„Schon wieder müde?", belustigt sieht er mich an.

„Ich doch nicht", erwidere ich grinsend. Es ist inzwischen Nachmittag und der Tag könnte nicht besser laufen. Wir machen die ganze Zeit nichts anderes, als zu reden, zu kuscheln und uns Filme anzusehen, während wir Chips und Schokolade essen.

„Wann musst du morgen im Büro sein?", möchte ich wissen.

„Spätestens halb neun, aber ich denke, ich fahre etwas früher hin."

„Mhm. Du könntest hier bleiben", überlege ich laut.

„Wenn dir das nicht zu viel wird", antwortet er und lächelt mich an.

„Zwei Tage? Nein, das ist alles, aber nicht zu viel", grinse ich.

„Da habe ich aber Glück."

Er küsst mich.

„Wollen wir uns nachher Abendessen bestellen?", frage ich wenig später.

„Was hast du denn noch da?"

„Lebensmittel? Nicht viele", gebe ich zu und zucke mit den Schultern. Archer steht auf, geht zu meinem Schrank und nimmt sich eine Shorts heraus.

„Wo gehst du hin?"

„Runter in die Küche. Ich würde gerne heute Abend mit dir kochen", antwortet er mir. „Wenn du das möchtest."

„Ich kann nicht gut kochen."

„Ich weiß."

Ich ziehe mir ebenfalls eine frische Shorts an und folge ihm die Treppe hinunter.

„Man könnte meinen, hier lebt niemand", kommentiert er meinen nicht mehr ganz so gefüllten Kühlschrank.

„Ein wenig habe ich doch da", entgegne ich.

„Proteinshakes und ein paar Bier", korrigiert er mich belustigt und ich verdrehe die Augen. „Was möchtest du kochen?"

„Was magst du denn?"

„Was weiß ich. Pizza."

Archer schüttelt daraufhin den Kopf. „Hühnchen?"

„Mit was?"

„Mit Tomate und Mozzarella überbacken, dazu Reis mit einer leichten Sahnesauce und einen frischen, gemischten Salat", schlägt er vor.

„Und du denkst, wir könnten das kochen?", entgegne ich sarkastisch, aber er lacht. „Ich *weiß*, dass ich es kochen kann und du wirst es heute Abend auch können. So schwierig ist das nicht."

„Wenn es nicht klappt, bist du schuld."

„Einverstanden", grinst er. „Aber dafür müssten wir einkaufen gehen."

„Dann gehe ich gleich. Schreib mir auf, was wir alles brauchen. Ich gehe vorher nur kurz duschen", beschließe ich.

„Ich kann das auch machen."

Ich winke ab. „Gib mir einfach die Liste mit."

Er nickt und ich gehe wieder hoch, um zu duschen. Kaum greife ich nach meinem Shampoo, merke ich einen kühlen Luftzug. Ich brauche mich nicht umzudrehen, ich weiß es auch so. Grinsend warte ich einen Moment ab und spüre warme Haut an meinem Rücken. Archer sagt nichts. Stattdessen küsst er meine Schultern und seine Hände streichen über meine Rippen zu meiner Brust. „Ich konnte nicht widerstehen", sagt er leise gegen meine Haut und ich lehne mich leicht an ihn. „Ich hatte gehofft, dass du herkommst", erwidere ich und schließe kurz die Augen, als Archers Finger wirre Muster über meinen nassen Körper streichen.

„Du hast mir für heute noch eine Runde versprochen", erinnert er mich verschmitzt lächelnd und drückt seine Hüfte gegen mich. Ich keuche auf. Archer ist noch nicht hart, aber es dauert nicht mehr lange, das spüre ich bereits jetzt. Instinktiv komme ich ihm entgegen und presse meinen Hintern gegen ihn.

„Bald. Aber nicht hier", verspricht er mit tiefer, rauer Stimme und mein Herz klopft deutlich schneller als noch vor ein paar Augenblicken. „Love..."

„Ich möchte dich so gerne spüren, Lio", haucht er und seine Hände wandern weiter nach unten. „Ich möchte sehen, wie du es genießt, dich an mich drückst und nach mehr bettelst." Zitternd atme ich ein und wieder aus. Archers Worte verursachen einige Bilder in meinem Kopf, die mich augenblicklich erregen.

„Wir werden es vorsichtig machen. Du sagst, was du magst und was nicht. Ich wette, dass du es lieben wirst", prophezeit er und reizt mich weiter. Er zeichnet meine V-Linie nach, lässt zart, aber bestimmend seine Fingernägel über diese Stelle kratzen, sodass ich erschaudere.

„Oder du reitest mich irgendwann. Verdammt, wenn ich mir vorstelle, wie du dir nimmst, was du möchtest... fuck, Elliot", stöhnt er gegen meinen Nacken und wird härter. „Aber jetzt nicht." Er legt seine Hände an meine Hüfte, dreht mich um und sein Blick trifft meinen. Sein Blick ist verlangend.

„Küss mich", fordere ich und kaum eine Sekunde später, hat er mich schon gegen die kühlen Fliesen gedrückt und seine Lippen auf meine gelegt. Ich seufze auf, lasse zu, dass er ein Bein zwischen meine drückt und ziehe ihn enger an mich heran. Die Shampooflasche lasse ich unbedacht fallen, aber das stört niemanden von uns beiden sonderlich. Immer wieder rollt er seine Hüfte gegen meine und unsere Schwänze reiben aneinander. Er stöhnt, seufzt und küsst mich wieder und wieder.

„Love..." Ergeben sehe ich ihn an. *Seit wann stehe ich darauf? Sollte ich ihn nicht gerade gegen die Wand drücken?* Ich kann nicht weiter darüber nachdenken. Archer beginnt, meinen Hals zu küssen, an meiner Haut zu saugen und zu knabbern. Er vernebelt meinen Verstand, entführt meine Vernunft und hinterlässt nichts als Hingabe und Verlagen.

„Archer…", murmle ich erneut und lege den Kopf zur Seite. Er liebkost meinen Körper, küsst sich über meinen Oberkörper hinab und kniet wenig später vor mir. Ich sehe zu ihm, streiche lächelnd durch seine nassen Haare und drehe den Duschkopf ein wenig von seinem Gesicht weg. Er küsst meine Oberschenkel, greift um mich und legt beide Hände an meinen Hintern. Ich seufze auf, als er etwas kräftiger zupackt.

„Du magst es", stellt er fest.

„Das hatten wir doch schon", antworte ich und stöhne wieder, als er an meiner Haut direkt auf meiner V-Linie saugt. „Archer … das Training."

„Die denken sowieso alle, du hättest eine Freundin", antwortet er und setzt einen sanften Kuss auf den langsam dunkler werdenden Fleck. „Und außerdem macht es dich scharf." *Oh ja, das tut es allerdings.*

Ehe ich etwas erwidern kann, küsst er meine empfindliche Spitze, stülpt die Lippen darüber und empfängt mich in seinem Mund.

„Oh Gott!"

Er zieht mich näher zu sich heran, umspielt meine Erregung mit seiner Zunge und meine Hand wandert, wie von selbst zu seinem Kopf, bevor meine Finger durch seine Haare gleiten und leicht daran ziehen. Er stöhnt gegen meinen Schwanz. Er mag, wenn ich das tue und es erregt mich noch mehr, ihn so zu sehen. Seine Finger drücken sich in meine Haut. Ich keuche auf und er lässt von mir ab.

„Okay?", fragt er und langsam gleiten die Finger seiner rechten Hand weiter nach innen. Mein Herz überschlägt sich fast, aber ich nicke trotzdem, wenn auch etwas überfordert. Er lächelt, küsst meine Oberschenkel und meine Hüfte. Er sieht mich die ganze Zeit über an. Ich erschaudere, als ich seine Finger spüre. Sie umkreisen mich zaghaft und Archer beobachtet mich dabei ganz genau. „Du sagst mir, wenn du etwas nicht magst."

„Mhm… werde ich", versichere ich ihm und er nickt. Dann drückt er die erste Fingerspitze in mich.

„Mhm… Ari", murmle ich, nicht wissend, ob ich das Gefühl als ein Gutes oder ein Schlechtes betiteln soll.

„Entspann dich bitte", lächelt er zu mir hoch und küsst wieder meine Spitze.

„Oh fuck!"

Er leckt über meinen Schwanz, nimmt ihn wieder in den Mund und umspielt ihn mit seiner Zunge, während sein Finger tiefer in mich gleitet. Meine Knie werden weicher, mein Stand wackliger und ich schnappe nach Luft, als er einen zweiten Finger hinzu nimmt.

„Okay?"

„Ja… mach", antworte ich zögerlich und schließe einen Moment lang die Augen. Archer drückt seine Finger tiefer, zieht sie zurück und spreizt sie etwas.

„Ari…", murmle ich, sehe ihn an und in diesem Moment nimmt er wieder meinen Schwanz in den Mund. Plötzlich erfasst Ekstase meinen Körper. Eine Welle der Lust erfasst mich und ich drücke mich Archers Fingern instinktiv entgegen.

„Oh fuck!", stöhne ich laut auf. Archer platziert Schmetterlingsküsse auf meiner Haut, stößt seine Finger wieder in mich und trifft diesen Punkt in mir.

„Love… oh Gott!"

Ich kann nicht mehr an mich halten. *Heilige Scheiße.* Es dauert nur wenige Augenblicke. Archer reizt jeden Punkt; mein Schwanz in seinem warmen Mund, seine Finger tief in mir und sein Blick, der mir den Rest gibt. Er saugt die Lust aus mir, als ich zitternd komme. Würde er mich nicht gegen die Wand drücken, würden meine Knie spätestens jetzt nicht mehr ihrer Aufgabe nachkommen können.

„Archer! Oh verdammt!", fluche ich, stöhne und keuche immer wieder, während er meinen Orgasmus in die Länge zieht. Außer Atem sehe ich ihn an. Er zieht die Finger aus mir, leckt sich über die Lippen und steht auf.

„Du bist so heiß, wenn du kommst", sagt er leise und küsst mich. Ich kann nicht anders, als meine Arme um ihn zu legen, und zu genießen. Ich spüre sehr deutlich, wie scharf ihn die letzten Minuten gemacht haben und auch, wenn ich selbst noch nicht wieder stabil stehen oder klar denken kann, umschließe ich seine Erregung mit einer Hand. Er stöhnt auf, löst sich von mir und stützt sich mit einem Unterarm neben meinem Kopf ab.

„Fuck!"

Er wird lauter und kommt meiner Hand wieder und wieder entgegen. Er fickt sich selbst in meiner Hand und *Himmel*, das könnte ich stundenlang mitmachen. Er genießt meine Berührungen, meine Lippen, die überall auf seiner Haut Küsse verteilen und er schnappt nach Luft, als ich meine Fingernägel über seinen Rücken gleiten lasse.

„Oh mein Gott…", keucht er, drückt seine Nase an meine Halsbeuge und kommt zitternd in meiner Hand. Warm spüre ich ihn auf meiner Haut und lasse es mir nicht nehmen, meine Fingerspitzen abzulecken und ihn dabei direkt anzusehen. Das Wasser der Dusche lässt den Rest verschwinden.

„Himmel, Elliot", murmelt er außer Atem, sieht mich an und sanft küsse ich ihn als Antwort.

4. Kapitel

Vollbeladen mit dem Einkauf klingle ich mit dem Ellenbogen bei mir zu Hause.

„Hast du deinen Schlüssel vergessen?", fragt Archer verwundert, aber ich drücke ihm eine der Tüten in die Hand.

„Ich hatte die Hände voll", erwidere ich und kicke die Tür hinter mir zu, ehe ich ihm in die Küche folge.

„Hast du alles bekommen?"

Ich nicke und stelle den Wein kalt.

„Wozu rote Kerzen?", fragt er und schmunzelt dabei.

„Die waren im Angebot", antworte ich und gehe ins Esszimmer, wo ich sie provisorisch auf den Tisch stelle. Er wäscht sich die Hände und als der Ofen angestellt ist, beginnt er damit, die Tomaten zu schneiden.

„Magst du den Mozzarella schon vorbereiten?"

„Was muss ich denn tun?", frage ich unbeholfen.

„Hier." Er reicht mir ein Schneidebrett und ein scharfes Messer. „Schneide ihn einfach in dünne Scheiben."

Das ist, wie ich feststellen muss, leichter gesagt als getan. Archer beobachtet mich amüsiert und konzentriert versuche ich es weiter, aber am Ende liegen mehr halbe und ungleich dicke Stücke Mozzarella auf dem Brett als richtige Scheiben.

„Das wird auch gehen", meint er belustigt.

Ich sehe dabei zu, wie er die Hühnchenfilets vorbereitet. Ich lehne mich gegen den Kühlschrank und beschließe, dass es besser ist, wenn er kocht und nicht ich. Am Ende ist es sonst versalzen, zu scharf oder komplett verbrannt.

„Kannst du den Reis gleich bitte aufsetzen?"

Er holt zwei Weingläser heraus und ich sehe mir die Anleitung auf der Verpackung an.

„Du kannst keinen Reis kochen", stellt er trocken fest.

„Kann ich wohl", widerspreche ich ihm und muss einen Satz erneut lesen. Archer versucht sein Lachen zu unterdrücken, aber das klappt nur bedingt. Ich hole einen Topf heraus, setze Wasser auf und überlege dann, wie viel Reis wir wohl brauchen. „Das ist ein bisschen viel, meinst du nicht?", fragt mein Freund.

„Zu spät", antworte ich nur schulterzuckend.

Der Wein ist nicht kalt, aber kühl genug, als Archer mir ein Glas reicht und ich den ersten Schluck trinke.

„Oh, Moment." Mir fällt wieder ein, was ich noch machen wollte. Schnell stelle ich das Glas weg, schnappe mir die Tischgedecke für gleich und gehe ins Esszimmer.

„Lio?"

„Bin sofort wieder da", antworte ich und überlege einen Augenblick, wie ich es am dümmsten anstellen soll. Die Kerzen verteile ich auf dem Tisch und zünde sie an. Dann dimme ich das Licht etwas und laufe zurück.

„Du hast die Kerzen angemacht", rät Archer und ich zucke mit den Schultern. „Vielleicht."

„Vielleicht?"

„Lass dich doch einfach mal überraschen."

„Wird das ein Candle-Light-Dinner?"

„Archer", seufze ich und er grinst. „So wie in Montréal?", fragt er, aber sofort schüttle ich den Kopf. „Ein kleines Teelicht macht ein Abendessen nicht zu einem Candle-Light-Dinner."

„Also habe ich recht", schlussfolgert er.

„Ugh." Ich seufze, lasse aber zu, dass Archer seine Arme um mich legt und mich an sich zieht. „Du kannst ja romantisch sein."

„Wenn du nicht gleich aufhörst, mache ich die Kerzen wieder aus", erwidere ich stumpf, aber sein Grinsen verschwindet auch jetzt nicht. Im Gegenteil, es wird noch breiter und seine Hände schlüpfen unter mein Oberteil. „Das machst du nicht."

„Nein", antworte ich. Wir beiden wissen, dass er recht hat.

„Danke", sagt er auf einmal.

„Du hast es noch gar nicht gesehen. Es sind doch nur ein paar Kerzen", erwidere ich skeptisch, aber er schüttelt den Kopf. „Ich bin sicher, es ist wunderbar", widerspricht er mir und zeichnet sanfte, wirre Muster auf meinen Rücken. Ungewollt seufze ich leise, genießend und schließe für einen Moment die Augen. Archer küsst meine Stirn, meine Schläfe, meine Wange und meinen Kiefer. Ich seufze wieder. Ich kann nicht anders, als ihn machen zu lassen und lehne meinen Kopf etwas zur Seite. Er küsst meinen Hals, saugt hier und da an meiner Haut, knabbert an einigen Stellen zaghaft und leckt danach immer sanft über diese gereizten Stellen.

„Archer...", murmle ich und merke, dass er eine Hand nun an meinen Hinterkopf gelegt hat. Er krault meine Kopfhaut, seine Finger streichen dabei durch meine Haare und die Küsse hören nicht auf.

„Wie ich es liebe, wenn du meine Berührungen so genießt", flüstert er gegen meinen Hals.

„Mhm... nicht aufhören."

Er denkt gar nicht daran. Er liebkost meinen Körper weiter. Ich weiß nicht, wie er es macht, aber er vernebelt alle meine Sinne. Dann spüre ich seine Lippen an meinem Mundwinkel. Er platziert die Schmetterlingsküsse immer näher an meinem Mund, bis er mich schließlich küsst.

Mein Herz scheint zu explodieren, so schnell schlägt es. Ich drücke mich gegen ihn und presse Archer damit gegen den Kühlschrank.

„Mhm... Elliot...", seufzt er leise und ich streiche mit meiner Zunge über seine Unterlippe. Sofort öffnet er den Mund und der Kuss wird tiefer und intensiver. Es bleibt genauso ruhig und bedacht, wie bisher, nicht heiß, drängend oder verlangend. Küssend stehen wir hier, bis die Eieruhr des Ofens uns zusammenschrecken lässt. Archer küsst mich noch einmal, ehe er sich unserem Abendessen widmet. Er schüttet den Reis ab, holt die Auflaufform aus dem Ofen und gibt sie mir. Wenig später sitzen wir am Tisch und Archer sieht sich lächelnd um. „Es ist schön." „Es sind nur ein paar Kerzen", wiederhole ich meine Worte von vorhin. Er schüttelt den Kopf. „Ich mag es." *Das merke ich mir.*

„Scheiße, schmeckt das gut!", sage ich überrascht und Archer sieht mich zufrieden an. „Freut mich, dass es dir schmeckt."

„Ich stehe drauf, dass du so kochen kannst", antworte ich unüberlegt.

„Da habe ich aber Glück", lacht er und trinkt einen Schluck Wein.

„Kochen wir ab jetzt öfter zusammen?"

„Wir?"

„Ich habe den Mozzarella geschnitten."

„Zerhackt."

„Ist doch egal, der ist sowieso zerlaufen", argumentiere ich augenrollend.

„Schön, das nächste Mal überlegst du dir ein Gericht", legt er fest.

„Bitte?"

„Ich freue mich schon, wieder mit dir *zusammen* zu kochen", grinst er scheinheilig. *Idiot.* Wieder schleicht sich der Gedanke in meinen Kopf, dass ich Archer zu einem Date ausführen sollte. Das hier ist zwar wirklich schön, aber kein Date, wie er es sich wünscht. Das weiß ich, auch ohne, dass er es aussprechen muss.

„Worüber denkst du nach?", fragt Archer und ich merke, dass ich etwas zu lange in Gedanken versunken war. Ich schüttle den Kopf. Wenn ich ihn zu einem Date einladen werde, wird es eine Überraschung sein. Ich werde ganz klassisch vor seinem Haus stehen, ihm vorher nur eine Uhrzeit genannt haben, und ihn dann ausführen. Nur wohin ist die Frage.

„Willst du es mir nicht sagen, oder weißt du es nicht genau?", hakt er nach, keinesfalls vorwurfsvoll, aber nicht weniger interessiert.

„Über alles, irgendwie", antworte ich ausweichend.

„Über dein Team", antwortet er. Bisher war das zwar nicht der Fall, jetzt allerdings schon.

„Ich werde sie morgen sehen."

„Und du wirst dich beim Training auf dich und das Spiel konzentrieren", fügt Archer optimistisch hinzu. Ich nicke nur und zwinge mir ein Lächeln aufs Gesicht. Archer lehnt sich zu mir herüber. Er küsst mich sanft und das Lächeln auf meinen Lippen wird augenblicklich ehrlich und echt.

„Du wirst schon sehen."

„Ich vertraue dir", antworte ich nur und er küsst mich erneut. Die Kerzen brennen noch, als ich aufstehe und abräume. Archer möchte helfen, aber ich bestehe darauf, dass er sitzen bleibt und sich entspannt, immerhin war er derjenige, der gekocht hat.

„Nachtisch?"

Verwundert sieht er mich an. „Was hast du denn gekauft?"

„Eis. Schokolade, Erdbeere, Zitrone, Himbeere."

„Wieso so viele Sorten?"

„Ich wusste nicht, was du magst."

„Dann gerne Schokolade und Himbeere." Ich verschwinde wieder in der Küche und stelle fest, dass ich keine sauberen, kleinen Schalen habe. Kurzerhand nehme ich zwei Cappuccino-Tassen. Sie waren bei der Kaffeemaschine dabei und bisher habe ich sie nur selten benutzt. Ich wähle Schokolade, Zitrone und Erdbeere, nachdem ich Archers Eisbecher fertiggemacht habe. Die Schlagsahne, die ich ebenfalls gekauft habe, sprühe ich großzügig, aber nicht so schön, wie erhofft, obendrauf und schnappe mir zwei lange Eislöffel aus der Schublade, bevor ich wieder zu Archer gehe.

„Tassen?", fragt er überrascht und sieht mich amüsiert an.

„Wieso nicht", antworte ich und reiche ihm seine.

„Ich liebe Schlagsahne", sagt er und probiert ein wenig von dem Eis. „Mhm." Er stöhnt genießend auf.

„Du stehst also auf Schlagsahne."

„Und du denkst schon wieder an Sex", antwortet er trocken und isst weiter sein Eis.

„Wenn du hier vor mir sitzt und stöhnst", erwidere ich. „Wie kann ich da nicht an Sex denken?"

Er schüttelt den Kopf, lächelt aber verschmitzt. „Wir hatten heute schon zweimal Sex."

„Und?" Scheinheilig sehe ich an und esse weiter mein Eis, während ich genau beobachten kann, wie Archers Gedanken wandern.

5. Kapitel

„Das könnt ihr besser!" Coach Warrens Stimme zerschneidet die Luft und mein Griff um den Lenker des Trainingsfahrrads wird fester. Duncan neben mir geht es nicht besser.

„Scheiße", höre ich ihn leise fluchen und stimme ihm gedanklich zu. Das Training heute verlangt uns allen Höchstleistungen ab und wir sind nicht einmal auf dem Eis gewesen. Plötzlich kommt Archer auf uns zu, stellt sich genau vor uns und hält die Kamera auf mich und meinen Kollegen. Nur wenige Sekunden scheint er zu filmen, ehe er das Handy wieder runternimmt und auf den Bildschirm sieht.

„Musste das sein?", frage ich außer Atem und er grinst scheinheilig. „Idiot", murmle ich und trete kräftiger in die Pedale. Archer lacht nur und geht weiter seiner Arbeit nach. Auch, wenn ich nicht zur Seite schaue, weiß ich, dass Duncan mich gerade anblickt und stumm bete ich, dass er einfach weiter trainieren und nichts sagen wird. Wenig später wird uns eine kurze Pause gegönnt. Duncan möchte gerade etwas sagen, da schneide ich ihm das Wort ab. „Warren ist heute echt mies drauf. Und wir müssen das ausbaden."

„Wir haben nicht einmal Mittag", antwortet er und ich greife nach meiner Wasserflasche. „Das macht es noch schlimmer."

Lane stößt zu uns und gibt Duncan ebenfalls etwas zu trinken. „Habe nur ich das Gefühl, oder ist das Training heute schlimmer als sonst?"

„Meinte Elliot auch gerade schon", antwortet der Verteidiger und ich nicke. Erst einen Augenblick später merke ich, in welcher Situation ich mich befinde; ich stehe etwas abseits mit genau den beiden Kollegen, die mitbekommen haben, wie mein Ex mich geküsst und wie ich mich wenig später hilfesuchend an Archer gedrückt habe. *Verdammte Scheiße, ich muss hier weg.* Ich sehe mich um. Keiner beachtet uns, aber da trifft mein Blick den unseres Pressemanagers. Mein Herz macht einen Sprung, aber die Nervosität der schlechten Art bleibt nach wie vor.

„Elliot, hast du später kurz Zeit? In der Mittagspause oder…"

„Nein", unterbreche ich Duncan sofort. „Ich hab zu tun", füge ich etwas zu schnell hinzu.

„Sicher, dass du keine fünf Minuten hast?"

„Ja. Sorry", entschuldige ich mich und gehe zu den Waschräumen. Man könnte auch sagen, dass ich flüchte. Ich stöhne genervt und schaue mein Spiegelbild an. Wieso haben die zwei keinen Filmriss?

Es vergehen nur wenige Sekunden, da öffnet sich die Tür zum Waschraum. Alarmiert drehe ich mich zur Seite, sehe dann aber, dass es nur Archer ist. *Zum Glück nicht Duncan oder Lane.* Er schließt die Tür hinter sich und bleibt stehen. Er sagt nichts, sieht mich nur an und ich drehe mich wieder nach vorne. „Was möchtest du mir sagen?"

„Was denkst du, was ich sagen möchte?", stellt er die Gegenfrage.

„Dass ich mit ihnen reden sollte", antworte ich und er nickt. „Das kommt hin."

„Werde ich aber nicht."

„Wieso nicht?", möchte er wissen. Ich antworte auf diese Frage nicht. *Weil ich die Hoffnung habe, dass sie es ganz zufällig und plötzlich vergessen?* Nein, selbst ich erkenne, dass das lediglich in die Kategorie Wunschdenken fällt.

„Haben sie etwas zu dir gesagt?", möchte ich wissen, aber er schüttelt den Kopf. „Noch nicht, ich denke aber, dass zumindest Duncan auf mich zukommen wird, wenn du ihm weiter aus dem Weg gehst."

„Was wirst du ihm sagen?", frage ich und sehe ihn durch den Spiegel an. Archer seufzt. „Ich bin ziemlich sicher, dass er verstanden hat, dass wir zusammen sind."

„Ziemlich sicher ist nicht 100% sicher.“

„Und? Er weiß zumindest, dass du auf mich stehst. Was macht das für einen Unterschied?“

Ich schweige, versuche eine Antwort zu finden, aber es klappt nicht. Ich weiß nicht, was ich sagen soll. Archer macht einen Schritt auf mich zu. „Hab etwas Vertrauen, Schatz.“

„Schatz?“ Verwundert sehe ich ihn an.

„Ich… sorry, ich habe nicht darüber nachgedacht.“ Er lächelt unsicher. „Magst du es nicht?“, fragt er anschließend unschlüssig. „Dann mache ich es nicht noch einmal.“

„Ich weiß nicht“, erwidere ich ehrlich. „Ich war nur überrascht.“

„Positiv oder negativ?“

Ich zucke mit den Schultern. Archer kommt mir wieder ein Stück näher. Unser Blickkontakt reißt auch jetzt nicht ab und mein Herz fängt an, schneller zu schlagen. Ich spüre, wie ich zunehmend nervöser werde. Je näher er mir kommt, desto stärker spielt mein Körper verrückt. Er mustert mich einen kurzen Moment und fängt meinen Blick erneut mit seinem ein. Eine Gänsehaut läuft mir über den Rücken und mir wird gleichzeitig wärmer. Archer stellt sich hinter mich. Erst berührt er mich nicht, dann aber spüre ich seine Brust an meinem Rücken und lehne mich instinktiv ein wenig gegen ihn. Er lächelt. Ich erschaudere, als seine Hände plötzlich auf meinen liegen. Hauchzart streicht er mit den Fingerspitzen über meine Handgelenke, meine Unterarme und meine Oberarme. Mein Herz flattert noch schneller. Selbst durch den Stoff merke ich seine zarten Berührungen noch, als seine Finger über meine Schultern tanzen und zu meinem Nacken wandern. Ohne etwas zu sagen, beginnt er damit, meine Muskeln zu massieren und ich stöhne genießend auf. Er küsst meinen Nacken und schiebt das Trainingsshirt etwas zur Seite, bevor er mit der Massage weitermacht. Ich stütze mich mit beiden Händen auf der Ablagefläche neben den Waschbecken ab und mein Kopf fällt nach vorne. *Archers Berührungen sind der Wahnsinn.* Immer wieder küsst er mich zwischendurch und jedes einzelne Mal überholt mein Herzschlag sich dabei selbst.

„Mhm… Love", murmle ich und wieder drückt er einen Kuss auf meine Haut. Dieses Mal platziert er ihn an meinem Hals kurz unter meinem Ohr. Ich seufze auf.

„Besser?", fragt er nach einigen Augenblicken leise und ich nicke. „Mhm. Ja." Ich bin deutlich entspannter als noch vor wenigen Minuten und ruhiger sowieso.

„Gut." Seine Hände nimmt er von meinem Nacken und legt sie auf meine Hüfte. „Drehst du dich zu mir?", bittet er mich und natürlich komme ich dem nach. Archers Nase berührt fast meine und als er lächelt, kann ich nicht verhindern, es auch zu tun. Dann küsse ich ihn. Er erwidert den Kuss, bewegt seine Lippen sanft zu meinen und drückt mich leicht gegen die kühle Steinplatte. Meine Finger streichen durch seine Haare und über seine Hüfte.

„Sehen wir uns heute Abend?", frage ich spontan und mein Blick wechselt von seinen Augen zu seinen pinken, vollen Lippen und wieder zurück. Ich liebe es, wie sie aussehen, wenn wir uns geküsst haben. Sie sind dunkler, glänzen leicht und laden geradezu ein, ihn erneut zu küssen.

„Möchtest du das denn?"

„Sonst würde ich kaum fragen", antworte ich amüsiert. Er streicht meine Haare nach hinten und krault meine Kopfhaut. Ich schließe kurz die Augen.

„Was möchtest du machen?"

„Bei dir sein", erwidere ich unüberlegt. Archer lächelt etwas mehr. „Vielleicht einen Film sehen, ein Bier trinken, oder Wein, und dich küssen. Ich möchte dich ganz oft küssen", füge ich hinzu. Ihm gefällt diese Antwort offenbar.

„Okay. Ich werde schauen, dass ich nicht allzu viel Arbeit mit nach Hause nehme", antwortet er. „Soll ich uns etwas kochen?" Ich schüttle den Kopf. „Ich werde mich um das Essen kümmern."

„Du bestellst also", antwortet er belustigt. „So bist du schneller mit der Arbeit fertig und kannst dich mir zuwenden", argumentiere ich. „Darum geht es dir also", grinst er wissend.

„Möglich", erwidere ich schulterzuckend. „Dann habe ich nichts dagegen." Er küsst mich noch einmal. Es ist nicht heiß und verlangend, eher liebevoll und ruhig. Vertraut. Wie gerne würde ich die nächste Stunde mit ihm hier bleiben und ignorieren, was hinter der Tür rechts von uns ist. Unsere Zungen umspielen einander, tanzen und mein Herz bekommt nicht genug von Archer.

Plötzlich wird die Tür aufgestoßen und wir fahren auseinander. *Duncan.* Er bleibt mitten in der Bewegung stehen und sieht uns verwundert an. Hinter ihm schwingt die Tür zu. „Äh... sorry, ich wollte nicht stören."

„Hast du nicht", antworte ich etwas zu schnell und die Ruhe von gerade ist vollkommen verschwunden. Stattdessen macht sich Panik in mir breit. Archer sieht kurz zu mir.

„Ich gehe besser", sagt er noch, bevor er aus dem Waschraum verschwindet.

„Ich wusste nicht, dass ihr hier seid", meint Duncan anschließend. Ich schüttle sofort den Kopf. „Kein Problem. Das ist ein Waschraum für alle." Ihm ist anzusehen, dass er es ansprechen will, aber ich gehe mit schnellen Schritten zur Tür. „Bis gleich. Ich sollte zurück zum Training."

„Wir haben noch Pause", antwortet er, aber ich ignoriere es. Erst als die Tür hinter mir wieder zu fällt, atme ich erleichtert auf und schließe für einen Moment die Augen. *Das darf doch alles nicht wahr sein.*

Das beklemmende Gefühl verschwindet nicht. Ich hatte die Hoffnung, dass das Training mich ablenken wird, aber dem ist nicht so. Die ganze Zeit geistern die Gedanken in meinem Kopf herum und wollen keine Ruhe geben. Ausgepowert und verschwitzt folge ich am frühen Abend meinen Teamkollegen in die Dusche. Von den Jungs abgewandt starre ich an die Fliesen und greife nach meinem Shampoo. Ich höre nur mit halbem Ohr zu, worüber sie reden und verlasse den Duschraum wieder, sobald ich fertig bin. Als einer der ersten, packe ich meine Trainingstasche zusammen.

„Ich muss los. Bis morgen", verabschiede ich mich knapp und gebe damit weder Lane noch Duncan die Chance, mich erneut anzusprechen, denn beide sind erst halb fertig mit Anziehen und werden mir so nicht nach draußen folgen.

6. Kapitel

Morgen Abend ist das Spiel gegen *Dallas*. Wir müssen gewinnen. Auf dem Weg zum Stadion denke ich daran, dass ich Duncan und Lane nicht ewig aus dem Weg gehen kann. Abgesehen davon, dass es auffallen würde, geht es schlicht und ergreifend nicht, wenn wir gewinnen wollen. Man kann nicht *nicht* mit seinen Teamkollegen sprechen. Duncan und Lane sind schon da. Kenny steht vor der Umkleide und spricht mit Drew.

„Bin ich zu früh?", frage ich verwundert.

„Nur fünf Minuten früher als sonst", antwortet Duncan und sieht mich an. „Gut geschlafen?"

„Zu wenig", antworte ich unüberlegt und bemerke es im gleichen Augenblick. Mir wird eiskalt und ich wende mich meinen Sportklamotten zu.

„Elliot, wir…"

„Lass gut sein", unterbreche ich Duncan sofort.

„Du weißt doch gar nicht, was ich sagen will."

„Ich möchte es nicht wissen", erwidere ich trocken.

„Du kannst es nicht totschweigen."

„Doch, genau das werden wir tun", widerspreche ich ihm.

„Also willst du so tun, als wüssten wir nicht, dass du…"

„Ihr wisst gar nichts", unterbreche ich Lane genervt und merke, wie meine Laune immer weiter in den Keller abrutscht. *Dabei hat der Tag so gut angefangen.*

„Dann eben nicht", murmelt Lane.

„Danke", erwidere ich halb sarkastisch, halb ernst gemeint.

„Das kann nicht dein Ernst sein", erwidert Duncan.

„Was willst du hören? Ich habe offensichtlich an diesem Abend zu viel getrunken."

„Darauf will ich aber nicht hinaus."

„Mehr ist aber nicht passiert", antworte ich ihm und bin dankbar, als einige unserer Teamkollegen in diesem Moment durch die Tür kommen. Damit ist dieses Gespräch beendet.

Noch am Abend fliegen wir nach Dallas. Ich sehe Archer vorher nicht. Eigentlich dachte ich, ich hätte nach dem Training Zeit, ihn im Büro abzufangen, aber das hatte sich erledigt, als mir eingefallen ist, dass ich meine Reisetasche noch nicht gepackt habe. Wie immer treffen wir uns am Flughafen. Archer arbeitet, wie sonst auch, während wir warten. Erst als die Hälfte des Teams und der Spieler schon losgegangen sind, klappt er den Laptop zu und folgt ihnen. Ich beobachte ihn ein paar Augenblicke lang, sage aber nichts. Ich bin der letzte Spieler, der die Treppen hinauf ins Flugzeug geht, Archer ist direkt hinter mir und eine Gänsehaut breitet sich über meinen Körper aus, als ich seinen Blick auf mir spüre. Ich lasse mich am Fenster auf einen freien Sitz fallen und ehe ich mich versehe, hat der verboten attraktive Pressemanager sich neben mich gesetzt.

„Hi", sage ich unbeholfen.

„Hi", lächelt er. Neben ihm nimmt Drew Platz. Er holt sofort seine Kopfhörer heraus und bekommt dann nicht mehr mit, was um ihn herum gesagt wird. Archer öffnet den Laptop, aber ich klappe ihn wieder zu.

„Ähm?", fragt er verwundert und sieht mich an.

„Du solltest dich mal entspannen", antworte ich.

„Ach so?"

„Ich wette, deine Mittagspause bestand heute wieder daraus, am Schreibtisch zu essen und dabei zu arbeiten."

„Schuldig." Er zieht einen Schokoriegel aus dem Rucksack und reicht ihn mir. „Hier."

„Wo hast du den her?"

„Duty-Free", antwortet er und ich reiße die Packung auf. „Du isst keinen?"

„Ich habe meinen vor dem Boarding schon verdrückt", erwidert er schulterzuckend. *Das bedeutet, dass er ihn extra für mich gekauft hat.* Es ist nur ein einfacher Schokoriegel, aber trotzdem macht mein Herz bei diesem Gedanken einen Sprung. „Danke." Archer lächelt und legt eine Hand auf meinen Oberschenkel. Mein Blick schnellt zur Drew, aber dieser schläft offenbar schon. Zumindest hat er die Augen geschlossen. Erleichtert entspanne ich mich wieder. Archer verdreht die Augen. „So unbedacht mache ich so etwas nicht."

„Schon gut", antworte ich und er drückt meinen Oberschenkel sanft. Ich lächle und in mir keimt das Bedürfnis auf, mich an ihn zu lehnen.

Wenig später haben wir die Reiseflughöhe erreicht und Archer nimmt seine Hand wieder von meinem Bein. Er geht wenig später zu den Waschräumen. Es sind insgesamt vier, also wundert sich niemand, als ich kurz danach auch dorthin laufe. Eine Tür ist abgeschlossen, alle anderen sind frei. Ich klopfe, er öffnet, ich schließe die Tür hinter mir wieder. Er küsst mich. Es war nicht abgesprochen, aber es hat geklappt. Einwandfrei sogar. Archer drückt mich gegen die Tür und ich keuche auf.

„Oh fuck, Elliot...", murmelt er und küsst meinen Hals.

„Love... oh..." Ich seufze auf und ziehe ihn enger an mich heran. „Wir können nicht zu lange hier bleiben", erinnere ich ihn mit dünner Stimme. Er nickt und küsst mich erneut. „Ich weiß."

Ich kann nicht genug von ihm bekommen. Am liebsten würde ich bis zur Landung mit ihm hier drin bleiben. Grinsend sehe ich ihn an.

„Was hast du vor?", fragt er skeptisch. Ich drehe uns um, presse ihn gegen die Tür und gehe auf die Knie.

„Oh fuck", murmelt er und streicht durch meine Haare. „Das machst du nicht wirklich."

„Ich muss mich für heute Morgen revanchieren", erwidere ich und öffne seine Hose. Er lehnt seinen Kopf gegen die Tür und stöhnt fast lautlos auf. Provokant lächelnd greife ich in meine Hosentasche.

„Fuck, was hast du dabei?"

„Vertraust du mir?"

„Das weißt du doch", antwortet er und ich ziehe seine Hose samt Shorts bis zu den Knien herunter. Er ist hart. Seine Erektion steht gerade nach oben und ich lecke mir über die Lippen. Archer sieht zu mir herab. „Mach schon – Oh Gott!"

„Shht!"

Er beißt sich auf die Unterlippe und schließt die Augen, versucht leise zu bleiben, als ich seine Spitze mit meinen Lippen umschließe und meine Zunge tanzen lasse. Gleichzeitig drücke ich zwei mit Speichel benetzte Finger in ihn. Er bewegt seine Hüfte gegen sie und ich weite ihn etwas mehr. Dann entziehe ich sie ihm und drücke vorsichtig, aber nicht sehr langsam einen Plug in ihn. Es ist der Schwarze, aber Archer hat ihn noch nicht gesehen. Er gleitet in ihn und als ich ihn noch tiefer drücke, trifft er direkt auf seinen süßen Punkt. Er schnappt nach Luft und sein Griff in meinen Haaren und an meiner Schulter wird fester. Archer sieht so wunderschön aus, so heiß, wenn er meine Berührungen genießt. Ich lecke über seine Länge, lasse seinen Schwanz in meinen Mund gleiten und verwöhne ihn so gut ich kann. Dann drücke ich auf einen kleinen Knopf der Fernbedienung in meiner Hosentasche. Die andere Hand liegt um seine Hoden, massiert sie und reizt meinen Freund immer mehr. Der Plug beginnt augenblicklich zu vibrieren und Archer schnappt nach Luft.

„Oh fuck!", keucht er leise und kommt mir mit der Hüfte immer wieder entgegen. *Scheiße, ich liebe es, wenn er sich nimmt, was er braucht. Wenn er meinen Mund fickt und sich in seiner Lust verliert.* Ich stelle die Vibration höher, drücke den Plug wieder tiefer in ihn und treffe erneut seinen süßen Punkt. Dort lasse ich den Plug, bewege ihn nicht mehr und bemerke, wie Archers Beine nur einen Moment später zu zittern anfangen. Ich sauge erneut an seiner Spitze, lecke die ersten Tropfen auf und beobachte ihn ganz genau, als der Orgasmus ihn bebend und zitternd überrollt und mit sich reißt.

„Heilige Scheiße", murmelt er und ich stelle den Plug aus. Lächelnd schließe ich seine Hose wieder und stehe auf.

„Der Plug", murmelt er mit rauer Stimme, aber ich schüttle den Kopf.

„Das kannst du nicht machen." Perplex sieht mich an.

„Wir fliegen nur noch etwas mehr als eine Stunde. Ich kann", erwidere ich scheinheilig. „Du hast nur gesagt, du möchtest das nicht auf Langstreckenflügen", erinnere ich meinen Freund und er streicht sich die Haare aus der Stirn. „Mhm… fuck."

Ich mache einen Schritt auf ihn zu, drücke ihm einen süßen Kuss auf die Lippen und sage dann etwas leiser: „Dafür werde ich dich heute Nacht im Hotel vögeln. So oft du willst und wie du willst."

„Wie ich will?"

„Sanft. Hart. Ich habe das Seil eingepackt."

Sein Mund öffnet sich ein Stück, aber es kommt kein einziger Ton heraus.

Ich küsse ihn wieder und schlüpfe dann aus der Tür zurück in den Gang. Zufrieden setze ich mich auf meinen Platz und versuche meinen harten Schwanz in der Hose zu ignorieren. Es dauert noch fünf weitere Minuten, bis Archer wiederkommt. Er schließt kurz die Augen, als er sich setzt und ich versuche mein Schmunzeln zu unterdrücken. Er rutscht etwas hin und her, aber offenbar macht es das nur noch schlimmer.

„Entspann dich", sage ich leise und er wirft mir einen warnenden Blick zu. „Fick dich."

Oh nein, ich werde dich ficken. Mein Blick spricht offenbar Bände.

„Irgendwann, Leighton."

„Was dann?", frage ich scheinheilig und nun ist er derjenige, der seine Antwort mit einem einzigen Blick kund tut. *Er will das gleiche mit mir machen.* Oh fuck, ich werde es wohl doppelt und dreifach zurück bekommen.

Der Flug zieht sich und Archer versucht, sich mit Arbeit abzulenken. Die Fahrt zum Hotel dauert zum Glück nicht allzu lange. Als Archer die Zimmerkarten austeilt gibt er mir zwei. Er hat sie direkt übereinander gelegt, sodass es niemand sieht. Erst im Aufzug bekomme ich es selbst mit. Das erste Zimmer ist meins. Ich lasse meine Reisetasche fallen und bemerke, dass es wieder eine Zwischentür gibt. Mit der anderen Karte kann ich sie öffnen. Es ist sein Zimmer. Da er aber noch unten ist, springe ich in meinem Zimmer unter die Dusche.

Archer: Kommst du nicht rüber?

Er ist schon da? Ich trockne mich ab und nur im Handtuch bekleidet öffne ich die Zwischentür erneut. Ich gehe durch den Wohnbereich und finde sein Schlafzimmer hinter einer Trennwand. Ich vergesse fast, zu atmen. Mein Herz weiß nicht mehr, was es tun soll und ich lasse die Schlüsselkarte fallen. Archer liegt auf dem Bauch auf seinem großen Bett. Er sieht auf sein Handy und dreht langsam seinen Kopf zu mir. Der Plug steckt nach wie vor in seinem Hintern. Er provoziert mich. Archer sieht mich wissend an.

„Oh Gott", keuche ich und bin einen Moment wie versteinert.

„Du hast gesagt, du vögelst mich", antwortet er lächelnd, greift neben das Kissen und wirft mir eine Tube Gleitgel zu. „Willst du mich nur ansehen?"

„Fuck, Archer", entfährt mir und mit wackligen Knien gehe ich aufs Bett zu. Ich knie mich über ihn, streiche über seinen

Rücken hinab zu seinem Hintern. Er seufzt genießend auf.
„Mhm…"

Ich kratze mit den Nägeln sanft über seine Haut und er erschaudert. *Er liebt es.* Dann greife ich nach dem Plug und drücke ihn tiefer in ihn hinein.

„Ich hatte vorhin kurz mit dem Gedanken gespielt, ihn einzuschalten", erzähle ich und küsse seine Schultern und seinen Rücken.

„Das hättest du nicht getan", erwidert er mit rauer, tiefer Stimme. Die Erregung ist kaum zu überhören.

„Vielleicht sollte ich es das nächste Mal machen. Ich liebe es, wie du aussiehst, wenn du hart bist."

Plötzlich dreht er uns um. „Tust du das?"

„Und wie!"

Er lächelt und zupft an dem Handtuch, das nach wie vor um meine Hüfte gebunden ist. Es löst sich.

„Du bist hart."

„Wie ich könnte ich das nicht sein?"

„Küss mich."

7. Kapitel

„Das Spiel ist wichtig Jungs, wir brauchen die Punkte!" Kenny steht vor dem Team. In wenigen Minuten geht es los. Ich sehe wieder auf mein Handy. Mir wird eine neue E-Mail angezeigt.

Sehr geehrter Mister Leighton,

gerne reservieren wir Ihnen einen Platz und freuen uns, Sie heute Abend bei uns begrüßen zu dürfen. Bis dahin, wünsche ich Ihnen viel Spaß beim heutigen Spiel.

Mit freundlichen Grüßen

Amy Whitefield

Lächelnd öffne ich die nächste E-Mail. Auch diese ist erst vor wenigen Minuten angekommen.

Sehr geehrter Mister Leighton,

der Wagen wird nach Ende des heutigen Spiels zum Hinterausgang Ihres Hotels vorgefahren und dort für Sie bereit stehen. Ihre Sonderwünsche werden wir ebenso umsetzen können. Morgen früh holt ihn einer unserer Mitarbeiter direkt beim Hotel ab. Den Schlüssel können Sie gegebenenfalls auch bei der Rezeption hinterlegen.

Mit freundlichen Grüßen

Walter Ranford

Besser könnte es nicht laufen. Ich lege mein Handy weg und mein Blick gleitet zu Archer. Er steht an der Seite und schießt einige Fotos. Ich lasse meine Teamkollegen vor und verlasse mit meinem Freund als letztes die Kabine.

„Sieh zu, dass du heute Abend frei hast", flüstere ich.

„Was? Wieso?", fragt er irritiert, lässt sich im Gesicht aber nichts anmerken. Lediglich sein Tonfall verrät ihn.

„Lass dich überraschen", antworte ich schulterzuckend. Jetzt ist erst einmal das Spiel dran. Das Warm-Up ist schnell vorbei und vor dem Anpfiff sehe ich zu Archer. Er zeigt mit beiden Daumen nach oben und grinst. *Ich liebe es, ihn so zu sehen.*

Wir kämpfen uns durch. Dallas ist heute in Höchstform. Aber ebenso sind wir es. Zum Ende des ersten Drittels steht es eins zu eins.

„Das war krass", meint Lane und klopft unserem Torschützen, Duncan, auf den Helm. „Wenn die anderen es nicht hinbekommen, muss man eben selbst ein Tor schießen", antwortet er trocken.

„Arschloch."

„Vielleicht solltest du nicht mehr Verteidigung sondern Sturm spielen", überlegt Kenny laut, aber sofort schüttelt der Schwarzhaarige den Kopf. „Vergiss es."

Lachend nehme ich mir einen Proteinriegel. „Aber Hauptsache mit dem Tor angeben." Duncan zuckt mit den Schultern und nimmt sich seine Trinkflasche.

„Schau mal bitte her." Archer richtet das Handy auf ihn. Duncan setzt die Flasche ab, und winkt grinsend und sichtlich zufrieden in die Kamera. „Danke."

Auch im zweiten Drittel ist das Spiel sehr schnell und sehr gut. Kurz liegen wir hinten, aber Ian versenkt die Scheibe im Netz und nach der Hälfte der Spielzeit steht es zwei zu zwei.

„Komm schon, das kannst du besser", flüstert Archer, als er sich an mir vorbei nach vorne beugt, um sich die leeren Wasserflaschen zu nehmen und sie auffüllen zu lassen. Ich erschaudere, obwohl mir inzwischen ziemlich warm ist, und mein Herz klopft augenblicklich schneller. Einige Sekunden später springe ich über die Bande und hechte dem Puck hinterher. Kenny schießt ihn an die Bande, der Puck gleitet hinterm Tor über das Eis und auf der anderen Seite fange ich ihn sicher ab, bevor er wenig später im Netz landet. Ich habe getroffen, oben rechts. *Tor.* Kenny klopft mir zufrieden auf den Helm und Archer grinst hinter hochgehaltenem Handy. Ich fahre direkt auf ihn zu und zeige, wie er vorhin, beide Daumen nach oben. Er hat es auf Video und ich bin sicher, es wird gleich auf Instagram zu sehen sein. Wir führen drei zu zwei. Es bleibt bis kurz vor Schluss bei diesem Spielstand. Dann nimmt Dallas den Torwart raus und ersetzt ihn durch einen sechsten Feldspieler. *Das war klar.* Das Spiel wendet sich augenblicklich und wenige Sekunden vor Abpfiff sieht es tatsächlich so aus, als würde Dallas den Ausgleichstreffer schaffen. Lane steht links vom Tor. Plötzlich passt der linke Flügelstürmer zum Rechten. Dieser ist zwar noch einige Meter vom Tor entfernt, aber dadurch, dass Dallas so schnell in unser Drittel vorgerückt ist, steht dort niemand von uns. Ich verfolge mit großen Augen von der Box aus das Spiel. Da schießt der Spieler unserer Gegner aufs Tor. *Scheiße. Der Puck geht rein.* Im gleichen Moment springt Lane auf die rechte Seite. Im Sprung fängt er tatsächlich mit der Schlägerhand den Puck und landet wie ein Seestern auf dem Bauch auf der Eisfläche. Die Zuschauer werden lauter. Die Stimmung kocht immer weiter hoch. Das war ein überragender Fang des Goalies. Das sieht man auch in den Gesichtern der gegnerischen Mannschaft.

„Wahnsinn!", meint Archer leise.

„Hast du es auf Video?", fragt Drew und Archer nickt. „Die ganze letzte Minute."

Die Uhr zählt die Sekunden herunter. *Schluss.* Wir haben gewonnen. Duncan ist der Erste auf dem Eis. Er umarmt Lane euphorisch und dann werde auch ich mit in die Gruppenumarmung gezogen.

„Das war ein klasse Spiel!", lobt Kenny uns und klopft einmal jedem aus der Mannschaft auf den Helm.

„Das war fantastisch!", grinst Ian. „Nur die Landung solltest du noch verbessern. Das war ein Bauchplatscher vom Feinsten."

Lane stößt ihn freundschaftlich weg. „Vielleicht sollten wir dich das nächste Mal ins Tor stellen, Rookie."

Ians Augen werden groß und er schüttelt sofort den Kopf, was wiederum alle anderen lachen lässt.

Eine Stunde später kommen wir beim Hotel an. Es ist inzwischen kurz nach neun. Das Spiel hat am Nachmittag begonnen und ich verabschiede mich mit den Worten, ich sei müde. Vorhin habe ich Archer geschrieben, dass er zum Hinterausgang kommen soll. Offiziell muss er noch arbeiten. Niemandem wird es auffallen. Ich gehe die Flure entlang, bis ich sicher bin, dass niemand hier ist und steuere die Hintertür des Hotels an.

„Ich dachte schon, du versetzt mich."

„Ich finde es auch schön, dich zu sehen", antworte ich augenrollend und sehe mich um. Wir stehen in einer eher dunklen Seitenstraße und ich erkenne ein schwarzes Auto einige Meter weiter stehen.

„Mister Leighton?", fragt ein Mann, schätzungsweise um die fünfzig, der daneben steht.

„Was wird das, Elliot?", fragt Archer etwas leiser, aber ich antworte auf seine Frage nicht.

„Richtig, vielen Dank, dass es so spontan geklappt hat."

„Kein Problem."

„Ich gehe davon aus, Sie haben die Anweisung zur Diskretion erhalten?"

„Selbstverständlich", nickt er und gibt mir die Schlüssel. „Ich wünsche Ihnen viel Spaß. Alles, um das Sie gebeten haben, liegt auf der Rückbank."

„Vielen Dank."

Der Mann lässt sich meinen Führerschein noch einmal zeigen und verabschiedet sich anschließend. Die Kopie des Führerscheins habe ich bereits heute Mittag per Mail an das Unternehmen geschickt und auch sonst sind alle Formalitäten geklärt.

„Wieso mietest du ein Auto?", fragt Archer mich, als wir allein sind. Ich öffne ihm die Beifahrertür und er steigt ein. „Was hast du vor?"

„Siehst du gleich."

„Aha? Muss ich Angst haben?"

Ich sehe zu ihm, als ich mich auch gesetzt habe. *Willst du mich verarschen?*, frage ich mit meinem Blick.

„Schon gut."

Ich stelle den Sitz und die Spiegel ein, dann öffne ich das Navi und wir fahren los. Ich habe lediglich eine Adresse eingegeben und da Archer nicht auf seinem Handy googelt, wo wir hinfahren, weiß er es nach wie vor nicht. Meine Hand liegt fast die ganze Zeit über auf seinem Oberschenkel. Wir fahren nur eine gute halbe Stunde und sind um kurz vor zehn da. Da versteht Archer, was ich mit ihm vor habe. Seine Augen werden groß und er sieht zu mir. „Ein Autokino?"

„Es läuft eine RomCom", antworte ich. „Aber ich habe den Trailer nicht gesehen, also hab nicht zu hohe Erwartungen", erkläre ich und lasse das Fenster herunter.

„Guten Abend, die Herren." Eine junge Frau steht am Eingang.

„Hallo. Ich hatte eine E-Mail geschrieben und einen Platz an der Seite reserviert, auf den Namen Leighton."

„Ah, natürlich. Folgen Sie bitte meinem Kollegen auf dem Segway dort", nickt sie und öffnet die Schranke. Der Mitarbeiter führt uns an den bereits geparkten Autos vorbei. Wir haben perfekte Sicht, sind nicht zu weit hinten und auch nicht direkt neben einem der anderen Autos.

Als der Motor ausgestellt ist, rutsche ich mit dem Sitz nach hinten und Archer tut es mir gleich. Dann greife ich nach der Thermotasche auf dem Rücksitz.

„Pizza, frisch aus einem Restaurant."

„Wann hast du das alles organisiert?", fragt er mich. Ich zucke mit den Schultern. „Zwischendurch. Möchtest du lieber mit Schinken und Ananas oder mit Mozzarella und Rucola?"

„Rucola", entscheidet er. Ich hole die Flasche Rosé aus der Kühltasche, die ebenfalls auf der Rückbank steht, öffne sie und angle nach dem dazugehörigen Glas.

„Bitte sehr, der Herr. Rosé, halbtrocken."

„Danke." Archer lächelt und probiert den Wein. Er seufzt auf. „Das ist genau das, was ich nach so einem langen Tag brauche."

Ich selbst habe mir zwei Flaschen Bier in die Kühltasche legen lassen, alkoholfrei versteht sich.

Die Werbung ist fast vorbei, als wir unser Abendessen ausgepackt haben. „Ich hoffe dir gefällt unser erstes Date", meine ich und wir stoßen an.

„Bisher ist es das Beste, das ich je hatte", antwortet er.

„Spinner."

„Das meine ich ernst." Er wirkt glücklich. „Danke, Elliot."

Ich sehe ihn einen Moment an. *So wunderschön.* Dann lehne ich mich zu ihm und küsse ihn sanft.

„Oh, Sekunde." Ich drücke ihm meine Flasche Bier in die Hand und hole auch das große Kissen nach vorne, welches ich über die Mittelkonsole lege, ehe ich näher zu ihm rutsche.

„Du hast echt an alles gedacht, oder?", fragt er grinsend und ich nicke. „Natürlich, das Date soll perfekt werden", antworte ich und er küsst mich erneut.

Nachdem wir aufgegessen haben, tauschen wir die Kartons der Pizza gegen die Decke, die ich ebenfalls auf die Liste der Dinge, die ich im Auto haben möchte, gesetzt habe. Ich lehne an Archer gekuschelt und er streicht immer wieder durch meine Haare.

„Du hast dich ganz schön ins Zeug gelegt für unser erstes Date", meint er und ich höre, dass er schmunzelt. Durch das Autoradio hören wir den Ton des Films, aber um ehrlich zu sein, beachte ich diesen nur so halb. Meine Aufmerksamkeit liegt viel mehr auf dem wunderbaren Mann zu meiner Rechten.

„Du hast schließlich lange genug darauf gewartet", erwidere ich schulterzuckend. „Du warst sehr geduldig mit mir und da wollte ich dich nicht einfach nur zum Essen ausführen", erkläre ich weiter und er drückt mir einen Kuss auf die Haare. „Du bist süß."

Ich seufze leise und er lacht. „Auch, wenn du es nicht toll findest, so bezeichnet zu werden. Du bist süß."

„Ich möchte den Film sehen", widerspreche ich ihm, aber nach wie vor grinst er. „Wen willst du hier verarschen? Du hast bisher so gut wie nichts von diesem Film mitbekommen."

Ich verdrehe die Augen. „Arschloch."

Archer legt seine Hand an meine Wange, dreht meinen Kopf zu sich und küsst mich.

„Niemand, der in ein Autokino geht, schaut den Film wirklich", sagt er leiser und sieht zwischen meinen Augen und meinen Lippen hin und her.

„Vielleicht habe ich es deswegen ausgesucht", entgegne ich provokant.

„Das hätte mir wohl vorher klar sein müssen, oder?"

„Du hast mich doch geküsst."

„Schlimm?"

„Du kennst meine Antwort", grinse ich und küsse ihn erneut.

„Kann man uns hier nicht sehen?", fragt Archer einen Moment später und sieht nach draußen. Es ist dunkel. Im Auto haben wir kein Licht angemacht und die nächsten Wagen stehen etwas weiter entfernt.

„Komm", sage ich spontan, steige aus und setze mich auf die Rückbank.

„Was hast du jetzt vor?", will er amüsiert wissen.

„Das siehst du gleich", antworte ich lediglich und er tauscht ebenfalls seinen Sitzplatz. Ich schiebe die Vordersitze so weit es geht nach vorne. „Und jetzt?"

„Drück auf diesen Knopf", antworte ich und deute auf die Mittelkonsole. Skeptisch sieht er mich an, kommt meiner Bitte aber nach. Eine schwarze Trennwand fährt hoch und schirmt uns blickdicht von den Vordersitzen ab. Die Fenster sind verdunkelt, niemand kann uns hier drin sehen.

„Gibt es etwas, an das du nicht gedacht hast?", fragt er belustigt.

„Jetzt sag nicht, dass du dich wieder nach vorne setzen möchtest", erwidere ich provokant. Archer leckt sich über die Lippen. Ich weiß nicht, woran genau ich es festmache, aber ich habe längst bemerkt, dass ihn diese Situation nicht kalt lässt.

„Mhm... nein. Du hast dir so viel Mühe gegeben, das wäre doch undankbar."

„Sehe ich auch so", antworte ich zufrieden und küsse ihn wieder. Archer seufzt leise und rutscht näher zu mir. Viel Platz haben wir hier hinten nicht, aber es ist definitiv genug, dass Archer sich drehen und sich kurzerhand auf meinen Schoß setzen kann. Ich spüre seinen härter werdenden Schwanz durch unsere Kleidung an meinem und keuche auf, als er sich auf mir bewegt. Er rutscht auf mir herum, wissend, dass ich jede Bewegung genau spüre.

„Love…", murmle ich und nehme seine Lippen erneut in Beschlag.

„Fuck, hast du Gleitgel mit?", fragt er mit rauer Stimme und ich greife in meine Jackentasche.

„Nicht dein Ernst."

„Enttäuscht?", frage ich amüsiert und lege die kleine Tube neben uns. Anstatt zu antworten, küsst er mich wieder, raubt mir vollkommen den Verstand und zupft an meinem Oberteil.

„Zieh das aus, los", fordert er und seinem Tonfall ist zu entnehmen, dass er keinen Widerspruch zulässt. Gleichzeitig streife ich ihm das Jackett von den Schultern und öffne sein Hemd. Am liebsten würde ich es einfach aufreißen. Knopf für Knopf öffne ich es und meine Hände gleiten wie von selbst über die Brust meines Freundes.

„Mach schon. Ich will dich endlich spüren", verlangt er ungeduldig. Er will es heute hart? Soll er haben. Mit den Händen an seinem Arsch, ziehe ich ihn ruckartig zu mir heran. Er stöhnt auf und drückt seine Nase gegen meine Halsbeuge, als meine Finger unter den Bund seiner Hose tauchen. Er öffnet sie und ich umfasse seinen Hintern fester.

„Mehr, Elliot. Fick mich!"

Heilige Scheiße, ist das scharf. Er setzt sich auf, zieht seine Hose aus und öffnet meine, die nur so weit herunter gezogen wird, wie es nötig ist. Sein Hemd lasse ich trotzdem nicht an seinem Körper. Archer presst sich gegen mich, bewegt seine Hüfte aufreizend und unsere Schwänze reiben aneinander. Zwei meiner Finger gleiten problemlos in ihn. So oft, wie wir in letzter Zeit Sex haben, ist das kaum verwunderlich. Er keucht auf, kommt mir entgegen und fickt sich selbst auf meiner Hand.

„Oh Gott!", stöhnt er und krallt sich mit einer Hand in meinen Haaren fest. „Mehr!"

Ein dritter Finger kommt dazu, ich treffe wieder und wieder seinen süßen Punkt und Archer beginnt auf mir zu zittern.

„Stopp! Hör auf!"

Verwundert entziehe ich ihm meine Finger augenblicklich.

„Alles in Ordnung?", frage ich besorgt und mustere ihn.

„Ich brauche deinen Schwanz", erklärt er nur und umgreift meine Erektion mit seiner Hand. Ich schnappe nach Luft. *Herr Gott, fühlt sich das gut an.* Er bewegt sie einige Male, streicht mit seinem Daumen über meine Spitze und verteilt das Gel gleichmäßig. Dann stützt er sich mit der anderen Hand auf meiner Schulter ab, platziert sich über mir und lässt sich hinabgleiten.

„Oh fuck!" Er drückt den Rücken durch, nimmt mich aber direkt vollkommen in sich auf. Seine heiße Enge umschließt mich. Er lässt uns nicht einen Moment Zeit, nein, er bewegt sich sofort, reitet mich und nimmt sich, was er braucht. Immer wieder küssen wir uns, verlangend, fordernd. Ich komme ihm entgegen, stoße tief und hart in ihn.

„Elliot!", stöhnt er erneut und jagt eine weitere Welle der Lust durch meinen Körper. Ich umfasse seinen Schwanz, bewege meine Hand um ihn und zitternd verliert er sich in der Ekstase. Eine Hand liegt an meinem Hinterkopf, die andere an der beschlagenen Scheibe des Autos. Seine Hand gleitet daran hinab und legt sich auf meine Schulter. Er hält sich an mir fest und sein Körper bebt vor Lust. Ihm zuzusehen, wie er den Orgasmus genießt, bringt mich schließlich auch an den Rand und reißt mich mit. Ich vögle ihn durch seinen und meinen Höhepunkt, reize alles aus und presse ihn an mich, sodass ich bis zum Anschlag in ihm stecke, als auch ich komme.

Schwer atmend lehnt Archer sich gegen meine Schulter, küsst sanft meine Haut, als ich mich ihm entziehe und nach den Servierten greife, die wir beim Essen nicht genutzt haben. Sanft und vorsichtig säubere ich erst ihn und dann mich.

„Mhm... Elliot", murmelt er, offenbar sehr zufrieden, und kuschelt sich enger an mich. Ich lasse die Trennwand einen Spalt herunterfahren, ziehe die Decke hindurch und schotte uns erneut von der Außenwelt ab. Erst, als wir beide zumindest unsere Hosen wieder tragen und in die Decke so weit eingekuschelt sind, dass man nicht denken würde, dass wir keine Oberteile tragen, gebe ich die Sicht auf die Leinwand frei. Ich stelle die Vordersitze so weit vor, wie es geht und ziehe Archer in meine Arme. Er seufzt leise, als ich seine Kopfhaut kraule und küsst meinen Hals.

„Das ist das perfekteste erste Date, das ich je hatte", sagt er plötzlich und grinsend sehe ich zu ihm. „Es ist ja auch mit mir."

„Spinner."

Sein Grinsen verschwindet nach wie vor nicht. Ich stelle wenig später fest, dass ich keine Ahnung habe, worum der Film schlussendlich ging. Als der Abspann beginnt, ziehen wir uns, im Schutze der Trennwand, wieder an, wechseln zurück auf die vorderen Sitze und schmeißen alles andere nach hinten. Nur die kleine Tube Gleitgel verschwindet in meiner Jackentasche. Archer gähnt müde, als wir in der Nacht wieder am Hinterausgang des Hotels ankommen. Wir schleichen uns durch die leeren Gänge und verschwinden in unseren Zimmern, nur um fünf Minuten später in meinem Bett zu liegen. Er hat seinen Kopf auf meine Brust gebettet.

„Danke", sagt er irgendwann.

„Danke?", frage ich verwundert und er nickt leicht. „Für das Date. Um ehrlich zu sein, hatte ich mich schon damit arrangiert frühestens nach der Saison mit dir ausgehen zu können."

„Die Geduld hatte ich nicht", gebe ich zu. „Nicht nach dem, was in letzter Zeit geschehen ist."

„Du hast es verstanden", stellt er leise fest.

„Es tut mir leid, dass ich so ein Arschloch war", entschuldige ich mich ehrlich und aufrichtig. „Du hattest vollkommen recht, dass es nicht fair ist, wie ich dich behandelt habe."

„Vielleicht schaffen wir es ja ab jetzt ab und an auszugehen", überlegt Archer laut. „Es muss nicht direkt jede Woche sein, aber zwischendurch würde ich mich sehr darüber freuen", gibt er zu.

„Ich werde mich bemühen", verspreche ich meinem Freund und küsse ihn sanft und liebevoll.

„Morgen geht es zurück", meint er dann und sieht auf die Uhr. „Noch fünf Stunden, bis der Wecker klingelt."

„Erinnere mich nicht daran", murmle ich und ziehe ihn enger zu mir.

„Das war mir dieser Abend wert", sagt Archer leise und mit müder Stimme.

„Schlaf gut, Love", wünsche ich ihm danach, aber er ist offenbar schon eingenickt. Lächelnd sehe ich ihn einen Moment an, drücke einen Kuss auf seine Haare und schließe dann selbst die Augen. *Es hätte heute nicht besser laufen können.*

8. Kapitel

„Wo warst du gestern Abend?", fragt Lane mich am Flughafen, als wir darauf warten, in den Flieger steigen zu können. Mein Herz rutscht mir in die Hose und mir wird augenblicklich eiskalt, während ich gleichzeitig schwitze.

„Äh, im Hotel. Wieso fragst du?", möchte ich wissen und versuche, mir nichts anmerken zu lassen. Lane sieht mich einen Moment skeptisch an. „Wir waren gestern Abend noch an der Bar etwas trinken, auf den Sieg, du weißt schon. Du warst nicht da."

„Ich war müde."

„Mhm."

„Wo soll ich denn deiner Meinung nach gewesen sein?", möchte ich von ihm wissen und sehe für einen kurzen Moment an ihm vorbei zu Archer. Er unterhält sich mit Drew und Warren und bekommt offenbar nichts von all dem hier mit.

„Du bist ein schlechter Lügner", meint er trocken und ich verdrehe die Augen. „Was willst du von mir hören, Lane?"

„Hey, ich habe dich nur gefragt, wo du warst. Entspann dich." Er hebt beide Hände kurz.

„Und wieso denkst du, werde ich dir das erzählen?", möchte ich von ihm wissen.

„Also warst du unterwegs."

Ich seufze genervt.

„Elliot, wir wissen beide, warum du gestern Abend nicht mit an der Bar warst."

„Schrei es noch lauter", antworte ich missmutig und sehe mich um. „Wir reden nicht darüber. Ich dachte, das wäre langsam mal klar geworden."

„Irgendwann sollten wir aber reden."

„Und wieso? Du wirst nichts sagen, richtig?"

69

„Nein, aber…"

„Gut, dann ist das ja geklärt", unterbreche ich ihn ungewollt harsch und gehe einige Schritte weg, um durchatmen zu können. *Scheiße.* Als nächstes beobachte ich, wie Lane zu Duncan geht und mit ihm redet. *Natürlich. Das musste ja passieren.*

„Alles okay bei dir?"

Ich zucke zusammen. Ian hat sich unbemerkt neben mich gestellt. „Sicher, was soll sein?"

„Du siehst ziemlich gestresst aus. Tust du seit einigen Tagen schon." Na super.

„Nein, mir geht es gut. Wenig Schlaf", winke ich ab, aber Ian gibt sich damit nicht zufrieden. „Das soll ich dir glauben?"

„Wieso solltest du es nicht?", möchte ich verwundert wissen.

„Weil du erst so bist, seit dem Abend vorm Hattrick's."

„Du warst… draußen?", frage ich verwirrt und versuche die Panik, die in diesem Augenblick meinen Körper flutet, so gut es geht zu ignorieren.

„Nur kurz, weißt du das nicht mehr?"

„Äh… nicht so ganz", gebe ich zu.

„Du warst ganz schön fertig."

„Mhm", murmle ich und verschränke die Arme vor der Brust.

„Ich war kurz mit Ellie dort. Wir sind etwas früher gegangen und haben auf den Uber gewartet. In dieser Zeit hat niemand von euch irgendetwas gesagt. Und du hast geheult. Oder warst kurz davor."

„Ach was", murmle ich und verdrehe die Augen.

„Ich gehe nicht davon aus, dass du sagen willst, was mit dir los ist, oder?", fragt er mich kurz danach und ich schüttle den Kopf. „Mir geht es gut, wirklich. Aber nett, dass du fragst", bügle ich den Rookie ab. Er versteht den Wink und lässt mich allein.

Die Hoffnung neben Archer zu sitzen, verschwindet, als Lane und Duncan sich links und rechts von mir fallen lassen.

„Was wird das? Eine Intervention?", frage ich halb im Spaß, halb ernst gemeint.

„Anders schaffen wir es ja nicht, mit dir zu reden."

„Verdammte Scheiße, ich will nicht mit euch reden!", antworte ich ungewollt laut und schnalle mich wieder ab. Die ersten unserer Kollegen drehen sich zu uns, aber das interessiert mich in diesem Moment nicht.

„Kümmert euch gefälligst um euren eigenen Mist!", fahre ich die Zwei an, schnappe mir meine Sachen und wechsle den Sitzplatz. Der einzig Freie ist neben Gibson. Rechts ihm sitzt Duckie, aber das könnte mir nicht egaler sein.

„Was ist los?", fragt Gibson mich verwundert.

„Die beiden gehen mir auf den Sack", antworte ich missmutig und nehme mir meine Kopfhörer. Sie fragen nicht weiter nach. Man kann über Gibson und Duckie sagen, was man will, aber zumindest verstehen sie, wenn man über etwas nicht sprechen möchte. Archer sieht mich verwundert an, als er sein Gepäck in der Ablage über sich verstaut.

Der Flug zieht sich, aber schließlich landen wir in Atlanta. Den Rest des Tages haben wir frei. Es ist erst Mittag, als ich mir einen Uber nach Hause nehme. Als ich die Reisetasche auf den Boden mitten in meinem Wohnzimmer fallen lasse, habe ich das Gefühl, seit Stunden endlich mal wieder durchatmen zu können. Ich lasse sie achtlos dort stehen und nehme mir ein kühles Bier aus dem Kühlschrank, bevor ich die Tür zu meiner Terrasse öffne und die ersten Sonnenstrahlen des Jahres in meinem Gesicht genieße. Niemand, der mir zu der Nacht in der Kneipe irgendwelche Fragen stellt. Niemand, der wissen will, wieso ich gestresst bin. Keine Erwartungen. Keine anderen Leute. *Wann war ich das letzte Mal mehr als zehn Minuten allein?* Vor der Nacht im Hattrick's. Mein kurzer Einkaufstripp zählt nicht. Der war auch stressig. Seitdem bin ich entweder bei Archer, er ist bei mir, oder ich bin beim Training oder einem Spiel.

Ich schließe für einen Moment die Augen und genieße die Stille um mich herum. Ich sollte mir zwischendurch die Zeit nehmen, genau das hier zu machen. Einfach auf meiner viel zu selten genutzten Terrasse sitzen und allein sein. Leider hält diese Entspannung nur eine knappe Viertelstunde. Dann fluten Gedanken meinen Kopf. Ich wollte noch den Schlüssel meines Hauses nachmachen lassen. Wieso habe ich das noch nicht getan? Ich weiß nicht einmal, ob Archer sich darüber überhaupt freuen würde, oder ob es ihm zu schnell ginge. In diesen letzten Tagen war es perfekt. Ich bezwecke damit schließlich nicht, dass wir sofort und auf der Stelle zusammenziehen. Es geht nur darum, dass er einen Schlüssel hat, damit ich ihm meinen nicht weiter auf den Schrank legen muss, wo er ihn sich heimlich wegnehmen kann. Laut Google Maps ist der nächste Schlüsseldienst nur zehn Minuten mit dem Rad entfernt. Also schnappe ich mir meinen Kram und schwinge mich auf mein Fahrrad.

Später sitze ich mit meiner zweiten kühlen Flasche Bier auf meiner Terrasse und beschließe, heute den Abend entspannt ausklingen zu lassen. Gerade, als ich meine Asia-Box vom Lieferanten entgegennehme, klingelt allerdings mein Handy. Es ist Noah. Ich verdrehe die Augen und sehe so lange auf das Display, bis der Anruf verschwindet. Aber er ruft erneut an. *Das kann doch nicht wahr sein!*

„Hi, Noah." Ich weiß nicht einmal, ob er noch in Atlanta ist.

„Ich erreiche dich ja doch noch." Ich höre, dass er grinst.

„Was gibt's?", frage ich und nehme mir eine Frühlingsrolle.

„Ich wollte hören, wie es dir geht, nach deinem Outing und dem ganzen Chaos an dem Abend."

„Du hast mich geküsst, zweimal. Wie soll es mir da bitte gehen?", frage ich augenrollend.

„Damals ging es dir danach gut", antwortet er trocken. Ich seufze. „So war das nicht gemeint."

„Sondern?"

„Du hast mich geküsst, vor den Augen meiner Kollegen und meinem…"

„Freund?"

„Mhm. Vor Archer."

„Vor deinem Freund", korrigiert er mich erneut und ich weiß, dass er schon wieder grinst.

„Willst du mir nur das sagen?", frage ich gereizt.

„Ich möchte mich gerne bei dir entschuldigen. Ich hätte dich nicht geküsst, wenn ich das mit Archer gewusst hätte."

„Okay. Ich dachte, dass wir uns einfach gut verstehen und jetzt denkt die Hälfte meines Teams, ich hätte mir dir geflirtet."

„Hast du nicht?"

„Ist das dein Ernst?"

„Äh… zumindest kam es mir so vor. Ich habe, wie du dir denken kannst, nämlich mit dir geflirtet."

„Super", murmle ich leise und lege die Füße auf den niedrigen Tisch vor mir. „Ich habe definitiv nicht mit dir geflirtet. Ich habe mich gefreut, dich wiederzusehen, ja, aber ich empfinde nichts mehr für dich. Das ist schon Jahre her, Noah."

Ich weiß, dass er bemerkt hat, dass ich ihn nicht *Neo* genannt habe.

„Wäre ja auch zu schön gewesen", sagt er leise. Vielleicht denkt er, ich höre es nicht, aber dem ist nicht so.

„Bist du jetzt wütend oder so?", möchte ich zögerlich von ihm wissen.

„Auf dich? Wieso sollte ich das sein?"

„Keine Ahnung. Weil ich den Kuss nicht erwidert, sondern dich weggestoßen habe."

„Nein, bin ich nicht. Wenn, bist doch du derjenige, der wütend sein kann, immerhin habe ich dich unfreiwillig vor Shelton und Bennet geoutet."

„Mhm. Stimmt."

„Du hast Angst."

„Bullshit."

„Du hast Angst, dass ich verletzt oder sauer bin und dich auch bei den anderen oute." *Treffer. Versenkt.*

Ich schweige, denn ich befürchte, dass alles, was ich jetzt sagen könnte, die Situation noch schlimmer und unangenehmer machen könnte.

„Okay, Elliot, jetzt hör mir bitte zu", fängt er an. „Nur weil du nichts mehr von mir willst, werde ich nicht direkt der ganzen NHL erzählen, dass du schwul bist, okay? Ich bin kein Teenager mehr, der nicht rational denken kann. Ich habe dich damit überrumpelt und alles danach war ein blöder Zufall. Ich wusste nicht, dass jemand mit uns dort draußen ist, sonst hätte ich das nie gemacht."

„Danke, Noah", antworte ich ehrlich erleichtert.

„Aber eine Frage habe ich noch."

„Mhm?"

„Wie lange geht das schon mit dir und Swan?", fragt er neugierig.

„Lange genug", weiche ich aus.

„Also ist es etwas Ernstes?"

„Interessiert dich das wirklich?"

„Wieso sollte es das nicht? Ich würde sonst nicht fragen, mach dir deswegen keine Gedanken", erwidert er und ich bemerke, dass ich lächle. „Ich denke... ich hoffe es", korrigiere ich mich selbst. „Es weiß niemand aus dem Verein, also von Lane und Duncan abgesehen, aber wir schweigen das tot."

„War er sehr wütend? Oder enttäuscht? Hattet ihr Streit deswegen?", möchte Noah vorsichtig wissen.

„Er weiß, dass du mich geküsst hast und nicht andersherum. Es ist alles gut", beruhige ich ihn.

„Okay, das freut mich zu hören."

„Wie lange bist du noch in Atlanta?"

„Ich fliege morgen Nachmittag zurück nach New York. Ich habe von hier aus gearbeitet, als ihr in Dallas wart und die letzten Sachen fertig gemacht", erzählt er mir.

„Ich komme vorbei, im Büro", beschließe ich spontan. Archer muss morgen auch arbeiten und so kann ich es direkt damit verbinden, ihn dazu zu zwingen, eine vernünftige Mittagspause zu machen.

„Du musst das nicht tun."

„Ich möchte aber."

9. Kapitel

Am nächsten Tag, den wir ebenfalls ausnahmsweise frei haben, schlafe ich überraschend lange, gehe einkaufen und merke dann, dass es langsam schon Zeit ist, zum Büro zu fahren. Kurzerhand rufe ich Archer an.

„Hey Elliot."

„Worauf hast du Lust?"

„Worauf ich Lust habe? Auf was spielst du an?", möchte er amüsiert wissen.

„Mittagessen", antworte ich und schnappe mir mein Portemonnaie.

„Mittagessen? Kommst du her, oder…"

„Ganz genau. Und du hast garantiert noch keine Pause gemacht. Also, was möchtest du essen?"

„Am liebsten hätte ich jetzt einen großen Burger", lacht er. „Am besten mit Avocado." *Igitt.*

„Okay."

„Du gehst das jetzt nicht wirklich kaufen, oder?", fragt er verwundert.

„Doch. Bis später", grinse ich und lege auf. Der nächste gute Burgerladen ist nur ein paar Minuten mit dem Rad vom Büro entfernt und zu meinem Erstaunen dauert es nicht einmal zehn Minuten, bis meine Bestellung fertig ist. Ich zahle, bedanke mich und mache mich mit der Tüte am Lenker auf den Weg zu Archer. Noah meinte, er hätte sich schon etwas zu essen besorgt, sonst hätte ich auch ihm etwas mitgebracht. (Mit dem feinen Unterschied, dass er mir das Geld zurückgeben müsste.)

Niemand ist auf den Fluren, als ich mit schnellen Schritten Archers Büro anpeile und schließlich durch die Tür schlüpfe.

„Du bist ja schon da – oh man, riecht das gut", fällt er sich selbst ins Wort und steht auf.

„Kein Kuss?", frage ich verwundert, als er mir nur die Tüte aus der Hand nimmt und sich wieder auf den großen Bürostuhl setzt.

„Komm her", grinst er und ich ziehe mir einen der Stühle heran, die an der Seite stehen. Sanft küsst er mich, dann wendet er seine Aufmerksamkeit wieder unserem Mittagessen zu.

„Hier, das ist deiner." Ich reiche ihm den Burger mit Avocado.

„Wieso so skeptisch?"

„Avocado schmeckt so schon nicht. Wieso versaust du dir einen Burger damit?", möchte ich wissen, aber er lacht. „Du hast einfach keinen Geschmack."

„Avocado, Archer. Ekelhaft."

Er verdreht amüsiert die Augen und räumt seine Unterlagen zur Seite. „Verdammt, ich hatte so einen Hunger. Die ganze Zeit schon", meint er und seufzt genießend, als er in den großen Burger beißt.

„Wie gut, dass du mich hast", erwidere ich.

„Ich sollte wohl aufpassen, dein Ego nicht zu sehr zu füttern, was?", antwortet er belustigt, aber ich winke ab. „Mach damit ruhig weiter. Das ist mir recht."

„Das bezweifle ich nicht."

„Kann man deine Tür inzwischen eigentlich abschließen?", fällt mir ein und ich drehe mich kurz um.

„Ich habe den Techniker gerufen. Es ist ein Fehler im Türsystem. Seitdem habe ich diese Kette über dem Schloss und mir wurde versichert, dass sich so schnell wie möglich jemand darum kümmern würde", erzählt er. Erst da bemerke ich die Türkette, die angebracht wurde.

„Es ist besser als nichts", erwidere ich trocken.

„Denkst du schon wieder an Sex?"

„Bis gerade nicht. Jetzt schon, du hast es schließlich angesprochen", antworte ich schulterzuckend. „Mich hat es nur interessiert."

Archers Blick verrät deutlich, dass er mir nicht glaubt. „Wirklich", betone ich, aber er schmunzelt nur. „Hast du Gleitgel dabei?"

„Bitte was?"

„Das letzte Mal hattest du welches mit", antwortet er und ich verdrehe die Augen. „Das letzte Mal haben wir uns nur für heißen Sex getroffen", erwidere ich.

„Hast du welches da?", frage ich lachend und er stockt.

„Archer?", frage ich skeptisch, aber grinsend.

„Ich habe vielleicht eine kleine Tube in einer Schublade", murmelt er und sieht zur Seite.

„Aha?"

„Vielleicht."

„Und wieso das?"

Er beißt in seinen Burger. Ich warte aber geduldig, bis er mir antworten kann. „Was?"

„Ich warte", antworte ich scheinheilig. „Auf deine Antwort."

„Mhm."

„Also?"

„Vielleicht mochte ich es. Das letzte Mal meine ich."

„Hier?"

„Mhm. Ja. Ich mochte es und ich hab die Hoffnung, dass es sich wiederholt. Nicht jetzt, aber bald."

Ich lächle. *Gut zu wissen.* Die leeren Essensboxen finden ihren Weg in den Müll und mich stört augenblicklich der Schreibtisch zwischen uns. Mit einem Blick auf die Uhr sehe ich, dass wir noch zwanzig Minuten haben, bis seine offizielle Mittagspause vorbei ist. Kurzerhand stehe ich auf, gehe um den Tisch und setze mich drauf.

„Was wird das?", fragt Archer amüsiert. Ich zucke mit den Schultern, greife nach den Armlehnen seines Stuhls und ziehe ihn zwischen meine Beine. „Ich will dich küssen."

„So ist das also", schmunzelt er. Ich lege meine Arme locker um ihn und spiele mit seinen Haaren im Nacken. „Mhm, könnte sein."

„Was für ich ein Glück habe", sagt er etwas leiser und lehnt sich mir entgegen. Zufrieden lächelnd lege ich meine Lippen auf seine und küsse ihn sanft. Archer rutscht etwas weiter nach vorne und legt seine Hände auf meine Oberschenkel. Ungewollt seufze ich auf, als er sie erst sanft drückt und dann seine Hände darüber gleiten lässt. Sie ruhen einen Moment auf meiner Hüfte, bevor er mich mit einem Ruck zu sich heranzieht. Ich zucke zusammen und sitze in der nächsten Sekunde auf seinem Schoß, die Beine links und rechts von ihm. Seine Hände liegen an meinem Hintern und pressen mich an ihn.

„Love…", hauche ich gegen seine Lippen, küsse ihn aber sofort wieder. Ich kann nicht genug hiervon bekommen. Es fühlt sich so wahnsinnig gut an. Er wird hart. Ich bewege meine Hüfte immer wieder gegen ihn, man könnte fast sagen, ich reite ihn. Von dem Umstand mal abgesehen, dass wir beide noch Kleidung tragen.

„Elliot…", raunt er, als ich beginne, seinen Hals zu küssen. „Wir sollten…"

„Lernen abzuschließen", werden wir unterbrochen. Erschrocken lasse ich von ihm ab, stolpere von seinem Schoß und sehe mit großen Augen zur Tür. Noah steht im Türrahmen und schmunzelt. *Scheiße.* Jetzt hat Archer schon so eine blöde Türkette und wir haben vergessen sie zu nutzen. Er schließt die Tür hinter sich.

„Ich hätte vielleicht klopfen sollen. Ich konnte ja nicht ahnen, dass ihr gerade vögelt", meint er trocken.

„Wir haben nicht…"

„Hättet ihr aber, wenn ich fünf Minuten später hier gewesen wäre."

„Was gibt's?", fragt Archer sichtlich genervt.

„Hier. Die Kampagnenergebnisse des Online- und des Fanshops." Er reicht Archer ein Tablet. „Hi, Elliot."

„Äh… hi." Überfordert stehe ich an der Seite und fühle mich augenblicklich fehl am Platz.

„Ich lasse euch mal wieder allein. Kommst du gleich rüber?", fragt er und ich nicke stumm. Noah verlässt den Raum wieder.

Archer lehnt sich zurück und dreht sich zu mir. „Du gehst zu ihm rüber? Habe ich etwas verpasst?", fragt er und ich höre genau, wie sehr es ihm missfällt.

„Nur kurz. Und auch erst nach deiner Pause."

„Bist du deswegen hergekommen? Und der Weg zur mir ist nur ein Abstecher gewesen?", möchte er wissen und ich möchte verneinen, stelle aber im gleichen Moment fest, dass es doch zutrifft.

„Das ist jetzt nicht dein Ernst."

„Archer, da ist doch nichts dabei."

„Wie kommt es dazu?", möchte er wissen und ich möchte ihm durch die Haare streichen, aber er rollt auf dem Stuhl etwas zurück.

„Was ist denn jetzt los?", frage ich verwundert.

„Kannst du mir nicht einfach antworten?", möchte er wissen.

„Er hat mich gestern Abend angerufen. Er hat sich entschuldigt, aufrichtig entschuldigt. Du weißt sicher, dass er nachher wieder nach New York fliegt. Wir haben ausgemacht, dass ich vorbeikomme, mich verabschiede oder so. Ich denke, vielleicht könnten wir tatsächlich wieder Freunde werden."

„Mhm."

„Was *mhm*?"

Er verdreht die Augen.

„Dir gefällt es nicht", stelle ich fest.

„Nein, tut es nicht", gibt er zu.

„Ich dachte, du wärst deswegen nicht wütend", meine ich und sehe ihn verwirrt an.

„Ich bin nicht wütend auf dich. Ich hasse, dass er dich geküsst hat. Ich sehe immer, wenn ich ihn hier im Büro treffe, vor meinem inneren Auge, wie er dir die Zunge in den Hals steckt! Scheiße!" Er steht auf und geht einige Schritte hin und her. Ich sehe stumm zu, nicht wissend, ob und was ich sagen soll.

„Ich weiß, dass er ein guter Freund war. Oder ist, keine Ahnung, aber ich weiß eben auch, dass ihr gefickt habt."

„Das ist Jahre her!", widerspreche ich ihm kopfschüttelnd.

„Und er steht immer noch auf dich!"

„Ich dachte, das hatten wir geklärt."

„Wir hatten das geklärt, als du verkatert warst. Und seitdem haben wir fast pausenlos Sex."

„Und das stört dich auf einmal", erwidere ich trocken. „Das hättest du mir ruhig sagen können."

„Es stört mich doch nicht!", widerspricht er sofort.

„Ach nein? Das klang gerade noch ganz anders!"

„Verdammt, Elliot! Versteh doch nicht alles extra falsch!"

Ich verschränke die Arme vor der Brust. „Was willst du mir sagen?"

„Ich mag ihn nicht, zufrieden? Und ich will nicht, dass ihr zwei allein seid. Wahrscheinlich füllt er dich dann ab und was weiß ich, was ihr dann macht."

„Sag mal geht's noch?!"

Archer schnaubt und dreht sich weg. Ich laufe um ihn herum, sodass er mich wieder ansieht. „Was soll das hier? Ich war komplett abgefüllt und habe ihn trotzdem weggestoßen!"

Archer schließt die Augen und drückt Zeigefinger und Daumen gegen seine Nasenwurzel.

„Was soll der Mist, Archer?", frage ich mit mehr Nachdruck.

„Ich weiß, dass du ihn weggestoßen hast. Ich mag es trotzdem nicht", sagt er ruhiger und sieht mich endlich wieder richtig an.

„Tut mir leid. Ich wollte dich nicht anschreien."

„Es… ist okay", antworte ich und mache einen Schritt auf ihn zu. Er zuckt nicht zurück, wendet sich auch nicht ab. „Archer, ich werde fünf Minuten bei ihm sein, es wird nichts passieren und dann fliegt er nach New York. Aber ich denke, wir werden in Kontakt bleiben. Er war früher mein bester Freund. Ich empfinde nichts mehr für ihn. Ich liebe ihn nicht mehr, sondern… du bist mein Freund. Und ich wäre schön blöd, dich zu betrügen", stelle ich klar, bleibe dabei ruhig und gefasst. Ich nehme sanft seine Hände und verschränke unsere Finger miteinander. Er nickt vorsichtig.

„Küss mich, Archer. Und dann erinnerst du dich daran, dass Noah wirklich nur ein Freund ist."

Er lächelt verlegen und kommt meiner Bitte nach. „Fünf Minuten", betont er und ich nicke. „Dann werde ich dich doch sowieso schon vermissen, weißt du das nicht?"

Er lacht glücklich. „Das ist so kitschig."

„Du liebst es", stelle ich fest und er nickt. „Absolut."

„Dann beschwere dich bloß nicht, sonst höre ich damit wieder auf", warne ich ihn und mit einem bestimmenden, aber nicht groben, Ruck zieht er mich zu sich heran. „Das wirst du garantiert nicht."

Meine Knie werden weich und meine Hände habe ich instinktiv an seine Brust gelegt. *Scheiße, seit wann mag ich das?* Mein Körper reagiert neuerdings ganz anders, als ich es kenne. Ich hätte einen Arm um ihn legen müssen, und ihn zu mir ziehen sollen, nicht andersherum. Aber wieso flattert mein Herz jedes Mal so unglaublich schnell, wenn er das tut? Ich brauche einen Moment, um mich wieder zu fassen, sehe auf seine Lippen und unterdrücke den Wunsch, ihn sofort und augenblicklich erneut zu küssen.

„Mhm… da bist du dir so sicher?", frage ich stattdessen provokant und er lächelt verschmitzt. „Du hast mehr als dreißig

Sekunden gebraucht, um antworten zu können, also ja", erwidert er. *Ach fuck.*

„Ich sollte rüber gehen."

„Mhm… das solltest du. Dann bist du schneller wieder hier."

„Und dann?", frage ich scheinheilig. Archer hat nach wie vor einen Arm um meine Hüfte gelegt und presst mich nun erneut an sich. Ich keuche auf. *Er ist hart.* Seine Hose muss unangenehm spannen, aber er lächelt nur. Im Gesicht lässt er es sich nicht anmerken, aber sein Griff um mich wird fester.

„Irgendwann, Elliot", sagt er leise und streicht mir mit der freien Hand durch die Haare.

„Dann was?", grinse ich.

„Dann werde ich dich über diesen Schreibtisch legen und dich vögeln, dass du vergisst, wo oben und unten ist", sagt er mit rauer, tiefer Stimme. Ich atme zitternd ein und wieder aus. Meine Knie vergessen für einen kurzen Augenblick, wozu sie da sind und mein Schwanz zuckt erregt.

„Los, geh schon. Und denk daran, wie wahnsinnig gut ich dich ficken werde. Dann kommst du nämlich schnell wieder zurück zu mir." Wenn er noch ein paar Momente weiter macht, werde ich hart. Ich weiß, dass er es weiß. Er lässt wieder locker und drückt mir einen süßen, unschuldigen Kuss auf die Lippen. *Halleluja.*

Ich zupfe meine Hose zurecht, straffe die Schultern und betrete den Flur. Archer hat recht. Ich kann das Bild, wie er mich über diesem Schreibtisch nimmt, nicht aus meinem Kopf verbannen. Vor meinem inneren Auge sehe ich es aus dutzenden Perspektiven und meine Eier ziehen sich erregt zusammen. *Verdammte Scheiße.* Dieser Mistkerl. Ich betrete Noahs Büro und muss feststellen, dass es nicht einmal halb so groß ist, wie Archers.

„Ich dachte nicht, dass du so schnell hier sein wirst", grinst er und ich verdrehe die Augen. „Du hast die Stimmung ruiniert", antworte ich.

„Tut mir leid", meint er schulterzuckend. Er packt offenbar gerade seine Unterlagen und Arbeitssachen zusammen. „Wann geht dein Flug?"

„In dreieinhalb Stunden. Ich werde gleich abgeholt", antwortet er, nachdem er kurz auf die Uhr gesehen hat. „Archer ist wütend", meint er und verwundert sehe ich ihn an. „Wie kommst du darauf?"

„Nicht auf dich, auf mich. Das war nicht *nicht* zu bemerken", erwidert er und lehnt sich gegen den Schreibtisch. Ich setze mich auf einen der Stühle.

„Als er am Tag danach nicht aufgetaucht ist, war mir klar, dass er bei dir ist. Ich war froh darüber, dass du nicht allein warst, nachdem was passiert ist. Am nächsten Tag habe ich ihn wieder gesehen und sein Blick hat alles gesagt", meint er und zuckt mit den Schultern. „Ich kann es ihm nicht übel nehmen, immerhin habe ich seinen Freund geküsst."

„Hast du mit ihm darüber gesprochen?", möchte ich wissen. Er schüttelt den Kopf. „Nein, ich wollte mich nicht noch mehr einmischen. Ich denke, ich habe genug angerichtet."

„Also bist du cool damit, wenn wir einfach Freunde sind?", frage ich zögerlich.

„Ich würde mich freuen, wenn wir uns mal sehen, wenn du in New York spielst und vielleicht etwas Zeit zwischendurch hast."

„Oder du kommst direkt zum Spiel und zeigst mir abends New York", überlege ich laut.

„Gerne. Archer kann ja mitkommen. Und deine beiden Kollegen, die auch von euch wissen."

„Duncan und Lane? Nein, ich denke eher nicht, aber Archer frage ich gerne", füge ich hinzu. Noah bleibt einen Moment still, dann grinst er.

„Was ist?"

„Du bist vollkommen in diesen Mann verknallt."

„Und wenn schon", murmle ich.

„Meinst du, er ist der eine?", möchte er wissen und überrascht sehe ich ihn an. „Du meinst so *die-eine-wahre-Liebe* mäßig?"

„Genau."

„Glaubst du daran?"

Er zuckt mit den Schultern.

„Ich weiß nicht, vielleicht. Es ist meine erste richtige Beziehung", erkläre ich ihm. „Mehr als One-Night-Stands waren vorher nicht drin. Ich hatte letztens erst mein aller erstes Date", schmunzle ich.

„Du siehst ihn so an, als wäre er der Mann, den du irgendwann heiraten willst. Das ist jedenfalls mein Eindruck", antwortet er mir.

„Heiraten?"

„Willst du nicht heiraten?"

„Ich… äh… um ehrlich zu sein, habe ich nie drüber nachgedacht. Es war vor Archer nicht einmal eine Option, in einer Beziehung zu sein", entgegne ich.

„Und doch hast du einen Freund."

„Mhm. Allerdings."

„Will Archer heiraten?"

„Ist es nicht etwas früh, um darüber nachzudenken? Wir sind nicht einmal ein Jahr zusammen."

„Keine Ahnung, ich denke, das sollte jeder für sich selbst entscheiden. Manche Paare heiraten unglaublich früh, aber nur weil das nicht der gesellschaftlichen Norm entspricht, bedeutet das ja nicht, dass es nicht funktionieren kann und falsch ist." So genau habe ich darüber noch nie nachgedacht. Es klingt logisch, was Noah gesagt hat und innerlich stimme ich diesem Standpunkt zu. „Erst einmal plane ich, ihm einen Schlüssel zu meinem Haus zu geben."

Überrascht sieht er mich an. „Du willst ihn fragen, ob er bei dir einzieht?"

„Nein, so schnell dann doch nicht. Er nimmt sich meinen Schlüssel manchmal, wenn wir nach dem Training oder einem Spiel verabredet sind. Es ist unkomplizierter, wenn er einen eignen hat."

„Das ist ein großer Vertrauensbeweis."

„Ich vertraue ihm vollkommen", antworte ich ehrlich.

Noah grinst. „Du liebst diesen Kerl." Ich kann nicht anders als zu lächeln, ehe ich glücklich nicke. „Absolut."

„Hast du es ihm gesagt?"

Ich schweige erneut.

„Oh, Elliot. Sag es ihm!"

„Schon? Ist das nicht zu früh?"

„Du liebst ihn, da gibt es kein zu früh. Es wird ihn sehr glücklich machen", versichert er mir optimistisch. „Und ich wette mit dir, dass er darauf wartet, dass du es ihm sagst."

„Meinst du?"

„Jetzt mach dir nicht sofort wieder Stress. So meinte ich das nicht!", rudert er zurück. Es ist also offensichtlich, dass ich daran gedacht habe, dass er darauf wartet und ich es möglicherweise zu spät sagen könnte.

„Mach es einfach, wenn du dich gut damit fühlst", rät er mir. Ich fühle mich gut mit Archer, sehr. Fühlt sich Liebe so an? Als Noah mich gefragt hat, ob ich Archer gegenüber so empfinde, habe ich nicht nachgedacht, ich habe einfach bejaht.

10. Kapitel

„Das waren keine fünf Minuten."

Ich verdrehe die Augen und schließe die Tür wieder hinter mir. „Dann waren es eben sechs oder sieben", erwidere ich und Archer blickt von seinem Computer auf. „Du warst doppelt so lange bei ihm."

„Hast du auf die Uhr geschaut und die Minuten gezählt?", frage ich und überlege, ob ich mich hinsetzen soll oder nicht. Archer antwortet nicht. *Also hat er das tatsächlich.*

„War es jetzt so schlimm, dass ich ein paar Minuten länger bei ihm war?", frage ich halb spaßend, halb ernst gemeint. Archer zuckt mit den Schultern, sagt aber nichts weiter dazu. Ich schüttle leicht den Kopf und gehe zur Tür.

„Haust du jetzt ab? Gehst du wieder zu Noah?", fragt er und seine Tonlage verrät eindeutig, was er davon hält. Ich antworte ihm nicht, sondern hake die Türkette ein und sperre somit zu. Als ich mich wieder umdrehe, hat Archer es auch verstanden.

„Dachtest du wirklich, ich verpiss mich sofort zu Noah?"

„Du warst gerade auch bei ihm", antwortet er nur und sieht wieder auf den Bildschirm.

„Nur, weil er sich persönlich entschuldigen und sich verabschieden wollte", erinnere ich meinen Freund, doch diesen scheint der Grund wenig zu kümmern. Kurzerhand gehe ich um seinen Schreibtisch herum, stoße seinen Stuhl ein Stück zurück und zwinge ihn somit, seine Arbeit zu unterbrechen. Er sieht mich fragend an. „Was ist los?"

„Was soll sein?"

„Verarsch mich nicht."

„Ich mag nicht, wenn du mit ihm allein bist", gibt er zu.

„Du bist eifersüchtig", stelle ich fest. Archer antwortet darauf nicht direkt. Ich warte einen Moment, ehe ich weiterspreche: „Das musst du nicht sein. Versprochen."

Ich streiche ihm durch die Haare und fange an, seine Kopfhaut zu kraulen. Er seufzt leise genießend auf.

„In der Theorie weiß ich es", meint er. „Das verhindert leider nicht, dass ich dir am liebsten sofort hinterher gekommen wäre, damit er nicht mit dir allein ist", fügt er hinzu. „Wer hat gesagt, dass du aufhören kannst?", fragt er unzufrieden, als ich meine Hand aus seinen Haaren genommen habe. Ich schmunzle und beginne von Neuem damit, ihn zu kraulen.

„Noah fliegt gleich nach New York zurück. Du hast mich also wieder ganz für dich allein", antworte ich ihm.

„Mhm. Gut so", erwidert er und zieht mich sanft auf seinen Schoß. Archer schließt für deinen Moment die Augen und lächelnd beobachte ich, wie er meine Berührungen genießt. *Er ist so wunderschön.* Wie könnte ich jemals mit irgendjemand anderem etwas anfangen, was über Freundschaft hinaus geht, wenn ich diesen wunderbaren Mann an meiner Seite habe? Dann wäre ich definitiv ein Vollidiot.

„Was hältst du vom Heiraten?", frage ich unüberlegt und Archers Augen werden groß. Er sieht mich einen Moment lang perplex an. „Wie kommst du jetzt darauf? Also nicht, dass ich mir nicht vorstellen könnte, dass wir... also dich zu heiraten, aber meinst du nicht, dass ist etwas früh?", fragt er unbeholfen und wirkt auf einmal sehr unsicher. Sofort schüttle ich den Kopf und fange an zu lachen. „Nein, so meinte ich das doch nicht. Oh Gott, Archer, als würde ich dir jetzt schon einen Antrag machen!"

Er atmet erleichtert auf und nickt. „Okay, gut."

Ich mustere ihn einen Moment lang. *Ob ich ihn wohl eines Tages wirklich heiraten werde?*

„Ich meinte eher generell, ob du dir überhaupt vorstellen kannst zu heiraten", erkläre ich meine Frage.

„Das weißt du doch", erwidert er verwundert.

„Ich sollte das wissen?", entgegne ich verwirrt und werde augenblicklich nervös. *Fuck, wann haben wir darüber gesprochen?* Archer schmunzelt. „Kann es sein, dass du mir nicht zugehört hast?"

„Von wann reden wir?", möchte ich wissen und kratze mich nervös im Nacken.

„Als ich Eve kennengelernt habe, damals in der Kneipe."

„Das ist letzten Herbst gewesen", überlege ich laut. „Und das war der Abend, an dem du mich abgefüllt hast."

„So würde ich es nicht bezeichnen."

„Du hast mich abgefüllt und verführt."

„*Du* hast mich auf offener Straße geküsst und mit zu dir genommen", erinnert er mich amüsiert.

„Wie auch immer. An dem Abend haben wir darüber gesprochen?"

„Nur kurz", erwidert er. „Ich habe gemeint, dass ich hoffe, irgendwann mal dieses Glück zu finden, was Eve und Drew haben."

„Also würdest du gerne heiraten", schlussfolgere ich und er nickt. „Ja, aber nur wenn ich wirklich die richtige Person dafür gefunden habe, nicht nur um verheiratet zu sein."

Ich streiche ihm durch die Haare und vor meinem inneren Auge baut sich eine Szene auf, in der Archer und ich vor einem Standesbeamten stehen und Ringe tauschen. Das Bild wird immer detaillierter und mein Herz schlägt immer schneller. Ohne, dass ich es mitbekomme, nimmt er seine Hand von meiner Hüfte und legt sie auf meine Brust. „Das fühlt sich alles andere als gesund an", grinst er und lässt seine Hand an der Stelle verweilen, an der er meinen Herzschlag spürt. Ich zucke mit den Schultern. „Es schadet mir bisher nicht."

„Nett gesagt."

Eine angenehme, wohltuende Wärme breitet sich von meiner Brust ausgehend in meinem ganzen Körper aus.

„Möchtest du eines Tages heiraten?", fragt er mich.

„Ich habe nie darüber nachgedacht. Für mich stand es nie zur Option überhaupt eine Beziehung zu führen."

Er nickt verstehend. Ich zögere einen Moment, bevor ich weiter spreche. Ich habe ihm noch nie gesagt, dass ich ihn liebe, ist es zu viel, wenn wir schon übers Heiraten sprechen?

„Inzwischen könnte ich es mir vorstellen", füge ich hinzu und sehe, dass er breiter und glücklicher lächelt. *Er hat es verstanden.*

„Ich denke, ich mir auch", sagt er etwas leiser und ich dachte, noch nervöser könnte ich nicht werden, noch schneller könnte mein Herz nicht schlagen und noch mehr Glück könnte ich nicht empfinden. Mein Blick fällt auf seine Lippen, seine wunderschönen, pinken Lippen, die mich geradezu einladen, sie zu kosten. Er lächelt etwas, ich kann nicht länger widerstehen. Liebevoll, innig und mit aller Hingabe, die ich habe, küsse ich ihn. Archer zieht mich enger zu sich heran, ich streiche durch seine Haare, presse mich gegen ihn und vertiefe den Kuss. *Herr Gott, wie sehr ich es liebe, ihn zu küssen.* Die Arbeit und alles andere um uns herum ist vergessen und unwichtig. Dieser Moment gehört nur uns. Seine Finger tauchen unter mein Oberteil, meine Haut beginnt augenblicklich zu kribbeln und eine Gänsehaut breitet sich über meinen Körper aus. Archer lächelt, er merkt, wie ich auf ihn reagiere, er weiß ganz genau, wie er mich berühren muss, damit ich ihm noch mehr verfalle.

„Lio…", murmelt er leise. „Schatz."

Ich kann nicht anders, als ihn glücklich lächelnd anzusehen.

„Du magst es also doch, wenn ich dich so nenne."

„Ich habe es doch nie bestritten."

Er drückt einen kurzen, süßen Kuss auf meine Lippen. „Ich muss weiter arbeiten."

„Wie viele Überstunden hast du?"

„Dann komme ich heute früher nach Hause."

Ich stocke einen Moment. „Nach Hause zu dir? Also treffen wir uns dort?"

Er zuckt mit den Schultern. „Ich kann auch zu dir kommen."

Heilige Scheiße, er bezeichnet mein Haus als Zuhause. Vielleicht ist es doch nicht zu früh, ihm den Schlüssel zu geben, sobald er fertig ist.

„Was ist dir lieber?", frage ich ihn und er überlegt einen Moment. „Ich denke, ich komme zu dir."

„Okay, gerne. Wann hast du Feierabend?"

„Wenn ich noch kurz nach Hause fahre, um ein paar Klamotten zu holen, kann ich so um sieben, vielleicht halb acht bei dir sein."

„Du könntest meine Kleidung nehmen", schlage ich vor, aber er fängt nur an zu lachen.

„Ey!"

„Ein paar deiner Shirts passen mir zwar, aber das auch nur, weil sie dir zu groß sind. Die Hosen sind mir definitiv alle zu kurz."

„Arschloch."

„Ich kann nichts dafür, dass du so klein bist."

„Arschloch!", wiederhole ich und haue ihm gegen die Brust.

„Vielleicht ist das Problem auch nur, dass ich zu wenig meiner Sachen bei dir habe", überlegt er laut. Ich möchte antworten, öffne meinen Mund, aber bleibe doch stumm.

„Schon gut, ich wollte dich nicht direkt sprachlos machen. Das war ein Scherz", erklärt mein Freund schnell, aber ich schüttle den Kopf. „Das war nicht negativ gemeint, also… uhm…"

„Du bist doch sonst nicht auf den Mund gefallen." Amüsiert sieht er mich an. „Was ist plötzlich los?"

Meine Handflächen werden feucht und mein Herz schlägt mir bis zum Hals. „Ich könnte eine Schublade freimachen", spreche ich es aus. „Das wäre praktischer, wenn du bei mir bist und zeitsparender und..."

„Das geht dir nicht zu schnell?", unterbricht Archer meinen Redefluss und ich schüttle leicht den Kopf. „Nein, ich denke nicht. Ich war nur überrascht, weil ich nicht damit gerechnet habe", erkläre ich ihm erstaunlich unsicher. *Verdammt, dieser Kerl bringt meine Gedanken ständig durcheinander!*

„Dann werde ich wohl nachher ein oder zwei Outfits mehr einpacken", antwortet er mir leise und küsst mich wieder.

11. Kapitel

Es ist inzwischen zehn vor sieben und ich tigere nervös und ungeduldig hin und her. Mein Laptop steht auf dem Wohnzimmertisch. Nachdem ich gerade kurz geduscht habe, bin ich nicht drum herum gekommen, zu googeln, was man abends in Atlanta zu zweit unternehmen könnte. Ich habe ein kleines Restaurant gefunden, von dem ich sicher bin, dass es Archer gefallen wird. Ich schaue erneut auf die Uhr. Dann nehme ich mir mein Handy, gebe die Nummer ein und rufe das Restaurant an.

„Tiki Bar und Restaurant, Sie sprechen mit Jeffrey Hernandez, was kann ich für Sie tun?", höre ich kurz darauf.

„Leighton, guten Abend. Ich würde gerne bei Ihnen reservieren."

„Gerne, für wie viele Personen?", werde ich gefragt und zögere kurz, ehe ich antworte: „Theoretisch für zwei, allerdings würde ich gerne den gesamten Wintergarten reservieren."

„Oh, okay, einen Moment bitte… Haben Sie einen bestimmten Terminwusch?"

„Nein. An welchem Tag ginge es als Nächstes?", möchte ich wissen.

„Der ganze Wintergarten… ist am fünfen Februar frei, also nächsten Samstag." Ich schaue in meinen Kalender. „Sehr gut, das passt."

„Wenn Sie den ganzen Raum für zwei Personen buchen möchten, müssen wir allerdings einen Aufpreis berechnen", sagt Mister Hernandez anschließend.

„Davon bin ich bereits ausgegangen", erwidere ich. Wenn das Lokal normalerweise für zwanzig oder dreißig Personen ausgelegt ist, kann ich schlecht davon ausgehen, dass auf den Umsatz des Abends verzichtet wird, nur weil ich dort mit Archer allein sein möchte.

„Ich werde meinen Chef fragen müssen, wie hoch dieser Preis ist und Ihnen dann die Summe nennen, wenn Ihnen das recht ist.“

„Das sollte kein Problem sein“, erwidere ich. „Allerdings brauche ich von Ihnen und allen Mitarbeitenden eine Versicherung, dass absolute Diskretion an diesem Abend herrschen wird“, stelle ich klar.

„Darum wird sich gekümmert. Auf welchen Namen darf ich reservieren?“

„Leighton“, antworte ich zufrieden.

Nur wenige Minuten später klingelt es an der Tür. Mister Hernandez hat angekündigt, mir spätestens morgen eine Nachricht mit allen Informationen und dem Preis zukommen zu lassen. Schnell klappe ich den Laptop zu und lasse Archer herein. Die Schublade habe ich vorhin als erstes ausgeräumt. Wenn ich den neuen Schlüssel schon gehabt hätte, läge dieser jetzt darin, aber das wird noch ein paar Tage dauern.

„Hi.“

Archer küsst mich und geht direkt zur Treppe. Ich folge ihm und öffne die Schublade, als er seinen Rucksack absetzt. Lächelnd räumt er ein paar seiner Klamotten hinein, zieht mich zu sich und küsst mich liebevoll. Es sind keine Worte nötig, auch, wenn sie mir nach wie vor auf der Zunge liegen. *Verdammt, wieso bin ich so ein Weichei und sage es ihm nicht einfach?*

„Worüber denkst du nach?“, fragt Archer und ich zucke mit den Schultern. „Nichts, schon gut.“

„Sicher?“

„Mhm. Lass uns runter gehen“, winke ich ab und verschränke unsere Finger miteinander. Archers Daumen streicht über meine Hand.

„Ich gehe nicht davon aus, dass du gekocht hast?“, fragt er schmunzelnd.

„Ich habe uns etwas bestellt. Ich finde das zählt", antworte ich ihm. „Oder wolltest du etwas kochen?"

Er schüttelt den Kopf. „Nein, heute möchte ich ehrlich gesagt nicht noch eine Stunde in der Küche stehen." Er gibt mir ein Bier und nimmt sich selbst ein Glas Wein.

„Es gibt Pasta, ich hoffe, das ist dir recht."

„Klingt gut", stimmt er zu. „Übermorgen sind wir wieder unterwegs", überlegt er laut.

„Und das bedeutet jetzt was?", frage ich verwundert. Er tritt noch einen Schritt auf mich zu und ich spüre die Arbeitsplatte der Kücheninsel an meinem Hintern.

„Dass wir nicht mehr allein sein werden."

„Hast du etwa kein Hotelzimmer für uns beide organisiert?" Verwundert und unzufrieden sehe ich ihn an.

„Doch, selbstverständlich. Aber wir müssen trotzdem darauf achten, dass niemand etwas mitbekommt. Die Wände sind in den Hotels immer recht dünn", erklärt er und befeuchtet seine Lippen.

„Fuck. Das Essen kommt gleich", erinnere ich ihn. „Das kannst du jetzt nicht mit mir machen."

Archer lächelt zufrieden, überbrückt den letzten Abstand zwischen uns und drückt ein Bein zwischen meine. Ich keuche auf und klammere mich an die Kante der Arbeitsplatte, als sein Oberschenkel an meinen Schwanz gepresst wird.

„Love…", murmle ich und versuche mich zu konzentrieren. Mit wenigen gezielten Bewegungen reizt Archer mich dermaßen, dass ich hart werde und mein Schwanz unangenehm gegen meine Hose drückt. In diesem Moment, wie sollte es anders sein, klingelt es an der Tür.

„Soll ich gehen, oder möchtest du?", fragt Archer scheinheilig und ich werfe ihm einen warnenden Blick zu. „Mein Portemonnaie liegt auf dem Wohnzimmertisch", antworte ich und als wäre nichts gewesen, schlendert er in Richtung Haustür.

Verdammter Mistkerl. Ich atme tief durch und versuche meine Gedanken unter Kontrolle zu bekommen. Es klappt nicht wirklich. Er kommt zurück und wenig später ist der Esstisch gedeckt und das Dinner hergerichtet.

Archer provoziert mich die ganze Zeit; kleine Berührungen, Blicke, die mir eine Gänsehaut bescheren oder die Tatsache, dass er zwischendurch immer wieder leise seufzt, weil ihm angeblich das Essen so gut schmeckt. Scheiße, wie lange soll ich das bitte durchhalten? Er lässt sich Zeit und ich weiß, dass er das nur macht, damit ich durchdrehe. Genervt und angespannt nehme ich die leeren Teller und trage sie in die Küche.

„Was hast du?", fragt mein Freund leise, stellt sich hinter mich und umarmt mich.

„Mhm."

„Was soll das heißen?"

„Du weißt ganz genau, wie gemein Teasing ist", erwidere ich. Sein Griff um mich wird enger, als ich mich von ihm lösen möchte und obwohl ich es in dieser Situation nicht mögen sollte, tue ich es. Auch wenn ich es mir nicht anmerken lasse.

„Und doch gehst du immer wieder drauf ein."

„Was soll ich denn machen? Dich plötzlich nicht mehr attraktiv finden?" Archer lacht leise und drückt einen Kuss auf meine Schulter. „Nein, ich mag es so, wie es ist."

„Schön. Ich kann daran auch nichts ändern, es wäre also eher ungünstig, wenn es anders wäre", antworte ich ihm und stelle die Teller in die Spülmaschine. Dabei drückt mein Hintern gegen seine Mitte. Schmunzelnd reibe ich etwas stärker meinen Arsch an seinem Schwanz und er keucht leise auf, bevor er mich wieder in die Senkrechte zieht. „Das kannst du nicht mit mir machen!"

„Du machst es die ganze Zeit über schon", erinnere ich ihn. „Wieso darf ich keinen Spaß haben?"

„Weil ich dich gleich ran lasse und du mich vögeln wirst", antwortet er mir und ich stocke. Seitdem Archer es im Aufzug das erste Mal angesprochen hat, geht mir der Gedanke nicht mehr aus dem Kopf, wie es wohl wäre, wenn wir Rollen tauschen würden.

„Worüber denkst du nach?", fragt er mit leiser, rauer Stimme und presst seinen Körper wieder gegen meinen.

„Ich stelle mir nur etwas vor", entgegne ich scheinheilig und merke, wie bei dem Gedanken, Archer toppen zu lassen, das Blut in Richtung meiner Körpermitte fließt. Unbewusst lecke ich mir über die Lippen und lehne mich ein wenig gegen den Mann hinter mir. Meine Finger streichen über seinen Nacken und gleiten durch seine Haare.

„Mhm… Schatz", murmelt er und ich weiß, dass er für einige Sekunden die Augen schließt. „Wenn du so weiter machst… fuck."

„Dann was?"

„Du weißt ganz genau, was ich gerne mit dir machen möchte", entgegnet er und löst sich von mir, ehe er das restliche Geschirr holt und in die Spülmaschine räumt. Ich mustere ihn einen Moment. Es ist nicht so, als hätte ich mich nicht informiert, wie es als Bottom ist. Es wird weh tun, aber ich habe oft genug gelesen, dass es mit der richtigen Person sehr schön sein kann. Ich atme tief ein und wieder aus. Bevor Archer es angesprochen hat, bin ich nie davon ausgegangen, dass es irgendwann so weit sein könnte und ich es wirklich möchte. Zu wissen, dass er es sich wünscht, reicht aus, dass ich es will. Abgesehen davon kann ich nicht bestreiten, dass es mich heiß macht, wenn er sich von hinten an mich drückt, wenn er mich bestimmend zu sich zieht oder wenn er mich verlangend küsst und ich mich ihm hingebe. *Verflucht.* Mein Herz pumpt schneller, meine Knie sind bereits jetzt butterweich und so nervös wie in diesem Augenblick war ich schon lange nicht mehr. Leise gehe ich auf ihn zu, schließe die

Spülmaschine und küsse ihn. Archer lächelt, legt seine Arme um mich und zieht mich zu sich heran. Der Kuss beginnt sanft, liebevoll und ruhig, aber es dauert nur wenige Augenblicke, bis wir beide mehr wollen. Bevor ich weiter darüber nachdenken kann, lege ich instinktiv meine Arme um seinen Nacken und lasse mich von ihm gegen die Arbeitsplatte drücken. Ich seufze ungewollt auf, als Archers Hände zu meinem Hintern wandern und mich mit einem Ruck an sich pressen.

„Verdammt, Elliot", flüstert er mit lustgetränkter Stimme und sieht mich mit seinen dunkelgrünen Augen an.

„Küss mich", bitte ich ihn und er zögert nicht lange, ehe er meinen Verstand erneut ganz weit weg schickt. „Lass uns hoch gehen. Ich will dich reiten." Er hat sich von mir gelöst, unsere Finger miteinander verschränkt und möchte zur Treppe gehen, ich bleibe jedoch stehen und hindere ihn somit daran, weiterzugehen. Verwundert sieht er mich an. „Stimmt irgendetwas nicht? Möchtest du nicht oder…"

„Nicht so", unterbreche ich ihn mit wild klopfendem Herzen. „Du meintest… du würdest vorsichtig mit mir sein, oder?", frage ich unsicher und aufgeregt. *Scheiße, man könnte denken, ich sei eine Jungfrau.* Wobei, was diesen Teil angeht, bin ich das ja im Prinzip. Archer sieht mich kurz perplex, dann erstaunt und dann skeptisch an. „Bist du dir wirklich sicher, dass du das willst?"

„Es ist nicht so, als wäre ich nicht nervös", gebe ich zu und überspiele es mit einem unsicheren Lachen. „Ich mag es, denke ich, wenn du etwas mehr bestimmst. Nicht, dass das jetzt immer so sein soll, aber ich glaube, es könnte gut werden, wenn… du toppst", sage ich schließlich und wische mir die feuchten Handflächen an meiner Hose ab. Archer mustert mich. Mir wird wärmer und als er mich vorsichtig küsst, ist jeder Zweifel verflogen. *Ich will ihn!* Seine Hände streichen über meine Schultern, meinen Brustkorb und meine Hüfte, bis zu meinem Hintern. Ich seufze auf, als er etwas kräftiger zu packt. Plötzlich hebt er mich hoch und ich schlinge die Beine um ihn. Meine Finger gleiten wie von selbst durch seine Haare, kraulen seinen Nacken und seine Kopfhaut, als er mich wieder küsst und gegen den Kühlschrank presst. *Herr Gott, wieso wusste ich nicht, wie gut sich das anfühlt?* „Jetzt gehen wir aber hoch", meint Archer verschmitzt lächelnd und ich nicke. Er trägt mich die Stufen nach oben und setzt mich vorsichtig auf meinem Bett ab.

„Du sagst mir, wenn dir etwas nicht gefällt, okay?", bittet er mich und erst als ich ihm versichere, sofort Bescheid zu geben, zieht er mir das Shirt und danach die Hose aus. Er küsst meinen Körper überall, liebkost mich und verführt mich nach allen Regeln der Kunst. Immer wieder seufze ich leise, er küsst meinen Nacken, meine Schultern, saugt hier und da, leckt über die gereizten Stellen und ich kann gar nicht anders, als ihn machen zu lassen. Archer hat sich mit den Armen neben mir abgestützt. Er schwebt über meinem Körper und ich winde mich schon jetzt unter ihm. *Himmel, wo soll das nur hinführen?* Dann küsst er meine Brustwarze. Zieht sie zwischen seine Zähne und ich keuche auf.

„Fuck, du bist so schön", flüstert er gegen meine Haut und wiederholt es auf der anderen Seite. Archer lässt sich Zeit, verwöhnt jede Stelle meines Körpers, bevor er die Finger unter meine Shorts klemmt und herunterzieht. Er leckt über meine V-Linie, saugt und knabbert an einigen Stellen und – *oh, ich glaube ich werde wahnsinnig!* Er platziert einen sanften Kuss auf meiner empfindlichen Spitze und blickt von dort aus hoch. Unsere Blicke treffen sich. Er lächelt zufrieden.

„Love… mehr", bitte ich und angle nach dem Gleitgel. Archer küsst meine Oberschenkel, drückt sie auseinander und reizt die Innenseiten meiner Beine. „Fuck... mach schon", fordere ich ungeduldig und erregt, aber er lässt sich nicht aus der Ruhe bringen. „Okay?"

„Sehe ich nicht so aus?", möchte ich wissen und streiche durch seine Haare. Er schmunzelt. Dann erwärmt er das Gel zwischen seinen Fingern und ich zucke zurück, als ich ihn an meinem Hintern spüre. Archer hält kurz inne, ich nicke und versuche ruhig zu atmen. Es ist ungewohnt und ich kann dieses Gefühl noch nicht richtig einordnen. Dann drückt er den ersten Finger hinein, küsst immer wieder verschiedene Stellen meiner Oberschenkel und meiner Hüfte, beobachtet mich ganz genau. Es zieht, noch tut es nicht richtig weh, aber angenehm ist anders. Er gibt mir Zeit, bevor ich merke, dass er einen zweiten Finger ansetzt.

„Okay?"

„Mhm... ich denke schon."

Ich schnappe nach Luft, als er den zweiten Finger in mich drückt, Archer stoppt sofort und küsst stattdessen wieder meine Spitze, stülpt seine Lippen über meinen Schwanz und saugt daran.

„Oh Gott!", stöhne ich laut und drücke mich ihm entgegen. Dabei gleiten seine Finger tiefer in mich. Ich klammere mich in seinen Haaren und an seiner Schulter fest, als er damit beginnt, mich zu weiten. Er drückt seine Finger tiefer in mich, spreizt sie dabei und leckt gleichzeitig mit der Zungenspitze über die ganze Länge meines Schwanzes. „Fuck!"

Er lässt mich nicht kommen. Als ich kurz davor bin, lässt er von mir ab und drückt stattdessen einen dritten Finger in mich.

„Mhm..."

„Okay?"

„Ich denke schon... oh fuck, Archer!" Eine Welle der Lust überrollt mich, als er in mir einen süßen Punkt trifft, der mich schon jetzt um den Verstand bringt. Lächelnd sieht er zu mir hoch und drückt seine Fingerspitzen erneut dagegen. Ich kann nicht anders, als mich ihm entgegenzupressen und dieses Gefühl zu genießen. *Heilige Scheiße!*

„Mehr", verlange ich. Da zieht er die Finger aus mir heraus.

„Was…" Ich breche die Frage ab, als ich sehe, dass er etwas Gleitgel auf seinem Schwanz verteilt. Ich setze mich auf, umgreife seine Erregung und er nimmt seine eigene Hand weg.

„Schatz!", keucht er und drückt seine Lippen auf meine. Ein heißer Kuss entsteht und ehe ich mich versehe, drückt er mich auf die Matratze zurück. „Verdammt, ich will deinen Hintern."

Ich grinse. „Kannst du haben."

Einen Moment lang sehen wir uns nur an. Er lächelt. Ich kann nicht anders, als ebenso glücklich zu sein. Dann greift er zwischen uns und ich spüre seine Spitze.

„Sicher?"

„Mach vorsichtig."

Er nickt und küsst mich liebevoll. „Selbstverständlich."

Langsam drückt er sich in mich, hält immer wieder inne und ihm ist anzusehen, wie viel Selbstbeherrschung es ihn gerade kostet, mich nicht augenblicklich hart zu vögeln.

Er ist groß, sehr. Ich brauche die Zeit, die er mir gibt.

„Okay… fick mich." Einen Moment mustert Archer mich prüfend, dann zieht er sich ein Stück zurück und stößt hart in mich. Ich drücke mich ihm entgegen, schnappe erregt nach Luft und klammere mich an ihn. „Oh Gott!"

Archer trifft nur wenige Momente später wieder diesen süßen Punkt in mir, noch härter und immer wieder. Lust flutet meinen Körper, vernebelt meine Gedanken und als er meinen Schwanz umfasst, mich gleichzeitig zu seinen Stößen reizt, bin ich ihm vollkommen ausgeliefert. Ich komme stöhnend zwischen uns, habe meine Beine um ihn gelegt und halte mich an seinem Rücken und seinem Oberarm fest. Er zieht meinen Orgasmus in die Länge, reizt alles aus und bringt mich in unbekannte Höhen. *Himmel, wer konnte wissen, wie gut sich das anfühlt?* Nur wenige Sekunden später merke ich, wie auch er der Ekstase nachgibt und tief in mir kommt.

„Warte hier." Er küsst mich sanft, steht auf und kommt mit einer Packung Taschentücher wieder. Ich bin fix und fertig. Eine angenehme Wärme hat sich in mir ausgebreitet und ich lasse zu, dass Archer mich umdreht und säubert. „Du bist der Wahnsinn. Sicher, dass du noch nie einen Schwanz genommen hast?", fragt Archer grinsend und legt sich zu mir. Ich ziehe die Decke über uns und kuschle mich an ihn heran.

„Mhm. Sehr sicher", murmle ich und seufze leise, als er damit beginnt, wirre Muster über meinen Rücken zu zeichnen.

„Ari?"

„Mhm?"

„Ich..." Ich zögere, mein Herz schlägt schon wieder schneller.

„Schatz?"

„Ich bin froh, dass du es warst. Also mein Erster." *Wie schissig bin ich? Ja!* Archer drückt einen Kuss auf meine Haare und zieht mich enger zu sich.

12. Kapitel

Der Schlüssel liegt in einem kleinen Paket bei meinen Nachbarn, als ich von den nächsten beiden Auswärtsspielen nach Hause komme. Gegen Anaheim haben wir gewonnen, gegen San José verloren. Archer ist vom Flughafen direkt ins Büro gefahren. Ich habe zum Glück frei und lasse mich aufs Sofa fallen. Vor ein paar Tagen habe ich genau das gleiche gemacht, das war lange nicht so angenehm, wie jetzt. *Scheiße, ich habe mich einfach wirklich dumm angestellt.* Nach der Nacht, in der Archer und ich Rollen getauscht haben, habe ich nicht darauf geachtet, vielleicht etwas vorsichtiger zu sein und es kam, wie es kommen musste. Ich habe mich morgens beim Frühstück auf den Stuhl fallen gelassen und Archer war zwischen Mitleid und absoluter Belustigung gefangen, wobei zweiteres überwogen hat.

Ich reiße das Paket auf und hole den Schlüssel heraus. Ich spüre beim Betrachten, dass ich noch etwas brauche. Ich springe auf und laufe zu meinem kaum genutzten Schreibtisch. Irgendwo in einer der Schubladen muss doch… da ist er; ein Schlüsselanhänger von *Lightning*. Es ist das Logo. Schnell ist der Schlüssel an dem Ring festgemacht und zufrieden halte ich ihn in der Hand. Jeder wird denken, dieser Schlüssel gehört zu irgendeinem Büro, Archer wird ihn nicht verwechseln. Die Frage, wann ich ihm ihn gebe, hat sich damit immer noch nicht geklärt. Am liebsten würde ich es sofort machen.

Den Schlüssel lasse ich auf dem Tisch liegen, bestelle mir etwas zu essen und öffne eine Flasche Bier. Viel ist heute nicht mehr zu tun, also beschließe ich, den restlichen Tag auf dem Sofa ausklingen zu lassen. Gerade, als ich mich gesetzt habe, klingelt es an der Haustür. *Heute war der Lieferant aber schnell.*

„Hi." Verwundert sehe ich Archer an. „Musst du nicht arbeiten?"

„Soll ich wieder gehen?", fragt er halb spaßend, halb ernst. Sofort schüttle ich den Kopf. „Nein, bloß nicht!", antworte ich, ohne darüber nachzudenken und er schmunzelt, bevor er eintritt und ich hinter ihm die Tür schließe.

„Hast du mich schon vermisst?"

„Tue ich doch immer", erwidere ich ironisch, um nicht zuzugeben, dass er punktgenau ins Schwarze getroffen hat.

„Von wem ist der?" *Es war ja klar, dass er den Schlüssel sehen musste.*

„Meiner."

„Deiner sieht anders aus. Der hier ist eckig. Deiner ist rund", entgegnet Archer skeptisch.

„Es ist trotzdem ein Schlüssel für mein Haus", erkläre ich ihm.

„Hast du ihn machen lassen?" Ich nicke. „Wieso das? Hast du deinen verloren?", möchte er wissen, nimmt sich ein Glas Wasser und setzt sich zu mir.

„Nein, wieso?"

„Welchen Grund hättest du sonst, dir einen Schlüssel nachmachen zu lassen?", möchte er wissen und ich will antworten, ihm eine Ausrede auftischen – kein einziges Wort verlässt meinen Mund.

„So schlimm, ja?", fragt er amüsiert und legt den Schlüssel auf den Couchtisch vor uns.

„Nein. Keine Ahnung", murmle ich und hoffe darauf, dass mein Essen geliefert wird, um diese Unterhaltung zu unterbrechen.

„Muss ich mir Sorgen machen?", fragt er und verwirrt blicke ich ihn an. „Wieso denn das?"

„Du lässt dir einen Schlüssel machen und willst nicht sagen wieso", erwidert er schulterzuckend. „Ich finde das merkwürdig."

„Was ist daran merkwürdig?"

„Also gibt es einen Grund?"

„Natürlich. Ich gehe doch nicht einfach zu einem Schlosser, weil mir gerade langweilig ist", entgegne ich.

„Schon gut, ich höre auf zu fragen."

Einen Moment ist es still zwischen uns. Dann fahre ich mir durch die Haare und fasse einen Entschluss. Ich habe keine Lust auf diese angespannte Stimmung zwischen uns. „Du solltest ihn nicht sehen."

„Den Schlüssel? Wieso das…" Er unterbricht sich selbst und sieht mich stumm und mit großen Augen an. „Ist das dein Ernst?"

Ich zucke mit den Schultern und versuche mir nicht anmerken zu lassen, wie nervös ich in diesem Augenblick bin. „Er ist vorhin angekommen. Ich weiß, dass es zu früh ist und ich will dich auch noch gar nicht fragen, ob wir zusammen ziehen, aber ich dachte, es ist praktischer, wenn du nach den Spielen einen Schlüssel hast und ich meinen nicht immer auf das Regal legen muss", erkläre ich meinen Gedankengang. „Aber ich schätze, es ist definitiv zu früh", lese ich aus seinem Gesichtsausdruck. Archer braucht einen Moment, bis er mir antwortet und auch, wenn ich diese Stille absolut nicht ab kann, lasse ich ihm die Zeit, die er braucht, um sich über die Situation klar zu werden.

„Du willst mir einen Schlüssel geben."

„Irgendwann. Bald."

„Für dein Haus."

„Möchtest du lieber einen für die Garage?", versuche ich die Stimmung aufzulockern, aber der Witz kommt nicht an.

„Das… das ist viel."

Ich nicke. *Zu viel. Offenbar.* „Du kannst ruhig sagen, wenn es zu früh ist. Dann packe ich den Schlüssel in eine Schublade. Und wenn du magst, kannst du ihn irgendwann haben, wenn es nicht mehr zu früh ist", schlage ich vor.

„Äh… ja. Das klingt gut", lächelt er, aber es erreicht seine Augen nicht.

„Was ist los? Habe ich dich damit so überrumpelt?", möchte ich von ihm wissen. Er schüttelt den Kopf. „Es ist unerwartet gewesen, das ist alles."

„Aber?"

„Wieso sollte ein *aber* kommen?"

„Du hast nicht den Eindruck gemacht, als hätte dich diese Antwort selbst überzeugt", erwidere ich und drehe die Flasche Bier in meinen Händen.

„Ich habe damit nicht gerechnet, Elliot", antwortet er ehrlich. „Ich glaube, ich brauche den Abend, um mir darüber Gedanken zu machen."

Augenblicklich zieht sich meine Brust zusammen und mein Körper wird von einem eiskalten Schauer überzogen, der sich immer weiter ausbreitet. Dieses Gefühl nennt man wohl Enttäuschung.

„Okay. Sicher", nicke ich und Archer steht auf. „Sehen wir uns beim nächsten Training?"

„Spätestens", antworte ich, erhalte aber nur ein unschlüssiges Lächeln als Antwort. „Okay... äh... bis dann."

Ohne mich zu küssen, dreht er sich um und man könnte meinen, er flüchtet aus meinem Haus. *Schöne Scheiße.* Genervt stöhne ich auf und setze mich wieder.

Es vergehen einige Minuten, bis ich nicht mehr nur geradeaus schaue, sondern mein Handy in die Hand nehme. Meine erste Intention ist es, Clair anzurufen, aber in England ist es mitten in der Nacht. Kurz kommt mir der Gedanke, Duncan nach seiner Meinung zu fragen, aber diese Idee werfe ich fast augenblicklich wieder über den Haufen. *Was ein Schwachsinn.* Abgesehen davon, dass ich wirklich nicht mit ihm sprechen möchte, kann ich ihn schlecht zwingen, das Thema totzuschweigen, nur um ihn wenig später um Hilfe zu bitten. *So weit kommt es noch.* Dann schwebt mein Daumen über Noahs Kontakt. Ist es komisch, wenn ich gerade ihn anrufe, um zu fragen, ob er eine Idee hat, was ich falsch gemacht haben könnte? Ich glaube Archer nicht, dass es nur an dem Zeitpunkt liegt. Je länger ich darüber nachdenke, desto merkwürdiger finde ich die ganze Situation. Archer werde ich nicht anrufen. Ich werde ihm Zeit geben, darüber nachzudenken. Wenn er mit mir hätte reden wollen, wäre er nicht Hals über Kopf aus meinem Haus gestürmt. Ich starre den Schlüssel an, der vor mir liegt. *Scheißdreck!* Ich springe auf, nehme ihn mir und verstaue ihn in einer der Schubladen meines Schreibtisches, sodass ich ihn nicht mehr sehen muss. Fluchend gehe ich wieder ins Wohnzimmer. Es lief alles so gut und jetzt weiß ich nicht einmal, was passiert ist, dass Archer so reagiert.

Ich schreibe Noah nicht und rufe ihn auch nicht an. Irgendetwas sagt mir, dass es das nur schlimmer machen würde.

Heute ist wieder Trainingstag. Und es ist der Tag, an dem ich den Wintergarten reserviert habe. Ich möchte nicht aufstehen. Ich möchte am liebsten die nächsten Stunden in meinem Bett bleiben und so tun, als würde ich das Date, das ich geplant habe, einfach verschlafen. Archer weiß sowieso noch nicht, was ich vor habe. Ich weiß nicht einmal, ob er heute Abend Zeit hat. Vielleicht hat er bereits etwas geplant? *Ganz toll, Leighton.* Ich zwinge mich aufzustehen und bin wenig später auf dem Weg zum Training. Archer ist allerdings noch nirgendwo zu sehen.

„Suchst du jemanden?" Ich zucke zusammen und sehe Duncan genervt an. „Musstest du dich so anschleichen?"

„Was kann ich dafür, wenn du in Gedanken bist?", entgegnet er und ich verdrehe die Augen. Wir haben gerade Pause, ich lehne an der Bande und sehe wieder gerade aus. *Kein Archer in Sicht.*

„Lass mich raten, du fragst dich, ob Archer gleich noch herkommen wird."

„Halt dein Maul", murre ich nur und meine Laune sinkt weiter.

„Ich will das Thema nicht weiter totschweigen."

„Du gehst mir echt auf den Sack, weißt du das, Bennet?"

„Mhm. Habe ich mitbekommen", entgegnet er und trinkt einen Schluck Wasser. Ich sehe mich prüfend um. Niemand scheint nah genug bei uns zu stehen, um mitzubekommen, was wir sagen.

„Also?"

„Also was?"

„Suchst du Archer?"

„Nein."

„Du bist ein schlechter Lügner."

Ich antworte darauf nicht. Duncan seufzt leise und sieht zu mir. „Ich habe es vor der Kneipe gesehen und ich habe es in dem Waschraum gesehen. Meinst du echt, ich könnte nicht eins und eins zusammenzählen?"

„Ich sagte doch, dass ich nicht darüber reden möchte", brumme ich, aber Duncan lässt nicht locker. „Also willst du, dass ich so tue, als hätte ich nicht gesehen, wie du Archer geküsst hast?", möchte er wissen und spricht dabei etwas leiser.

Ich sehe zu ihm, spanne mich an und Duncan zuckt mit den Schultern. „Der Waschraum, Elliot. Ihr wart etwas zu langsam."

Verdammte Scheiße.

„Mhm."

„Was läuft da zwischen euch?"

„Lass mich doch einfach in Ruhe."

„Elliot, ernsthaft. Soll ich so tun, als wäre das normal?"

„Fick dich." Mehr sage ich nicht, sondern gehe in Richtung der Umkleiden. Wenigstens hier habe ich meine Ruhe vor Duncan und seinen ewigen, nervtötenden Fragen. *Fuck, bis gerade dachte ich wirklich, Archer und ich wären schnell genug gewesen.* Da habe ich mich wohl getäuscht. Ich betrete die Kabine und schaue auf mein Handy. Keine neue Nachricht von Archer. Kurz überlege ich, das Restaurant anzurufen und alles abzusagen, stattdessen wähle ich doch den Kontakt meines Freundes aus und rufe ihn an. Er hebt nicht ab. Kurzerhand entscheide ich mich dafür, auf seinem Geschäftshandy anzurufen, das wird er hoffentlich bei sich haben.

„*Atlanta Ice Lightning*, Sie sprechen mit Archer Swan, was kann ich für Sie tun?", höre ich seine Stimme wenige Augenblicke später und brauche einen Moment, um die Wörter in meinem Kopf zu ordnen.

„Hallo?"

„Hi."

„Elliot", stellt er fest und ich weiß nicht recht, wie ich seinen Tonfall deuten soll.

„Ja, äh, du bist auf deinem privaten Handy nicht rangegangen", antworte ich ihm. „Störe ich gerade?"

„Hast du nicht Training?"

„Wir haben Pause", erwidere ich und lasse mich auf die Bank in der Umkleide fallen.

„Ach so."

„Hast du einen Moment?"

„Mhm, ja, aber nicht lange", antwortet er mir und wieder macht sich dieses beklemmende Gefühl in mir breit. *Vielleicht hätte ich ihn doch nicht anrufen sollen. Er klingt nicht gerade so, als wäre er begeistert davon, mit mir zu sprechen.*

„Was gibt's?"

„Mhm?"

„Wieso hast du angerufen?"

„Äh. Ja. Hast du nachher Zeit?"

„Nach meinem Feierabend?", fragt er und ich bejahe. Er ist einen Moment still.

„Bist du noch da?", frage ich irgendwann unsicher.

„Ja, keine Sorge." Ich lächle etwas. Ich weiß, dass er es gerade auch getan hat. „Was hast du vor?"

„Ich würde dich gerne sehen. Wenn es dir nicht zu früh ist."

„Wieso sollte es mir zu früh sein?"

„Nach gestern könnte es sein, dass du ein paar Tage allein sein möchtest, also ohne mich zumindest", antworte ich ihm.

„Nein, nur drück mir nachher keinen Schlüssel in die Hand", witzelt er.

„Ich würde dich gerne abholen", sage ich, ohne auf das von ihm Gesagte weiter einzugehen.

„Hast du etwas geplant?"

„Darf ich dich heute Abend abholen?"

„Also ja", schlussfolgert er. „Du hast etwas Bestimmtes vor."

„Magst du mir meine Frage beantworten?"

„Okay, schreib mir, wann du da sein wirst." Ein Lächeln schleicht sich auf meine Lippen. „Gut. Und zieh das pinke Hemd an."

„Mit dem Anzug?"

„Oh ja!", antworte ich unüberlegt und Archer lacht am anderen Ende der Leitung. „Du magst dieses Outfit, oder?"

„Es steht dir."

„Du findest mich darin scharf."

„Da will ich dir einmal ein Kompliment machen und du denkst schon wieder an Sex", erwidere ich augenrollend, weiß aber, dass er den Spaß versteht. „Stimmt, du hast Recht. So selten, wie du mir Komplimente machst, sollte ich sehr glücklich über dieses sein."

„Arsch."

„Ich gehe davon aus, du verrätst mir nicht, wo wir hingehen werden?"

„Das siehst du dann", antworte ich und merke, wie ich wieder glücklicher und entspannter werde. *Wie kann es sein, dass ein paar Sätze von Archer ausreichen, um meine Laune derart anzuheben?* Verflucht, ich weiß ganz genau, warum es so ist. Ich liebe diesen Mann. Ich liebe ihn so richtig, so wie in den kitschigen Romanen, so wie in dem Film, den Archer und ich im Autokino nicht wirklich geschaut haben und so wie in allen Liebesliedern. *Himmel, ich wusste nicht, dass man so stark für eine Person empfinden kann.*

„Musst du nicht wieder zu deinem Team zurück?", fragt er danach und ich fluche: „Fuck, du hast recht. Ich schreibe dir. Bis nachher, Love."

„Bis später, Lio."

Ich jogge zurück und bin gerade wieder beim Team, als das Training weiter geht. Ein paar Momente später, und es wäre wohlmöglich aufgefallen, dass ich kurz verschwunden war. Nur Duncan sieht mich skeptisch an, aber darauf gehe ich nicht ein.

Nach dem Training sehe ich zu, schnell nach Hause zu kommen, noch einmal gründlich zu duschen und schnappe mir dann einen meiner Anzüge. Als Spieler der NHL muss man einige gute Anzüge besitzen. Der Anzug ist schlicht schwarz, maßgeschneidert und ich ziehe ein hellblaues Hemd darunter. Eine Krawatte lasse ich allerdings weg, das muss heute Abend nicht sein. Ich schaue auf die Uhr. In einer dreiviertel Stunde möchte ich bei Archer sein und vorher werde ich mit meinem Auto noch durch die Waschstraße fahren. Als auch das erledigt ist, mache ich mich auf den Weg zu meinem Freund. Vor dem Mehrfamilienhaus angekommen, hupe ich einmal kurz. Es dauert vielleicht zwei Minuten, da tritt er aus der Tür und steigt ein.

„Hi." Er lächelt und ich lehne mich zu ihm.

„Du möchtest mich küssen?"

„Ich kann es auch lassen, wenn du nicht willst", erwidere ich halb im Spaß, halb ernst gemeint.

„Nein, ich habe mich nur gewundert. Hier sieht uns doch jeder."

„Hier ist aber niemand", entgegne ich. Er sieht sich um, wendet sich wieder mir zu und schenkt mir einen sanften Kuss. Lächelnd blicke ich ihn anschließend an.

„Was ist?", fragt er verwundert.

„Was soll sein?"

„Du schaust so?"

„Wie denn?"

„So… ach vergiss es."

Verliebt. Ich schaue verdammt verliebt! Anstatt es zu sagen, nicke ich nur, starte den Wagen wieder und fahre los.

„Ein Restaurant?"

„Was?"

„Das steht als Ziel in deinem Navi", erwidert er.

„Ach so. Ja. Und ein Restaurant." Jetzt kann ich es ihm auch sagen. Aus dem Augenwinkel sehe ich, dass Archer mich anblickt. Kurz sehe ich zu ihm, als wir vor einer roten Ampel stehen. „Möchtest du nicht?"

„Du führst mich aus?"

Ich nicke stumm.

„In ein richtiges Restaurant."

„So ähnlich", gebe ich zu und lache nervös. *War das doch keine gute Idee?*

„Also haben wir ein Date?"

„Haben wir", nicke ich und sehe, dass Archer lächelt. „Das ist toll, Elliot."

Mein Herz flattert und ich will ihn auf der Stelle küssen. Archer schmunzelt. Als wir wieder vor einer Ampel stehen, nimmt er meine rechte Hand und drückt einen Kuss auf meine Fingerknöchel. Ich grinse die ganze restliche Fahrt. Wir finden einen Parkplatz und am Eingang des Restaurants steht bereits ein Kellner. Der Ober, wie es aussieht.

„Guten Abend die Herren, es freut mich, Sie heute Abend hier begrüßen zu dürfen. Mister Leighton nehme ich an?" Er hat sich zu mir gewendet.

„Genau. Es freut uns, hier sein zu können", antworte ich. Er führt uns die Treppe hinauf und wir treten durch eine breite Tür.

„Oh wow", sagt Archer leise und sieht sich um. Einige Lichterketten sind an den Seiten des Wintergartens platziert, Pflanzen und kleinere Dekoelemente runden das Bild dazu ab. In der Mitte steht ein Tisch, für zwei Personen gedeckt. Kerzen stehen darauf und sind auch über den ganzen Boden verteilt.

„Ich war nach Ihrem Anruf davon ausgegangen, dass der Anlass ein romantisches Dinner sein wird. Wenn etwas nicht zu Ihrer Zufriedenheit sein sollte, lassen Sie es mich bitte wissen", sagt der Ober leise. Archer bekommt das nicht mit, er sieht sich noch mit großen Augen um.

„Es ist wunderbar, vielen Dank", antworte ich und sehe lächelnd zu meinem Freund.

„Das ist alles für uns?", fragt er mich verblüfft und ich nicke. „Es ist ein wenig anders als ein normaler Restaurantbesuch, aber das hatte ich ja gesagt."

„Du hast nicht wirklich das ganze Restaurant gemietet."

„Nur den Wintergarten, nicht den Innenbereich darunter", erwidere ich schulterzuckend. „Möchtest du dich setzen?"

Archer nickt und ich ziehe seinen Stuhl zurück. Danach nehme ich ihm gegenüber Platz und mustere ihn für einen Moment. „Wenn du etwas nicht magst, sag es bitte."

„Es ist… wow", wiederholt er und lacht danach. Glücklich sehe ich ihn an.

„Es ist mehr oder weniger öffentlich. Wissen die Mitarbeitenden von uns? Oder was hast du erzählt, was das hier ist?", möchte er wissen.

„Ich habe mir von allen Verschwiegenheitserklärungen zukommen lassen. Nichts, was hier geschieht, wird an die Öffentlichkeit geraten und ich denke, es ist offensichtlich, dass es ein Date ist", antworte ich und Archer greift nach meinen Händen. „Dann darf ich das hier machen?"

„Ich bitte darum. Mach alles, was du möchtest!"

Er lächelt und küsst meine Fingerknöchel, so wie er es vorhin bereits einmal getan hat. Mein Herz flattert und mein Grinsen wird immer größer.

„Darf ich Sie für einen Moment unterbrechen?", fragt der Ober und reicht uns die Speise- und Getränkekarte. Mir entgeht nicht, dass er schmunzelt und ich bin sicher, er hat längst begriffen, was Sache ist. Ich schlage noch vor Archer die Karte auf und nehme ihm seine dann direkt aus der Hand.

„Was soll das?", fragt er, aber anstatt darauf zu antworten reiche ich sie dem Ober und sage: „Würden Sie ihm bitte eine Karte ohne Preise bringen? Vielen Dank."

Er nickt und verschwindet mit der Speisekarte.

„Das ist nicht dein Ernst, oder?", fragt Archer mich perplex.

„Doch, ist es. Ich kenne dich und ich möchte, dass du dir aussuchst, was du gerne haben möchtest."

„Also ist es teuer."

„Das würde ich nicht sagen, aber es soll heute nicht ums Geld gehen", erwidere ich und Archer nimmt kurz darauf die neue Karte entgegen.

„Soll ich nachfragen, wie viel es gekostet hat, damit wir hier allein sein können?", fragt Archer, als unser Essen kommt, aber ich schüttle den Kopf. *Es hat definitiv genug gekostet.* „Ich mache das gerne. Und ich glaube, du weißt selbst, wie viel ein NHL-Spieler in etwa verdient."

„Mhm. Ja." Er zögert. „Du musst das nicht machen, weil du denkst, ich würde gerne auf Dates gehen."

„Ich möchte mit dir ausgehen und die Möglichkeiten sind durch meinen Job leider sehr eingeschränkt. Also nutze ich meinen Job lediglich dazu, um es zumindest ein bisschen auszugleichen", argumentiere ich.

„Das kann ich akzeptieren", lächelt Archer.

Die Sonne geht unter. Die Lichterketten und die Kerzen hüllen uns in eine angenehme Atmosphäre. Das Essen ist fantastisch und ich denke, Archer genießt den Abend. Glücklich sehe ich ihn an. *Scheiße, wieso bin ich nur so feige?* Es könnte gerade nicht besser laufen und doch traue ich mich schon wieder nicht! *Himmel, das kann doch so nicht weiter gehen.*

„Alles in Ordnung?", fragt Archer plötzlich und ich merke, dass ich in meinen Gedanken versunken war.

„Ja, sicher, was soll sein?", entgegne ich etwas zu schnell und er blickt mich skeptisch an. Natürlich hat er es bemerkt. „Du machst nicht den Eindruck, als wäre alles so, wie es sein sollte."

„Doch."

„Ich glaube dir nicht. Was ist los? Worüber machst du dir Gedanken?", möchte er wissen und er ist sich genauso im Klaren darüber, wie ich, dass ich ihn jetzt sowieso nicht anlügen kann. Ich seufze. „Über zu Vieles."

„Und das wäre?"

„Zum Beispiel über den Schlüssel", gebe ich zu und merke, wie Archer schluckt und kurz seinen Blick auf den leeren Teller vor ihm richtet. „Es ist kompliziert."

„Aha?"

„Es tut mir leid, wie ich reagiert habe", meint er und überrascht sehe ich ihn an. „Wieso entschuldigst du dich? Ich weiß, dass es zu früh war."

„Ja. Und nein. Es ist im Augenblick sehr viel Stress für mich: Die Sache mit Noah, die Kampagne und dann hat dieser Schlüssel für dein Haus mich etwas überrumpelt."

Ich nicke verstehend und unterbreche ihn nicht.

„Ich würde ihn gerne nehmen, ehrlich, ich weiß nur nicht, ob das für uns beide so gut ist. Wir haben es gerade erst auf die Reihe bekommen, eine relativ stressfreie Beziehung zu führen. Ich habe einfach Angst, dass sich etwas ändert, wenn wir diesen Schritt gehen." Er seufzt. „Das klingt jetzt so, als würden wir darüber sprechen zusammenzuziehen und ich weiß, dass das nicht deine Intention war, aber ich habe schon eine Schublade, dann deinen Schlüssel; da ist es nicht mehr weit bis dahin", erklärt er seine Gedanken.

„Okay."

„Okay?"

„Ich kann das verstehen. Ich bin gerade sehr glücklich darüber, wie es zwischen uns beiden läuft und ich möchte nicht riskieren, dass der ganze Mist um uns herum sich darauf auswirkt, also negativ."

Archer schiebt seine Finger zwischen meine. „Ich wollte dich nicht derart vor den Kopf stoßen."

„Schon in Ordnung", erwidere ich kopfschüttelnd, aber ich merke, dass Archer immer noch ein schlechtes Gewissen hat, zumindest ein wenig. „Ich habe den Schlüssel in meinen Schreibtisch gelegt, in die oberste Schublade. Wir können es gerne so machen, dass du ihn dir nimmst, sobald du es möchtest und solange braucht ihn niemand von uns zu beachten."

Er lächelt und nickt. „Danke, Schatz."

„Ach was, nicht dafür", winke ich ab. Der Drang, ihm zu sagen, wie ich für ihn fühle, wird wieder stärker. Verflucht, ich sollte es ihm wahrscheinlich einfach sagen. Irgendetwas hält mich zurück. Vielleicht ist es die Sorge nach der Situation mit dem Schlüssel, dass es ihn erneut überfordern oder stressen könnte. Würde es das?

„Irgendetwas ist noch. Etwas anderes als der Schlüssel", merkt Archer relativ schnell.

„Möglich."

„Und?"

„Ich habe Schiss", gebe ich zu.

„So schlimm, ja?", fragt er schmunzelnd und trinkt einen Schluck Wein. Ich zucke mit den Schultern. „Das weiß ich nicht und das ist das Problem. Ich bin mir nicht sicher, ob es nicht zu früh ist und dann besteht wieder die Gefahr, dass ich etwas kaputt mache", erkläre ich ihm, ohne zu sagen, worum es im Einzelnen geht.

„Es betrifft also uns", schlussfolgert er und ich nicke. „Du hast jetzt nicht vor, mir einen Antrag zu machen, oder?", witzelt er und mit großen Augen schüttle ich den Kopf. „Äh, nein."

„Okay, gut. Das wäre allerdings zu früh." Archer sieht mich einen Moment lang an, nimmt dann wieder meine Hände und streicht mit seinen Daumen über meine Handrücken. „Das wäre mit dem Einzug und dem Schlüssel das Einzige, was mir einfallen würde, was zu früh sein könnte."

Herr Gott, mein Herz explodiert gleich.

„Also würde ich den Antrag machen?", frage ich unbedacht.

„Ich weiß nicht, vielleicht", entgegnet er schulterzuckend, aber sein Gesicht schreit ein ganz klares *Ja.*

„Mhm. Okay." Ich kann nicht anders, als zu grinsen. *Heilige Scheiße, ich muss wie ein vollkommener Trottel aussehen. Ein verliebter Trottel.*

„Was spukt in deinem Kopf herum, Schatz?", möchte er mit ruhiger Stimme wissen.

„Du weißt, ich hatte nie so etwas, eine richtige Beziehung", fange ich zögerlich an. *Fuck it. Jetzt oder nie.*

„Ja."

„Und du weißt, wie überfordert ich war – bin – mit so gut wie allem."

„Mhm."

„Und möglicherweise bin ich es schon wieder", gebe ich preis und atme tief durch. „Ich liebe dich, Archer. So richtig, denke ich. Ich wusste erst nicht, wie ich dieses Gefühl einordnen soll, aber inzwischen bin ich mir ziemlich sicher, dass ich für dich so empfinde. Ich war zuvor nie in so einer Situation und ich wollte es dir schon länger sagen, aber ich wusste nicht, wie und ob ich warten sollte oder…"

„Hol mal Luft", unterbricht er mich und ich bemerke, dass er lächelt. Er steht auf, nimmt meine Hände und zieht mich sanft nach oben, sodass ich ihm gegenüber stehe. Er blickt mich an, nur für einen Moment. Dann küsst er mich liebevoll und innig. Mein Herz klopft schneller, stärker und als er mich zu sich heran zieht und seine Arme um meine Hüfte legt, werden meine Knie ein ganzes Stück weicher. *Der Mann küsst unfassbar gut.* Ich will nicht, dass dieser Augenblick endet. Ich blende alles um uns herum aus, in meinem Kopf gibt es nur *Archer, Archer, Archer.*

„Es war definitiv nicht zu früh, Elliot. Ganz und gar nicht", sagt er lächelnd und streicht mir mit einer Hand die Haare nach hinten. „Ich liebe dich auch, sehr."

Die Stimmung ist augenblicklich lockerer. Archer hat sich ein kleines Dessert bestellt, von dem ich ebenfalls nasche.

„Darf ich dich etwas fragen?", möchte er wissen und verwundert sehe ich ihn an. „Natürlich."

„Wie lange weißt du es schon? Also, dass du mich liebst", möchte er wissen und nimmt sich eine der Erdbeeren, die auf seinem Tellerrand liegen.

„Eine Weile", antworte ich schulterzuckend. „Wahrscheinlich tue ich es länger, als ich es weiß. Ich konnte es nicht einordnen und dann war ich zu nervös es dir zu sagen", gestehe ich und sehe ihn lächeln.

„Ich habe es dir an dem Abend im Hattrick's gesagt, also danach, als wir bei dir waren."

„Hast du?" Verwirrt sehe ich ihn an. Wann das? Ich weiß, dass ich einige Lücken von dem Abend habe, aber das hätte ich mir mit Sicherheit gemerkt.

„Du hast schon geschlafen."

„Oh."

„Ich wusste es vorher schon, aber es hat sich nie die Gelegenheit ergeben, es dir zu sagen. Du weißt ja selbst wieso. Ich war nicht ganz sicher, ob du es mitbekommen hattest, aber das war offenbar nicht so", erzählt er schulterzuckend.

„Glaub mir, wenn ich das gehört hätte, wäre ich bestimmt nicht einfach eingeschlafen", entgegne ich glücklich grinsend.

„Dann ist ja gut", erwidert mein Freund zufrieden.

„Wann hättest du es mir sonst gesagt?", frage ich spontan und er zögert einen Augenblick. „Ich weiß nicht. Ich habe darauf gehofft, dass du den ersten Schritt machen würdest", gibt er zu.

„Du hast darauf gewartet, dass ich es dir sage?" Erstaunt sehe ich ihn an und er nickt unschlüssig. „Schon."

„Archer?"

„Mhm?"

„Ich liebe dich."

Er möchte antworten, grinst dann dümmlich und trinkt einen Schluck Wein.

„Archer?"

„Ja?"

„Ich liebe dich, sehr sogar."

Er grinst noch glücklicher und schiebt seine Finger zwischen meine. „Ich liebe dich auch, Schatz."

13. Kapitel

Das Publikum ruft meinen Namen, als der Stadionsprecher die Aufstellung des heutigen Spiels bekannt gibt. Adrenalin flutet meinen Körper und Vorfreude macht sich breit. Ich sehe zu Archer. Er steht an der Seite und filmt wohl etwas für die Instagram-Story. Ich grinse und winke in die Kamera. Er schmunzelt; das sehe ich trotz des Handys, das sein Gesicht zur Hälfte vor mir verdeckt. Das Warm-Up läuft gut, die Mannschaft ist in Topform und als Ellie kurz vor Spielbeginn zur Box kommt, Ian einen Kuss gibt und uns anderen viel Erfolg wünscht, kann es losgehen. *Scheiße, ich will auch einen Viel-Glück-Kuss haben. Jetzt sofort bitte.* Mein Blick gleitet wie von selbst zu Archer. Er checkt kurz, ob ihn jemand ansieht, aber außer mir scheint es niemand zu tun.

„Ich liebe dich", formt er tonlos mit seinen Lippen und kratzt dann kurz sein Ohrläppchen. Ich weiß nicht einmal, ob es damit zu tun hat, aber als ich es ebenfalls mache, muss er ein Grinsen unterdrücken. Niemand braucht auszusprechen, was gerade geschieht. Wir haben nur ein stummes, unauffälliges Zeichen ausgemacht, *Ich liebe dich* zu sagen. Mein Herz beginnt aufgeregt zu flattern, als ich verstehe, was gerade passiert ist. Meine Knie werden weicher und ich merke, wie meine Handflächen feucht werden.

Leighton, konzentriere dich!, ermahne ich mich selbst und richte meinen Blick wieder nach vorne. Archer vernebelt meinen Verstand. Ich muss mich zwingen, nicht wieder zu ihm zu sehen und mir vielleicht doch noch einen Kuss abzuholen. *So gerne ich es auch würde.* Das Spiel beginnt und augenblicklich bin ich vollkommen fokussiert. Pittsburgh ist gut. Es ist ein schneller Einstieg ins Spiel und nach nur zehn Minuten steht es bereits eins zu eins. Pittsburgh hat vorgelegt, aber Kenny hat nur wenige

Augenblicke danach den Ausgleich erzielt. Die Stimmung im Stadion ist nicht nur heiß, die Luft brennt förmlich.

In der ersten Pause bin ich schon fix und fertig, grinse jedoch zufrieden, denn kurz vor Schluss habe ich das zweite Tor für *Lightning* geschossen. Kenny klopft mir auf den Helm, als ich in die Kabine komme und mich auf die Bank fallen lasse. Archer reicht mir eine volle Wasserflasche und verteilt auch welche an die anderen Jungs. Dass sich dabei unsere Finger berühren, reicht aus, damit mein Herz vergisst, wofür es da ist. Wissend lächelt er und widmet sich wieder seinem Arbeitshandy. Warren ist zufrieden mit unserem Spiel. Es könnte kaum besser laufen. Dadurch bekomme ich erst nicht mit, dass Archer zwischendurch immer wieder abgelenkt ist. Erst als ich im letzten Drittel auf der Bank sitze, bemerke ich, dass er zwischendurch immer wieder sein eigenes Handy herausholt und kurze Nachrichten schreibt.

Wir gewinnen knapp. Aber wir gewinnen. Zufrieden und in Feierlaune gehen wir duschen und ziehen uns um.

„Das war verdammt gut, Jungs!", meint Kenny grinsend und haut Ian freundschaftlich auf die Schulter.

„Hattrick's?", fragt dieser und sofort stimmen die meisten zu. Ich sehe zu Archer. Er hat sich abgewendet und telefoniert.

„Elliot?"

„Mhm?"

Ian sieht mich fragend an. „Kommst du auch mit ins Hattrick's?"

„Kommst du mit?", möchte Duncan gleichzeitig von Archer wissen. Bevor er antworten kann, kommt eine junge Frau auf ihn zu und zieht ihn in ihre Arme. Überrascht sehe ich die beiden an. Offenbar weiß auch sonst keiner meiner Teamkollegen, wer sie ist.

„Du bist schon hier", sagt er perplex, grinst dann und nimmt sie noch einmal fest in den Arm. *Was passiert hier gerade?*

„Ich habe einen früheren Flug bekommen", antwortet sie. „Ich war schon bei dir und habe meine Sachen dort gelassen. Was habt ihr jetzt vor?", möchte sie wissen und wendet sich am Ende zu uns Spielern. „Wir gehen in einen Pub den Sieg feiern. Und du bist?", möchte Duncan wissen.

„Oh sorry, ich bin Grace, Archers große Schwester", antwortet sie.

„Dann bist du eingeladen", antwortet Duncan und wir gehen weiter zum Pub. Ich gehe kurz hinter Archer und Grace und kann hören, was sie sagt, auch wenn sie es leise tut. „Wer ist er?"

„Grace. Nicht hier."

„Ach komm schon."

„Nein. Du weißt ganz genau, dass das jetzt wirklich nicht geht!", murmelt er angespannt. Grace hat sich bei ihm untergehakt und für einen kurzen Augenblick keimt Neid in mir auf. *Ich will das machen!*

„Meine Güte, Archer."

„Ich habe dir erklärt, warum das nicht geht und jetzt Schluss mit diesem Thema!", befiehlt er leise. Ich schlucke. Das kann ja was werden. Wir kommen wenig später beim Pub an und die erste Runde wird gebracht. Ich sitze Archer schräg gegenüber, neben mir Lane und Ian mir gegenüber. Grace sitzt Archer neben und ihr gegenüber hat Kenny Platz genommen.

„Wie lange bleibst du?", möchte Archer wissen und Grace zuckt mit den Schultern. „Erst einmal nur vier Tage, mal schauen."

Archer nickt und trinkt einen Schluck. Dabei sieht er mich an und ich weiß ganz genau, was er mir sagen möchte. *Solange Grace hier ist, werden wir uns nicht treffen können.* Mein Brustkorb fühlt sich an, als würde er mit einem dicken, rauen Seil eingeschnürt werden. Kann sie nicht bitte morgen wieder gehen? Ich möchte nicht so lange von Archer getrennt sein, das ist beschissen! Ich möchte ihn heute Abend mit zu mir nehmen oder mit zu ihm gehen, den Sieg auf unsere ganz eigene Art und Weise feiern und morgen früh aufwachen, ihn küssen und mit ihm frühstücken. Das alles kann ich jetzt vergessen.

Plötzlich berührt etwas meinen Fuß. Ich brauche einen Moment, um zu verstehen, dass es Archer ist. Versuchend, mir nichts anmerken zu lassen, drücke ich mein Bein etwas mehr in seine Richtung und er hakt seine Ferse hinter meine. Dabei unterhält er sich weiter mit seiner Schwester und Kenny.

„Alter."

Ich zucke zusammen. „Was?"

Ian sieht mich skeptisch an. „Ich weiß nicht, ob es so klug ist, Grace derart anzustarren."

„Habe ich nicht", erwidere ich, aber er glaubt mir ganz offensichtlich nicht.

„Ich bin nicht blind. Abgesehen davon, dass Grace dich offenbar nicht einmal richtig bemerkt, nicht böse gemeint, glaube ich kaum, dass Archer es gutheißen würde, wenn sich einer von uns an seine Schwester ranmacht", gibt er zu bedenken und ich nicke. Was soll ich dazu sagen? *Ich habe nicht Grace angestarrt, sondern ihren wunderbaren, heißen, unwiderstehlichen Bruder, der ganz zufällig seit einigen Monaten mein Freund ist?* Wohl kaum.

„Schon klar", murmle ich daher nur. Ellie sitzt neben Ian auf der anderen Seite und klinkt sich in die Unterhaltung ein.

„Ist Grace denn dein Typ?"

„Wieso fragst du?"

„Naja, weil hier noch andere Frauen sind und vielleicht findest du ja eine attraktiv und könntest sie ansprechen", schlägt sie vor.

„Ich hatte nicht vor, heute jemanden abzuschleppen", antworte ich ausweichend.

„Wer redet denn von einem One-Night-Stand?", fragt Ian und schüttelt den Kopf. „Du bist doch nicht Duckie oder so. Dir traue ich durchaus zu, dass du dazu fähig bist, zu daten."

„Das ist fies", antwortet Ellie, aber ich schüttle den Kopf.
„Das ist die Wahrheit."

„Also?"

„Vielleicht. Ich bin nicht auf der Suche."

„War ich auch nicht", antwortet Ellie schulterzuckend und Ian küsst sie liebevoll. *Verdammt, ich will Archer küssen. Jetzt sofort.*

„Vielleicht, wenn es sich ergibt, ansonsten würde mir ein neues Bier schon reichen", sage ich, stehe auf und gehe zum Tresen. Dort stelle ich mein leeres Glas ab und bitte den Barkeeper, mir ein Neues zu bringen, bevor ich den Weg zu den Toiletten einschlage.

Nur wenige Augenblicke später, als ich Hände wasche, sehe ich Archer durch die Tür kommen.

„Ich habe ein Deja Vu", sagt er belustigt und kommt zu mir.

„Du bist mir gefolgt." Es ist keine Frage, sondern eine Feststellung.

„So offensichtlich?"

„Ich war mir nur zu 50 Prozent sicher", antworte ich. Die anderen Kabinen sind alle leer und auch sonst ist niemand hier im Raum. Archer schmunzelt, mustert mich einen kurzen Moment und tritt dann wenige Schritte auf mich zu. Fast sofort legt er einen Arm um mich, zieht mich zu sich heran und küsst mich. Liebevoll. Leidenschaftlich. Ich seufze, lege instinktiv meine Arme um ihn und erwidere den Kuss.

„Scheiße, du weißt nicht, wie gerne ich dich heute Abend mit zu mir nehmen würde", flüstert er und küsst mich erneut.

„Wusstest du nicht, dass Grace herkommt?"

„Ich dachte, sie würde erst morgen landen. Ich hätte es dir sagen sollen", meint er. „Sie hat mir erst vor ein paar Tagen gesagt, dass sie herfliegt. Es ist sehr spontan."

„Okay."

„Und sie möchte dich kennenlernen."

„Ich dachte, sie weiß nicht…"

„Tut sie auch nicht. Ich habe ihr die Situation erklärt und sie weiß, dass einer von den Spielern am Tisch mein Freund ist. Nur weiß sie nicht, wer." Archer braucht die Frage nicht auszusprechen. Sie steht ihm praktisch auf der Stirn geschrieben.

„Ich weiß nicht… tut mir leid."

Er winkt ab. „Schon gut. Damit habe ich ehrlich gesagt schon gerechnet."

„Ich wünschte, es wäre anders."

Er nickt. „Ich denke, wir sehen uns spätestens beim nächsten Auswärtsspiel."

„Ich hoffe doch", versuche ich grinsend die Situation aufzuheitern, aber es klappt nicht einmal ansatzweise. Ich drücke einen kurzen Kuss auf seine Lippen.

„Ich liebe dich."

„Ich dich auch, mein Schatz", antwortet er und macht es mir damit noch schwerer, diesen Raum zu verlassen.

Grace sucht nicht gerade unauffällig nach dem Freund ihres Bruders; zumindest, wenn man weiß, dass Archer mit jemandem aus dem Team zusammen ist. Ich trinke inzwischen mein drittes – nein viertes – Bier und frage mich, wie realistisch es ist, dass Archer mit zu mir kommt und Grace alleine zu seiner Wohnung fährt. Je mehr ich trinke, umso stärker wird das Verlangen, ihn zu küssen. Nicht, dass ich ihm im nüchternen Zustand widerstehen könnte, doch jetzt gerade kann ich an nichts anderes mehr denken. Archer sieht zwischendurch immer wieder zu mir, aber ich glaube kaum, dass Grace daraus irgendetwas schließen könnte. Jetzt gerade unterhält sie sich mit Ellie. Plötzlich setzt Kenny sich neben mich. Saß da nicht gerade noch Lane?

„Können wir mal kurz reden? Draußen?"

„Ist etwas passiert?", frage ich halb im Spaß, halb ernst gemeint. Kenny schüttelt den Kopf. „Keine Sorge." Dann steht er auf und unschlüssig folge ich ihm.

„Also?", möchte ich wissen, als die Tür hinter uns zu fällt und bemerke erst danach, dass Lane und Duncan auch hier stehen. *Das kann nicht ihr Ernst sein.* Sie wissen, was ich denke, ohne, dass ich es aussprechen muss. „Hör bitte erst einmal zu", beginnt Duncan. Ich schüttle den Kopf und lache bitter. „Wollt ihr mich eigentlich verarschen?!", frage ich wütend und Lane seufzt. „Du weißt noch überhaupt nicht, worum es geht."

„Worum soll es schon gehen, Shelton? Ich glaube, es ist sehr offensichtlich, wenn gerade ihr beiden hier draußen auf mich wartet", antworte ich ihm aufgebracht.

„Siehst du?", fragt Duncan an Kenny gerichtet. Unser Teamcaptain beobachtet mich und mich würde es nicht wundern, wenn Lane oder Duncan oder beide, ihr Versprechen gebrochen haben. Mit Garantie haben sie etwas gesagt; und natürlich mussten sie es gerade dem Captain erzählen! *Verdammte Scheiße!*

„Was soll der Mist?", möchte ich erneut wissen. „Was habt ihr Kenny erzählt? Ihr habt es mir versprochen, verflucht!"

„Noch haben sie mir gar nichts erzählt", antwortet Kenny mir und ich wende mich ihm zu. Es dauert einen Moment, bis die Worte mein Gehirn erreicht haben und verarbeitet werden. Dann wird mir eiskalt. *Oh fuck.*

„Haben wir nicht, Elliot, aber du redest ja nicht mit uns, also dachten wir, es wäre vielleicht ganz klug, Kenny zu zeigen, wie du dich im Moment aufführst. So funktionieren wir als Team auf Dauer nicht", erklärt Duncan mir.

„Also entscheidest du mal eben, mein Leben zu ruinieren. Ja, danke auch", entgegne ich sarkastisch.

„Dein Leben ruinieren?", fragt Kenny skeptisch. „Was ist los?"

Ich antworte nicht, versuche ruhig zu bleiben und hoffe, dass niemand der anderen Jungs durch die Tür nach draußen tritt.

Meine Karriere steht schon wieder auf Messers Schneide und ich habe gerade keinen blassen Schimmer, wie ich verhindern kann, was unweigerlich bevor steht. *Verdammt, ich will mich nicht outen. Und noch weniger will ich, dass mich jemand anderes outet!* „Elliot, rede mit uns, wir sind dein Team. Wenn du mit irgendetwas Probleme hast, dann…", versucht Kenny es mit ruhiger Stimme, aber ich unterbreche ihn harsch: „Ich habe keine Probleme! Mein Leben ist super, nur die beiden Vollidioten haben den ganzen verfluchten Tag nichts Besseres zu tun, als…"

„Als was?", will Lane wissen und tritt einen Schritt nach vorne. „Wir wollen nur mit dir darüber sprechen, weil du uns offenbar nicht glaubst!"

„Wieso sollte ich das auch? Du hast Kenny hergeholt, damit er mich aus dem Team schmeißt, oder nicht? Wieso sonst habt ihr zwei das hier arrangiert?!", will ich wissen. Mein Herz schlägt mir bis zum Hals und kalter Schweiß breitet sich über meinem Rücken aus. *Oh Gott, damit ist meine Eishockeykarriere endgültig vorbei.* Es kommt, wie es kommen musste, die Tür öffnet sich und erst Grace und dann Archer treten heraus. Grace zündet sich eine Zigarette an und Archer sieht fragend zu mir.

„Nicht das auch noch", sage ich mehr zu mir selbst als zu irgendjemandem sonst.

„Alles okay?", fragt Grace verwundert.

„Ja. Alles gut", murre ich und versuche ruhig durchzuatmen.

„Entweder du sagst jetzt endlich, was hier los ist, dass deinen Teamgeist aussetzen lässt oder ich werde beim nächsten Spiel testen, wie Ian sich in der ersten Reihe so macht", stellt Kenny mir ein Ultimatum.

„Das ist nicht dein Ernst."

„Merkst du es gar nicht, Elliot? Wie du dich inzwischen deiner Mannschaft gegenüber aufführst?", fragt Kenny und wird dabei lauter. „Du bist ein guter Spieler, das steht außer Frage. Im

Augenblick lässt dein Teamgeist allerdings ganz schön zu wünschen übrig."

„Elliot, glaub uns doch bitte einfach, wenn wir sagen, dass wir nichts verraten werden. Alles, was Lane und ich versuchen, dir seit Tagen klarzumachen, ist, dass es okay ist. Wirklich."

„Fick dich, Duncan", antworte ich nur und gehe einige Schritte. „Einer meiner Aufgaben als Teamcaptain ist es auch, dafür zu sorgen, dass es meiner Mannschaft gut geht. Das weißt du doch, oder Elliot?"

„Sicher."

„Dann sag mir, was los ist und wir finden eine Lösung", fordert er, aber ich schüttle den Kopf. „Sorry, Kenny, aber die Lösung wird sein, meine Karriere zu beenden und das werde ich garantiert nicht", stelle ich klar. Grace stupst Archer an. *Natürlich hat sie verstanden, worum es geht. Wieso auch nicht? Die Situation ist ja nicht schon beschissen genug.*

„Lass gut sein", höre ich Archer leise sagen.

„Wissen hier alle, worum es geht, nur ich nicht?", fragt Kenny daraufhin und ich stöhne genervt. „Können wir diese Unterhaltung bitte beenden? Lane, Duncan, ich hab es verstanden, zufrieden? Könnt ihr jetzt aufhören mit mir darüber sprechen zu wollen? Und Kenny, mir geht es gut, okay?"

„Das sollen wir dir glauben?", fragt Lane und langsam aber sicher, reicht es mir. „Fuck, lasst mich doch bitte alle in Ruhe! Ich komme schon selbst mit meinem Leben klar, ich brauche dafür niemanden von euch!"

„Und das, was letztens hier passiert…"

„Das hätte alles nie passieren dürfen! Nichts davon!", unterbreche ich Duncan harsch. Für einen Moment ist es still. Mein Blick gleitet instinktiv zu Archer. Er sieht zur Seite und ihm ist anzusehen, wie sich die Räder in seinem Kopf gerade drehen. *Oh nein, bitte nicht.* Ich möchte etwas zu ihm sagen, lasse es dann

aber doch. Ich möchte ihm sagen, dass ich damit nicht uns gemeint habe, dass ich nicht bereue, ihn um Hilfe gebeten zu haben und dass ich ihn liebe, aber kein einziges dieser Wörter verlässt meinen Mund.

„Ich denke, wir sollten langsam gehen, Grace," sagt Archer,
ohne mich anzusehen und geht wieder in die Kneipe, wahrscheinlich um die Jacken zu holen. Grace sieht zu mir. Sie
braucht es nicht zu sagen. Ich weiß auch so, dass ich gerade etwas sehr, sehr Dummes gemacht habe. *Verfluchte Scheiße.* Kenny
mustert mich.

„Lass gut sein. Wenn du Ian anstatt mir in der ersten Reihe
haben willst, bitte, aber zumindest kannst du mich nicht aus der
Mannschaft werfen", stelle ich klar und erstaunt sieht er mich
an. „Ich hatte nie vor dich aus der Mannschaft zu werfen."

„Mhm." Ich flüchte ins Hattrick's, lege etwas Geld für das
Bier auf den Tisch und verlasse die Kneipe, ohne noch etwas zu
sagen. „Elliot…"

„Lass es, Duncan. Ihr zwei habt es gerade geschafft, alles nur
noch schlimmer zu machen", unterbreche ich ihn und beschließe, nach Hause zu laufen. Der Uber für Grace und Archer
kommt offenbar gerade an und es macht nicht den Anschein,
als würde Archer mir anbieten wollen, mitzufahren.

Als die Rücklichter des Autos nicht mehr zu sehen sind, gehe
ich los. Immer wieder spielen die letzten Minuten sich wie ein
Kurzfilm vor meinem inneren Auge ab. Ich merke, dass meine
Augen brennen, denn mir ist klar, wie Archer meine Worte auf-
gefasst haben muss.

„Ach scheiße!", fluche ich und laufe schneller. Meine Sicht
verschwimmt bei dem Gedanken daran, wie es für Archer gerade sein muss. Ich wollte ihm niemals weh tun; und doch habe
ich es. Ohne weiter darüber nachzudenken, zücke ich mein
Handy. „Bitte geh ran. Bitte geh ran…", murmle ich immer

wieder vor mich hin, als ich ihn anrufe, aber vergeblich. Er hebt nicht ab.

„Komm schon." Ich versuche es erneut. „Verdammt." Er nimmt den Anruf nicht entgegen. Mit Sicherheit ist er bereits zu Hause angekommen. Und zumindest ist seine Schwester gerade bei ihm. Das macht es nur minimal besser. Hätte ich für ein paar Sekunden darüber nachgedacht, was ich sagen möchte, wäre es nie so weit gekommen.

Die Strecke bis nach Hause zieht sich. Die Straßen sind leer und die kühle Nachtluft schlägt gegen meine nassen Wangen. Zitternd ziehe ich den Reißverschluss meiner Jacke höher, aber es wird nicht besser. Mein Brustkorb zieht sich kontinuierlich enger um mein Herz zusammen und in diesem Augenblick würde ich alles dafür tun, um mich zu Archer in sein warmes Bett zu kuscheln, ihn zu küssen und mich zu entschuldigen. Wie kann es nur sein, dass innerhalb so kurzer Zeit alles derart aus dem Ruder gelaufen ist?

14. Kapitel

Ich kann die Nacht kaum schlafen. Immer wieder denke ich darüber nach, was geschehen ist und wie ich es wieder gut machen kann. *Verdammt,* wieso musste ich auch erst reden und dann nachdenken?

Archer hat sich am nächsten Morgen immer noch nicht gemeldet und auch, wenn es mich nicht wundert, habe ich auf etwas anderes gehofft. Eigentlich wollten wir unseren freien Tag heute gemeinsam verbringen, aber im Augenblick gehe ich davon aus, dass das nichts wird. Unschlüssig, ob ich ihm schreiben oder ihn anrufen soll, trinke ich meinen Tee und mache mir ein kleines Frühstück. Viel lieber würde ich in diesem Moment bei Archer sein, mit ihm etwas essen oder noch im Bett liegen und kuscheln. Was er jetzt wohl macht? Ob er schon wach ist? Ich kann nicht aufhören an ihn zu denken. Ob ich will oder nicht, Archer lässt sich nicht aus meinen Gedanken verbannen.

„Ach, scheiß drauf", sage ich leise zu mir selbst, nehme mir mein Handy und rufe ihn an. Er hebt nicht ab. Das kann doch nicht wahr sein. Einen Moment lang stehe ich in der Küche, dann stelle ich mein nur halb gegessenes Frühstück beiseite, schnappe mir meine Sachen und verschwinde aus dem Haus. Nicht weit von hier ist ein Florist. Ich stelle den Wagen in der zweiten Reihe ab und betrete den Laden.

„Schönen guten Morgen, was kann ich für Sie tun?", fragt ein junger Mann mich lächelnd.

„Ich hab Mist gebaut und brauche einen schönen Strauß mit Blumen, mit denen man sich gut entschuldigen kann", sage ich direkt und er nickt verstehend. „Budget?"

„Egal", winke ich ab und sehe mich um. Irgendwie denke ich, dass Archer die Bedeutungen einzelner Blumen weiß, ich hingegen habe keine Ahnung. Nur bei der Rose bin ich nicht ganz aufgeschmissen.

„Möchten Sie einen gemischten Strauß oder lieber nur eine Blumenart?"

„Am besten bunt", entscheide ich und der Florist nickt, ehe er durch den Laden geht und immer wieder aus einigen Vasen ein paar Blumen herauszieht. Rosen sind auch dabei, gelbe und rote. Er bindet einen schönen, farbenfrohen Strauß zusammen und zufrieden nicke ich, als er ihn mir fragend hinhält. Schnell habe ich bezahlt und verlasse den Laden. Ich bleibe perplex stehen und brauche einen Moment, um zu verstehen, was gerade passiert.

„Das darf doch nicht wahr sein!", fluche ich und laufe zu meinem Auto, das gerade abgeschleppt wird.

„Entschuldigen Sie, das ist mein Wagen. Ich fahre jetzt weg, ich musste nur kurz etwas besorgen", spreche ich einen Mann in gelber Weste an. Er blickt zu mir. „Das Auto hängt schon dran."

„Können Sie es nicht bitte wieder herunter lassen?" Er zuckt mit den Schultern. „Tut mir leid, das sind die Vorschriften."

Ich zücke mein Portemonnaie, nur um festzustellen, dass ich nicht genug Bargeld mithabe, um den Kerl von etwas anderem zu überzeugen.

„Ich muss wirklich dringend wohin. Ich brauche den Wagen", versuche ich es noch einmal, aber wieder bringt es nichts.

„Sie können ihn ab heute Abend abholen", wird mir geantwortet und ich bekomme eine Visitenkarte mit der Adresse des Autohofs.

„Na ganz toll", murmle ich und sehe unbeholfen zu, wie mein Auto hinter der nächsten Kreuzung verschwindet. Kurz denke ich darüber nach, nach Hause zu gehen, aber dann entschließe ich mich, zu Archer zu laufen. Etwas später stellt sich heraus, dass ich die Strecke deutlich unterschätzt habe. Ich bin von zehn, vielleicht fünfzehn Minuten ausgegangen. Es sind inzwischen mehr als dreißig, als ich endlich in die Straße einbiege, in der Archer wohnt. Es ist halb elf. Ich hoffe, er ist noch zu Hause. Ich atme tief durch, bevor ich klingle.

„Hallo?", höre ich über die Gegensprechanlage.

„Hier ist Elliot", antworte ich Grace und kurz darauf lässt sie mich ins Haus.

„Archer ist einkaufen", sagt sie direkt und ihr Blick fällt auf den Strauß. „Gut, komm rein. Wie ich sehe, hast du ein schlechtes Gewissen", sagt sie trocken und tritt zur Seite.

„Wie lange ist er noch weg?", möchte ich wissen. Sie zuckt mit den Schultern. „Eine halbe Stunde? Vielleicht weniger, ich weiß es nicht."

„Mhm. Okay. Weißt du zufällig, wo ich hier eine Vase finde?"

„So schwierig sollte es nicht sein, eine zu finden", antwortet sie mir und schaut im Wohnzimmer in einigen Schränken nach.

„Du weißt also, dass du Scheiße gebaut hast?"

„Allerdings", antworte ich angespannt. „Archer hat das völlig falsch verstanden, ich habe das nicht so gemeint."

„Vielleicht hast du dich falsch ausgedrückt", antwortet sie. Es könnte kaum auffälliger sein, dass sie nicht weiß, was sie von mir halten soll.

„Das auch", lenke ich ein und Grace reicht mir eine Vase aus Glas, die ich in der Küche mit Wasser befülle, ehe ich die Blumen hineinstelle und auf dem Wohnzimmertisch platziere.

„Hat er was dazu gesagt?"

„Erst nicht", meint sie und zögert. „Wie ernst meinst du es mit meinem Bruder?"

„Sehr", antworte ich sofort. „Ich liebe ihn."

„Aber du outest dich nicht", merkt sie an und ich schüttle den Kopf. „Nein, kann ich nicht. Irgendwann mache ich es wahrscheinlich, aber noch nicht jetzt."

„Du weißt, wie sehr ihm das zusetzt?", fragt sie mich und ich seufze. „Dass er es gerne anders hätte, weiß ich, aber er hat mir versichert, dass er wartet. Und ich versuche wirklich, es irgendwie auszugleichen."

„Die Dates", bemerkt sie und ich nicke. „Er hat dir davon erzählt?"

„Allerdings."

„Und?", hake ich weiter nach.

„Er hat sich gefreut", antwortet sie schulterzuckend. „Solltest du das nicht wissen?"

„Schon. Keine Ahnung."

„Es hat ihn sehr verletzt, was du gesagt hast."

„Ich weiß."

„Es war gelinde gesagt, beschissen. Er hat mir von dir erzählt, also vorher und du machst ihn ansonsten offenbar sehr glücklich. Aber seitdem Archer getraut hat, sich zu outen, hat er sich geschworen, sich nie wieder zu verstecken. Du musst ihm wirklich viel bedeuten, wenn er es für dich trotzdem macht. Dass du gestern gesagt hast, dass du dir wünschst, das alles wäre nie passiert, war wie ein Schlag mitten ins Gesicht und so etwas hat Archer nicht verdient."

„Du musst mir nicht sagen, dass er zu gut für mich ist, das weiß ich auch so schon", antworte ich unüberlegt, aber es ist nun einmal die Wahrheit.

„Gut, dann ist das ja geklärt. Ich weiß allerdings nicht, ob ein Strauß Blumen das wieder gut machen wird. Auch wenn er wirklich schön ist."

„Ich wollte eigentlich fragen, ob ihr Lust habt essen zu gehen. Archer hat mir schon vor Wochen gesagt, dass er mich dir gerne vorstellen würde, aber ich wollte nicht, weil... ich hatte Schiss. Das habe ich auch immer noch, aber gestern war wohl kaum zu übersehen, wer ich bin."

Grace nickt. „Deine anderen Teamkollegen haben keine Ahnung?"

„Bis auf Duncan und Lane weiß es niemand."

„Ich werde nichts sagen, Elliot. Ich weiß noch nicht, ob ich dich mag, aber ich bin auch kein Arschloch", stellt sie klar und ein Stein fällt mir vom Herzen. „Danke, ehrlich."

Sie nickt nur, ehe sie fragt: „Und wieso können wir gleich nicht essen gehen?"

„Mhm?"

„Du meintest, dass du das *eigentlich* fragen wolltest. Das klingt nicht danach, als wäre es noch aktuell", erklärt sie mir.

„Ach so, ja. Mein Auto wurde gerade abgeschleppt. Ich habe in zweiter Reihe vor dem Blumenladen geparkt und musste dann leider zusehen, wie es mitgenommen wurde", erzähle ich und merke, dass Grace mich amüsiert anschaut. „Das hast du nach gestern irgendwie verdient; ausgleichende Gerechtigkeit würde ich sagen."

Nun muss ich auch schmunzeln. „Wohlmöglich hast du recht. Allerdings habe ich leider kein Auto mehr, zumindest nicht für heute."

Nur ein paar Augenblicke später höre ich, wie die Tür aufgeschlossen wird. Ich drehe mich um und sehe Archer die Wohnungstür aufstoßen. Ohne weiter darüber nachzudenken, gehe ich auf ihn zu und nehme ihm die offenbar schweren Einkaufstaschen ab.

„Äh, hi", sagt er verwundert, aber da bin ich schon in die Küche verschwunden, um die Taschen abzustellen. „Was macht er hier?", höre ich Archer seine Schwester fragen und warte noch einen Moment in der Küche, auch wenn sich lauschen nicht gehört.

„Frag ihn das lieber selbst", antwortet Grace ihm und bevor ich meinen Mut zusammenkratzen und zurück ins Wohnzimmer gehen kann, kommt Archer in die Küche. Er beginnt damit, den Einkauf auszuräumen und einen Moment lang warte ich, ob er etwas sagt. Tut er nicht.

„Ich bin hier, um mich zu entschuldigen", durchbreche ich die Stille. Er blickt kurz zu mir, ehe er den Kühlschrank öffnet und einige Lebensmittel einräumt.

„Das, was ich gesagt habe, war nicht okay und ich habe es nicht so gemeint. Es war auf den Abend im Hattrick's bezogen, nur auf die Viertelstunde, als wir vor der Tür waren, nicht auf alles andere", erkläre ich ihm und warte auf eine Reaktion, aber er antwortet mir nicht. Die Stille zwischen uns ist drückend, fast schmerzhaft könnte man sagen. Archer denkt über meine Worte nach, das kann ich ihm ansehen. Dagegen habe ich nichts, absolut nicht, nur werde ich von Sekunde zu Sekunde nervöser.

Archer räumt die leeren Einkaufstaschen weg und nimmt sich etwas zu trinken, bevor er sich zu mir umdreht und sich gegen die Arbeitsplatte lehnt.

„Ist es wirklich so schlimm für dich?"

„Was?", frage ich verwirrt und er seufzt. „Ist es so dermaßen schlimm, dass Lane und Duncan es wissen? Ich akzeptiere, dass du dich für die Öffentlichkeit nicht outen willst, aber du tust so, als wäre es der Weltuntergang, dass die beiden von uns erfahren haben."

Ich schweige einen Moment. Archer spricht kurz danach weiter: „Mir ist klar, dass dir nicht gefällt, was an dem Abend vor dem Hattrick's passiert ist, aber so wie du es gesagt hast... ich wusste in dem Moment nicht, ob du nicht alles meinst; unsere komplette Beziehung. Es hat sehr weh getan, Elliot, tut es noch."

Ich sehe zur Seite und versuche meine Gedanken zu ordnen. Dass ich ihm weh getan habe, weiß ich, aber es so direkt von ihm zu hören, ist, als würde man mir ein Messer direkt in den Brustkorb stechen.

„Es tut mir leid, Archer, ehrlich."

„Bereust du es?", fragt er mich darauf hin. „Mein Freund zu sein?"

Perplex sehe ich ihn an. „Was? Scheiße, nein! Archer, ich liebe dich!", antworte ich sofort und mache unüberlegt einen Schritt auf ihn zu. „Am liebsten würde ich jedem erzählen können, welches Glück ich habe, mit dir zusammen zu sein, jedoch muss ich mich damit noch gedulden und..." Ich seufze und streiche mir die Haare aus der Stirn. „Ich werde mit Duncan und Lane reden, okay?"

„Und mit Kenny", verlangt Archer.

„Was? Wieso das?", frage ich sofort und merke erst danach, wie panisch das geklungen haben muss. Ich sehe es in seinem Blick.

„Er ist dein Teamcaptain. Und außerdem musst du nach seiner Ansage wirklich dringend mit ihm sprechen, wenn du weiter spielen willst. Er hat dich schon aus der ersten Reihe genommen. Wie deutlich soll er noch werden, dass es nicht okay ist, wie du dich im Augenblick verhältst?"

„Du weißt ganz genau, dass ich das nur machen muss, weil meine Teamkollegen hirnverbrannte Hinterwäldler sind."

„Nicht alle von ihnen; oder schätzt du Duncan, Lane oder Ian auch so ein?"

Ich verdrehe die Augen. Wie war das noch? Ausnahmen bestätigen die Regel.

„Kenny wird dir schon nicht den Kopf abreißen. Er sollte wissen, was los ist, damit er dir helfen kann."

„Und wie soll er das machen?", frage ich Archer und lache bitter. „Was soll er tun?"

„Er könnte zum Beispiel strenger darauf achten, dass dumme Kommentare von Duckie oder sonst wem nicht einfach akzeptiert werden. Das sollte er meiner Meinung nach sowieso stärker tun", erwidert er und ich schüttle den Kopf. „Das bringt nichts."

„Wenn jeder so denken würde, würde Homosexualität immer noch als Krankheit gelten. Wenn jeder sagt *das bringt doch nichts*, ändert sich auch nichts, also sprich mit Kenny", argumentiert er. Ich seufze. „Sind wir dann quitt?"

„Du glaubst, ich möchte das von dir, damit wir quitt sind?" Ich zucke mit den Schultern. „Unter anderem."

„Scheiße, ich möchte, dass du das machst, weil ich mir sicher bin, dass es dir danach besser gehen wird! Spring über deinen Schatten und oute dich. Wenn du möchtest, kann ich dabei sein, dich unterstützen, aber wenn du möchtest, dass ich dabei zusehe, wie du deine Karriere langsam, aber sicher ruinierst, weil du den Mund nicht aufmachen willst, hast du dich geschnitten. Das werde ich nicht tun", stellt er klar und mein Herz zieht sich zusammen.

„Du stellst mir also auch ein Ultimatum. So wie Kenny es getan hat", fasse ich zusammen. „Du hast immer gesagt, dass man niemanden zu einem Outing zwingen soll und du hast gesagt, dass du es akzeptierst, dass ich es noch nicht möchte. Und jetzt stellst du mich vor die Wahl? Entweder oute ich mich oder was, du machst Schluss?!", rege ich mich auf.

„Ich möchte dir helfen, Elliot", sagt er ruhig, aber ich kann nur den Kopf schütteln und lachen. „Das nennst du helfen? Ich bin hergekommen, um mich bei dir zu entschuldigen, weil ich weiß, wie beschissen ich mich verhalten habe und wie gemein es war zu sagen, dass ich wünschte, dass das alles nie geschehen wäre. Aber dir fällt nichts Besseres ein, als mich zu zwingen, mich zu outen? Was soll der Mist?!", möchte ich wütend von ihm wissen.

„Ich zwinge dich doch nicht!" Nun wird er auch lauter. „Vielleicht siehst du es nicht. Vielleicht erwartest du sogar, dass jeder dich dann eklig und abstoßend findet, aber das wird nicht passieren! Es tut mir leid, dass du in deiner Umgebung so viele homophobe Vollidioten hast, aber weder Kenny noch Ian oder auch Drew würden dich deswegen verurteilen!"

„Du lebst in deiner wunderschönen, friedlichen, *wir-sind-alle-so-lieb-zueinander*-Regenbogenwelt! Aber ich lebe nun einmal in der Sportwelt der NHL!"

Daraufhin sagt er einen Moment lang nichts mehr. Ich hasse es, mit ihm zu streiten, aber ich konnte nicht ruhig und gefasst bleiben. Wir hatten diese Diskussion schon so oft. Wie kann er immer noch nicht verstanden haben, dass ich keine Wahl habe?

„Ich werde dich nicht zwingen, dich zu outen. Ich sage nur, dass ich denke, es würde einiges einfacher machen, wenn Kenny es weiß; und wenn du endlich Klartext mit Lane und Duncan sprichst."

Ich schnaube. „Schön. Mit den beiden werde ich reden, aber nicht mit Kenny."

Archer nickt. „Daran kann ich wohl nichts ändern."

„Das merkst du aber früh", erwidere ich trocken und weiß nicht recht, was ich danach noch sagen soll.

„Ich denke, ich sollte besser gehen", durchbreche ich die Stille wenig später.

„Nein, wieso?"

„Weil ich kaum glaube, dass es eine kluge Idee ist, jetzt noch mit deiner Schwester gemeinsam essen zu gehen. Wenn sie sich gestern nicht schon entschlossen hat, mich nicht zu mögen, wird sie es spätestens jetzt getan haben", erwidere ich. Archer schüttelt den Kopf. „Nein, sie wird dich mögen."

„Nachdem was ich gerade alles gesagt habe? Und wie ich dich angeschrien habe? Wohl kaum", antworte ich ihm. Er macht einen Schritt auf mich zu und schiebt vorsichtig seine Finger zwischen meine. „Wir bekommen das hin, Schatz. Das klappt schon irgendwie."

„Wieso bist du dir jetzt wieder so sicher, dass es funktionieren wird?", möchte ich verwundert wissen und er zuckt mit den

Schultern. „Du hast eingewilligt, mit Lane und Duncan zu sprechen. Das ist ein Anfang und ich bin zuversichtlich, dass Kenny bald folgen wird."

Ich verdrehe die Augen. Schön, wenn er zuversichtlich ist, aber das passiert nicht.

„Und ich möchte mich noch für die Blumen bedanken", fügt er hinzu und löst eine Hand aus meiner, ehe er sie zögerlich auf meine Hüfte legt. Ich komme ihm etwas entgegen, mache einen kleinen Schritt auf ihn zu und seine Hand gleitet zu meinem Rücken.

„Ich liebe dich, Archer."

„Ich weiß, ich dich auch", antwortet er lächelnd und mein Herz schmilzt bei diesem Anblick nur so dahin. Archer sieht auf meine Lippen. Sofort wird mir wärmer und eine Gänsehaut überzieht meinen Körper. Dann lehne ich mich ihm entgegen und küsse ihn sanft.

„Es tut mir ehrlich leid. Ich bereue ganz und gar nicht, dein Freund zu sein", wiederhole ich leise und er küsst mich erneut.

„Ich denke mal, ihr habt es geklärt", werden wir kurz danach unterbrochen und ich drehe mich um. Archers Schwester steht im Türrahmen und mustert uns beide.

„Erst einmal schon", antwortet Archer und zieht mich zu sich heran, sodass ich mich instinktiv gegen seine Brust lehne. Sein Herz schlägt kräftig und etwas schneller als üblich. Zu wissen, dass ich der Grund dafür bin, lässt mich glücklich dreinblicken.

„Wir werden Mittagessen gehen", sage ich zu Grace. „Und ihr dürft gerne aussuchen, wo. Ich lade euch ein", füge ich hinzu.

„Du musst das nicht machen", sagt Archer leise zu mir, als wir im Uber sitzen. Grace hat vorne Platz genommen.

„Möchte ich aber gerne", erwidere ich und denke für einen kurzen Moment darüber nach, ihn zu küssen. Gerade hatte ich nicht noch einmal die Chance dazu. Grace hat ein Restaurant herausgesucht. Es dauert ein wenig, bis wir es durch den dichten Verkehr geschafft haben, aber schließlich kommen wir an.

„Haben Sie einen Tisch für drei?", möchte Grace vom Kellner wissen und dieser führt uns zu einem freien Platz, ehe kurz darauf die Getränkekarte gebracht wird. Ich lege instinktiv eine Hand auf Archers Oberschenkel, als wir uns setzen und er sieht für einen Augenblick lächelnd zu mir. Wir beide bemerken den skeptischen Blick seiner Schwester fast sofort und Archer seufzt. „Grace, bitte."

„Ich mache doch überhaupt nichts", antwortet sie, ihr Bruder verdreht jedoch die Augen. „Ich weiß genau, was du gerade denkst."

„Das würdest du in meiner Situation auch."

„Gib ihm eine Chance, okay?"

Wie ich es vermutet habe, sie sprechen über mich. Grace mustert mich skeptisch. „Gut."

Ich lächle kurz und uns werden die Getränke gebracht, ehe wir etwas zu essen bestellen. Ich habe meine Hand wieder von Archers Bein genommen und drehe das kühle Glas mit der Cola in meinen Händen.

„Wieso gerade mein Bruder?", möchte Grace von mir wissen.

„Wieso ich ihn liebe? Er ist der Wahnsinn!", antworte ich, ohne darüber nachzudenken. „Um ganz ehrlich zu sein, hat er mir von Anfang an den Kopf verdreht", erzähle ich und zucke schmunzelnd mit den Schultern. „Als ich ihn das erste Mal gesehen habe, wusste ich überhaupt nicht, dass er für *Lightning* arbeiten wird und trotzdem ist er mir nicht aus dem Kopf gegangen. Ich weiß nicht, ob Archer es dir erzählt hat: Am Anfang habe ich versucht, so zu tun, als wäre da nichts zwischen uns. Er hat zum Glück nicht aufgegeben, sonst wären wir wahrscheinlich gar nicht zusammen. Ich stelle mich, was dieses Thema angeht, etwas dumm an", gebe ich zu.

„Tust du nicht", widerspricht Archer mir amüsiert, aber wir beide wissen, dass es durchaus die ein oder andere Situation gab, in der ich mich wie ein vollkommener Idiot verhalten habe. „Wenn ich an den Spruch vor der Kneipe denke, tut er das wohl", entgegnet Grace und ich nicke stumm. „Wir haben das geklärt. Du musst wirklich nicht weiter darauf herumreiten", sagt Archer. „Schon gut, sie hat recht", sage ich etwas leiser. Archer schüttelt den Kopf. „Nur weil er noch nicht so viel Erfahrungen mit Beziehungen hat, bedeutet das nicht direkt, dass alles schlecht ist und er nur Mist baut!", verteidigt er mich gegenüber seiner Schwester. „Es war ein Missverständnis und dabei können wir es jetzt auch belassen." Es ist keine Frage und er lässt keine Widerworte zu. Das ist kaum zu überhören.

„Scheiße, du bist echt heftig verliebt", grinst Grace und Archer nickt. „Ja, ich liebe ihn."

„Ich dich auch", antworte ich unüberlegt, Archer sieht zu mir und lächelt glücklich. Wie gerne ich ihn in diesem Moment küssen würde. Meinem Freund steht auf der Stirn geschrieben, dass er sich daran erinnern muss, dass es hier nicht geht. Es versetzt mir einen Stich in der Brust, in seinem Blick zu sehen, wie sehr er sich in diesem Augenblick wünscht, unsere Beziehung offen zeigen zu können. Schnell wende ich meinen Blick ab. Ein Kellner, der unser Essen bringt, rettet mich aus der Situation und kurz darauf steht ein gut duftendes Mittagsessen auf dem Tisch.

„In Atlanta lässt es sich also leben?", möchte Grace wenig später von Archer wissen.

„Es ist viel besseres Wetter als in New York."

„Das ist alles?"

„Ich habe Elliot hier kennengelernt."

„Vermisst du den Big Apple gar nicht?" Es klingt fast, als wäre sie enttäuscht, dass Archer sein Leben hier gefällt.

„Ab und zu. Du weißt doch, dass es komisch für mich ist, so weit weg von meiner Familie und meinen Freunden zu sein, aber es klappt. Außerdem war ich doch vor ein paar Wochen erst in New York", entgegnet er. „Wieso fragst du?", möchte er wissen und kurz sieht Grace zu mir, bevor sie ihm antwortet.

„Es ist eine neue Stelle frei, in New York versteht sich, und ich dachte, du könntest dich nach der Saison darauf bewerben." „Wieso sollte ich?", möchte Archer verwundert wissen und ich verstehe, dass Grace offenbar auch für TAA arbeitet.

„Du wolltest nie für ein Sportteam arbeiten", antwortet Grace und überrascht sehe ich Archer an.

„Stimmt und doch mache ich es."

„Ich habe Mister Thorley vorgeschlagen, dass du die Stelle annehmen könntest."

„Du hast was?"

„Wieso denn nicht?", verwundert sieht Grace ihren Bruder an.

„Wieso fragst du mich nicht, bevor du mich für eine neue Stelle vorschlägst?"

„Ich bin davon ausgegangen, dass du keine Lust mehr auf Atlanta hast. Als du das letzte Mal zu Hause warst, hieß es noch, dass du nicht glaubst, dass du mehr als eine Saison hier durchhalten wirst."

Verwundert sehe ich meinen Freund an. Er war an Weihnachten zuletzt bei seiner Familie, so lange ist es also noch nicht her. Er möchte zurück? Mein Brustkorb zieht sich bei dem Gedanken, er könnte bald mehrere Flugstunden weit von mir entfernt leben, zusammen. Mag er es wirklich so wenig hier in Atlanta zu sein und für *Lightning* zu arbeiten?

„Moment, du möchtest wegen Elliot hierbleiben", bemerkt Grace und ertappt sieht Archer mich an.

„Ist das dein Ernst?", frage ich leise. „Sonst würdest du zurück nach New York ziehen?" Es ist keineswegs vorwurfsvoll gemeint, ich möchte lediglich wissen, ob Grace recht hat.

„Meine Aufgabe war es, diesen Job eine Saison lang sehr gut zu machen. Danach kann ich mir mehr oder weniger eine Stelle bei TAA aussuchen. Ich bin in New York aufgewachsen, ich liebe diese Stadt, aber inzwischen habe ich eben auch einen guten Grund, meinen Vertrag bei *Lightning* zu verlängern", erklärt er mir.

„Archer… nur wegen mir solltest du nicht hierbleiben, wenn du das nicht möchtest. Es gibt Flugzeuge und Wochenenden und…"

„Wir wissen beide, dass das nicht funktioniert. Du hast unregelmäßige Arbeitszeiten, bist mehr oder weniger ständig unterwegs und ich würde in New York sitzen und auf dich warte… Nein, dann bleibe ich hier", erwidert er.

„Du hast dich schon längst entschieden", bemerkt Grace und Archer nickt. „Habe ich, ja."

„Mister Thorley wird das nicht gefallen. Du hattest mit ihm abgemacht, nach der Saison zurückzukommen", bemerkt sie.

„Das ist mir klar, irgendwie werde ich das schon schaffen."

Grace schweigt einen Moment und ich verstehe, dass es wohl nicht so einfach zu sein scheint, wie Archer es darstellt. „Kannst du nicht in einer anderen Agentur arbeiten?", frage ich daher, aber Grace verneint. „Wie lange hast du noch? Zwei Jahre?"

„Eins", korrigiert Archer sie. „Ein Jahr muss ich auf jeden Fall noch bei *TAA* arbeiten. Also ein Jahr nach dieser Saison."

„Und du kannst deinen Vertrag bei uns nicht verlängern?", möchte ich verwundert wissen, denn Archer macht seine Arbeit wirklich sehr gut.

„Nicht, wenn unser Boss das nicht möchte", seufzt mein Freund und stochert in seinem Essen herum. *Verdammte Scheiße.*

„Das hat noch Zeit", beendet Archer das Thema einen Moment später. „Ich will da nicht drüber nachdenken."

„Sieh nur zu, dass Mister Thorley da keinen Wind von bekommt."

„Was soll er machen? Mir die Wohnung wegnehmen?", fragt Archer trocken und ohne darüber nachzudenken, werfe ich ein: „Dann wohnst du eben bei mir."

Grace sieht mich verwundert an. „Du würdest mit Archer zusammenziehen wollen?"

Ich stocke und sehe zu meinem Freund. Wie konnte es passieren, dass wir von einem ungünstigen Thema zum nächsten kommen? „Wenn... also wenn er sonst keine Wohnung hat", stottere ich. „Natürlich würde ich ihn bei mir wohnen lassen."

„Du bist süß", lächelt Archer und drückt sein Knie gegen meins. Augenblicklich flattert mein Herz etwas höher.

„Ist das nicht etwas früh?"

„Wieso sollte es?", entgegnet Archer.

„Findest du es nicht zu früh?", möchte Grace wissen und Archer zuckt mit den Schultern. „Möglich, aber ich denke nicht, dass Elliot und ich noch länger als ein Jahr damit warten werden."

„Nicht?", frage ich mit dünner Stimme und meine Handflächen werden feucht. Meine Knie sind schon längst weich wie Pudding und meine Gedanken vollkommen durcheinander.

„Es sei denn, du möchtest länger warten", schmunzelt Archer. Er weiß ganz genau, dass ich dazu nicht *ja* sagen werde. Es ist ihm anzusehen.

„Alles klar. Hauptsache, ihr ladet mich auf eure Hochzeit ein."

Perplex blicke ich zu Grace. „Ich denke, du bist der Richtige für ihn und ihr könnt mir nicht erzählen, dass ihr nicht schon übers Heiraten gesprochen habt."

„Läuft doch ganz gut", meint Archer etwas später, als Grace auf die Toilette gegangen ist. Ich nicke.

„Was ist?", möchte er wissen und sieht mich skeptisch an.

„Du hättest mir erzählen können, dass du wahrscheinlich nur noch ein paar Monate bis zum Ende der Saison hier bist", antworte ich ihm. Er verdreht die Augen. „Wir haben noch Zeit, ich bekomme das schon geregelt", erwidert er lediglich und perplex sehe ich ihn an. „Archer, es ist Februar, das bedeutet in nicht einmal acht Wochen beginnen die Play-offs und auch wenn wir im Augenblick auf Platz vier in der Tabelle sind, heißt das noch lange nicht, dass wir auf jeden Fall dort bleiben und die Saison für uns nicht schon in weniger als zwei Monaten vorbei ist. Was ist dann?"

„Du bist zu pessimistisch. Ihr seid ein klasse Team, ihr kommt in die Play-offs", antwortet er zuversichtlich.

„Und was wenn nicht? Dann musst du zurück nach New York. Scheiße, das ist wie viele hundert Meilen entfernt?", frage ich ihn und versuche, ruhig zu bleiben. Der Gedanke daran, dass wir bald eine Fernbeziehung führen könnten, bringt meine Gedanken durcheinander und mein Herz schlägt viel zu schnell. Mir ist kalt und doch schwitze ich.

„Wir finden eine Lösung. Zur Not kommst du einfach eine Zeit lang mit nach New York, wenn die Saison vorbei ist und dann schauen wir weiter. Ich bin trotzdem optimistisch, dass ich hier bleiben werde", wiederholt er und ich schüttle leicht den Kopf. „Wie kann dir das so egal sein?"

„Es ist mir nicht egal", erwidert er.

„Es ist mir ganz und gar nicht egal. Es bringt nur nichts, sich jetzt nur noch Sorgen über *was-wäre-wenn* zu machen."

Archer legt eine Hand an meinen Nacken und streicht sanft durch meine Haare. Ich seufze ungewollt leise auf.

„Wir bekommen das hin, Schatz, versprochen."

„Wenn ihr euch nicht outen möchtet, solltet ihr wirklich lernen unauffälliger zu sein."

Ich zucke zusammen und bemerke erst jetzt, dass Grace wiedergekommen ist und sich gerade setzt.

„Lass es doch", antwortet Archer seufzend und nimmt seine Hand wieder weg.

„Du hast mir gesagt, dass ihr euch nicht outen könnt; das sah gerade allerdings ganz anders aus", antwortet sie und ich sehe mich instinktiv um. Niemand hier scheint Notiz von uns zu nehmen, aber völlig entspannen kann ich mich trotzdem nicht.

„Entspann dich. Es interessiert niemanden, der hier ist", sagt Archer leise.

„Theoretisch weiß ich das auch", antworte ich ihm. Ich kann meine Nervosität leider nicht abstellen, auch wenn ich das gerne würde. Es dauert ein paar Minuten, bis ich nicht mehr den Drang habe, mich prüfend umzusehen. Schließlich bin ich wieder entspannter. Unterm Tisch drückt Archer sanft sein Knie gegen meins und ich stelle fest, es trägt nicht unwesentlich dazu bei, dass ich ruhiger werde.

Wir schlendern nach dem Essen durch die Innenstadt.

„Elliot, kommst du gleich noch mit zu uns? Archer und ich wollen heute Abend kochen", fragt Grace mich und überrascht sehe ich sie an. „Würde ich gerne", antworte ich ihr und sehe auf die Uhr. „Aber ich muss mein Auto gleich abholen."

„Wieso das? Wo ist es?", fragt Archer verwundert.

„Es wurde abgeschleppt, als ich kurz vor dem Blumenladen gehalten habe", antworte ich schulterzuckend. „Morgen habe ich keine Zeit es zu holen und ich möchte es ungerne auf dem Autohof lassen, wenn wir danach wieder für Auswärtsspiele unterwegs sind", erkläre ich ihm. Archer nickt verstehend. „Also sehen wir uns morgen?"

„Ich gehe davon aus. Du hast wohl kaum an einem Spieltag frei, oder?", entgegne ich. Er verdreht die Augen. „Ich will dich nicht nur auf dem Eis sehen, ich will dich *richtig* sehen."

„Nackt?", fragt Grace grinsend.

„Wann wirst du nochmal erwachsen?"

„Tu nicht so, als hätte die Antwort nicht auch von dir kommen können", entgegnet sie. Schmunzelnd beobachte ich die Szene, die sich mir bietet.

„Ich hätte es zumindest nicht ausgesprochen."

„Wen willst du jetzt verarschen? Natürlich hättest du das."

„Es ist aber nicht das, woran ich gerade gedacht habe."

„Sondern?"

„Ich möchte einfach Zeit mit meinem Freund verbringen, das muss nicht sofort Sex bedeuten, Grace." Sie verdreht die Augen und Archer verschränkt die Arme vor der Brust, ehe er sich zu mir wendet. „Entschuldige bitte das Verhalten meiner Schwester. Sie weiß leider immer noch nicht, wann es besser ist, den Mund zu halten", sagt er scheinheilig.

„Schon gut", antworte ich amüsiert. „Ich würde auch gerne Zeit mit dir außerhalb des Stadions verbringen."

„Ich möchte dich küssen", seufzt Archer leise und mein Herz schlägt eine Stufe schneller.

„Ich dich auch, glaub mir. Morgen wieder", verspreche ich ihm und sehe mich um. In wenigen Augenblicken wird mein Uber hier sein und mich zu dem Autohof bringen.

Eine Viertelstunde später habe ich mein Auto wieder. Es ist teurer, als erwartet, aber das kümmert mich nicht, denn ich weiß, dass es sich gelohnt hat, das Auto dort stehen zu lassen. Archer hat sich über die Blumen gefreut. Das war das Wichtigste.

Zu Hause bestelle ich mir etwas zu essen und sehe, als ich auf dem Sofa sitze, dass Archer mir geschrieben hat.

Love: Wann bist du morgen in der Arena?

Ich denke, um neun, wieso fragst du?

Du fängst doch erst später an, oder nicht?

Love: Ich möchte Grace noch das Stadion zeigen. Ich könnte um halb 9 da sein und ab neun Grace herumführen.

Das heißt, dass wir theoretisch eine halbe Stunde für uns haben.

Love: Wenn du für mich früher aufstehen möchtest :)

Du weißt, dass ich weitaus mehr für dich tun würde.

Einen Moment lang starre ich auf die Nachricht, die ich ihm gerade gesendet habe. Er hat sie bereits gelesen, also bringt es nichts, sie wieder zu löschen. Ich habe nicht wirklich darüber nachgedacht, was ich tippe, ich habe es einfach getan und nun warte ich darauf, dass Archer mir antwortet.

Love: schreibt...

Love: schreibt...

Love: So romantisch heute Abend, wie kommt's?

Keine Ahnung, gewöhn dich besser nicht dran :)

Love: Werde ich nicht, aber das heißt nicht, dass ich es schlecht finde.

Weiß ich doch.

149

15. Kapitel

Ich weiß, dass ich es Archer nicht versprochen habe, allerdings weiß ich, dass er es sich wünscht. Außerdem hat Kenny mir ein Ultimatum gestellt. Ich habe allein deswegen schon keine Wahl. Das ändert jedoch nichts an der Tatsache, dass ich gerade am liebsten auf der Stelle umdrehen und weglaufen würde. Das Vormittagstraining ist vorbei und ich packe extra langsam meine Sachen zusammen. Wie immer redet Kenny noch mit Drew und steht entsprechend vor der Umkleide. Ich warte nur darauf, dass alle anderen hier verschwinden. Wir haben heute Nachmittag eine Strategiebesprechung, müssen also bis zum Spiel heute Abend nicht mehr aufs Eis. Heute Abend ist das Heimspiel gegen New York. Davor sollte ich es Kenny gesagt haben. Nach dem Spiel gegen New York folgen einige Auswärtsspiele, da werde ich kaum in Ruhe mit Kenny sprechen können. *Ob es so eine gute Idee ist, vor dem Spiel mit Kenny zu sprechen?* Ich sehe es bereits kommen: ich werde heute gar nicht spielen. Duncan und Lane reden noch miteinander. Die beiden sind die Letzten hier. Ich seufze. *Scheiß drauf, die zwei wissen es sowieso.* Ich verlasse die Umkleide und wie zu erwarten war, steht Kenny bei Drew. Allerdings entdecke ich auch meinen Freund bei den beiden. Er sieht zu mir, als hätte er gespürt, dass ich aus der Umkleide gekommen bin und lächelt kurz. Ich habe nicht mit ihm darüber geredet, dass ich jetzt mit Kenny sprechen möchte. Ich warte einen Moment und bemerke, dass Archers Blick skeptisch wird. Dann sieht er wieder zu Kenny und Drew. Ich atme tief durch und gehe auf die drei zu.

„Hi", sage ich knapp und mein Freund wirkt überrascht. Fragend sieht er mich an und leicht nicke ich. Er will es nicht zeigen, aber er scheint augenblicklich glücklicher zu sein. Ich wische meine Handflächen an meiner Hose ab.

„Drew, ich hätte nochmal kurz eine Frage für später", meint Archer und deutet ihm, einige Schritte zu gehen. „Sicher. Bis später Kenny." *Okay, damit ist dieses Problem auch gelöst.*

„Du willst also reden."

„Ich hab doch noch gar nichts gesagt", erwidere ich verwundert.

„Lass uns in die Loge gehen", schlägt Kenny vor und ich nicke. Da wird uns definitiv keiner sehen, immerhin wurden Archer und ich dort auch nicht erwischt. *Ganz falscher Gedanke.* Stumm stehen wir im Aufzug. Kurz bevor die Türen sich schließen, sehe ich Duncan und Lane aus der Kabine den Flur entlang laufen. Duncan streckt beide Daumen nach oben und auch, wenn es mich verwundert, merke ich, dass es mir tatsächlich etwas Mut macht.

„Willst du von Anfang an beginnen oder starten wir bei dem Abend letztens vor dem Hattrick's?", fragt mein Teamcaptain und setzt sich entspannt aufs Sofa. Ich hingegen laufe hin und her und sehe durch die Scheibe auf die Spielfläche.

„Ich… ich hätte nicht so ausrasten sollen, das weiß ich und es tut mir leid", beginne ich, aber Kenny verdreht die Augen. „Und jetzt reden wir Klartext, Leighton. Was ist los? Ich kann dich nicht in der ersten Reihe behalten, wenn ich sehe, dass das Team darunter leidet, wie du dich aufführst. Scheiße, wir haben dieses Jahr eine reelle Chance den Stanley Cup nach Atlanta zu holen und du wirst es wohl verstehen, wenn ich dich davor warne, dass die Transferperiode noch nicht vorüber ist", stellt er mit fester Stimme klar. *Was für eine Scheiße.*

„Das heißt, wenn ich nicht auspacke, werde ich aus dem Team geworfen?"

„Das ist zwar Worst-Case, aber nicht unmöglich", erwidert Kenny trocken und ich fahre mir durch die Haare.

„Na super", murmle ich. „Also entweder, ich sage gar nichts und werde aus dem Team geworfen, oder ich tue das Gegenteil. Das Resultat ist das Gleiche", stelle ich fest.

„Hast du eine Straftat begangen?", möchte Kenny von mir wissen und sieht mich erwartungsvoll und fragend an.

„Was? Nein!", antworte ich sofort irritiert. Er zuckt mit den Schultern. „Dann wird es halb so schlimm sein. Weswegen sonst sollten wir dich aus dem Team werfen?"

„Weil ich nicht hetero bin!", antworte ich lauter und schneller als gedacht. In dem Moment, in dem ich es ausgesprochen habe, merke ich, was gerade passiert ist und mein Herz rutscht in meine Hose. *Oh Gott, bitte lass das nicht passiert sein.* Kenny sieht mich stumm an. *Das war's dann also.* Na, ganz toll.

„Weil du nicht hetero bist?", fragt er nach einigen Augenblicken und ich nicke stumm.

„Dann bist du... was?"

„Schwul", erwidere ich leise. Jetzt kann ich sowieso nicht mehr zurück. Mein Teamcaptain weiß es. *Fuck!*

„Deswegen tickst du in den letzten Monaten so aus? Hast du es jetzt herausgefunden, oder...", fragt er vorsichtig. Ich schüttle den Kopf. „Ich weiß es seit zehn Jahren. Plus Minus."

„Zehn Jahre weißt du es schon?", fragt er überrascht. „Das bedeutet, du wusstest es, als du in der EIHL und der NHL angefangen hast", schlussfolgert er und ich nicke stumm, ehe ich mich neben ihm aufs Sofa fallen lasse. „Ja, ich wusste es die ganze Zeit über."

„Gibt es da noch etwas, was ich wissen sollte?", fragt er mich und ich bin nicht sicher, wie ich seinen Tonfall einordnen soll.

„Was meinst du?"

„Hast du einen Freund? Fragt man das so?", möchte er von mir wissen.

„Keine Ahnung, ob man das so fragt. Es wissen ja gerade mal... sechs Menschen, jetzt sieben", antworte ich ihm.

„Darf ich fragen, wer es weiß?"

„Meine Schwester", fange ich an und zögere dann. „Ist es wirklich wichtig, wer es weiß?"

„Ist es jemand aus dem Team?", möchte Kenny wissen und mein Schweigen beantwortet seine Frage offenbar sehr deutlich. „Wer?"

„Duncan und Lane", gebe ich zu. „Ich habe es ihnen nicht gesagt, falls du das denkst. Es war eher ein unfreiwilliges Outing", berichte ich. „Es war als Noah hier war."

„Whitten?"

Ich nicke. „Ja, wir kennen uns aus der Schulzeit."

Kenny nickt verstehend. Den Teil der Geschichte habe ich nie verschwiegen. Bevor ich allerdings weitersprechen kann, schlussfolgert er: „Er ist dein Ex."

„Mehr oder weniger", nicke ich und seufze, bevor ich mein Gesicht für einen Moment in meinen Händen vergrabe.

„Er hat mich geküsst, vor dem Hattrick's. Lane und Duncan sind rausgekommen und haben es gesehen. Ich weiß nicht, wie Archer es geschafft hat, dass die beiden dicht halten, aber…"

„Moment, Archer weiß es auch?", unterbricht er mich verwundert und da bemerke ich erst, was ich gesagt habe. *Verfluchte Scheiße!*

„Ja, tut er", murmle ich. „Er hat mit den beiden gesprochen und ihnen das Versprechen abgenommen, dass sie niemandem etwas sagen werden. Haben sie auch nicht, soweit ich weiß. Deswegen haben sie dich am letzten Abend im Hattrick's rausgeholt. Sie dachten, dann erzähle ich es dir selbst."

„War da nicht auch Archers Schwester dabei?", möchte Kenny verwundert wissen. Ich schweige.

„Sie weiß es also auch", bemerkt er. Ich nicke.

„Aber wie kommt es, dass Archers Schwester… Moment", unterbricht er sich selbst.

„Ist es wirklich so offensichtlich?", frage ich betont lässig, aber mit sehr besorgtem Tonfall.

„Deswegen hat Archer deine Familie einfliegen lassen."

„Wir sind seit November zusammen", erzähle ich ihm nun auch den letzten Teil der Geschichte. „Da war schon vorher was… irgendwie, aber seitdem sind wir so richtig zusammen. Er wollte schon sehr lange, dass ich mit dir spreche. Unter anderem sitze ich deswegen jetzt hier."

Einen Moment lang ist es still. Lediglich das Ticken des Sekundenzeigers der großen Uhr über der Tür ist zu hören.

„Wow. Das ist viel", meint Kenny nach einer Weile. „Du hast nie etwas gesagt."

„Hast du das Team mal reden hören?", frage ich und lache bitter. „Oder den Rest der NHL – nein, der ganzen Sportwelt? Von wenigen Sportarten abgesehen, ist jeder, der nicht hetero ist, noch immer *falsch!*", rege ich mich auf. „Hätte ich etwa in die Umkleide kommen sollen und sagen *Hi Leute, ich stehe übrigens auf Kerle, auf Archer ganz besonders!* Was denkst du, wie schnell ich aus dem Team geflogen wäre?!", möchte ich von Kenny wissen.

„Nicht alle denken so."

„Ian tut es nicht, aber sonst?", frage ich und schüttle den Kopf. „Hast du etwa nicht mitbekommen, wie abfällig sie alle auf Archers Kampagne reagiert haben? Wie abstoßend sie es alle fanden? Du glaubst doch nicht wirklich, dass mich dort jemand akzeptieren würde", entgegne ich aufgebracht. „Scheiße, ich weiß sowieso, was jetzt kommt", murmle ich und stehe wieder auf. Ich kann nicht länger ruhig sitzen bleiben.

„Was meinst du?"

„Ich werde heute nicht mehr in der ersten Reihe spielen, richtig? Ich werde überhaupt nicht mehr spielen!" Ich versuche ruhig zu bleiben, aber das fällt mir gerade verdammt schwer.

„Aber das war vorher klar. Ich bitte dich nur, mich nicht zu outen, ich verschwinde noch vor dem heutigen Spiel. Sag einfach, dass ich mich verletzt habe oder so", schlage ich vor und überlege, wie ich am schnellsten von hier nach England kommen könnte.

„Setz dich, Elliot", bittet Kenny mich. Ich denke gar nicht dran. „Setz dich, Leighton!", wiederholt er, aber diesmal ist es ein Befehl. Ich schnaube und schüttle den Kopf. Setzen tue ich mich allerdings dennoch „Wozu? Damit du mir sagst, wie eklig ich bin? Dass ich nicht mehr hier spielen kann? Danke, das wusste ich, bevor ich mit dir gesprochen habe. Ich wusste, dass heute meine Karriere zu Ende sein wird."

Kenny bleibt still. Es macht mich nervös, dass er mir nicht antwortet und die minimale Hoffnung, dass er mir nicht die Antwort geben wird, die ich gerade prophezeit habe, schwindet nun völlig. Ich seufze stumm, nicke leicht und bestätige mir in Gedanken selbst, dass genau das Szenario eingetreten ist, das ich immer vermeiden wollte.

„Okay", sage ich leise und stehe auf. „Das bedeutet dann wohl, dass ich verschwinden soll", schlussfolgere ich und gehe mit schnellen Schritten aus der Loge.

„Elliot!", höre ich Kenny noch rufen, aber da ist die Tür schon zugefallen. Ich laufe nach unten und versuche meine Gedanken zu ordnen, meine Wut zu unterdrücken und zu verhindern, dass ich gleich entweder auf die Wand einschlage oder anfange zu heulen. *Verdammte Scheiße.*

Archer steht mit Lane und Duncan unten. Offenbar haben sie auf mich gewartet.

„Er weiß es, zufrieden?!", rege ich mich auf. Inzwischen ist es mir egal, wer es mitbekommt, selbst wenn jemand außer uns hier wäre.

„Was?", fragt Lane verwirrt und sieht hilfesuchend zu Duncan.

„Kenny, er weiß es und ratet mal." Ich fahre mir durch die Haare und lache bitter. „Ich werde heute nicht mehr auf dem

Eis stehen, surprise!" Ich laufe unruhig hin und her. „Also vielen Dank, dass ihr Kenny vor dem Hattrick's raus geholt habt und vielen Dank, dass du mich davon überzeugt hast, es ihm zu sagen, Archer!" Ich lasse meinen Gefühlen freien Lauf. Ich kann es nicht verhindern, selbst, wenn ich es wollte. „Moment, du meinst das ernst", bemerkt Archer und ich lache erneut. „Das fällt dir aber früh auf."

Vielleicht ist es unfair, aber er hat nicht unwesentlich dazu beigetragen, dass ich mit Kenny gerade in der Loge war. *Genau an dem Ort, wo ich mich mit Archer zurückziehen konnte.* Ironisch, wenn man darüber nachdenkt. Es war mein Safe-Space in dieser Arena und jetzt ist es zu dem genauen Gegenteil geworden.

„Er hat dich nicht wirklich rausgeschmissen", meint Duncan leise und sieht mich perplex an. Er ist weiß wie eine Wand geworden und immer wieder sieht er zu Lane.

„Als würde euch das überraschen", antworte ich mit sarkastischem Ton. „Ihr beide wolltet mich doch von Anfang an verpfeifen. Herzlichen Glückwunsch, ihr habt es geschafft. Und jetzt sagt bloß nicht, dass euch nicht klar war, dass das passieren wird", sage ich trocken und Duncan sieht zu Lane. Dieser bleibt stumm.

„Willst du nach Hause?", fragt Archer vorsichtig.

„Und dann? Was soll ich da? Weiß du was, ich bin offiziell arbeitslos. Das bedeutet, ich kann machen, was ich will. Ich habe unfassbar viel Freizeit und zum Glück auch keine Geldprobleme."

„Und das bedeutet?", möchte er zögerlich wissen und mir kommt ein Gedanke. „Ich fliege nach Hause."

„Nach England?", fragt er perplex und ich nicke. „Ja, genau. Nach England. Wieso sollte ich hierbleiben?"

Archer sieht betreten weg.

„Scheiße, versteh das bitte nicht falsch!", rudere ich schnell zurück. „Ich habe ab jetzt frei, also kann ich auch nach Hause fliegen, aber doch nicht für immer. Außerdem werden wir doch sowieso bald eine Fernbeziehung führen", argumentiere ich.

„Wie jetzt? Wieso denn das?", fragt Lane verwirrt.

„Archer wollte nie für uns arbeiten. Er wird zurück nach New York gehen", lasse ich auch diese Bombe platzen. „Nach der Saison um genau zu sein, aber weißt du was?" Ich wende mich zu meinem Freund. „Was hältst du davon, wenn ich mitkomme?"

„Wie bitte?"

„Nach New York. Ich bin nicht länger Mitglied bei *Lightning*, also kann ich auch mitkommen."

Perplex sieht Archer mich an. „Das meinst du ernst", stellt er nach einer Weile fest.

„Willst du nicht?", frage ich und mein Herz setzt einen Schlag aus. *Oh, bitte nicht das auch noch.* Archer antwortet mir nicht. Er sieht zu Lane und Duncan und geht dann einige Schritte unruhig hin und her.

„Alles klar, Botschaft ist angekommen", meine ich trocken, als nach einiger Zeit immer noch keine Antwort von meinem Freund gekommen ist.

„Du erwartest jetzt nicht, dass ich vor Freude in die Luft springe, oder?", fragt er und schüttelt den Kopf.

„Du findest die Idee tatsächlich nicht gut", stelle ich ernüchternd fest und mein Herz zieht sich schmerzhaft zusammen.

„Elliot, du bist gerade aus deinem Team geflogen und hast alles andere als einen klaren Kopf. Natürlich würde ich mich darüber freuen, wenn du mitkommst, *wenn* ich überhaupt zurück nach New York gehe. Aber so? Das kommt mir wie ein ganz schlechter Scherz vor. Ich möchte mich nicht auf so etwas Großes freuen, wenn du es nur aus einer Laune heraus gesagt hast", erklärt er mir und ich schnaube. „Nur weil ich beschissene Laune habe, heißt das also, ich bin nicht zurechnungsfähig."

„Genau das heißt es", antwortet Lane gefasst. „Komm erstmal damit klar, kein NHL-Spieler mehr zu sein. Archer wird noch einige Zeit hier bleiben. Bis dahin kannst du dir in Ruhe Gedanken darüber machen, ob du wirklich nach New York ziehen möchtest", rät er mir, aber ich verdrehe nur die Augen. „Du hast mir gar nichts mehr zu sagen, Lane. Nur wegen euch beiden bin ich in dieser Situation, also halt den Rand."

„Scheiße, Elliot…

„Lass es gut sein, Duncan. Nichts, was du jetzt sagst, könnte entschuldigen, was ihr getan habt. Ihr habt mit einem Schlag meine komplette Karriere ruiniert und dafür gesorgt, dass ich wohl nie wieder Eishockey spielen werde. Wenn Kenny es weiß, dauert es nicht lange, bis Warren davon Wind bekommt und dann ist es nur eine Frage der Zeit, bis auch der ganze Rest der NHL herausbekommt, dass ich, wie ihr sagt, ein *Schwanzlutscher* bin. Also herzlichen Dank, ihr habt mein Leben ruiniert", beende ich meine Ansprache und gehe zum Ausgang. Meine Klamotten werde ich nicht mehr brauchen, also lasse ich sie hier.

Archer folgt mir nicht und enttäuscht stelle ich fest, dass er noch drinnen im Foyer steht und sich mit Lane und Duncan unterhält. Ein bitteres Gefühl macht sich in meinem Mund breit und ehe ich es verhindern kann, übergebe ich mich in einen der Büsche neben der Halle. *Verfluchte Scheiße!* Natürlich habe ich weder ein Taschentuch noch Wasser dabei. Mein Magen beruhigt sich kaum, jedoch ist er vollkommen leer. Ich atme tief durch und zwinge mich, ruhig zu bleiben.

Mit verschwommener Sicht mache ich mich auf den Weg nach Hause und denke darüber nach, wie ich am klügsten und am schnellsten nach Hause komme. Ich muss mich nicht ankündigen, auch, wenn es besser wäre. Ich weiß, dass ich zu Hause immer willkommen bin. *Wenigstens dort.* Mein Handy habe ich ausgeschaltet. Ich möchte weder mit Duncan oder Lane noch mit Archer sprechen.

Nach einer Ewigkeit komme ich endlich an meinem Haus an. Wütend kicke ich die Schuhe bei Seite. Dann fällt mein Blick auf meine kleinen, alten Eishockeytrophäen, die im Wohnzimmer auf der Kommode stehen.

„Fuck!", rufe ich laut, schnappe mir eine und schmeiße sie, ohne darüber nachzudenken, durch den Raum. Sie landet direkt in der Wohnzimmertür, die zur Terrasse und meinem Garten führt. Augenblicklich zerspringt das Glas in tausende kleine Teile, die wie ein kompliziertes Spinnennetz aussehen. Es könnte mir nicht egaler sein, dass die Glasscheibe hin ist. Über den Trophäen hängt mein erster Eishockeyschläger an der Wand. Ich reiße ihn herunter und schmettere ihn durch den Raum. Ich erwische meinen Fernseher. Er fällt um und überlebt offenbar nicht. *Scheiß drauf. Jetzt ist sowieso alles egal.*

In meiner Wut kann ich kaum denken, schmeiße die anderen Pokale ebenfalls durch den Raum, bis mich eine Bewegung inne halten lässt. Archer steht im Flur, ist der letzten geworfen Trophäe gerade so ausgewichen und hält sich schützend die Hände über den Kopf. Augenblicklich bin ich wie erstarrt.

„Hi, uhm… deine Haustür war nicht richtig zu und… ich hoffe es ist okay, dass ich einfach reingekommen bin", sagt er zögerlich und sieht neben sich zu dem kleinen Pokal, der mitten in einer Fensterscheibe steckt.

„Was machst du hier?", will ich wissen und spüre mein Herz bis zum Hals klopfen. „Habe ich dich getroffen? Geht es dir gut?"

„Alles okay. Ich wollte schauen, wie es dir jetzt geht und offenbar mache ich mir zurecht Sorgen", antwortet er mir und kommt vorsichtig auf mich zu. Ich bewege mich nicht, sage auch nichts. Archer steht mir nun direkt gegenüber und nimmt mir den letzten Pokal aus der Hand. Vorsichtig stellt er ihn wieder zurück an seinen Platz und mustert mich besorgt.

„Ich glaube, wir sollten mal einen Moment nach draußen gehen", schlägt er vor. Es ist, als hätte jemand die Welt in Watte gepackt. Ich bekomme kaum mit, wie er mich nach draußen führt und mir anschließend ein Glas Wasser holt. Ich trinke es, starre nur gerade aus und sage keinen Ton. *Das soll es gewesen sein? Das war mein Leben als Eishockeyspieler? Es ist einfach so vorbei?*

Archer wartet. Er sagt nichts, sondern gibt mir Zeit, bis ich mich etwas beruhigt habe. Ich schaue in meinen Garten. Mein Grill steht unter dem Terrassendach und ist abgedeckt. Es ist eine Ewigkeit her, seitdem ich ihn das letzte Mal genutzt habe. Wieso haben wir keinen Grillabend gemacht, als meine Familie hier war?

Ich trinke mein Wasser aus. Langsam werden meine Gedanken wieder geordneter. Ich sehe zur Fensterscheibe. *Shit happens.*

„Wieso hast du mir nichts gesagt?", frage ich Archer ein paar Augenblicke später.

„Was? Wovon sprichst du?", möchte er verwundert wissen.

„Von New York", antworte ich knapp.

„Ich dachte, das hätten wir geklärt", sagt er irritiert.

„Weiß Mister Johnson davon?"

„Ich denke, er ahnt es."

„Wieso?"

„Der Vertrag ist bisher nur auf ein Jahr beschränkt, weil *TAA* das so wollte", erklärt er.

„Weil du es so wolltest", korrigiere ich ihn, aber er zuckt mit den Schultern. „Beides. Ich fand es beim Zeitpunkt des Vertragsabschlusses zumindest nicht schlecht."

„Mhm." Eine kurze Zeit lang ist es erneut still zwischen uns, ehe er fragt: „Hat Kenny wirklich gesagt, dass du deine Sachen packen und gehen sollst?"

„Ich habe meinen Kram da gelassen. Ich brauche das Zeug nicht mehr." Archer seufzt. Ich weiß, dass es ihm bei der Frage

160

nicht darum ging. So ganz ist es immer noch nicht angekommen, was heute geschehen ist.

„Er hat nicht gesagt, dass ich bleiben soll, als ich meinte, dass meine Zeit als NHL-Spieler wohl vorbei ist", erzähle ich kurz danach und sehe auf das leere Glas in meinen Händen. „Er weiß alles. Das von uns, das mit Noah und mir und was vorm Hattrick's passiert ist. Er weiß auch, dass Lane und Duncan Bescheid wissen. Ich bezweifle, dass es jetzt noch lange dauern wird, bis es die Runde macht", gebe ich meine Gedanken preis.

„Ich denke, wenn ihr in Ruhe darüber sprecht, gibt es bestimmt eine Lösung."

„Wie kannst du nur so optimistisch sein", sage ich eher zu mir selbst als zu ihm.

„Also fliegst du nach England?"

Ich zucke mit den Schultern. „Wieso nicht? Ich möchte schon seit viel zu langer Zeit wieder dorthin. Vielleicht ist es ja besser so."

„Dass du kein NHL-Spieler mehr bist?"

„Mhm. Ja. Ich habe genug Geld, um auszukommen, wenn ich mir nicht gleich übermorgen eine Yacht oder so einen Mist kaufe", erkläre ich ihm. „Ich könnte mir in England ein Haus suchen."

Archer schweigt einen Moment lang, ehe er fragt: „Für immer?"

„Ich weiß nicht… es ist nur ein Gedanke."

„Du weißt, dass ich nicht mit nach England kommen werde", gibt er zu bedenken und wieder nicke ich.

„Was würde das für uns bedeuten? Ich dachte, du möchtest nur für ein paar Wochen dorthin?", fragt er mich und auch, wenn er es nicht durchblitzen lassen möchte, höre ich klar und deutlich heraus, dass es ihm Sorgen bereitet.

„Deswegen werde ich erst einmal zurückkommen."

„Meinetwegen?"

„Was hält mich sonst hier?", frage ich und sehe ihn an. „Wieso sollte ich in Amerika bleiben?"

„Du hast Freunde hier."

„Die fast alle Eishockeyspieler sind", werfe ich ein und zucke mit den Schultern. „Ich habe hier dich. Ich komme gerne mit nach New York, wenn du wirklich zurück möchtest. Das habe ich ernst gemeint." Archer mustert mich einen Augenblick lang. Ich weiß, dass er es noch nicht vollkommen ernst nimmt, aber genau so meine ich es. „Wenn du zurück in den Norden ziehst, komme ich mit. Vorausgesetzt natürlich, du möchtest das", stelle ich klar.

„Ich kann das nicht von dir erwarten."

„Das tust du nicht. Ich mag den Gedanken nicht, so weit weg von dir zu sein und wenn du dort einen guten Job hast, werde ich eben den Big Apple kennenlernen. Ich habe genug verdient, um dorthin zu gehen, wo ich will. Es gibt quasi keine Einschränkungen für mich", entgegne ich und lächle sogar ein bisschen. „Ich war schon so oft in New York für Auswärtsspiele, aber ich war noch nie auf dem Times Square oder dem Empire State Building."

„Ich werde dir dort gerne alles zeigen", lächelt Archer schließlich und kommt einen Schritt näher. „Geht es dir besser?"

„Ich schätze. Ein wenig zumindest."

„Möchtest du allein sein oder soll ich bleiben?", fragt er fürsorglich und hält mir seine geöffnete Hand hin. Ich lege meine hinein.

„Du kannst gerne bleiben", antworte ich, ohne darüber nachzudenken und lasse zu, dass Archer mich sanft zu sich heran zieht. Ich lehne mich an ihn, drücke meine Nase in seine Halsbeuge und genieße die feste Umarmung, die er mir schenkt. Ich merke schnell, dass es genau das ist, was ich gerade gebraucht habe.

„Wir finden eine Lösung, Elliot. Vielleicht wirst du Eishockeylehrer oder studierst etwas. Vielleicht Sport. Oder du findest etwas ganz Neues für dich", verspricht er mir.

„Danke", murmle ich gegen sein Hemd. Er streicht mir durch die Haare, krault meine Kopfhaut und ungewollt seufze ich leise auf.

„Wollen wir uns gleich etwas zu Essen bestellen?", fragt er dann und ich nicke. „Was möchtest du?"

„Ist mir recht egal. Such du aus", antwortet er lediglich und drückt mich sanft von sich weg.

„Ich könnte mit Kenny oder Drew sprechen", bietet er an, aber ich schüttle den Kopf. „Ich möchte mir keine Hoffnungen mehr machen. Es war klar, dass es früher oder später so weit kommen wird."

Archer nickt verstehend, zögert dann aber.

„Was ist?", möchte ich wissen. Ihm ist an der Nasenspitze anzusehen, dass er etwas sagen möchte.

„Kenny hat versucht mich anzurufen."

„Wann?"

„Als du mir fast den Pokal gegen die Stirn gehauen hast", erwidert mit einem Schmunzeln auf den Lippen.

„Ich wusste nicht, dass du dort stehst. Ich würde doch nie…"

„Das weiß ich, keine Sorge. Und ich schätze, dass er auch versucht, dich zu erreichen", entgegnet er. Ich zucke mit den Schultern. „Heute rufe ich ihn nicht mehr an. Das kann bis morgen warten", beschließe ich. Archer widerspricht mir nicht, auch wenn ich sicher bin, dass er es gerade gerne würde. In seiner Vorstellung besteht eine reelle Chance, dass ich wieder bei *Lightning* spielen könnte. Ich weiß, dass es nicht so ist. Es bringt mir nichts, so zu tun, als wäre es anders. Ich muss realistisch bleiben, auch wenn es bedeutet, damit klarkommen zu müssen, dass meine Zeit als Profi-Spieler vorbei ist.

Archer küsst mich sanft. Ich lege meine Arme um ihn und ziehe ihn näher zu mir. Der Kuss bleibt die ganze Zeit über ruhig und liebevoll. Er zeigt mir auf seine Art, dass er für mich da sein wird und das ist so viel schöner, als es durch Worte zu hören. Es ist eine erneute Bestätigung, dass Archer der Richtige ist. Ich werde ihm definitiv folgen.

Wir stehen noch einige Zeit hier draußen, bis wir beschließen, etwas zu Essen zu bestellen. Es wird Pasta geben. Archer hat einen Wein dazu ausgesucht.

„Nimm dir gleich mein Portemonnaie", bitte ich ihn, als wir rein gehen. Er möchte widersprechen, aber ich drücke es ihm einfach in die Hand. „Keine Widerworte."

„Ich kann dich nicht umstimmen, oder?"

„Das weißt du doch", antworte ich und als ich in mein Wohnzimmer schaue, kommen die Gefühle von vorhin wieder hoch. Einiges hier ist zu Bruch gegangen, so wie meine Karriere. *Welch eine Ironie.* Ich starre die verschiedenen Trophäen an und mein Blick gleitet zu meinem Eishockeyschläger.

Archer wartet einen Moment, nachdem er die Bestellung durchgegeben hat. Dann macht er sich daran, die Pokale wieder aufzuheben.

„Soll ich sie zurückstellen?", fragt er. Ich zucke mit den Schultern. „Von mir aus."

Sie finden zurück an ihren Platz. Es tut weh, sie zu sehen, genau wie den Schläger.

„Du willst die Sachen nicht mehr haben", stellt er fest.

„Jetzt gerade? Nein", antworte ich.

„Irgendwann würdest du bereuen, wenn du das alles einfach wegschmeißt", gibt er zu bedenken.

„Vermutlich."

„Dann versteigere den Schläger lieber für einen guten Zweck", überlegt er laut.

Ich schüttle den Kopf. „Nein, das war mein erster Schläger, den behalte ich. Aber meine Trikots – meine alten Trikots", korrigiere ich mich schnell. „Die könnte ich verkaufen. Ich brauche sie nicht mehr."

Dieser Satz hat einen bitteren Beigeschmack und ich muss mich konzentrieren, ruhig zu bleiben und mich nicht erneut aufzuregen. Nach wie vor zerfrisst Enttäuschung und Wut meinen Körper. Lediglich Archers Anwesenheit macht es so weit erträglich, dass ich ruhig bleiben und einigermaßen klare Gedanken fassen kann.

„Ich werde alles versteigern. Und dann werde ich den Erlös spenden: An eine LGBTQ+ Organisation für Jugendliche", beschließe ich. „Niemand sollte mehr in dieser Angst aufwachsen, wie es bei mir war."

Plötzlich umarmt Archer mich von hinten. „Weißt du, dass ich dich bewundere?", fragt er leise und küsst meinen Hals.

„Was? Wieso das? Ich habe gerade fast mein Haus zerlegt, falls du es nicht mitbekommen hast."

„Es ist kaum ein paar Stunden her, dass deine Karriere zerbrochen ist und du denkst daran, deine Ausrüstung zu versteigern, um Jugendlichen der LGBTQ+ Community zu helfen. Das ist sehr stark von dir, ehrlich", erklärt er mir. „Ich denke nicht, dass viele das könnten – ich ganz bestimmt nicht. Ich würde mich mindestens eine Woche in meinem Bett verkriechen und mit Fast Food vollstopfen."

Ich schmunzle. „Das würdest du nicht tun."

„Ich würde zumindest keine Pläne für die Zukunft schmieden", entgegnet er und küsst meinen Hals erneut.

„Danke, Ari."

„Nicht dafür. Ich liebe dich."

„Ich dich auch", antworte ich und drehe mich zu ihm, um ihn erneut zu küssen.

16. Kapitel

Als das Essen geliefert wird, geht Archer zur Tür. In dieser Zeit suche ich im Internet nach Flügen von Atlanta nach London. Am liebsten würde ich Nonstop fliegen, aber der nächste Flug ohne Zwischenstopp geht erst in ein paar Tagen. Wenn ich es mir aussuchen könnte, würde ich morgen früh zum Flughafen fahren und ein One-Way-Ticket in der Tasche haben. Das bedeutet nicht, dass ich nicht zurück kommen möchte. Das bedeutet nur, dass sich keine Termine habe, die ich einhalten muss. *Keine Spiele. Keine Pressekonferenzen. Keine Fotoshootings. Nichts.*

Archer kommt mit dem Essen wieder und sieht auf mein Handy. „Du solltest wirklich Kenny anrufen, bevor du einen Flug buchst", meint er und stellt die Kartons auf dem niedrigen Sofatisch ab, ehe er sich setzt.

„Wieso? Damit ich noch einmal höre, dass ich mir einen neuen Job suchen muss?", frage ich bitter.

„Versuch es doch bitte." Er lässt nicht locker.

„Was soll das, Archer? Wieso sollte ich mir Hoffnungen machen?", will ich von ihm wissen und fange an zu essen.

„Vielleicht wirst du überrascht. Könnte doch sein?"

„Das glaubst du doch selbst nicht", murmle ich nur und trinke einen Schluck von meinem Bier. Archer seufzt genervt.

„Was?"

„Ich verstehe nicht, wieso du so pessimistisch bist. Wo ist dein Sportsgeist hin, den du sonst auf dem Eis immer zeigst?", will er von mir wissen. Ich verdrehe die Augen. „Du übertreibst."

„Tue ich nicht. Du solltest etwas dafür tun, Eishockeyspieler bleiben zu können."

Perplex sehe ich ihn an. Ich brauche einen Moment, bis seine Worte und die Bedeutung dahinter zu mir durchgedrungen sind.

„Ich sollte etwas dafür tun?!", frage ich aufgebracht und wütend. „Ich sollte überhaupt nichts dafür tun müssen! Ich bin ein verdammt guter Spieler und nur weil ich nun einmal nicht hetero bin, sollte ich mehr dafür tun müssen als alle anderen?!" Ich bin unbewusst ein Stück von Archer weggerutscht.

„So meinte ich das nicht. Ich…"

„Ich wäre niemals in dieser Situation, wenn ich hetero wäre! *Fuck*, mir wäre so viel Stress erspart geblieben!", rege ich mich auf und Archer schließt kurz die Augen. „Ich meine damit nicht unsere Beziehung, Archer. Ich rede von meiner Karriere", stelle ich klar.

„Wärst du lieber hetero?", fragt er plötzlich.

„Was?"

„Wärst du lieber hetero? Würdest du lieber auf Frauen stehen?", möchte er wissen. Ich überlege einen Moment. Was soll man auf so eine Frage antworten? Archer bemerkt mein Zögern. Er sieht mich dennoch weiterhin an und wartet auf meine Antwort. Meine Gedanken sind durcheinander, wirr und es dauert einige weitere Sekunden, bis ich anfange zu sprechen: „Wenn es nur um die Karriere geht, auf jeden Fall. Ich hätte letzte Saison sofort mit *ja* geantwortet." Ich sehe Archer wieder an und erkenne, dass er über meine Antwort nachdenkt. „Ich hatte allerdings noch nie so starke Gefühle für jemanden und noch dazu das Glück, dass diese erwidert werden", spreche ich weiter. „Wenn es also bedeutet, dass ich dich nicht mehr so hätte, wie ich dich jetzt habe, dann lautet die Antwort *nein*", entscheide ich mich und meinem Freund ist anzusehen, dass ihm ein Stein vom Herzen fällt. „Das bedeutet, dass du dich für mich und gegen Eishockey entscheiden würdest", versteht er.

„Das habe ich doch schon längst", entgegne ich. „Das habe ich in dem Moment getan, als ich Kenny gebeten habe, mit mir zu reden."

167

Er nickt verstehend. Vielleicht ist es mir selbst erst in diesem Augenblick klar geworden, aber es ist so: Ich habe mich gegen meine Liebe zum Sport entschieden und für den wunderbaren, jungen Mann auf meinem Sofa. *Herr Gott, wenn mir das jemand vor einem halben Jahr gesagt hätte, hätte ich diese Person augenblicklich für verrückt erklärt.* „Es tut mir leid."

„Was?"

„Es tut mir leid", wiederholt er nach einiger Zeit. „Ich wollte nie, dass es so weit kommt. Ich hätte Kenny nicht so eingeschätzt. Er fand die Kampagne gut und gegen mich hatte er nie etwas. Ich bin davon ausgegangen, dass er anders reagieren würde. Ansonsten hätte ich nicht derart darauf gedrängt, dass du mit ihm sprichst. Es war nie mein Ziel, dass du dich zwischen Eishockey und mir entscheiden musst", beendet er die kleine Rede. Ich schweige einen Moment. Was soll ich darauf antworten? „Deswegen kann ich verstehen, wenn du erst einmal nach England möchtest. Ich würde ja mitkommen, aber ich muss noch arbeiten", fügt er hinzu.

Ich schüttle den Kopf. „Du musst dir keine Vorwürfe machen, Archer", stelle ich klar, als ich sehe, dass es ihm deutlich schlechter geht, als er bisher zugegeben hat. Er hat Schuldgefühle und das nicht zu knapp. „Es war schlussendlich meine Entscheidung." Er nickt, aber ich zweifle an, dass er nicht immer noch darüber nachdenkt, *was wäre wenn…*

„Ich würde es wieder so machen", sage ich nach einer Weile unüberlegt, eher instinktiv.

„Mhm?"

„Ich würde mich wieder für dich entscheiden, wenn ich muss", erkläre ich und blicke meinen Freund an. Er möchte antworten, schließt nach einigen Sekunden den Mund wieder und für einen kurzen Moment meine ich, seine Augen glitzern zu sehen. Plötzlich zieht er mich in eine enge Umarmung und ehe ich es verhindern kann, (nicht, dass ich es wollte) setzt er sich rittlings auf meinen Schoß und drückt sich an mich.

„Ich liebe dich, Elliot. So sehr."

„Ich liebe dich auch", erwidere ich und mein Herz flattert glücklich. *Ja, ich würde mich für ihn entscheiden.* Es ist keine einfache Entscheidung. Das habe ich nie behauptet, aber in diesem Moment bin ich mir diesbezüglich absolut sicher. Ich habe genug Geld, ich habe ausgesorgt. Natürlich könnte ich schon wieder eine Wand einschlagen, wenn ich daran denke, nie wieder in ein Stadion einzulaufen, nie wieder die Fans meinen Namen rufen zu hören und nie wieder mit meiner Mannschaft nach einem gewonnen Spiel zu feiern. Das alles ohne Archer zu tun, wäre noch viel schlimmer. Ich lehne mich an ihn und drücke meine Nase in seine Halsbeuge. „Ich bin sehr froh, dass du nicht locker gelassen hast", flüstere ich gegen seine Haut.

„Ich auch. Glaub mir."

Ich gebe ihm einen sanften Kuss auf den Hals.

„Darf ich dich um etwas bitten?", fragt er, ohne sich von mir wegzubewegen.

„Um was geht's?", möchte ich wissen.

„Erst stimmst du zu", verlangt er.

„Das ist nicht fair, das ist dir klar, oder?"

„Bitte, Elliot."

„Schön. Ich stimme zu", gebe ich nach und er setzt sich auf, sodass wir uns wieder ansehen können.

„Du rufst Kenny an, bevor du einen Flug buchst", verlangt er.

„Nein."

„Doch. Es ist wichtig."

„Nein", antworte ich und drücke ihn von mir herunter.

„Du kannst so stur sein."

„Du bist stur!", entgegne ich genervt. „Du willst doch vehement, dass ich Kenny anrufe."

„Weil es das Richtige ist!", beharrt er, aber ich verdrehe nur die Augen, stehe auf und hole mir noch ein Bier.

„Willst du noch ein Glas Wein?", frage ich aus der Küche laut, aber Archer lehnt ab. Als ich wieder das Wohnzimmer betrete, sehe ich, dass Archer sein Handy am Ohr hat.

„Wen rufst du – was soll der Mist?", frage ich laut und will ihm das Handy wegnehmen, aber Archer ist zu schnell. Er steht auf und geht einige Schritte. Ich schnaube und laufe ihm hinterher, aber er ist flink. Ich komme nicht an das Handy, bis er sagt: „Wir sind bei Elliot. Komm bitte so schnell es geht vorbei. Er weigert sich, dich anzurufen." Erst jetzt schaffe ich es, das Handy zu schnappen und den Anruf zu beenden.

„Geht's noch?!", frage ich aufgebracht und meine Stimme wird lauter.

„Du wolltest ihn nicht anrufen", entgegnet Archer.

„Und ich habe einen Grund dafür!", rege ich mich auf. „Es reicht doch, dass…" Ich breche ab, aber Archer weiß ganz genau, was gerade beinahe meinen Mund verlassen hätte.

Er schweigt, sieht mich nur an und ich stöhne genervt. „Das führt doch zu nichts! Merkst du nicht, dass heute kein guter Tag ist, ein Gespräch zu führen?!"

„Es ist aber notwendig."

„Es wäre notwendig gewesen, mich nicht zu outen!"

„Du hast doch gerade noch gesagt, du hast es selbst entschieden!"

„Habe ich das etwa bestritten?!", frage ich wütend und tigere durch das Wohnzimmer. *Herr Gott, dieser Tag soll nur noch enden.*

Ich sehe Archer an und weiß nicht, was ich sagen soll. Ich kann nicht glauben, dass er wirklich Kenny angerufen hat. Archer sieht auf die Uhr. Am liebsten würde ich auf der Stelle flüchten, aber ich wüsste nicht, wohin ich gehen könnte, von England abgesehen. Kurz kommt mir der Gedanke, dass ich Archer für diese Aktion eigentlich rausschmeißen sollte, aber dann

170

verfliegt diese Idee ganz schnell wieder. Nein, das würde ich bereuen, das weiß ich jetzt schon. Ich will ihn bei mir haben, wenn ich Kenny gleich gegenübertreten muss.

„Was wirst du gleich machen?", frage ich nach einer Weile. Er sieht mich verwundert an. „Was meinst du?"

„Wenn Kenny gleich hier sein wird. Wirst du mir wieder in den Rücken fallen, so wie jetzt gerade, oder stehst du hinter mir?", frage ich, ohne vorher über meine Worte nachgedacht zu haben. Archers lässt die Schultern hängen und sieht weg. „Ich wollte dir nicht in den Rücken fallen. Ich möchte dir nur helfen", stellt er erneut klar, aber ich verdrehe nur die Augen. *Das klappt aber nicht, schon bemerkt?*

Die angespannte Stimmung zwischen uns will nicht weichen. Die Minuten ziehen sich, wie Kaugummi und eine quälende Stille entsteht. Archer macht nicht den Anschein, als würde er eine Konversation führen wollen, also lasse ich es sein. Ich versuche mich stattdessen darauf vorzubereiten, was hier passieren wird, aber meine Gedanken sind wie leergefegt. Ich sehe zu Archer. Er sitzt auf dem Sofa und tippt etwas auf seinem Handy. Ich hingegen stehe wie festgeklebt nach wie vor an der gleichen Stelle und starre Löcher in die Luft.

Es vergehen einige weitere Minuten, da steht Archer plötzlich auf.

„Was machst du?", will ich wissen, aber er antwortet mir nicht. Stattdessen öffnet er die Haustür. Kenny steht davor und tritt herein. „Hallo Elliot", sagt er angespannt. Ich nicke nur und meine Augen werden groß, als ich Drew hinter ihm in mein Haus kommen sehe.

„Was? Wieso ist er hier?", frage ich Archer leise, aber dieser zuckt mit den Schultern. „Keine Ahnung, das war ich nicht."

„Das war ich", antwortet Kenny mir und ich schließe für einen kurzen Moment die Augen. Im gleichen Moment versuche ich mir erneut ins Gedächtnis zu rufen, dass es inzwischen egal ist, wer es weiß und dass es sowieso nicht mehr lange dauert, bis es jeder erfahren wird. Kein NHL-Spieler beendet sang und klanglos seine Karriere. Das würde niemand glauben.

„Hallo, Elliot", sagt auch Drew und sieht sich um.

„Was ist mit den Scheiben passiert?", fragt er verwundert, aber ich schüttle den Kopf. „Ist egal."

„Dein Fernseher musste offenbar auch dran glauben", stellt er fest. „Worum geht es hier? Kenny hat mich gerade angerufen und gesagt, dass er mich in wenigen Minuten abholt, weil wir herkommen müssen."

„Du weißt es nicht?", fragt Archer nun verwundert. Drew schüttelt den Kopf. „Was machst du eigentlich hier, Archer?"

„Super", murmle ich genervt und hole mir ein frisches, kühles Bier aus dem Kühlschrank. Ich bringe direkt drei weitere Flaschen mit und reiche sie weiter.

„So schlimm, ja?", fragt Drew halb im Spaß, halb ernst gemeint.

„Du hast ihm nichts gesagt?", frage ich erneut und Kenny schüttelt den Kopf. „Nein, habe ich nicht. Ich bin mir nicht sicher, wie ich mit der Situation umgehen soll, also habe ich ihn mitgebracht. Er kennt das Team genauso gut wie ich und Archers Meinung ist wohl kaum objektiv", erklärt er und setzt sich auf das Sofa. Drew tut es ihm gleich und Archer kommt zu mir.

„Was soll noch passieren, mhm?"

„Du hast leicht reden", brumme ich missmutig und sehe zu meinem ehemaligen Co-Trainer. Archer mustert mich einen Moment lang und lächelt dann aufmunternd. *Wie kann er so optimistisch bleiben?* Ich atme tief durch, aber die Worte wollen meinen Mund nicht verlassen. Es ist, als würde eine Blockade verhindern, dass ich mich schon wieder oute. *Verdammt, es wissen inzwischen schon viel zu viele Menschen.*

„Du kannst das", spricht Archer mir gut zu und sieht kurz zu meiner Hand. Ich weiß, dass er in diesem Moment überlegt, sie zu greifen, es dann aber lässt. Ich sehe wieder zu Drew, der mich erwartungsvoll ansieht. Er will wissen, was Sache ist. Eigentlich auch völlig verständlich. Ich zögere erneut und vermeide es, Kenny anzusehen.

„Soll ich?", fragt Archer leise. „Ich finde zwar, du solltest es sagen, aber ich kann es auch tun", bietet er an, ohne zu verraten, worum es geht. Ich schüttle den Kopf. *Nein, ich habe nichts mehr zu verlieren. Jetzt sollte ich es selbst hinbekommen.* Ich brauche es nur auszusprechen, dann ist es vorbei. Moment, falsch. Es war schon vor einigen Stunden vorbei.

„Ich bin mit Archer zusammen", sage ich schließlich und atme erneut tief durch. Drew sieht verwirrt zwischen uns hin und her, Kenny sagt erst einmal nichts. „Also so richtig zusammen, als Paar", spreche ich weiter, um diese unangenehme Stille zu füllen. Es ist grausam, dass er noch nicht geantwortet hat. „Seit November, um genau zu sein. Das bedeutet, dass ich schwul bin. Ich habe heute mit Kenny gesprochen und mir war vorher klar, was es bedeutet, mich zu outen. Du würdest es also sowieso erfahren. Ich werde deswegen erst einmal nach England fliegen", erzähle ich unüberlegt meinen Plan. Drew sieht mich verwirrt an und schaut dann zu Kenny. Dieser zuckt nur mit den Schultern.

„Das ist alles?", fragt Drew ein paar Augenblicke später und ich verstehe die Frage nicht. „Was meinst du damit?", möchte ich wissen und sehe hilfesuchend zu meinem Freund, aber dieser scheint auch nicht zu verstehen, was der Co-Trainer damit sagen will.

„Ich dachte, es wäre irgendetwas passiert, du hättest dich verletzt oder deiner Familie ginge es nicht gut", erklärt er und schmunzelt. „Scheiße, meinst du wirklich, ich hätte das nicht mitbekommen?"

„Du... was?", frage ich verwirrt und sehe zu Kenny. Dieser scheint aber genauso überrascht zu sein. „Du wusstest es?"

„Du nicht?"

Er schüttelt den Kopf.

„Moment, warum wusstest du es?", möchte Archer nun auch wissen.

„Zum einen, weil es nicht gerade unauffällig ist, wie ihr miteinander umgeht, zum anderen, weil ich dich kenne, Elliot. Meinst du, ich bin blind? Mir ist natürlich aufgefallen, wie du reagierst, wenn Duckie oder Gibson etwas gegen die Kampagne gesagt haben oder homophobe Beleidigungen gefallen sind. *Ganz zufällig* liegen eure beiden Hotelzimmer seit geraumer Zeit immer nebeneinander und ihr verschwindet komischerweise recht oft zur gleichen Zeit in eure Zimmer", zählt er weitere Punkte auf.

„Warte, was?", fragt Kenny irritiert und sieht zu Drew.

„Ist dir das etwa nicht aufgefallen? Das läuft schon seit Monaten", antwortet Drew amüsiert. Ich brauche einen Moment, um zu verstehen, was gerade geschieht.

„Du wusstest es", murmle ich.

„Wieso hast du nichts gesagt?", will Kenny von ihm wissen, aber Drew schüttelt den Kopf. „Das ist Elliots und Archers Sache", stellt er klar. „Was meinst du, wie das Team reagieren würde, wenn das die Runde macht?"

„Duncan und Lane wissen es schon", wirft Archer ein.

„Wie kommt's?", möchte Drew erstaunt wissen.

„Nicht so wichtig. Das war eher ein blöder Zufall."

„Sind wir deswegen hier? Deswegen diese Krisensitzung?", möchte Drew wissen.

„Ja, allerdings", antwortet Archer. „Es tut mir leid, Schatz, aber da musst du jetzt durch", sagt er etwas leiser zu mir und streicht über meinen Rücken, ehe er sich wieder den anderen beiden zuwendet. „Elliot hat sich in den Kopf gesetzt, nach England abzuhauen, weil er davon ausgeht, ab jetzt nie wieder Eishockey spielen zu können."

„Du meintest das ernst?", fragt Kenny perplex.

„Wieso sollte ich das nicht ernst meinen?", frage ich genervt. „Oder soll ich dir erklären, dass es so etwas wie schwule Eishockeyspieler nicht gibt?", will ich angepisst wissen.

„Aber Drew wusste es die ganze Zeit, denk dran", merkt Archer an. „Und er hat dich weiterspielen lassen."

„Wieso sollte ich nicht?", fragt Drew schulterzuckend. „Elliot, du bist ein guter Spieler. Wieso sollte ich dich nicht mehr im Team haben wollen?"

„Und du glaubst allen Ernstes, das Team und der Vorstand werden das genauso sehen?", fragt Kenny ihn trocken. Drew schweigt einen Moment.

„Sie werden ihn raus ekeln und das weißt du genauso gut wie ich", erinnert Kenny ihn und sieht mich entschuldigend an.

„Das ist doch inzwischen egal", murmle ich und trinke einen Schluck Bier.

„Bullshit", unterbricht Drew mich. „Du bist nach wie vor Spieler bei *Lightning*. Kenny sieht das genauso!", bekräftigt er, aber mein ehemaliger Teamcaptain schweigt daraufhin.

„Da hast du's", sage ich nur mit bitterem Unterton. „Kenny sieht das ganz und gar nicht so."

„Wieso nicht? Was soll der Mist?", will Drew von ihm wissen.

„Was ist mit dem Team?", entgegnet Kenny zögerlich.

„Elliot ist Teil des Teams und du bist sein scheiß Captain, also steh gefälligst zu ihm!"

„Lass gut sein, Drew", lächle ich. Es ist nicht echt. „Ich freue mich darüber, dass du kein Problem mit mir hast, wirklich, damit hätte ich ehrlich gesagt nicht gerechnet. Trotzdem brauche ich mir nichts vormachen. Ich bin nicht länger Eishockeyspieler."

„Red keine Scheiße!", entgegnet Drew sofort. „Kenny, reiß dich zusammen!", fährt er den Teamcaptain anschließend an.

„Ich habe nichts gegen dich, Elliot, wirklich nicht", beginnt dieser einige Momente später unschlüssig. „Ich weiß nur nicht, wie es weiter gehen soll. Das bedeutet nicht, dass ich dich nicht gerne in der Mannschaft habe, aber…"

„Wieso aber?", unterbricht Archer ihn forsch. „Wen interessiert es, ob Elliot auf Frauen oder auf Männer steht, solange er ein gutes Spiel abliefert? Wieso ist es wichtig, ob er schwul ist?!", regt Archer sich auf. „Wir sind seit Monaten zusammen und niemand, von Drew abgesehen, hat es mitbekommen! Elliot weiß seit fast zehn Jahren, dass er auf Männer steht und trotzdem hat er es sowohl in die EIHL und die NHL geschafft. Es ist kein Hindernis verdammt, weil es überhaupt nichts mit seiner Karriere zu tun hat!"

Ich schiebe instinktiv meine Finger zwischen seine. Überrascht sieht er zu mir, aber ich schüttle nur den Kopf. „Lass es gut sein. Es ist wirklich toll, dass du dich so für mich einsetzt, aber du siehst es doch. Wie soll ich weiterspielen können, wenn ich weiß, dass nicht einmal mein Teamcaptain hinter mir stehen würde?", frage ich ihn und das bittere Gefühl der Enttäuschung macht sich in mir breit. Archer schüttelt den Kopf und auch Drew sieht das ganze wohl anders. „Teamcaptain hin oder her, du wirst weiterspielen, Elliot", stellt Drew klar.

„Wie willst du das dem Vorstand erklären?", möchte Kenny wissen.

„Der Vorstand muss es nicht wissen", antwortet Archer entschlossen. „Bisher hat auch niemand Fragen gestellt. Wieso sollte sich das ändern?"

Kenny schweigt.

„Du wirst nichts sagen, Kenny", stellt Drew klar. „Elliot wird weiterspielen. Offiziell hat er sich heute beim Training verletzt und konnte deswegen nicht spielen", erklärt er mir und überrascht sehe ich ihn an.

„Das war meine Idee", erklärt Archer leise.

„Was – du?"

Er nickt. „Ich wollte verhindern, dass du wirklich alle Brücken hinter dir abreißt."

„Meinst du nicht, dass Duncan und Lane es dem Team schon erzählt haben?"

„Nein", antwortet Archer überzeugt. „Haben sie nicht, das garantiere ich."

Drew mustert ihn einen Moment. „Wieso bist du dir da so sicher?"

„Vertraut mir einfach", antwortet er, aber Drew schüttelt den Kopf. „Nein, Karten auf den Tisch. Was weißt du, was wir nicht wissen?", möchte er wissen und Archer seufzt. „Ich kann es euch nicht sagen."

„Wieso nicht?", möchte Kenny wissen.

„Weil sie Elliot dann outen würden."

„Du erpresst sie", stellt Drew fest und Archer zuckt mit den Schultern. „Was blieb mir denn anderes übrig?", fragt er, aber keiner von uns weiß eine Antwort darauf.

„Elliot, du möchtest doch weiter bei *Lightning* spielen, oder nicht?", fragt Drew etwas ruhiger und ich zögere. „Ich weiß nicht, ob es eine gute Idee ist. Ich reiße das Team auseinander und..."

„Tust du nicht", unterbricht Archer mich sofort. „Du bist gut so, wie du bist."

Ich drücke seine Hand leicht. „Danke, aber ich weiß, dass es so ist."

„Dagegen lässt sich etwas tun", wirft Drew ein.

„Und zwar?", möchte ich wissen und er sieht zu Kenny. „Das wäre längst nicht so eskaliert, wenn du deiner Aufgabe als Teamcaptain besser nachgekommen wärst."

„Scheiße, was? Jetzt bin ich das Arschloch?", will Kenny perplex wissen. „Was soll der Mist?"

„Du bist Captain, das bedeutet, du musst unter anderem darauf achten, dass dein Team zusammenhält und dazu gehört nun einmal auch, darauf zu achten, dass niemand diskriminiert wird. Sorry Kenny, aber das hast du echt nicht gut gemacht in letzter Zeit."

„Wie soll ich darauf achten, wenn ich nicht weiß, dass Elliot ein – dass Elliot schwul ist."

„Danke. Wolltest du *Schwanzlutscher* sagen? So wie der Rest des Teams es immer ausdrückt?", möchte ich von ihm wissen.

Kenny verdreht die Augen. „Ey sorry, Elliot."

Ich schüttle den Kopf. „Lass stecken."

„Da siehst du das Problem, Drew. Wie soll Elliot sich im Team akzeptiert fühlen, wenn ständig diese Formulierungen benutzt werden?", möchte Archer wissen. Drew drückt sich Zeigefinger und Daumen gegen die Nasenwurzel.

„Das ist keine Kleinigkeit und das sollte sich schleunigst ändern", sagt Archer kurz danach. „Abgesehen davon, dass es gegenüber Elliot inakzeptabel ist, würde es einen Skandal auslösen, der bestimmt nicht einfach ignoriert wird. *Lightning* hat sich gerade erst öffentlich dazu bekannt, für Gleichberechtigung insbesondere der LGBTQ+ Bewegung einzustehen und wenn Elliot jetzt das Team wirklich verlässt, wird es nicht lange dauern, bis der Grund an die Presse gerät. Scheiße, wie soll das aussehen? Ein Team, dass sich für LGBTQ+ einsetzt, schmeißt einen Spieler raus, weil er schwul ist? Dann können wir direkt aus der NHL aussteigen", prophezeit er und Kenny wird aschfahl.

„Lass mich raten, du hast darüber noch nicht nachgedacht", bemerkt Archer und der Teamcaptain schüttelt den Kopf.

„Du etwa?", frage ich verwundert und er nickt. „Selbstverständlich, ich bin euer PR-Manager. Gerade war es mir allerdings wichtiger, mich um dich zu kümmern." *Womit habe ich diesen Mann nur verdient?*

„Also, was machen wir?", möchte Drew wissen.

„Elliot bleibt."

„Weil ich muss", antworte ich Kenny.

178

„Nein, weil… ich werde dafür sorgen, dass das Team wieder auf Linie gebracht wird. Ich werde darauf stärker achten, okay? Und selbstverständlich bleibst du in der ersten Reihe."

Ich zögere.

„Ist es nicht das, was du wolltest?", möchte er irritiert wissen.

Ich nicke. „Bis vor einigen Stunden, schon."

„Und jetzt?"

„Jetzt habe ich gesehen, was passieren wird, wenn es an die Öffentlichkeit gerät. Kannst du mir versprechen, dass du mich nicht anders behandeln wirst?", will ich von ihm wissen.

„Ich versuche es", antwortet er mir zögerlich.

„Er ist vollkommen überfordert", raunt Archer mir zu. *Ach was. Ich doch auch!*

„Gut, dann ist das ja endlich geklärt", sagt Drew sichtlich erleichtert. „Allerdings wirst du erst wieder in einer Woche oder so spielen können", meint er dann und verwundert sehe ich ihn an. „Wieso das?"

„Archer hat allen erzählt, du hättest dich verletzt, niemand würde es glauben, wenn du morgen wieder auf dem Eis stehst", antwortet er schulterzuckend.

„Wir bleiben bei der Ausrede?"

„Wieso nicht? Niemand zweifelt daran und unwahrscheinlich ist es auch nicht", entgegnet er. Ich atme tief durch und versuche zu verstehen, was gerade passiert ist.

„Du bleibst Spieler", wiederholt Archer und zieht mich zu sich heran. Ich lehne mich an ihn und er drückt einen Kuss auf meine Haare. „Und du bleibst in der ersten Reihe. Sie wären schon blöd gewesen, des besten Spieler des Teams wieder herzugeben."

„Ich bin nicht der Captain", erinnere ich ihn schmunzelnd.

„Noch nicht", antwortet Archer mir. „Ich glaube kaum, dass deine Karriere zu Ende sein wird, ohne dass du diesen Posten einmal besetzt hast", fügt er hinzu.

„Du bist süß", antworte ich und schließe für einen Moment die Augen. Ich vergesse, dass Kenny und Drew noch hier sind. Ich konzentriere mich nur auf die Nähe zu Archer.

„Ich werde gleich Duncan und Lane anrufen", unterbricht Kenny uns beide.

„Wieso das?"

„Damit sie nichts ausplaudern", antwortet er mir. „Wir sehen uns nächste Woche beim Training, Elliot."

„Okay", antworte ich und wenig später sind die beiden verschwunden.

„Ich habe dir gesagt, du bleibst NHL-Spieler", lächelt Archer und ich verdrehe die Augen. „Den Spruch konntest du dir nicht verkneifen, richtig?"

„Richtig", grinst er und ich lache glücklich, ehe ich ihn in eine enge Umarmung ziehe. „Danke, Love. Ohne dich wäre ich durchgedreht. Und definitiv arbeitslos."

„Ich liebe dich, Elliot. Ich möchte, dass es dir gut geht und dass du glücklich bist", antwortet er mir schulterzuckend.

„Ich bin glücklich, sehr", antworte ich ihm und küsse ihn liebevoll. Archer lächelt und lässt sich auf das Sofa fallen. Er zieht mich mit sich und ich drücke mich gegen ihn, als ich auf seinem Schoß sitze. *Wer hätte gedacht, dass es wirklich klappt? Dass ich wirklich Spieler bleibe?*

„Fliegst du trotzdem nach England?", möchte Archer wissen. Verwundert sehe ich ihn an. „Wieso sollte ich das tun?"

„Du hast eine Woche frei, du könntest rüber fliegen", antwortet er mir und ich zögere. „Könnte ich, aber sollte ich?"

„Wieso nicht? Was soll passieren?"

„Keine Ahnung." Ich bin zwiegespalten. Bleibe ich hier bei ihm und genieße meine freie Zeit oder nutze ich die freien Tage, um endlich wieder meiner Heimat einen Besuch abzustatten?

17. Kapitel

„Ich bin gerade gelandet."

„Wie war der Flug?"

„Ganz in Ordnung, ich habe viel geschlafen", antworte ich und weiß, dass Archer genau wie ich in diesem Moment schmunzelt. „Woher das nur kommt?"

„Jetlag, schätze ich", entgegne ich und stelle mich an das Band der Gepäckausgabe. Wir wissen beide, dass das an dem heißen Sex liegt, den wir letzte Nacht hatten. Bevor ich Archer angerufen habe, habe ich meiner Mum geschrieben, dass ich spontan nach Hause geflogen bin. Als mein Handy vibriert, weiß ich, dass sie mir geantwortet hat.

„Weißt du schon, wann du zurückkommst?"

„Vermisst du mich jetzt schon?"

„Idiot." Ich lache. „Ja, vielleicht", antwortet er kurz darauf und ich lächle verliebt. Mein Herz flattert und meine Knie werden etwas weniger stabil als noch vor einigen Sekunden.

„Ich vermisse dich auch, Love. Du weißt nicht, wie gerne ich dir mein Zuhause zeigen würde."

„Das klappt bestimmt bald", antwortet er mir.

„Du würdest mit mir nach England kommen?"

„Sicher", antwortet er mir sofort. „Wieso klingst du so überrascht?"

„Äh… ich hatte nur nicht damit gerechnet", erwidere ich ehrlich und halte Ausschau nach meinem Koffer.

„Schatz, du hattest vor mit mir nach New York zu ziehen, da werde ich ja wohl für ein paar Tage oder Wochen mit dir nach England verreisen können."

Gut, vielleicht ist da etwas dran.

„Haben Drew oder Kenny noch einmal etwas gesagt?", frage ich ihn.

„Nein."

„Das klingt, als würde da ein *aber* kommen", erwidere ich. Archer zögert und ich werde skeptisch. „Was gibt es noch?"

„Duncan hat mich angesprochen."

„Worauf?"

„Du weißt worauf."

„Was hast du gesagt?"

„Ich habe ihm gesagt, dass du weiterhin bei *Lightning* spielen wirst und dass sowohl er als auch Lane die Klappe zu halten haben. Und ich habe ihm gesagt, dass sie nicht verwundert sein sollen, wenn Drew oder Kenny sie ansprechen", erzählt er mir.

„Das war's im Prinzip auch schon."

„Mhm."

„Mach dir keine Sorgen, Schatz, es wird nichts passieren in den Tagen, an denen du zu Hause bist."

„Wenn doch, rufst du an."

„Ich werde so oder so anrufen", entgegnet er.

„Ich bitte darum", grinse ich dümmlich und verpasse dabei fast meinen Koffer, der gerade an mir auf dem Band vorbei wandert. „Oh shit", fluche ich und schaffe es gerade so, den Riemen zu greifen. „Love, ich lege jetzt auf, okay? Mein Koffer ist gerade gekommen und ich schaue, dass ich mir ein Taxi schnappe."

„Okay. Liebe Grüße an alle."

„Werde ich ausrichten", antworte ich ihm lächelnd und stecke mein Handy weg.

Der Taxifahrer lädt meinen Koffer ein und ich setze mich in das Auto. „Wo darf es hingehen?", fragt er und beim Klang des britischen Akzents fühle ich mich augenblicklich heimisch.

„Nach Bristol, bitte."

„Die Stadt?"

„Ja, genau. Fahren Sie so eine Strecke?"

„Wenn Sie das bezahlen können, klar."

„Das wird kein Problem sein", entgegne ich und er startet den Motor.

„Ich denke, die Fahrt wird etwa zwei Stunden dauern", fügt er noch hinzu und ich nicke. „Damit habe ich gerechnet", antworte ich und sehe auf mein Handy.

Mum: Bist du schon in England? Soll ich dich irgendwo abholen?

Ich bin vorhin gelandet und schon auf dem Weg nach Bristol, ich denke, ich bin in zwei Stunden zu Hause.

Mum: Wow, was für eine Überraschung! Wie kommt's?

Ich hab ein paar Tage frei und vermisse euch.

Mum: Und du erwartest, dass ich dir das jetzt glaube? Ich weiß, dass ihr auch in den nächsten Tagen Spiele hat.

Kann ich dir das erklären, wenn ich zu Hause bin?

Mum: Sicher. Ich bin gleich aber noch auf der Arbeit.

Haben unsere Nachbarn noch einen Schlüssel?

Mum: Ja, vielleicht hast du Glück und sie sind da.

Okay, dann bis später :)

Die Preisanzeige hat sich fast selbst überholt, als ich das Taxi zahle.

„Ich wünsche Ihnen eine gute Rückfahrt", verabschiede ich mich und gehe zu den Nachbarn, um den Schlüssel zu holen. Ich habe Glück; sie sind zu Hause.

Ich schließe auf und trete ein. *Endlich wieder zu Hause*, ist das Erste, was mir durch den Kopf schießt. Ich entdecke Rubys Schuhe an der Garderobe, Millies Haarbürste auf der Kommode und Kians Mäppchen daneben. *Da hat wohl jemand sein Zeug vergessen.* Ich bin allein. Meinen Koffer hieve ich auf mein Bett und packe mehr oder weniger sorgsam meine Sachen in den leeren Schrank, ehe ich wieder nach unten gehe. Spontan rufe ich Archer erneut an, diesmal direkt per Videoanruf.

„Hey Schatz."

„Hallo Love, hast du Zeit?"

„Sicher."

„Ich brauche deine Hilfe", fange ich an und zeige ihm den geöffneten Kühlschrank. „Ich will für meine Familie kochen." Er fängt an zu lachen und lotst mich in den nächsten eineinhalb Stunden geduldig durch ein Rezept.

„Wow, riecht das hier gut. Mum?!", höre ich Millie rufen und grinse. „Nicht ganz", antworte ich und perplex sieht sie mich an. Dann lässt sie ihre Sachen fallen und fällt mir in die Arme.

„Was machst du denn hier? Seit wann bist du hier? Hast du etwa gekocht?", fragt sie alles auf einmal und grinsend umarme ich sie fest.

„Ich habe dich vermisst Millie", antworte ich glücklich. „Und ja, ich habe gekocht, wenn auch mit etwas Hilfe. Weißt du, wann die anderen nach Hause kommen?"

„Ich denke, in einer Stunde sollten alle hier sein", antwortet sie mir und nimmt sich etwas zu trinken. „Wie kommt es, dass du hier bist?"

„Ich hatte etwas… Stress."

„Und das bedeutet?"

„Es ist eine lange Geschichte."

„Wir haben eine Stunde", erinnert sie mich und lehnt sich gegen die Kochinsel.

„Ich habe einige Tage frei und bin spontan hergeflogen", antworte ich ihr.

„Und jetzt die Wahrheit?"

„Das ist die Wahrheit!"

„Die ganze Wahrheit!", fordert sie und ich verdrehe die Augen.

„Es ist ein bisschen kompliziert", antworte ich ihr.

„Aber du kommst doch nicht einfach mal so über den Teich geflogen."

In diesem Moment geht die Tür auf. „Elliot?", höre ich Mum laut fragen und laufe in den Flur. „Hallo Großer", lächelt sie und zieht mich in ihre Arme.

„Hi, Mum."

„Wie war dein Flug?"

„Gut, ich hab die meiste Zeit geschlafen", antworte ich ihr.

„Hast du früher Feierabend gemacht?", fragt Millie überrascht.

„Ich habe sowieso einige Überstunden", antwortet sie schulterzuckend. „Hast du etwa schon gekocht?", fragt sie meine Schwester.

„Das war ich", antworte ich an ihrer Stelle. „Ich bin schon eine Weile hier und dachte, es wäre schön, heute Abend mit allen zusammen zu essen."

„Du bist ein Schatz", antwortet Mum und geht in die Küche.

„Ich hatte Hilfe", sage ich, bevor sie ihre Frage aussprechen kann.

„Von wem?"

„Archer", antworte ich und versuche, ruhig zu bleiben. Es wird früher oder später sowieso rauskommen.

„Der PR-Manager?"

„Ja."

„Wie das? Ist er auch hier?", fragt Millie verwirrt.

„Nein, ich habe ihn angerufen. Er kann sehr gut kochen und er hat mir erklärt, was ich machen soll", erzähle ich ihr. Sie scheint es nicht weiter zu kümmern. Zumindest erst einmal nicht. Als wir aber alle zusammen am Tisch sitzen und zu Abend essen, greift Millie das Thema von vorhin wieder auf. „Wie kommst es, dass du weißt, dass Archer gut kochen kann?", möchte sie verwundert wissen.

„Äh…das gehört eventuell zu der Geschichte, weswegen ich jetzt hier bin."

„Das wollte ich gerade auch schon ansprechen", wirft Mum ein. Ich atme tief ein und wieder aus. Dann nicke ich und versuche mir die Worte, die ich sagen möchte, in meinen Gedanken zurechtzulegen.

„Es gab etwas Stress in Atlanta", beginne ich. „Es… ich dachte für einen kurzen Moment, dass ich nicht länger Eishockeyspieler sein werde."

„Was? Wieso das nicht?", fragt Kian mit großen Augen. „Bist du etwa plötzlich schlecht geworden?"

„Nein, bin ich nicht", antworte ich schmunzelnd. „Ich bin noch dabei, keine Sorge, aber ich wurde einige Tage freigestellt."

„Okay, jetzt reden wir Klartext", verlangt Mum. „Was ist passiert?"

„Durch einige Zufälle und ungünstige Ereignisse… äh…"

„So schlimm ist es bestimmt nicht", ermutigt Millie mich und verwundert sehe ich sie an. „Was ist?"

„Das klingt, als würdest du wissen, wovon ich spreche."

„Tue ich nicht, aber wenn du noch Spieler bist, ist doch alles gut, oder nicht?", entgegnet sie.

„Lass deinen Bruder bitte erst einmal sprechen", bittet Mum sie.

„Es gibt da noch etwas, dass ich euch beichten muss", sage ich etwas ruhiger und mein linkes Bein zuckt nervös. „Und das hätte ich schon vor einer ganzen Weile tun sollen", füge ich leiser hinzu. Es ist still am Tisch geworden und alle Augen sind auf mich gerichtet. Ich atme erneut tief durch und erinnere mich selbst daran, dass mir hier nichts geschehen wird. Meine ganze Familie ist sehr tolerant und Clair weiß es sogar schon. Sie werden nicht so reagieren, wie mein Team es würde.

„Ich bin schwul."

„Heißt das, du magst Männer und keine Frauen?", fragt Ruby mich verwundert und ich nicke stumm.

„Hattest du deswegen noch nie eine Freundin?", will Kian wissen.

„Uhm… ja", antworte ich zögerlich. Die Stimmung ist angespannt, man könnte meinen, sie kippt jeden Augenblick. Ich sehe durch die Runde. *Herr Gott, wie gerne hätte ich in diesem Moment Archer an meiner Seite.* Er wüsste, was zu sagen ist. Er wüsste, wie man diese Stille durchbrechen und diese unangenehme Atmosphäre verdrängen könnte.

„Seit wann weißt du es?", möchte Mum einige Sekunden später wissen. „Schon eine Weile", antworte ich zögerlich.

„Was heißt, eine Weile?", möchte Millie nun auch skeptisch wissen und ich sehe ihr an, wie ihr Gehirn arbeitet.

„Uhm… recht lange würde ich sagen", gebe ich zu. „Ich habe es in der Schule bemerkt. Ich schätze ich war etwa 15?", füge ich hinzu und sehe vorsichtig zu Mum. Sie blickt mich starr an. Ich weiß nicht, was ich sagen soll und ich kann partout nicht einschätzen, was sie gerade denkt.

„Wusste es jemand?", möchte Millie zögerlich wissen.

„Clair weiß es", entgegne ich leise. „Aber auch erst seit Kurzem."

„Wie kommt das?"

„Sie hat es schon früh geahnt, meinte sie", erzähle ich und mein Bein zuckt nach wie vor nervös. Ich klammere mich an das Besteck und befeuchte meine Lippen. Meine Kehle ist trocken, zugeschnürt und mein Herz ist mir in die Hose gerutscht.

„Wieso sagst du es erst jetzt?", möchte Mum wissen. Ich schweige. Eine Weile ist es mucksmäuschenstill am Tisch. Dann hört man, wie ein Stuhl über das Parkett geschoben wird. Es ist Mums. Sie steht auf, nimmt sich ihr Glas und verlässt den Raum. Ich schließe die Augen und versuche das Gefühl, dass sich in meinem Brustkorb breitmacht zu ignorieren. Es klappt nicht. Es breitet sich in meinem ganzen Körper aus.

„Sie kommt bestimmt gleich wieder", sagt Millie aufmunternd, aber ihr ist anzusehen, dass sie sich selbst nicht zu 100% glaubt.

„Warum ist Mum gegangen?", möchte Kian wissen. „Ich dachte, das ist nichts Schlimmes? So haben wir das in der Schule gelernt."

„Ist es auch nicht", bekräftigt Millie sofort und ich lächle ein bisschen. „Vielleicht hat sie nicht damit gerechnet? Vielleicht möchte sie einfach kurz nachdenken", erklärt sie unserem jüngeren Bruder.

„Ach so", antwortet er nur und isst weiter. Mir ist der Appetit vergangen. Ich lege mein Besteck zur Seite und starre an die Wand gegenüber, die ich sonst nicht sehe, weil Mum dort sitzt.

„Sie findet es nicht schlimm, versprochen." Millie nimmt meine Hand und drückt sie sanft. „Wir unterstützen dich, das weißt du doch."

Ich nicke stoisch.

„Gibt es einen Grund, warum du es uns jetzt sagst? Bist du deswegen nach Hause gekommen?", möchte sie anschließend wissen.

„Unter anderem", antworte ich leise. Ich realisiere erst nach und nach, was gerade geschehen ist. *So habe ich mir mein Outing vor meiner Familie ganz bestimmt nicht vorgestellt.*

„Geht es dir gut?", fragt sie kurz danach. Ich zucke mit den Schultern. „Weiß nicht."

„Sie kommt gleich zurück", versichert sie mir. Ruby und Kian ist anzusehen, dass die beiden die Situation nicht einschätzen können. Wie sollten sie auch? Sie sind noch zu jung dafür.

Ich warte, bis meine Geschwister aufgegessen haben, dann stehe ich auf und räume ab.

„Ihr könnt ruhig gehen, ich mache das schon." Ruby und Kian verschwinden sofort, Millie hingegen hilft mir. Sie sagt nichts, lässt mich aber auch nicht mit meinen Gedanken völlig allein.

Wenn es nach mir ginge, könnte es gerne länger dauern, bis der Esstisch abgeräumt, sauber und die Küche rückwärts gemacht worden ist; so habe ich etwas zu tun und werde nicht wahnsinnig.

Ich sehe auf mein Handy. Keine Nachricht von Archer. *Ich will zu ihm. Jetzt sofort.* Ich bin erst einige Stunden hier und bereits jetzt vermisse ich ihn unheimlich. Wie soll das nur funktionieren, wenn er wirklich nach New York zieht? Wie soll ich es aushalten, ihn nur selten und unregelmäßig sehen zu können? Ich werde es schaffen, das weiß ich, denn ich will es nicht aufgeben. Ich will *uns* nicht aufgeben. Für einen Moment sehe ich auf sein Profilbild. Dann mache ich einen Screenshot und speichere es in unserem Ordner. Wir haben nicht viele Bilder zusammen, aber die, die existieren finde ich allesamt wunderbar. Am liebsten würde ich schon längst eins davon als Hintergrund haben, aber dort prangt nach wie vor das Logo von *Atlanta Ice Lightning*.

„Ihr habt schon aufgeräumt?", höre ich meine Mutter plötzlich fragen. Sie steht im Esszimmer.

„Du solltest mit ihm reden", erwidert Millie.

„Ich weiß." Ich atme tief durch. Offenbar steht jetzt das Gespräch an, vor dem ich mich bereits als Teenager gedrückt habe. Mum kommt zur Küche und bleibt im Türrahmen stehen.

„Wollen wir auf die Terrasse gehen?", fragt sie. Ich gehe vor und sie schließt die Tür hinter uns. Ich schaue in den Garten. Früher haben wir in einem deutlich kleineren Haus gewohnt, ohne Terrasse, ohne Garten. Seitdem ich so viel Geld verdiene, hat sich hier einiges geändert. Allein deswegen war es gut, mich nicht zu outen; so konnte ich meiner Familie zumindest die finanziellen Sorgen abnehmen und werde es all meinen Geschwistern ermöglichen können, dass sie an jeder Uni studieren können, die sie möchten.

„Du weißt es seit zehn Jahren?"

„Ungefähr", antworte ich knapp. Mum nickt verstehend und wieder ist es einige Sekunden still zwischen uns.

„Du hast nichts gesagt."

„Mhm… nein", murmle ich. Ich sehe zu Mum und bemerke, dass sie nicht sicher ist, was sie sagen soll.

„Lag es an uns? Haben wir etwas getan, dass du uns… oder mir nicht vertraust?", möchte sie wissen und perplex und verwundert sehe ich sie an. „Was? Nein, natürlich nicht."

„Wieso hast du es dann all die Jahre verschwiegen?", möchte sie wissen und seufzt. „Das sollte nicht so vorwurfsvoll klingen. Ich frage mich nur…"

„Ich weiß", nicke ich und zucke mit den Schultern.

„Ich habe niemandem etwas gesagt", beginne ich, es ihr zu erklären. „Ich wusste, wenn ich mich oute, werde ich niemals Profisportler sein können. Also habe ich so getan, als wäre ich hetero."

„All die Jahre?"

„Mhm. Ja."

„Meine Güte, Elliot…"

„Es ist okay, Mum."

Sie schüttelt den Kopf. „Nein, du hättest das nicht allein durchstehen sollen."

„Es ist okay, wirklich. Mir geht es gut", wiederhole ich.

„Bis du deswegen hier?", möchte sie anschließend wissen. „Ist etwas in Atlanta passiert?"

„Ja", seufze ich und setze mich auf die Kante der Terrasse. Sie setzt sich zu mir. Eine Weile sagen weder sie noch ich etwas. Wir wissen beide nicht, wie wir dieses Gespräch starten sollen. Ich weiß, dass ihr genauso bewusst ist wie mir, dass diese Konversation schon seit Jahren überfällig ist.

„Ich bin das erste Mal in einer Beziehung", fange ich an und überrascht schaut sie zu mir. „Das erste Mal?"

Ich nicke. „Es gab nie… ich habe mich nie getraut", erkläre ich ihr. „Nach…" Ich unterbreche mich selbst. „Clair meinte, sie hätte es damals bereits gemerkt, aber sie hat nie etwas gesagt. Ich weiß nicht, ob du es mitbekommen hast."

„Wovon sprichst du?"

„Ich war damals in Noah verliebt."

„Der Junge aus deinem Team?", fragt sie überrascht.

Ich nicke. „Ja, genau."

„Das… das habe ich nicht mitbekommen. Oder ich habe es einfach nicht verstanden", erwidert sie.

„Nicht schlimm", sage ich sofort, als ich ihren Gesichtsausdruck bemerke. „Jedenfalls habe ich mir nach ihm nie wieder erlaubt, jemanden zu mögen."

„Er ist damals weggezogen, oder?"

„Ja, genau."

„Und jetzt hast du jemanden kennengelernt?", fragt sie weiter.

„Ja… am Anfang der Saison. Er… ich hatte nie vor, es wirklich mit ihm zu versuchen? Ich wollte es nicht, aber er hat zum Glück nicht locker gelassen", erzähle ich und schmunzle dabei glücklich. Meine Gedanken sind sofort bei Archer und mir wird warm ums Herz. „Wir sind seit November zusammen, kurz nachdem ihr in Atlanta wart, habe ich mich getraut."

„Dann… kennen wir ihn?"

Ich nicke. Mum überlegt einen Moment und lächelt. „Dass mir das nicht früher aufgefallen ist."

„Mhm?"

„Ich hätte wohl merken können, dass Archer uns nicht einfach so hat einfliegen lassen."

Ich grinse und sehe nach unten. *Ich liebe diesen Mann so sehr.* Ich hätte mir nie erträumen lassen, derart starke Gefühle für jemanden zu haben und jetzt sitze ich hier am anderen Ende der Welt und mein Herz flattert bereits schon bei dem Gedanken an ihn.

„Ist zwischen euch alles okay? Bist du deswegen hier?"

„Es ist wunderbar, mit ihm zusammen zu sein", erwidere ich lächelnd. „Er ist wunderbar."

„Es ist schön, dich so glücklich zu sehen", antwortet sie mir und ich merke, wie ich fortlaufend entspannter werde. Dann atme ich tief durch und fange an, die ganze Gesichte zu erzählen: „Es hat angefangen, als Noah auf einmal in Atlanta aufgetaucht ist..."

18. Kapitel

„Ich weiß nicht, was ich von diesem Gesichtsausdruck halten soll", ist das Erste, was Archer zu mir sagt, als ich ihn spät am Abend anrufe.

„So schlimm, ja?"

„Was ist passiert?", möchte er wissen und ich sehe, dass er gerade in der Loge sitzt.

„Wie lange hast du Zeit?", entgegne ich.

„Puh, das klingt ja vielversprechend", murmelt er und setzt sich. „Eine viertel Stunde etwa."

„Ich hab es meiner Familie gesagt."

„Dass du schwul bist?"

„Ja. Und alles andere auch, zumindest meiner Mum", nicke ich. „Sie weiß jetzt von dir und Noah, was vor dem Hattrick's geschehen ist und wie Kenny reagiert hat und auch von Drew", fasse ich zusammen.

„Und?"

„Es war… schwierig." Ich suche nach Worten und seufze. „Sie meinte, es verändert nichts, aber so wie sie reagiert hat, bin ich mir nicht sicher."

„Was meinst du?"

„Sie glaubt, ich würde ihr nicht vertrauen und hätte es ihr deswegen die ganzen Jahre verschwiegen."

Ich spiele mit der Bettdecke zwischen meinen Fingern.

„Hast du es ihr erklärt? Warum du das getan hast?" Ich nicke stumm. „Dann lass ihr ein paar Tage Zeit, das wird schon. Sie ist deine Mum, sie wird dich immer unterstützen", versichert Archer mir und mein Herz zieht sich zusammen, als ich ihn wieder ansehe.

„Ich vermisse dich", spreche ich unüberlegt meine Gedanken aus.

„Ich dich auch, Schatz", antwortet er und lächelt ein wenig. „Ich freue mich darauf, wenn du wieder hier bist."

„Ich mich auch. Ich hätte dich jetzt sehr gerne hier." Archer schmunzelt. „Du bist süß." Ich verdrehe die Augen, grinse aber trotzdem.

„Schau mal in das Seitenfach deiner Reisetasche", meint er plötzlich und verwundert sehe ich ihn an. „Wieso das?"

„Mach einfach", bittet er mich. Ich stehe auf und ziehe die Reisetasche unterm Bett hervor.

„Du hast mir ein Shirt von dir eingepackt?"

„Das war eine spontane Idee", entgegnet er und ich rieche an dem Stoff. *Archer. 100% Archer.* Kurzerhand ziehe ich mein Shirt aus und seins an. „Danke, Love."

„Es ist dir zu groß", stellt er belustigt fest.

„Das hast du doch extra so ausgesucht."

„Wie gesagt, es war eine spontane Idee, ich hatte keine Auswahl", widerspricht er. „Du bist nur sehr klein."

„Arschloch", antworte ich trocken, kann nur wenige Sekunden später aber nicht verhindern, doch zu lächeln und ziehe den Kragen des Shirts über die Nase.

Plötzlich klopft es an der Tür. „Ja?"

Sie wird geöffnet und ich erkenne Mum im Türrahmen stehen. „Ich wollte nur kurz nach dir sehen", meint sie und ich schmunzle. „Machst du gerade deine tägliche Gute-Nacht-Runde?"

„Ich bin gerade fertig", antwortet sie schulterzuckend. „Oh, du telefonierst?", fällt ihr dann auf.

„Ja, mit Archer."

„Hallo Bethany!", ruft er. Meine Mum setzt sich auf meine Bettkante und ich drehe das Handy zu ihr.

„Hallo Archer", lächelt sie. „Ich schätze mal, Elliot hat dir bereits erzählt, dass ich nun auch im Bilde bin?"

„Ja, gerade eben", nickt er und lächelt glücklich.

„Es freut mich für euch beide", antwortet Mum. „Und vielen Dank, dass du bei Elliot nicht aufgegeben hast."

„Das war reiner Egoismus", lacht Archer. Mum schmunzelt.

„Da hat Elliot aber Glück gehabt."

Ich seufze leise und verdrehe die Augen.

„Ich gehe ja schon", antwortet sie daraufhin und steht auf. „Gute Nacht, Großer."

„Nacht, Mum", antworte ich und sie schließt kurz darauf die Zimmertür hinter sich.

„Ich hatte nicht den Eindruck, als wäre sie noch wütend", meint Archer anschließend schulterzuckend.

„Vielleicht hast du recht. Ich werde es morgen beim Frühstück wissen", erwidere ich.

„Wie geht es deinem Jetlag?"

„Ja", antworte ich nur trocken. „Aber ich habe die Hoffnung, dass es geholfen hat, dass ich im Flieger gepennt habe", füge ich hinzu. Gerade als Archer antworten möchte, wird die Tür zur Loge geöffnet.

„Hier bist du", höre ich Drew sagen. „Oh, hi Elliot", bemerkt er mich.

„Hi."

„Offenbar ist meine Pause um", stellt Archer unnötigerweise fest. „Gute Nacht, Schatz."

„Bis dann, Love. Ich liebe dich."

„Ich dich auch", antwortet er, winkt noch einmal und der Bildschirm wird schwarz.

„Guten Morgen, Elliot!", weckt Kian mich lautstark und ich stöhne genervt auf, während ich mich umdrehe und die Decke höher ziehe.

„Los! Steh auf!"

„Lass mich schlafen", murre ich müde. Ich war die halbe Nacht noch wach. *Verdammter Jetlag.*

„Mum hat gesagt, ich soll dich wecken, damit du uns zur Schule bringst!", antwortet er mir. Wie kann er schon so hellwach sein?

„Geh doch erst einmal ins Bad", bitte ich ihn, aber da ist er schon in mein Bett geklettert. „War ich schon! Los, du musst aufstehen!" *Kleiner Tyrann.* Ich öffne die Augen. „Gegen dich habe ich sowieso keine Chance, oder?"

„Nö", antwortet er grinsend und ich setze mich auf. Schmunzelnd sehe ich ihn an und seine Augen werden groß. Bevor er allerdings schnell genug aus dem Bett springen kann, habe ich mir meinen Bruder geschnappt und fange an, ihn zu kitzeln. „Elliot! Lass das!", lacht er laut, aber ich höre nicht auf ihn.

„Was ist denn hier los?", fragt Millie schmunzelnd und lehnt sich an den Türrahmen.

„Das passiert, wenn man mich weckt", antworte ich schulterzuckend, gebe Kian eine kurze Pause und kitzle ihn dann erneut. Er schafft es sich zu befreien und rennt grinsend zu Millie.

„Erst große Klappe und jetzt verstecken?", fragt sie.

„Sonst würde Elliot nie aufstehen!", entgegnet er und verschwindet im Flur. Als ich in der Küche ankomme, steht bereits eine Tasse mit Tee für mich bereit.

„Guten Morgen, Mum."

„Gut geschlafen?"

„Wenig."

„Telefonsex?", fragt Millie trocken und ich sehe entgeistert meine Schwester an. „Jetlag!"

„Hätte ja sein können."

„Was ist Telefonsex?", möchte Kian wissen, der sich offenbar in die Küche geschlichen hat.

„Das darfst du ihm jetzt erklären", meint Mum zu Millie und bereitet die Schulbrote für meine Geschwister vor. Millie verdreht die Augen.

„Du bringst uns zur Schule, oder?", meint Kian und wechselt damit zum Glück das Thema.

„Ja", antworte ich und frage mich, wer das heute Morgen eigentlich beschlossen hat.

„Mit dem Auto?", möchte er wissen.

„Sicher."

„Ich brauche den Wagen, Großer", meint Mum direkt, aber ich schüttle den Kopf. „Dich fahre ich auch. Wann musst du bei der Arbeit sein?"

„Erst eine halbe Stunde später."

„Gut, wir holen zwischendurch noch einen Tee und eine Kleinigkeit für deine Mittagspause", beschließe ich.

„Dann musst du uns aber auch wieder abholen", meint Mum.

„Okay, werde ich", stimme ich zu und damit ist es beschlossene Sache.

„Sicher, dass du hier fahren willst?"

„Ich werde mit dem Linksverkehr schon klarkommen", antworte ich schmunzelnd. „Ich habe hier lange genug gelebt."

Als Kian und Ruby aus dem Auto gehüpft sind, halte ich wenig später bei einem kleinen Restaurant. Ich habe die Nummer des Inhabers und ihm vorhin bereits eine kurze Nachricht geschrieben.

„Elliot, wie schön, dich mal wieder zu sehen!", sagt er erfreut, als er aus der Tür tritt.

„Super, dass das geklappt hat", bedanke ich mich.

„Für meinen Lieblingseishockeyspieler doch immer", grinst er. Ich lache. „Ich bin der Einzige, den du kennst", erwidere ich und gebe ihm ein großzügiges Trinkgeld. Eigentlich macht das Restaurant erst um elf Uhr auf, aber für mich hat er kurzerhand ein Mittagessen zusammengezaubert, das meine Mum sich später warmmachen kann. Wir holen noch kurz für jeden einen Tee beim Bäcker nebenan und wenig später lasse ich Mum bei ihrer Arbeit raus.

„Du weißt, dass das nicht nötig gewesen wäre?"

„Ja, aber das Essen ist definitiv besser als ein fertiges Sandwich", entgegne ich schulterzuckend. „Bis später, Mum."

„Bis dann, Großer", lächelt sie und winkt mir zum Abschied. Entspannt fahre ich nach Hause und beschließe, mich mit dem Tee aufs Sofa vor den Fernseher zu setzen. Ich zappe durch die Programme und bleibe bei einem amerikanischen Sportsender hängen.

„*NHL-Spieler auf Abwegen?*", fragt die Moderatorin just in dem Moment und perplex sehe ich auf den Bildschirm. Instinktiv greife ich nach meinem Handy, während die Frau weiterspricht. „*Gestern sehr früh am Morgen wurde am Flughafen in Atlanta niemand geringeres als der Eishockeyspieler Elliot Leighton gesichtet. Das Teammitglied der Mannschaft Atlanta Ice Lightning hat bereits beim letzten Spiel nicht teilgenommen. Offiziell heißt es, er sei verletzt und würde noch mindestens eine Woche ausfallen. Wirklich verletzt sieht er auf diesen Bildern jedoch nicht aus. Wohin er wollte, ist bisher unklar und auch der Verein hat sich bisher nicht dazu geäußert, aber wir werden für sie dranbleiben!*"

Ich starre auf den Bildschirm und sehe die Handyfotos, die von mir gemacht worden sind. *Verdammt, wieso habe ich das nicht mitbekommen?* Ich atme zitternd ein und wieder aus, versuche meine Gedanken zu ordnen und nicht durchzudrehen. Ich komme recht schnell zu dem Schluss, dass ich deutlich ruhiger bleiben könnte, wenn ich einen gewissen PR-Manager bei mir hätte. *Heilige Scheiße.* Das große Haus wirkt auf einmal drückend klein um mich herum. Ich klammere mich an mein Handy und erst, als bereits wieder Werbung läuft, erwache ich aus meiner Starre. Ich wähle Archers Kontakt aus und rufe ihn an. *Bitte geh ran.* Es dauert und dauert und dauert. Er hebt nicht ab. Meine Gedanken überschlagen sich. Trotzdem sitze ich stumm und starr auf dem Sofa. Es ist, als wäre ich auf der Sitzfläche festgeklebt worden.

Mein Handy klingelt. Es ist Archer.

„Hi, Elliot", höre ich ihn mit rauer Stimme sagen. Ich sehe auf die Uhr. „Habe ich dich geweckt?"

„Naja, es ist noch mitten in der Nacht hier", antwortet er leise und lacht dabei etwas.

„Oh."

„Wieso rufst du an?", möchte er wissen. Kurz bin ich versucht, ihm zu sagen, dass es nicht so wichtig sei. Aber er ist der PR-Manager und es ist definitiv wichtig. Zumindest schätze ich als Laie es so ein.

„Gerade kam ein Beitrag, du weißt schon auf dem Sportchannel, den Mum manchmal schaut."

„Und?"

„Er war über mich", antworte ich und höre es bei Archer rascheln.

„Gib mir einen Augenblick", bittet er und ich warte.

„So, ich sitze vor meinem Laptop, was soll ich suchen?"

„Meinen Namen", antworte ich. „Und vielleicht Flughafen oder so."

„Mhm… oh, wann ist das denn aufgetaucht?", fragt er überrascht.

„Ich weiß es nicht. Es lief gerade in den News und… verdammt, es wird nicht mehr lange dauern, bis die Presse weiß, wo ich bin, oder nicht?", will ich wissen und schließe die Augen. *Das darf nicht wahr sein.*

„Ich muss erst einmal rausfinden, wie das an die Presse gelangt ist. Aber zugegeben, du hättest zumindest eine Mütze oder eine Sonnenbrille aufsetzen können", antwortet er mir.

„Ich hatte nicht damit gerechnet, dass mich jemand erkennt, weil ich davon ausgegangen bin, dass das nicht passiert, wenn mich niemand dort erwartet", entgegne ich.

„Das kann auch funktionieren, aber es gibt dabei nie eine Garantie."

„Das weiß ich auch", brumme ich und im gleichen Moment spüre ich einen Stich in meiner Brust. Ich hätte mir die Antwort in diesem Ton wirklich kneifen können.

„Ich werde gleich ins Büro fahren und schauen, was ich machen kann, aber ich kann dir nicht versprechen, dass ich es schaffe." „Ich muss Drew anrufen", murmle ich resigniert. „Das Team wird es erfahren und dann… oh Gott." Archer schweigt. Hat er daran etwa noch nicht gedacht? Er denkt doch sonst immer an alles!

„Wir finden eine Lösung dafür, Schatz."

„Und welche? Fuck, wenn die Jungs davon Wind bekommen, dass ich offensichtlich in einen Flieger raus aus Atlanta gestiegen bin, wird die Ausrede mit der Verletzung nicht mehr ziehen. Das glaubt mir doch niemand mehr!"

„Drew, Kenny und ich werden das regeln", antwortet er mir mit ruhiger Stimme.

„Wie kannst du das wissen?"

„Weil es das letzte Mal auch geklappt hat", entgegnet er. „Vor ein paar Tagen war es doch genauso kritisch und wir haben es geschaukelt bekommen. Irgendwie klappt das schon." Ich drücke Zeigefinger und Daumen gegen meine Nasenwurzel und atme tief ein und wieder aus. „Danke, Love."

„Was, wofür?"

„Dafür, dass du mich beruhigst, dafür, dass du zu dieser Uhrzeit an dein Handy gehst, dafür, dass du dich darum kümmerst", zähle ich auf. „Ich denke, oder besser gesagt, ich bin ziemlich sicher, ich würde gerade durchdrehen, wenn ich nicht mit dir sprechen könnte", füge ich ehrlich hinzu.

„Würdest du nicht. Du würdest vielleicht etwas länger brauchen, um klar denken zu können, aber du hättest es geschafft", entgegnet er zuversichtlich.

200

„Ich liebe dich", antworte ich daraufhin und weiß, dass er lächelt, als er die Worte erwidert.

„Möchtest du Drew anrufen?", fragt er kurz danach. „Ich könnte das auch machen."

„Nein, ich mache das", erwidere ich. „Danke dir, aber das werde ich machen."

„Okay, schreibst du mir danach kurz? Nur damit ich weiß, wie der Stand der Dinge ist."

„Natürlich."

Ich warte eine Weile, bis ich denke, dass Drew wach ist. Ich zögere, als mein Daumen über dem *Anrufen*-Symbol seines Kontakts schwebt. Möchte ich wissen, ob die Mannschaft es schon erfahren hat? Mir ist klar, dass mir nichts anderes übrig bleibt, als mit ihm zu sprechen, aber ich warte einen weiteren Moment ab, in dem ich nicht wissen muss, wie es in Atlanta gerade steht.

„Guten Morgen, Elliot, oder ist bei dir schon Mittag?", fragt er mich.

„Ist es", antworte ich. „Ich hoffe, ich störe nicht."

„Nein, was gibt's?", möchte er wissen und ich erkläre ihm die Situation. Wie Archer auch schon, klemmt er sich direkt hinter den PC und liest sich diverse Artikel dazu durch. „Das ist nicht gut."

„Ich weiß, deswegen rufe ich an."

„Ich glaube nicht, dass die Jungs es schon wissen, aber versprechen kann ich es nicht."

„Soll ich es leugnen?", frage ich einen Moment später, aber er verneint. „Jeder, der dich persönlich kennt, weiß, dass das auf den Bildern wirklich du bist. Weiß Archer schon davon?"

„Mhm, ja. Ich habe vorhin mit ihm gesprochen", antworte ich knapp.

„Hat er schon einen Plan?"

„Er überlegt sich etwas, er müsste sogar schon im Büro sein."

„Alles klar, dann mache ich dort gleich einen Abstecher hin", erwidert er. „Du willst dich vor der Mannschaft nicht outen, richtig?"

„Du weißt selbst, dass das eine absolut bescheuerte Idee ist", entgegne ich trocken.

„Ja, leider", seufzt er. „Dann müssen wir uns etwas anderes überlegen."

„Das klingt nicht danach, als hättest du schon eine Idee."

„Ich bin Trainer, kein Presse-Experte", erwidert er. „Aber uns wird etwas einfallen. Ich werde mit Kenny sprechen. Ich muss ihn ins Bild setzen, damit er die Mannschaft unter Kontrolle hat, sobald es die Runde macht."

„Ist mir klar."

„Ich denke, es wird auf ein Notfallmeeting bei Archer im Büro hinauslaufen", überlegt er laut. „Das wäre zumindest am effizientesten. Wir müssen schnell sein. Weiß man schon, wo du hingeflogen bist?"

„Ich denke nicht. Archer hat dazu auch nichts gefunden."

„Immerhin. Wenn rauskommt, dass du gerade in England bist, glaubt niemand mehr, dass du verletzt bist."

„Ich weiß."

Ich zögere einen Moment, bevor ich schließlich doch die Frage stelle, die mir seit Beginn des Gesprächs auf der Zunge brennt. „Muss ich zurückkommen?"

„Hierher? Ich weiß es nicht. Ich wünsche, ich könnte sagen *nein*, aber ich habe keine Ahnung, ob es besser ist, wenn du ein paar Tage nicht hier bist, oder es die Sache nicht nur schlimmer macht."

„Kannst du darüber mit Archer sprechen?"

„Hatte ich sowieso vor. Gibt es sonst noch etwas, das ich wissen sollte?", fragt er mich.

„Ich denke nicht, aber wenn mir noch etwas einfällt, rufe ich an", versichere ich ihm.

Mit kreisenden Gedanken und nach wie vor hunderten Sorgen in meinem Kopf mache ich mich später auf den Weg, meine Mum von der Arbeit abzuholen. Gut gelaunt steigt sie in den Wagen.

„Wie war dein Tag?", möchte ich wissen.

„Ich hatte ein fantastisches Mittagessen und noch dazu einen Chauffeur", antwortet sie lächelnd. „Es läuft bisher ziemlich gut."

„Das Essen ist noch nicht fertig", gebe ich zu. Ich hatte eigentlich geplant, eins von Archers Rezepten zu kochen. „Aber ich wollte sowieso mit euch Essen gehen", füge ich spontan hinzu, als hätte ich mir das nicht erst vor ein paar Sekunden überlegt.

„Gerne", antwortet Mum und wir machen uns auf den Weg zur Schule.

„Was hast du heute gemacht?", möchte sie wissen. Ich zucke mit den Schultern. „Fernsehen geschaut, telefoniert."

„Mit Archer?"

„Mhm… auch."

Sie mustert mich einen Moment lang. „Was ist los, Elliot?"

Ich schweige ein paar Sekunden, bevor ich ihr antworte: „Die Presse weiß, dass ich aus Atlanta abgereist bin. Es ist nur eine Frage der Zeit, bis bekannt wird, wo ich mich gerade aufhalte. Offiziell bin ich verletzt und kuriere mich aus, damit ich bald wieder spielen kann. Mein Team denkt übrigens das gleiche, von Lane und Duncan abgesehen."

„Oh nein", antwortet sie perplex. „Was willst du jetzt tun?"

„Abwarten, was anderes kann ich nicht machen." *Und ich hasse es.* „Archer wird es mit Drew und Kenny regeln. Vielleicht muss ich zurück, vielleicht nicht. Ich denke, das werde ich heute Abend erfahren", fasse ich zusammen und halte vor der Schule.

„Mum?", frage ich noch, bevor meine Geschwister hier auftauchen. „Sag den anderen bitte nichts, ich möchte die Zeit hier genießen und sonst wird es kein anderes Thema mehr geben."

„Mache ich nicht", verspricht sie mir und einen Moment später setzen sich Kian und Ruby auf die Rückbank.

19. Kapitel

„Verdammt, ich hätte das mitbekommen müssen", murmelt Archer und starrt auf den großen Fernsehbildschirm, der in seinem Büro hängt. Er trinkt bereits seine dritte Tasse Kaffee (der doppelt so stark ist wie sonst) und tigert immer wieder hin und her. Er hat Elliot versprochen, ihn zu beschützen und jetzt scheint er nicht einmal das zu schaffen. *Das darf doch alles nicht wahr sein.* Sein Kopf ist vollkommen leer, man könnte meinen, er habe niemals studiert.

„Guten Morgen."

Er dreht sich um und sieht Drew durch die Tür kommen.

„Du weißt es?"

„Ich habe schon mit Elliot gesprochen", antwortet er nickend und stellt sich neben Archer. „Schöne Scheiße", murmelt er und kratzt sich am Kinn. Er hat sich heute Morgen nicht einmal rasiert, so schnell ist er ins Büro gefahren. Es ist gerade kurz nach sieben, um halb sieben hat Elliot ihn angerufen. Bei Archer war es noch früher. Er ist bereits seit einer Dreiviertelstunde im Büro.

„Seit den Fotos ist nichts mehr geschehen, aber ich finde nicht heraus, wer sie geschossen hat", setzt Archer ihn ins Bild. „Die Rechte hat wohl der Sender gekauft und die Mitarbeitenden weigern sich, mir zu sagen, woher die Bilder kommen."

„Scheiße. Das heißt, du kannst nicht herausfinden, ob es noch mehr gibt?"

„Und sie gegebenenfalls auch nicht vor dem Sender kaufen", fügt er hinzu. „Ich hasse es, dass ich Elliot nicht helfen kann."

„Immerhin weiß bisher noch niemand, wo er hin ist", versucht Drew positiv zu denken, aber das klappt nur bedingt.

„Die Presse ist nicht dumm. Die Uhrzeit kombiniert mit den aus Atlanta gehenden Flügen und Elliots Hintergrund als Engländer, ergibt sehr schnell, dass er auf dem Weg zu seiner Familie war", entgegnet er. „Es ist nur eine Frage der Zeit, bis das rauskommt und bis dahin müssen wir uns schleunigst eine plausible Geschichte überlegt haben, weswegen er sich *trotz seiner Verletzung* auf diesen weiten Weg gemacht hat. Und das am besten, ohne seine Familie mit reinzuziehen. Und noch dazu sieht er sehr gesund aus."

„Weiß das Team es schon?", möchte Drew daraufhin wissen.

„Keine Ahnung", antwortet Archer und langsam, aber sicher wird die Verzweiflung größer. „Fuck, was machen wir jetzt nur…", murmelt er und dreht seine Tasse in den Händen. *Atlanta Ice Lightning,* steht darauf geschrieben. Elliot hat einen Sticker mit seiner Nummer dazu geklebt. Seitdem spült Archer diese Tasse per Hand und nicht in der Spülmaschine.

„Ich habe es auf dem Weg hierher gesehen, wie schlimm ist es?", fragt Kenny, als er gehetzt ins Büro stürmt.

„Was denkst du denn?", fragt Drew trocken.

„Oh fuck, also stimmt es?"

„Sag bloß, du hast deinen eigenen Teamkameraden nicht erkannt."

„Doch, schon, aber ich hatte gehofft, es wäre nur ein Doppelgänger oder eine Verwechslung, oder zumindest dass man es als solche auslegen könnte."

Archer schüttelt den Kopf. „Nein, das würde alles schlimmer machen. Wir wissen nicht, ob Elliot in England nicht wieder fotografiert wird. Jetzt zu lügen, wäre dämlich."

Kenny schweigt und Archer setzt sich an seinen Schreibtisch. Dort sammeln sich seit heute Morgen dutzende Notizzettel. Manche zerknüllt, auf manchen ist alles durchgestrichen und wieder andere sind sogar zerrissen.

„Verflucht."

Er hat dutzende Tabs geöffnet und sein Kopf müsste schon längst qualmen, weil sein Gehirn auf Hochtouren läuft. Er muss es schaffen. Zum einen geht es um *Lightnings* Ruf, zum anderen geht es um Elliots Karriere und Archer ist das zweite sogar noch wichtiger. Er darf es nicht zugeben, aber er braucht sich auch nicht selbst anzulügen. Er will sich den Shitstorm gar nicht erst ausmalen, der folgen wird, wenn die Öffentlichkeit denkt, Elliot würde blau machen und nur so tun, als wäre er verletzt, um einen Kurzurlaub nach England anzutreten. *Herr Gott, wieso hat er vorher nicht darüber nachgedacht, dass so etwas passieren könnte?*

„Was ist, wenn wir gar nichts tun?"

„Das kommt nicht in Frage", antwortet Archer sofort und sieht auf die Uhr. Die Zeit vergeht viel zu schnell. Plötzlich wird die Tür erneut aufgestoßen.

„Mister Swan, können Sie mir erklären, weswegen sämtliche Sportjournalisten der Meinung sind, Elliot Leighton wäre längst nicht mehr in Atlanta?", möchte Mister Johnson wissen. „Oh Drew, Kenny, perfektes Timing", bemerkt er. Archer schließt kurz die Augen. „Da sitze ich gerade dran. Ich werde das bis heute Mittag geregelt haben", verspricht er, auch wenn er noch nicht weiß, wie.

„Kenny, ist Elliot etwa nicht verletzt?", möchte Mister Johnson wissen und Archer betet in diesem Moment, obwohl er nicht gläubig ist, dass Kenny mitspielt und nicht die Wahrheit sagen wird.

„Soweit ich weiß, schon", antwortet er erstaunlich ruhig und glaubwürdig. Archer fällt ein Stein vom Herzen.

„Ich verlasse mich auf Sie, Mister Swan", fügt sein Chef hinzu und Archer atmet erst auf, als die Tür geschlossen wird.

„Also? Was tun wir?", möchte Drew wissen und zieht sich einen Stuhl heran, sodass er nun auf der anderen Seite des Schreibtisches Platz nehmen kann. Er sieht sich die Notizen durch, die Archer gemacht hat. Archer streicht immer wieder über den Sticker auf seiner Tasse. Er ist nervös, sehr. Er möchte am liebsten sofort zu Elliot, ihn in den Arm nehmen und sich mit ihm vor der ganzen Welt verstecken. *Ist nicht drin.* Er muss einen Job erledigen und an dem heutigen Tag wird verdammt viel hängen. Es ist, als hätte sich sein Gehirn aufgehängt. Seine Gedanken sind durcheinander und in einer Dauerschleife gefangen.

„Was ist hiermit?", fragt Drew auf einmal und reicht Kenny einen bis gerade noch zusammengeknüllten Zettel.

„Stimmt das? Ist das morgen?", fragt dieser mit großen Augen.

„Was? Wovon sprecht ihr?", möchte Archer wissen und als er die Wörter auf dem Zettel liest, ist es, als hätte jemand den Resetknopf in seinem Gehirn gedrückt. Er schnappt sich seinen Laptop, wischt die anderen Zettel vom Schreibtisch und hunderte Gedanken fluten seinen Kopf.

„Jemand muss Elliot anrufen, jetzt sofort. Kurzwahl auf 5", murmelt er. Drew zuckt mit den Schultern, nimmt den Hörer und drückt die 5. Er fragt nicht, weswegen Archer Elliot in seinem Bürotelefon auf Kurzwahl gespeichert hat.

„Hallo, Love."

„Hi, Elliot, hier ist Drew", antwortet der Co-Trainer und kann sich ein Schmunzeln nicht verkneifen.

„Oh… äh… hi. Bist du in Archers Büro?", möchte Elliot verwundert wissen.

„Ja, Sekunde, ich stelle dich auf Lautsprecher", kündigt Drew an.

„Hallo Elliot", sagt Kenny und zieht sich nun ebenfalls einen Stuhl heran, um sich zu setzen.

„Hi. Gibt es etwas Neues?"

„Ich schätze schon", antwortet Kenny und beobachtet den Presse-Manager. „Archer sieht gerade aus, als hätte er eine Idee, diesen Schlamassel zu lösen."

„Sekunde noch", antwortet dieser wie in Trance. Er schnappt sich einen Notizblock und schreibt derart schnell, dass es so unleserlich ist, dass wohl niemand außer er selbst es je lesen können wird.

„Hat sich noch etwas getan?", möchte Elliot in der Zwischenzeit wissen. „Ich war gerade unterwegs. Ich hätte es nicht mitbekommen", fügt er erklärend hinzu.

„Nur das, was du schon weißt", entgegnet Drew schulterzuckend. „Bisher ist noch nicht veröffentlicht worden, wo du steckst."

„Okay, gut. Zum Glück", erwidert Elliot ein wenig erleichtert, aber dass er nach wie vor sehr besorgt ist und definitiv unter Strom steht, ist nicht zu leugnen.

„Schatz?"

„Ja?"

Archer starrt auf seinen Bildschirm. „Ich glaube, ich weiß, was wir machen, aber dafür wirst du Zeit opfern müssen."

„Magst du mir erst einmal sagen, worum es geht?", bittet Elliot und weiß, dass Archer gerade gestresst ist. Er hört es an seinem Tonfall.

„Du hast was?", fragt Kenny nun auch. „Das heißt, es könnte funktionieren?"

„Es muss funktionieren", erwidert Archer. „Wir müssen es richtig anstellen und wir müssen vor allem verdammt schnell sein, aber dann funktioniert es."

„Love, magst du mir sagen, worum es geht?", fragt Elliot neugierig und verwirrt. Archer schweigt einen Moment, geht alles in seinen Gedanken noch einmal durch und nickt dann leicht.

„Ja… das ist gut… so wird es gemacht", murmelt er und schließt für einen Moment die Augen. *Das klappt. Das wird funktionieren.*

„Elliot, du musst morgen nach London", sagt Archer schließlich. „So früh wie möglich."

„Was?"

„Ich werde dich auf die Gästeliste setzen lassen, anders werden wir es nicht begründet bekommen und so wird auch das Team die Geschichte abkaufen."

„Wovon sprichst du bitte?", fragt Elliot erneut, aber Archer ist schon wieder dabei, etwas anderes zu tun.

„Archer! Rede mit mir!", fordert Elliot etwas lauter und vehementer. Drew und Kenny sind sich beide in diesem Moment nicht sicher, ob sie etwas sagen sollen oder nicht. Also warten sie lieber. Es dauert noch einen Augenblick, aber schließlich nimmt Archer die Finger von der Tastatur.

20. Kapitel

„Love?", frage ich erneut, diesmal ruhiger und mein Bein zuckt unruhig. Ich habe mich in die Küche verzogen und mich auf die leere Arbeitsplatte gesetzt. Ich saß früher oft auf der Arbeitsplatte in unserem alten Zuhause, als Mum gekocht hat und ich nicht fernsehen durfte. Archer schweigt einen Moment.

„Äh... Archer?", fragt Drew nun auch skeptisch.

„Ich weiß, was wir machen", murmelt er erneut und atmet anschließend tief ein und wieder aus. „Morgen Abend britischer Zeit ist eine Spendengala in London."

„Wie soll uns eine Gala helfen?", fragt Kenny verwirrt.

„Elliot wird dort als Überraschungsgast sein. Wie es der Zufall will, werden dort alle möglichen Stars auftauchen. Wir werden es so aussehen lassen, als wäre es von langer Hand geplant worden, dass Elliot dort überraschenderweise auftauchen wird. Die Spenden gehen an verschiedene Hilfsorganisationen auf der ganzen Welt, unter anderem für einige Organisationen, die sich für Gleichberechtigung einsetzen. Da *Lightning* vor Kurzem erst eine entsprechende Kampagne groß aufgezogen hat, werden wir es damit in Verbindung bringen."

„Das bedeutet was?", frage ich, nicht genau wissend, was dabei auf mich zukommen wird.

„Du wirst Spenden, eine Menge", seufzt Archer.

„Wie viel heißt eine Menge?", möchte Kenny wissen.

„Fünfstellig mindestens. Das wird bei dieser Gästeliste das Mindeste sein", erklärt Archer.

„Und das ist morgen?", möchte ich wissen. Archer seufzt. „Ja, das bedeutet, du musst morgen früh nach London fahren. Tut mir leid."

„Es... es ist okay, denke ich", erwidere ich mit dutzenden Gedanken in meinem Kopf.

„Es ist gut", korrigiert Drew mich einen Augenblick später. „Wir werden die Story sowohl dem Team als auch dem Vorstand erzählen können. Die Verletzung war deswegen vorgeschoben, damit niemand skeptisch wird, dass du bei den Spielen gefehlt hast. So konntest du unbemerkt nach London reisen, um dort *Lightning* zu repräsentieren und ein Statement zu setzen." Ich lasse mir den Plan durch den Kopf gehen. „Ich denke… das könnte funktionieren."

„Es ist unsere einzige Chance. Ich kenne dort jemanden, der dich auf die Gästeliste setzen kann. Hast du einen Anzug mit?" „Nein."

„Dann brauchen wir also auch ein Outfit, aber das bekomme ich hin."

„Bist du nicht eigentlich nur der Presse-Manager?", fragt Drew dazwischen.

„Möchtest du etwa noch mehr Leute über die Situation aufklären?", entgegnet Archer trocken.

„Nein, bitte nicht", grätsche ich dazwischen.

„Ich werde das regeln", versichert Archer mir und den anderen beiden.

„Elliot, ich weiß nicht, wie lange die Gala genau geht, deswegen werde ich direkt ein Hotelzimmer in London buchen. Es tut mir leid, dass du weniger Tage bei deiner Familie hast, aber ich glaube, es ist das Sinnvollste, was wir spontan machen können", seufzt er.

Ich schüttle den Kopf und antworte: „Es ist das beste, Love. Ich kann danach noch ein paar Tage in Bristol bleiben und komme zum Spiel gegen St. Louis zurück. Und um ehrlich zu sein, habe ich meine Karriere schon wieder am Nagel hängen sehen."

„Oh nein, dazu lasse ich es so schnell nicht kommen", widerspricht Archer mir sofort und ich lache. „Gut zu wissen, Love. Du bist der Beste."

„Sag mir das noch einmal, wenn alles geklappt hat und du ohne weitere Zwischenfälle wieder bei mir bist."

„Werde ich, versprochen", erwidere ich lächelnd und merke erneut, wie sehr ich ihn liebe.

„Kann ich noch einen Moment mit Elliot allein sprechen?", fragt er kurz darauf Drew und Kenny.

„Sicher. Sagst du Bescheid, wenn alles in trockenen Tüchern ist?"

„Natürlich."

Ich warte einen Moment und kurz darauf höre ich, wie die Tür geschlossen wird. Bevor ich allerdings etwas sagen kann, legt Archer auf. *Bitte was?* Ehe ich mich fragen kann, was los ist, kommt ein Videoanruf rein.

„Hey", lächelt Archer in die Kamera und stellt sein Handy auf seinem Schreibtisch ab.

„Hi", antworte ich und mustere ihn. „Du siehst müde aus."

„Mir geht es gut, keine Sorge."

Ich seufze. „Ich habe dich viel zu früh aus dem Bett geworfen."

„Du hast mich genau zur richtigen Uhrzeit angerufen. Außerdem habe ich dir doch gesagt, du kannst mich immer anrufen, wenn etwas ist und heute ist definitiv etwas gewesen, das man nicht einfach ignorieren konnte", entgegnet er.

„Danke, dass du mir den Arsch gerettet hast", grinse ich.

„Deinen Arsch würde ich immer retten", erwidert er verschmitzt lächelnd.

„So meinte ich das zwar nicht, aber gut zu wissen", grinse ich und er zuckt mit den Schultern. „Dein Arsch ist anbetungswürdig. Wer wäre ich schon, mich nicht darum zu kümmern."

Ich lache glücklich. „Wenn das so ist, freue ich mich darauf, bald wieder bei dir zu sein."

„Das heißt, im Flugzeug wirst du wieder schlafen?"

„Ich werde es versuchen. Immerhin habe ich danach ein Spiel."

„So lange willst du mich warten lassen?"

„Wir haben in St. Louis keine eigene Loge, in die wir uns verziehen können", erinnere ich ihn.

„Oh, ich werde dich in unserer Loge definitiv noch vögeln", sagt Archer daraufhin auf einmal und erstaunt sehe ich ihn an.

„So, wirst du das?"

„Oh ja, am besten vor einem Spiel. Dann wirst du die ganzen 60 Minuten Spielzeit spüren, was wir davor gemacht haben."

„Fuck, Archer."

„Und ich werde dich dort vögeln, wenn niemand in der Arena ist."

„Red weiter."

„Ich will dich gegen die Scheibe der Loge drücken, die Eisfläche zu unseren Füßen und dich so hart nehmen, dass du es noch Stunden danach spüren wirst, während des Training oder des Spiels. Oder während beidem."

„Und wer sagt, dass ich dich nicht vögle?"

„Oh, das können wir auch sehr gerne mal machen", lächelt er scheinheilig.

„St. Louis. Du wirst die ganze Nacht nicht schlafen", verspreche ich ihm.

„Hatten wir das nicht schon einmal? Versprich nichts, was du nicht halten kannst. Vergiss nicht, wie geschafft du nach den Spielen bist."

„Wir können es auch gerne in den Flieger verschieben."

„Verdammt, Elliot!"

„Ja, bitte?"

Er fängt an zu lachen. „Du bist zu versaut!"

„Als würde dir das nicht gefallen." Archer schweigt einen Moment und ich grinse zufrieden. „Du bist hart."

„Ach, halt die Klappe." Ich lache und nehme mir vor, ihn später noch einmal anzurufen, wenn ich schlafen gehe.

„Ich organisiere so viel für dich und du lachst mich als Dank aus?", fragt er wütend, aber ich sehe ihm an, dass es nicht echt ist.

„Ich werde mich revanchieren. Du hast mein Wort", antworte ich versöhnlich.

„Davon gehe ich aus", nickt er. „Okay, aber jetzt im Ernst. Ich schicke dir später die Hotelbuchung per Mail und auch deinen Einlasspass. Du hast einen Drucker bei dir, oder?"

„Äh, ich gehe mal davon aus", antworte ich. „Sonst lasse ich es morgen Vormittag im Hotel ausdrucken."

„Okay. Ein Stylist wird morgen Mittag direkt zu dir ins Hotel kommen und dir einen Anzug bringen. Wann der Chauffeur dich zur Gala einsammelt, schreibe ich dir später. Den muss ich noch buchen."

„Ich liebe dich."

„Ich dich auch, Lio", lächelt er und braucht offenbar einen Moment, um seine Gedanken wieder zu ordnen. „Also… du bist dann dort, um *Lightning* zu repräsentieren. Das bedeutet, dass du dich in Interviews und auf dem roten Teppich entsprechend verhalten musst."

„Und das heißt?"

„Dass du aktiv Stellung beziehen wirst; du wirst sagen, dass du dort bist, da dir die Idee der Gala gut gefällt und du es toll findest, wie viele verschiedene wichtige Anliegen durch die Hilfsorganisationen gefördert werden. Du sagst, dass dir Gleichberechtigung wichtig ist, dass *Lightning* sich bereits klar positioniert hat und dass Diskriminierung nirgendwo Platz finden darf."

„Das ist ja auch so", antworte ich ihm.

„Mir ist klar, dass du das denkst, aber du musst es in verschiedene Kameras sagen, vergiss das bitte nicht. Du wirst ohne mich dort sein, aber du kannst das."

Ich nicke und merke, dass ich nervös werde. Klar, es jetzt zu Archer zu sagen, ist einfach, aber vor aller Welt Stellung zu beziehen und eine klare Meinung auszudrücken, ist ein anderes Kaliber.

„Das wird nicht allen aus dem Team gefallen."

„Definitiv nicht", seufzt Archer. „Abgesehen davon, dass es ein gutes Alibi ist, ist die Gala sehr wichtig. Das Geld wird einiges bewirken und du wolltest dich doch sowieso in diesem Bereich engagieren."

„Schon, aber..." Ich halte inne. „Nein, du hast recht. Das wollte ich machen und das möchte ich immer noch. Nur, dass ich morgen dafür nicht meine Ausrüstung verkaufen werde."

Ich straffe die Schultern und einen Moment später mustere ich Archer verwundert. „Was ist?"

„Was meinst du?"

„Du schaust so... ich weiß auch nicht."

„Ich freue mich, dass du dazu stehst", antwortet er mir. „Ich bin stolz auf dich."

Ich schüttle den Kopf. „Noch habe ich es nicht über die Bühne gebracht."

„Aber das wirst du und ich bin sicher, du wirst wunderbar sein."

Glücklich sehe ich ihn an. *Ich habe so ein Glück, ihn an meiner Seite zu haben.* „Kannst du mir das morgen Abend noch einmal sagen?", frage ich unüberlegt.

„Werde ich. Ich versuche mir die Gala anzuschauen."

21. Kapitel

Zu einer Uhrzeit, zu der ich definitiv noch schlafen sollte, mache ich mich auf dem Weg nach London. Ich fahre mit dem Zug dorthin und werde in etwa zwei Stunden ankommen. Plus Minus. Mein Jetlag ist noch nicht vollkommen verschwunden, aber es wird von Tag zu Tag besser. Dennoch schließe ich, als ich im Zug sitze, die Augen. Der heutige Tag wird anstrengend und mir einiges abverlangen. Es muss sein.

Als ich in London ankomme, schnappe ich mir ein Taxi und fahre zum Hotel. Auf dem Weg dorthin sage ich Clair Bescheid, dass ich in der Stadt bin. Ihre Antwort lässt nicht lange auf sich warten: Sie wird zum Hotel kommen, sobald ihre heutigen Vorlesungen vorbei sind.

Im Hotelzimmer angekommen habe ich noch ein wenig Zeit für mich. Ich gehe duschen und informiere mich über die Veranstaltung. *Meine Güte, dort werden verdammt viele Stars sein.* Den einen oder anderen Sportler kenne ich flüchtig, aber bisher habe ich keine Person auf der Gästeliste entdeckt, von der ich behaupten würde, sie näher zu kennen. *Das wird ein Spaß heute Abend.*

Wenig später klopft es an der Tür.

„Herein", sage ich laut und eine junge Frau öffnet die Tür.

„Guten Tag, Mister Leighton. Ich bin Amelia Ambrent, ihre Stylistin für heute Abend", stellt sie sich vor. Ein Page des Hotels folgt ihr mit einigen Kisten und einem Kleidersack in der Hand. Da wird der Anzug für heute Abend drin sein. Der Page hängt ihn an die Tür des Kleiderschranks und verlässt den Raum wieder.

„Ziehen Sie mal bitte den Anzug an."

Ich verschwinde mit der Kleidung im Bad und betrachte mich wenig später im Spiegel im Flur des Hotelzimmers. Miss

Ambrent hält einige Krawatten vor mich und mustert mich nachdenklich, bis sie sich für eine entscheidet. Ich ziehe mich wieder um, werde gestylt und schließlich stehe ich nachmittags erneut vor dem Spiegel.

„Ah, Moment", fällt Miss Ambrent plötzlich ein. Sie holt etwas aus ihrem Stylingkoffer und kommt auf mich zu.

„Was ist das?"

„Nur eine Kleinigkeit", sagt sie und macht es an meinem Jackett fest.

„Ein Regenbogenpin?"

„Ein Pridepin. Darum wurde ausdrücklich gebeten."

„Von wem?", möchte ich wissen und sehe skeptisch auf den Anstecker.

„Von Mister Swan, ich dachte, das wüssten Sie. Er hat mich doch in Ihrem Namen engagiert", antwortet sie verwundert.

Danke, Archer. Ich nicke. „Ja, hat er, aber der Pin war definitiv seine Idee."

Sie zuckt mit den Schultern. „Er hat explizit um so einen gebeten. Ich liege also wahrscheinlich richtig mit der Annahme, dass er wichtig ist."

„Mhm…" Ich denke einen Moment darüber nach, ihn abzunehmen, lasse es dann jedoch sein. Ich kann nicht verhindern, dass meine Gedanken wieder völlig unkontrolliert auf mich einprasseln. „Meinen Sie, man wird diesen Pin als Outing verstehen?", frage ich spontan.

„Soll es eins sein?"

„Nein, nicht wirklich."

„Ich denke, man wird es so verstehen, dass Sie *Atlanta Ice Lightnings* Meinung zu diesem Thema sehr deutlich repräsentieren und dass sie vielen jungen Sportlern und Sportlerinnen, die nicht hetero sind, Mut machen werden, zu sich zu stehen. Vielleicht werden es einige Leute als Outing auffassen, aber wäre das schlimm?"

„Toll wäre es nicht", antworte ich angespannt.

Der Anzug sieht sehr gut aus, er sitzt perfekt und ich fühle mich wohl in der Kleidung. Nur der Pin stört. Es ist, als würde er alle Aufmerksamkeit auf sich ziehen und wie ein leuchtendes Zeichen auf meiner Brust prangen, sodass auch ja niemand übersieht, dass ich schwul bin. Mir ist klar, dass Archer es nicht deswegen getan hat. Natürlich weiß ich, dass es ein eindeutiges Statement in Verbindung mit der LGBTQ-Kampagne sein soll, aber das ändert nichts daran, dass ich mich vollkommen ausgeliefert und nackt fühle. Ich könnte mir in diesem Moment genauso gut einen Edding schnappen und mir *Ich bin schwul* auf die Stirn schreiben.

„Sind Sie nervös?" Verwundert sehe ich zu der Stylistin. „Sie machen den Eindruck", fügt sie hinzu und packt währenddessen ihre Sachen zusammen.

„Ich war noch nie auf so einer Gala", antworte ich ihr.

„Sie werden das schon schaffen. Sie stehen in Amerika doch sonst auch im Rampenlicht."

„Wenn ich spiele", entgegne ich. „Wenn ich auf dem Eis stehe, ist das etwas vollkommen anderes. Dann geht es darum, dass ich abliefere, sportlich. Jetzt warten ein roter Teppich und Interviews auf mich."

„Denken Sie daran, wie viel diese Gala bewirken kann", ermutigt sie mich. „Versuchen Sie, es positiv zu sehen. Nicht viele Menschen haben die Möglichkeit, etwas zu bewirken und Sie gehören heute Abend definitiv dazu."

„Meinen Sie?"

„Davon bin ich überzeugt", lächelt sie. „Ich denke, Sie werden auf den Pin und die Kampagne angesprochen werden, aber wenn Sie klug antworten – und davon gehe ich aus – werden Sie einigen Menschen Mut machen und das Gefühl geben, akzeptiert zu werden."

Erstaunt sehe ich sie an. „Wie kommen Sie zu dieser Meinung?"

Sie zuckt mit den Schultern. „Ich bin lesbisch, ich weiß, wie es sich anfühlt, sich nicht zu trauen, zu sich selbst zu stehen. Damals haben mir Interviews von großen Stars, die LGBTQ+ unterstützt haben, Mut und Hoffnung gemacht, dass ich nicht für immer dumme Sprüche und abwertende Blicke zugeworfen bekomme", erzählt sie mir.

„Das ist Ihnen passiert?"

„Kinder und Jugendliche können mindestens genauso grausam sein, wie Erwachsene", meint sie. „Ich war in einem kirchlichen Internat mit sehr vielen strenggläubigen Mitschülern."

„Das tut mir leid."

Sie schüttelt den Kopf. „Muss es nicht. Sonst wäre ich nicht die, die ich heute bin." Sie schweigt einen Moment, ehe sie weiterspricht. „Geben Sie den Menschen heute Abend Mut und Hoffnung, okay? Auch, wenn es Ihnen schwer fällt", bittet sie mich.

„Ich werde mein Bestes geben", verspreche ich ihr und nehme mir vor, dieses Versprechen zu halten.

Ich habe noch eine halbe Stunde, bis ich losmuss, als plötzlich meine Zimmertür geöffnet wird. „Ich habe es nicht früher geschafft, tut mir leid", höre ich meine Schwester sagen und ziehe sie in meine Arme. „Hallo, Clair!"

Sie sieht an mir herab. „Gut siehst du aus, ich wusste gar nicht, dass das möglich ist", meint sie und ich schüttle lachend den Kopf. „Charmant wie eh und je."

„Das habe ich von dir gelernt", antwortet sie scheinheilig grinsend.

„Lass uns an die Bar gehen", schlage ich vor, nehme mir meine Sachen und wir verlassen das Zimmer.

Sie legt ihren Mantel ab und irritiert sehe ich sie an. „Hast du gleich ein Date?", frage ich verwundert.

„Darf ich mich nicht hübsch anziehen?"

„Das ist etwas zu hübsch für die Uni, meinst du nicht?", frage ich sie und sie schmunzelt. „Vielleicht hast du recht."

„Was macht ihr heute Abend?", möchte ich von ihr wissen.

„Oh, wir gehen auf eine Gala."

„Was?" Irritiert sehe ich sie an. Sie zuckt mit den Schultern und zieht etwas aus ihrer Manteltasche. „Rate mal, was das hier ist."

Ich nehme ihr den Zettel aus der Hand. „Eine Einladung zur Gala? Was…"

Sie lächelt nur und wartet, bis meine Gedanken sich geordnet haben und ich verstehe, weswegen sie diese Einladung hat.

„Archer", sage ich leise und sie nickt lächelnd. „Er hat mich gestern angerufen, so oft, bis ich den Hörsaal verlassen und den Anruf angenommen habe", erzählt sie. „Wie hätte ich *nein* dazu sagen können, als er mir angeboten hat, auf diese Gala zu gehen. Es gab die Möglichkeit, dass du jemanden mitbringst und da er weiß, dass ich in London wohne…"

„Hat er dich als meine Begleitung eingetragen."

„Er hat mir gesagt, dass er am liebsten mit dir hingehen würde, aber das klappt aus mehreren Gründen nicht. Er möchte nicht, dass du es allein durchstehen musst. Also werde ich dabei sein", lächelt sie und mein Herz überschlägt sich fast, so schnell schlägt es. Clair mustert mich einen Moment und schmunzelt dann. „Du hast nicht damit gerechnet, oder?"

„Absolut nicht", erwidere ich ehrlich.

„Ich glaube, Archer tut dir sehr gut."

„Wie kommst du jetzt darauf?"

„Du hättest dich gerade mal sehen sollen, als du verstanden hast, dass es Archer war, der es für dich organisiert hat. Ich habe dich selten so glücklich grinsen sehen."

Ich zucke mit den Schultern. „Ich liebe ihn", erwidere ich lediglich.

„Dass ich das mal erleben würde", erwidert Clair. „Aber wehe, du zeigst mir den Ring nicht, bevor du ihm einen Antrag machst."

Ich blinzle ein paar Mal. „Antrag?"

„Ich glaube kaum, dass du länger als ein Jahr warten wirst."

„Wir wohnen nicht einmal zusammen", erinnere ich sie, aber Clair verdreht nur die Augen. „Wehe, ich sehe den Ring vorher nicht."

„Schon gut. Ich schicke dir vorher ein Bild." Zufrieden lächelt sie. Dann holt sie ihr Handy heraus und richtet die Kamera in meine Richtung. „Du wirst ihm einen Antrag machen."

Ich lache und schüttle kurz danach den Kopf, aber da hat sie bereits ein Foto gemacht.

„Du hast es ihm geschickt, oder?"

„Natürlich."

„Aber…"

„Nein, ich habe ihm nicht geschrieben, dass ihn bald ein Antrag erwarten wird", unterbricht sie mich und erleichtert atme ich auf.

Je näher wir der Gala kommen, desto nervös werde ich. Mein Bein zuckt unruhig und dutzende, nein hunderte Szenarien wabern durch meine Gedanken. Alles, was passieren könnte, alles, was schief laufen könnte. Ich starre aus dem Fenster und wünsche mir erneut, dass Archer dort gleich steht und mir ein kurzes, liebevolles Lächeln schenkt. Das würde vollkommen ausreichen, um mir die Nervosität zu nehmen. Oder sie zumindest ein kleines Stück herunterzufahren. Vor meinem inneren Auge erscheint ein Bild meines Freundes, zuversichtlich und optimistisch schauend, in einem Anzug, der ihn noch besser aussehen lässt. Dabei ist er freundlich und charmant wie immer, unterhält sich mit den Leuten und schafft es dennoch immer wieder, mir für kurze Augenblicke seine Aufmerksamkeit zu schenken, ohne dass es jemand anderes bemerkt. Ich schließe die Augen. Archer ist nicht hier, ich muss da allein durch. Wobei, ganz allein bin ich nicht. Wenn Clair nicht gerade entspannt neben mir sitzen würde, wäre ich mit ziemlich hoher Wahrscheinlichkeit bereits durchgedreht. *Ich wäre definitiv durchgedreht.* Ich schaue auf mein Handy und sehe neue Nachrichten von Archer.

Love: Ihr müsstet gerade im Wagen sein, oder? Ich wünsche dir ganz viel Spaß,

---

Love: Oh, und du siehst in dem Anzug übrigens fantastisch aus, den wirst du auf jeden Fall behalten!

Ja, wir sind gerade auf dem Weg. Und danke.

Und ich liebe dich!

Love: Ich dich auch.

„Ich wünsche Ihnen einen angenehmen Abend", lächelt der Chauffeur. Wir sind da. Als ich stehe, brauche ich einen Moment, um mit dem hellen Blitzlichtgewittert klarzukommen. Ich schließe mein Jackett, lächle den Kameras zu und wende mich wieder zum Auto, um Clair meine Hand zu reichen. Sie sieht wundervoll in ihrem Kleid aus. Im gleichen Augenblick wird das Blitzlichtgewitter stärker. Ich verdrehe innerlich die Augen. *Nein, das ist nicht meine Freundin, das ist meine Schwester, ihr Idioten!* Man braucht kein Genie zu sein, um zu wissen, dass alle Journalisten und Fotografen gerade die Hoffnung auf eine große Enthüllung hatten.

„Oh wow", murmelt Clair und blinzelt ein paar Mal.

„Lächeln, Clair. Du willst doch nicht mit offenstehendem Mund im Fernsehen auftauchen."

„Idiot", antwortet sie leise und lächelt dabei zu den Fotografen. Ich führe sie über den roten Teppich.

„Mister Leighton!"

„Mister Leighton!"

„Mister Leighton, eine Frage!", höre ich von überall her und gehe auf die Journalisten zu. Einer, ein recht junger Mann, steht ganz vorne.

„Einen schönen guten Abend Mister Leighton!", sagt er aufgeregt und hält mir sein Mikrofon entgegen. „Wie kommt es, Sie heute Abend hier zu sehen? Es hieß doch, Sie seien verletzt?" Ich nicke lächelnd. „Sonst wäre es wohl kaum eine Überraschung gewesen, oder nicht?"

„Das bedeutet, Sie sind gesund?"

„Mir geht es sehr gut", erwidere ich freundlich, obwohl mir gerade das Herz bis zum Hals schlägt.

„Mister Leighton!"

Ich gehe die Reihe von Journalisten entlang.

„Ja?"

„Wer ist heute Abend ihre Begleitung? Haben Sie eine Freundin?"

Sehr gut informiert, wirklich.

„Nein, das ist meine Schwester", entgegne ich lediglich.

„Also haben Sie keine Freundin?"

„Ich möchte einfach gerne mit meiner Schwester diesen Abend verbringen", antworte ich ausweichend. „Schließlich bin ich nicht oft zu Hause in England."

„Seit wann sind Sie schon hier?", fragt eine weitere Journalistin. Ich gehe ein paar Schritte zu ihr. „Seit einigen Tagen."

„Daher die Fotos am Flughafen in Atlanta?"

Ah, da ist ja doch jemand, der sich vorher informiert hat.

„Richtig, ich wollte nicht mit einem totalen Jetlag hier auftauchen." Ein Schmunzeln ziert meine Lippen. Es ist nicht echt. Es gibt nur eine Handvoll Menschen, die das erkennen werden.

„Wie lange werden Sie bleiben?", werde ich gefragt. Archer hat mir all diese Fragen vorausgesagt. Ich bin vorbereitet und merke, wie ich entspannter werde.

„Nur einige Tage. Ich werde bald wieder in Amerika sein. Die Spiele gewinnen sich nicht von selbst", grinse ich.

„Mister Leighton!"

„Mister Leighton!"

„Mister Leighton, wieso der Regenbogen-Pin an ihrem Anzug?"

Augenblicklich spanne ich mich an. *Es war klar, dass diese Frage kommen würde.* Ich versuche, mir nichts anmerken zu lassen.

„Vor einigen Wochen hat *Atlanta Ice Lightning* eine große Kampagne laufen lassen. Wir haben uns für weniger Diskriminierung von Menschen der LGBTQ+ Community im Sport und im generellen Leben eingesetzt. Einige der Spenden heute Abend werden Organisationen zugutekommen, die genau dies als Ziel haben", erkläre ich und straffe die Schultern. Ich erinnere mich an die Worte meiner Stylistin, ich erinnere mich an die guten Reaktionen auf den Social-Media-Kanälen und ich rufe mir ins Gedächtnis, wie ich mich jahrelang gefühlt habe und es immer noch tue. „Unter anderem ist es mir deswegen wichtig, heute hier zu sein." Ich sehe direkt in die Kamera. „Durch die Kampagne habe ich verstanden, dass Diskriminierung nach wie vor ein sehr großes Problem auf der ganzen Welt ist und deswegen möchte ich jedem oder jeder da draußen sagen, dass Verstecken keine Lösung ist. Gerade im Sport scheint es leider nach wie vor so zu sein, aber ich hoffe, ich kann meinen Teil dazu beitragen, dass es sich ändern wird und dass Sexualität oder geschlechtliche Identität kein Thema mehr sein wird, nach dem entschieden wird, ob man Profisportler oder etwas anderes werden kann."

Erst, als ich das letzte Wort ausgesprochen habe, merke ich, wie viele Kameras auf mich gerichtet sind, wie viele Reporter mich ansehen und nicht die anderen Stars, die gerade auf dem roten Teppich stehen. Erst jetzt verstehe ich, was ich da gerade gesagt habe. *Bloß nichts anmerken lassen.* Ich stelle mir vor, wie

Archer nun reagieren würde, ich versuche es zumindest. Er wäre stolz, oder? Hätte er gut gefunden, was ich gerade getan habe? Nur wenige Sekunden später fällt mir mein Team ein. *Fuck, was passiert nur, wenn ich zurückkomme?*

„Vielen Dank, Mister Leighton", antwortet mir der Reporter und ein anderer fragt sofort weiter: „Bedeutet das, dass es Ihnen persönlich wichtig ist?"

„Es ist persönlich, wenn angenommen wird, dass im Sport LGBTQ+ nicht akzeptiert wird. Ich bin Spieler der ersten Eishockeyliga in Amerika; dadurch wird es persönlich", antworte ich. Es ist deutlich zu sehen, dass der Reporter sich eine andere Antwort erhofft hat, aber ich möchte nicht lügen. Nicht hier. Ich werde nicht sagen, dass ich hetero bin, ich werde mich aber ebenso wenig outen. Zufrieden lächle ich. Es war eine gute Antwort. Ich hoffe, dass es eine gute Antwort war.

Ich gehe zurück in die Mitte des Teppichs. Zunächst stehe ich allein vor den Kameras, ebenso wie Clair, aber die letzten Fotos lassen wir wieder zusammen schießen. Schließlich verlassen wir den roten Teppich und im Flur zur Gala ist es ruhiger.

„Meine Güte, du warst der Wahnsinn!", sagt Clair sofort. Ich lehne mich an die Wand und atme tief durch.

„Ich hätte echt nicht gedacht, dass du direkt so etwas raushauen wirst, aber... wow!", freut sie sich. Ich lächle gezwungen und ohne es zu wollen, lasse ich die letzten Minuten Revue passieren.

„Oh Gott...", murmle ich. „Ich glaube, mir wird schlecht."

„Elliot, beruhige dich", antwortet Clair und stellt sich mir gegenüber. „Du hast gerade vielen Menschen Hoffnung gegeben und du hast Archer sehr stolz gemacht", versichert sie mir.

„Meinst du?"

„Ich bin mir sicher. Viel wichtiger ist allerdings, dass du selbst stolz darauf bist."

„Was? Wieso sollte ich das sein?", frage ich irritiert. Ich verstehe nicht, was sie damit meint und meine Gedanken sind definitiv zu durcheinander, als dass ich über ihre Worte nachdenken und sie von selbst verstehen könnte.

„Du hast das erste Mal in der Öffentlichkeit ganz allein Stellung zu diesem Thema bezogen. Du hast überlegte, clevere Antworten gegeben, ohne dich zu outen und trotzdem zu deiner Meinung gestanden", erklärt sie mir.

„Oh fuck… das Team… die Jungs", fällt mir wieder ein, aber Clair schüttelt sofort den Kopf. „Heute Abend sind sie egal. Heute Abend ist wichtig, dass du etwas Gutes und dass du etwas für dich tust. Das ist lange überfällig."

„Du klingst schon fast wie Mum", stelle ich amüsiert fest und sie grinst. „Du kannst mich mal."

22. Kapitel

Als wir in dem großen Saal ankommen, bemerke ich, dass an jedem Tisch zehn Leute sitzen werden. *Hätte Archer mir nicht den Sitzplan vorher schicken können?* Ich atme tief durch, das wird schon gut gehen. Clair sieht sich mit großen Augen um. „Oh wow, ist das schön hier."

„Protzig", antworte ich und sie verdreht die Augen. „Dir wäre es lieber, wenn die Veranstaltung in einem Pub wäre, richtig?"

„Wie kommst du nur darauf?", frage ich schmunzelnd. Noch hat die Veranstaltung nicht angefangen. In welche Richtung ich auch blicke, überall sehe ich prominente Leute.

„Kennst du hier jemanden?", fragt Clair leise und wir gehen weiter.

„Bisher niemanden persönlich", erwidere ich. „Ich war lange nicht in England, vergiss das nicht. Und soweit ich weiß, bin ich hier der einzige NHL-Spieler", füge ich hinzu. Plötzlich klingelt mein Handy. Lächelnd sehe ich auf das Display, ehe ich Clair mein Sektglas in die Hand drücke.

„Liebe Grüße", antwortet sie nur. Ich nicke und laufe durch den Saal, auf der Suche nach einem ruhigen Ort. Ich finde mich drei Türen später in einem leeren Flur wieder. Schnell rufe ich Archer zurück.

„Hallo Schatz", begrüßt er mich wenige Sekunden später. „Ich dachte schon, ich rufe zu spät an."

„Hi, Love."

„Ich wollte dich eigentlich erst nach der Gala anrufen, aber ich habe deine Interviews vom roten Teppich gerade gesehen", erzählt er und mein Herzschlag wird schneller. „Ich bin so unfassbar stolz auf dich, Elliot. Es ist der Wahnsinn. Dein ganzer Auftritt war unglaublich!" Ich höre aus seinem Tonfall heraus, dass er grinst. Ich lächle glücklich. „Freut mich, dass ich es nicht vermasselt habe."

„Vermasselt? Ich bitte dich, das war perfekt!"

„Danke, Love." Einen Moment ist es still. „Was ist los?", möchte ich wissen.

„Ich habe noch nicht mit dem Team über die Gala gesprochen, aber ich bin mir sicher, dass auch sie es inzwischen alle mitbekommen haben."

Oh. Hatte ich mir nicht vorgenommen, heute nicht mehr daran zu denken? So viel also dazu.

„Soll ich dir schreiben, sobald ich etwas weiß?"

„Nein, erst nach der Gala", bitte ich ihn. „So lange kann ich mir einreden, dass sie es nicht wissen und dass ich mir keinen Stress machen muss."

„Okay, verstehe ich", erwidert er mit liebevoller Stimme.

„Sir? Sie müssten langsam wieder in den Saal, es fängt gleich an", spricht mich auf einmal ein Kellner an.

„Okay, sicher. Sekunde."

Er nickt und läuft weiter.

„Ich habe es gehört", sagt Archer daraufhin. „Viel Spaß, Schatz."

„Danke."

Im Saal angekommen, merke ich, dass sich die meisten Leute schon gesetzt haben. Ich sehe mich um, aber meine Schwester entdecke ich nirgends. Möglichst zügig laufe ich durch die Tischreihen und halte nach ihr Ausschau. So schwierig kann das doch nicht sein! Dann, *endlich* sehe ich sie und lasse mich auf den Stuhl neben ihr fallen.

„Das wurde ja auch Zeit", murmelt sie und ich verdrehe die Augen. „Entspann dich." Erst danach sehe ich zu den anderen Stars, die an diesem Tisch sitzen.

„Sie müssen der Eishockeyspieler sein", begrüßt mich eine junge Frau.

„Elliot Leighton, hi."

„Oh, ihre Schwester hat erzählt, wer Sie sind", meint der Mann zu ihrer Linken. Verwundert sehe ich Clair an. „Was ist? Du warst nicht hier und ich bin eine der wenigen, nicht berühmten Personen. Ich habe nur gesagt, dass ich deine Begleitung bin."

„Oh, ach so", sage ich schnell und nicke verstehend.

„Ich bin Molly und das ist Rick", stellt sie sich vor.

„Darf ich Sie fragen, wer Sie sind? Also was Sie beruflich machen?"

„Sicher, wir sind Schauspieler", antwortet sie mir.

„Dann habe ich Sie bestimmt schon einmal irgendwo gesehen. Sie kommen mir bekannt vor", erwidere ich, nur will mir partout nicht einfallen, welcher Film oder welche Serie es war.

„Sie ist das neue Gesicht einer Parfum-Kampagne", hilft Clair mir auf die Sprünge. „Die Plakate sind überall in London zu sehen."

„Oh, das kann sein."

„Und bald kommt mein neuer Film in die Kinos – nicht, dass ich hier Werbung machen würde", antwortet sie und ich lache.

„Solange der auch in den USA läuft, werde ich ihn mir gerne anschauen."

„Sie spielen für *Atlanta Ice Lightning*, oder?", fragt Rick daraufhin und ich nicke. „Ja, genau. Inzwischen ist es schon die dritte Saison."

„Und Sie sind extra hergeflogen?" Molly sieht mich überrascht an. „Ja, bin ich."

„Ein ganz schöner Aufwand, für einen Abend."

Ich zucke mit den Schultern. „Ich weiß nicht, ob man es in England mitbekommen hat, schließlich ist die NHL hier nicht unbedingt Thema Nummer eins, aber *Lightning* hat vor einigen Wochen erst eine große Kampagne für mehr Akzeptanz hinsichtlich der ganzen LGBTQ-Thematik im Sport gemacht.

Unser PR-Manager hat vorgeschlagen, dass einer von uns Spielern herfliegen könnte, um Atlanta zu repräsentieren." Die Lüge geht mir immer leichter über die Lippen. „Und da hat es sich angeboten, dass ich es sein würde. Ich bin schließlich aus England und habe so direkt die Gelegenheit, meine Familie zu sehen."

„Ich wusste es", grinst Molly. „Sie sind kein Amerikaner, nicht mit diesem Akzent."

„Nein, ich bin aus Bristol", lache ich.

„Man hört inzwischen aber schon raus, dass du nicht mehr zu Hause wohnst", merkt Clair an.

„Du brauchst dir erst Sorgen zu machen, wenn ich Earl Grey gegen Kaffee tausche", erwidere ich. Clair schmunzelt. „Das wird niemals passieren", erwidert sie, wissend, dass ich mir regelmäßig britischen Tee zuschicken lasse. Ich muss daran denken, mir hier noch welchen zu kaufen und in meinen Koffer zu packen.

„Klingt fast so, als würden Sie nach Ihrer Karriere zurück nach England ziehen", meint Rick. Ich zucke mit den Schultern. „Ich weiß noch nicht. Zum einen hoffe ich natürlich darauf, dass ich noch einige Jahre in der NHL spielen kann und zum anderen ist es nicht nur davon abhängig."

„Eine Frau?", fragt Molly lächelnd und ich halte inne. Ich hätte mir denken können, dass sie zu dieser Schlussfolgerung kommt, aber das habe ich nicht.

„Äh… nein", antworte ich zögerlich. „Uhm… ich habe keine Frau und auch keine Freundin", wiederhole ich.

„Tragen Sie deswegen den Regenbogen-Pin?"

„Was?"

„Oh, Sie sind mit einem Mann liiert?", fragt Molly überrascht.

„Was? Nein!", antworte ich schnell und schüttle den Kopf. „Nein, bin ich nicht. Definitiv nicht. Ich trage ihn als Zeichen der Unterstützung und als Statement. Aber das bedeutet nicht direkt, dass ich schwul bin!", betone ich und zwinge mich, ruhiger zu werden. Wenn ich mich jetzt aufrege und laut werde, ist es durchschaubar, dass ich lüge, wie gedruckt. „Ich finde, gerade im Sport ist Diskriminierung noch viel zu alltäglich. Es sollte normal sein, dass Sportler nur aufgrund ihrer Leistungen Karriere machen können, nicht aufgrund ihrer Sexualität." Ich erzähle von der Kampagne, flunkere hier und da ein bisschen und sage, dass ich mich vorher nicht damit beschäftigt hätte, aber nun verstehe, wie wichtig es ist und das Gespräch wird immer lockerer und entspannter.

Einige Reden werden gehalten, einige besondere Aktionen und Projekte ausgezeichnet und immer mehr Leute spenden immer mehr Geld. Die Organisationen werden vorgestellt, zeigen Videos und Fotos ihrer Arbeit und je später es wird, desto dankbarer bin ich Archer dafür, dass er mich hergeschickt hat. Es ist eine völlig neue Welt. Niemand hier ist homophob oder rassistisch oder sonst irgendwie diskriminierend und alle sind hier, um zu helfen und etwas Gutes zu tun. Es ist so anders als in Atlanta. Hier und da schieße ich einige Fotos und schicke sie Archer. Ich weiß, dass er es lieben würde. Der Moderator geht durch die Reihen. Mit Witz und Humor unterhält er sich mit einigen Prominenten, setzt sich zu ihnen und sammelt Spenden ein. Er ist dabei weder dreist noch aufdringlich, eher charmant und selbstironisch.

„Wann spendest du etwas?", möchte Clair wissen und ich zucke mit den Schultern. „Gleich, schätze ich."

„Und wie viel?"

„Äh…"

„Jetzt sag nicht, du hast dir darüber noch keine Gedanken gemacht", erwidert sie perplex.

„Nur ungefähr", erwidere ich ehrlich. Ich hatte durchaus bereits eine Summe im Kopf, aber jetzt, wo ich einige der

Organisationen kennengelernt habe, möchte ich mehr spenden. Ich nehme mir mein Handy und öffne mein Bankkonto. Die NHL zahlt sehr gut, das ist ein offenes Geheimnis. Ich habe einen Teil meines Geldes investiert, aber auf meinem Sparkonto liegt dennoch mehr als genug.

„Schauen Sie etwa gerade auf Ihr Konto, Elliot Leighton?" Ich sehe auf und in diesem Moment zieht sich der Moderator Rowan einen Stuhl heran.

„Möglich", lächle ich und winke kurz in die Kamera neben ihm.

„Bei Ihnen war ich noch gar nicht, und das, obwohl Sie einer der Überraschungsgäste des Abends sind."

„Oh, das ist mir auch schon aufgefallen", erwidere ich humorvoll.

„Also, Elliot, wie geht es Ihnen? Wie war der Flug nach England?"

„Um ehrlich zu sein, habe ich fast die ganze Zeit geschlafen", gebe ich zu. „Es ist toll, wieder hier zu sein."

„Ich gehe mal davon aus, Sie haben bereits Ihren ersten richtigen, britischen Tee getrunken, seitdem Sie wieder hier sind?"

Ich lache. „Natürlich! Darauf verzichte ich garantiert nicht!"

Rowan wendet sich meiner Schwester zu.

„Sie sind bestimmt seine Schwester Clair."

„Ja, genau."

„Nervt er Sie schon?", fragt er grinsend und ich schüttle lachend den Kopf.

„Nein, aber ich wohne inzwischen nicht mehr zu Hause, da müsste ich unsere Geschwister fragen", antwortet sie amüsiert und trinkt einen Schluck Wein.

„Wie lange werden Sie bleiben?", möchte Rowan dann von mir wissen.

„Nur ein paar Tage. Ich werde zum Spiel gegen St. Louis wieder mit den Jungs auf dem Eis stehen", antworte ich ihm.

„Wenn ich jetzt nur den NHL-Spielplan im Kopf hätte", antwortet Rowan trocken und ich lache. „Ehrlich gesagt habe ich das auch nicht. Mein Handykalender leistet mir dabei gute Dienste."

„Apropos Handy. Verrät es Ihnen auch, wie viel Sie heute Abend spenden werden?"

„Wie viel hätten Sie denn gerne?", frage ich provokant und Rowan sieht in die Kameras. „Oh, wenn das mal keine Aufforderung ist." Ich höre die Menschen im Saal lachen. „NHL-Spieler sind gut betucht", redet Rowan weiter und baut Spannung auf. „Und Sie sind schon ein paar Jahre dabei... also..." Er tut so, als würde er überlegen. Natürlich wurde vorher kalkuliert, wie viel er jedem Gast abknöpfen kann, ohne dass es zu dreist wird. Es wäre schlecht, wenn hier jemand säße, der sich den von Rowan genannten Betrag nicht leisten könnte. „Zwanzigtausend Pfund."

Ich lächle. „Okay."

„Nicht Dollar, Elliot."

„Das ist mir schon klar, Rowan", antworte ich amüsiert.

„Aber..." Rowan sieht mich erwartungsvoll an, als ich weiterspreche. „Ich habe heute Abend viel über diese ganzen Organisationen und Projekte gelernt und ich möchte, dass so viel wie möglich, so gut wie möglich umgesetzt werden kann."

„Oh, ich denke, ich mag, wohin das führt", entgegnet Rowan und ich lache. „Das denke ich auch." Ich sehe in die Kamera, wissend, dass Archer zusieht, wissend, dass meine Familie zusieht und wissend, dass dieses Geld wirklich etwas bewirken kann. Es wird vielen Menschen Veränderung bringen und dafür gebe ich es sehr gerne her. „Hunderttausend Pfund."

„Oh wow." Rowans Augen werden groß.

Es ist eine der höchsten Summen des heutigen Abends. Zum einen spende ich nicht sehr oft Geld, zum anderen ist es mir wichtig und genug verdiene ich sowieso.

„Hunderttausend?", fragt er nach und ich nicke lächelnd.

„Richtig gehört", versichere ich ihm.

„Okay, nur für mein Verständnis, ist das Geld von *Atlanta Ice Lightning* oder von Ihnen?", möchte Rowan wissen.

„Ich darf in *Lightnings* Namen zehntausend Dollar spenden", erkläre ich. Das hat Archer mir vorhin geschrieben. „Das hätte ich im Laufe des Abends noch getan."

„Also hunderttausend Pfund von Elliot Leighton!", freut Rowan sich. „Und zehntausend Dollar von *Atlanta Ice Lightning*!"

Der Saal füllt sich mit Applaus und ich winke erneut in die Kamera.

„Das ist viel Asche", meint Clair leise.

„Ich weiß, aber ich kann es mir leisten", antworte ich ihr.

„Mum ist sehr stolz auf dich", sagt Clair etwas später leise zu mir. Verwundert sehe ich sie an. Sie hält mir ihr Handy hin.

Mum: Sagst du Elliot bitte, dass wir alle sehr gut finden, was er heute gemacht hat? Millie, Ruby und ich haben gerade das Interview geschaut und es läuft die Übertragung der Gala. Liebe Grüße auch von euren Schwestern!

Lächelnd schaue ich Clair an. „Sie schauen es?"

„Hast du etwas anderes erwartet?", möchte sie amüsiert wissen und ich zucke mit den Schultern. Ich habe nicht damit gerechnet, aber es freut mich sehr. Clair antwortet ihr und erst dann merken wir, dass gerade eine kurze Pause angefangen hat. Meine Schwester geht in Richtung der Waschräume und gerade, als ich mein Handy aus der Tasche ziehen möchte, setzt sich jemand auf ihren Stuhl. Irritiert sehe ich auf und perplex blicke ich meinen Gegenüber an.

„Hi Elliot", lächelt er. Ich antworte nicht. „Ich bin beruflich hier", fügt er direkt hinzu.

„Äh… hi. Ich hab nicht damit gerechnet, dich hier zu sehen."

„Das war dir anzusehen", entgegnet er amüsiert. „Ich war auch überrascht, als ich erfahren habe, dass du hier sein wirst", fügt er hinzu.

„Es war auch sehr spontan", antworte ich ihm schulterzuckend. Niemand scheint an unserer Unterhaltung interessiert zu sein, also lehne ich mich entspannt zurück. Die anderen Personen, die mit am Tisch sitzen, sind alle aufgestanden und somit sind wir allein.

„Ich habe deinen Auftritt vorhin gesehen, auf dem roten Teppich", meint er dann. „Ich habe damit nicht gerechnet, wirklich nicht, aber ich finde es wirklich toll, was du gesagt hast."

„Es wurde Zeit und es hat sich sehr richtig angefühlt", antworte ich ihm.

„Dann kam der Text von dir und nicht von Archer?", fragt er positiv überrascht.

„Es war nur klar, dass ich mich stellvertretend für *Lightning* positionieren soll."

„Also ist das tatsächlich dein Geld, was du vorhin gespendet hast."

„Bekommst du alles mit?", frage ich amüsiert und er zuckt mit den Schultern. „Das war eine der höchsten Summen an diesem Abend, wie hätte ich es nicht mitbekommen sollen?" Skeptisch sehe ich ihn an.

„Gut, vielleicht habe ich auf dich geachtet. Schlimm?" Ich schüttle den Kopf. „Nein, wieso sollte es?"

Noah zögert, ehe er antwortet. „Ich wusste nicht, ob ich dich ansprechen soll, heute Abend meine ich. Mir ist klar, dass wir gesagt hatten, dass zwischen uns alles gut ist, aber…"

„Ist es", versichere ich ihm. „Zu Hause ist alles geklärt, es ist alles in Ordnung."

„Ist es nicht, sonst wärst du nicht hier", entgegnet er.

„Was?"

„Meinst du wirklich, ich würde glauben, dass du für diese Gala in England bist?"

„Was weißt du?", möchte ich wissen. Es erscheint mir sehr unwahrscheinlich, dass Noah diese Vermutung nur aufgrund der Informationen, die man aus der Presse bekommt, angestellt hat.

„So offensichtlich?"

„Schon."

Er seufzt. „Ich weiß nicht, ob du es wissen solltest, denn offenbar tust du es noch nicht."

„Und du glaubst, jetzt möchte ich es nicht mehr wissen? Gerade nach dieser Aussage, solltest du mir die Wahrheit sagen", fordere ich. Er seufzt leise und nickt. „Archer."

„Archer?", frage ich verwundert. Was hat Archer damit zu tun? Archer kann Noah nicht leiden!

„Was denkst du, wie du so schnell und unkompliziert an die zwei Plätze für die Gala gekommen bist? Ich bin im Marketingteam und ich schätze, das hat Archer gesehen. Er hat mich gefragt, ob es ginge, dich noch auf die Gästeliste zu setzen."

Was? Archer hat Noah kontaktiert und es mir nicht gesagt?

„Ich… in Atlanta ist einiges vorgefallen." Ich trinke einen Schluck. „Ich dachte kurze Zeit, dass meine Karriere vorbei ist und deswegen bin ich rüber nach England gekommen. Ich bin weiterhin Spieler, das hat sich geklärt, aber… ich sag es mal so: Kenny und Drew wissen jetzt Bescheid."

„Du hast dich… du hast es gesagt?"

„Mehr oder weniger unfreiwillig. Ich dachte, es ist eine gute Idee – war es aber nicht. Oh, und Drew wusste es schon die ganze Zeit, verrückt, oder? Er hat dafür gesorgt, dass ich nicht aus dem Team geworfen wurde", erzähle ich Noah, der mich interessiert ansieht. „Als ich nach England geflogen bin, wurden Paparazzi-Bilder am Flughafen gemacht. Offiziell war ich allerdings verletzt und so kam der Plan mit der Gala."

„Ziemlich klug."

„Es war Archers Idee", antworte ich. Noah schmunzelt. „Das habe ich mir fast gedacht."

„Noah?" Besagter wendet sich nach rechts. „Clair! Verdammt, du bist erwachsen geworden", grinst er und steht auf, um meine Schwester zu begrüßen.

„Was machst du hier?"

„Arbeiten", antwortet er ihr und Clair sieht einen kurzen Moment zu mir. Ich nicke kurz und deute ihr somit, dass alles in Ordnung ist. Noah bekommt es mit. „Ich gehe davon aus, sie weiß alles?"

„Du meinst die Aktion vorm Hattrick's? Allerdings."

„Clair, lass gut sein. Das Thema ist abgeschlossen", bitte ich sie. „Außerdem ist er derjenige, der uns auf die Gästeliste gesetzt hat", füge ich hinzu. Noah sieht zwischen meiner Schwester und mir hin und her.

„Ich denke... ich sollte mal wieder zurück an die Arbeit. Vielleicht sieht man sich später noch einmal", lächelt er.

Clair setzt sich und sieht Noah hinterher. Ihr ist anzusehen, dass sie nicht weiß, was sie von dieser Situation halten soll.

„Du wusstest es nicht", stellt sie unnötigerweise fest.

„Archer hat mir nichts gesagt."

„Merkwürdig."

„Findest du?"

„Du etwa nicht?", fragt sie irritiert und trinkt einen Schluck Wein. „Wieso hätte er dir verheimlichen sollen, wie er es geschafft hat, dass wir heute hier sein können?"

„Ich habe nicht gefragt", entgegne ich und versuche es damit abzutun. Wenn ich ehrlich zu mir selbst bin, klappt das nicht wirklich gut. Ich möchte mindestens genauso sehr wie Clair wissen, weswegen Archer es mir nicht erzählt hat. Ich wüsste nicht, welchen Grund es dazu geben sollte. Kurzerhand öffne ich Archers und meinen Chat.

Wieso hast du mir nicht gesagt, dass du Noah angerufen hast?

Love: *Ist Noah etwa vor Ort?*

Ja, er ist in der Pause zu uns an den Tisch gekommen. Wieso hast du mir nichts gesagt? Ich bin mir wie ein Vollidiot vorgekommen.

Love: *Sorry, Lio.*

Und der Grund?

Love: *Es musste alles recht schnell gehen. Ich dachte, es ist effizienter, sich auf die wichtigen Dinge zu konzentrieren.*

Love: *Ich dachte nicht, dass ihr aufeinandertreffen werdet.*

Ich verdrehe die Augen und seufze genervt.

„Was ist?"

Als Antwort reiche ich Clair lediglich mein Handy und lasse sie die Nachrichten lesen. „Ich kenne ihn nicht so gut, aber das kommt mir merkwürdig vor."

„Nicht nur dir", antworte ich trocken und tippe meine Antwort ein.

Dachtest du, du könntest es mir nicht sagen?

Love: *Können wir das besprechen, wenn du zurück in Atlanta bist?*

So dramatisch, ja?

Love: *Ich möchte nur, dass du den Abend genießen kannst.*

Das kann ich nicht, wenn ich mich frage, warum du mir das verheimlicht hast.

23. Kapitel

Atlanta Ice Lightning Spieler Elliot Leighton zeigt Flagge!

NHL-Spieler spricht sich für mehr Gleichberechtigung aus.

Eishockey-Profi für LGBTQ! Wie Elliot Leighton alle überraschte.

Zufrieden sehe ich mir auf der Fahrt zurück nach Bristol die aktuellen Schlagzeilen an. Ich hätte nicht gedacht, dass es so gut laufen wird. Gerade möchte ich den Browser wieder schließen, als mir ein anderer Titel in die Augen springt.

NHL-Spieler mit Geheimnis? Die Wahrheit über Elliot Leightons Auftritt!

Archer würde mir wahrscheinlich davon abraten, aber ich klicke trotzdem auf den Link.

Elliot Leighton war als Überraschungsgast bei der gestrigen Spendengala in London. Offiziell war er verletzt, dass er plötzlich auf dem roten Teppich auftauchte, ist daher umso unerwarteter gewesen. Der NHL-Spieler trug passend zu einigen der Organisationen, an die das gespendete Geld geht, einen Regenbogen-Pin an seinem Jackett und setzte in den Interviews ein deutliches Statement gegen Diskriminierung und für mehr Akzeptanz, besonders im Sport. Seine Mannschaft Atlanta Ice Lightning spielte vor kurzem erst eine Kampagne zu diesem Thema aus – mit vollem Erfolg. Doch woher kommt plötzlich das Bedürfnis des Vereins, sich für mehr Akzeptanz auszusprechen?

Neben Elliot Leighton und anderen Stars waren natürlich auch die Veranstalter der Gala anwesend. Einer von ihnen: Noah Whitten, der im PR-

Bereich arbeitet. Dieser hat an der LGBTQ+ Kampagne von Atlanta Ice Lightning mitgearbeitet und wurde außerdem dabei gesehen, wie er auf der Gala mit Elliot Leighton gesprochen hat. Zufall? Wir haben exklusiv mit einem Insider gesprochen! Elliot Leighton und Noah Whitten kannten sich vor der Kampagne schon. Sie haben als Teenager in einer Eishockeymannschaft gespielt: Die Männer kennen sich also schon seit über zehn Jahren! Die Übertragung der Gala zeigte deutlich, wie nah sie sich stehen. Und als wäre das nicht genug, haben wir die Bestätigung eines Insiders, dass die beiden Männer den ganzen Abend lang heftig geflirtet haben sollen.

Nun stellt sich offensichtlich die Frage, ob Elliot Leighton dem Thema LGBTQ+ nicht doch persönlich näher steht, als er zugibt. Immerhin ist statt einer festen Freundin seine Schwester als Begleitung aufgetreten. Verheimlicht der NHL-Spieler der Öffentlichkeit also etwas? Wir bleiben für Sie dran!

Ich lese den Artikel wieder und wieder. *Was zur Hölle?* Nur weil ich einmal zeitgleich mit Noah zu den Waschräumen gegangen bin? Obwohl die Argumentation des Artikels nicht wirklich Sinn ergibt, stresst es mich trotzdem, dass er online und für jeden sichtbar ist. In dem Artikel gibt es eine Bildergalerie. Man sieht mich auf dem roten Teppich. Man sieht ein Bild der LGBTQ+ Kampagne von *Lightning*. Dazu ist ein Video zu sehen, auf dem ich hinter Noah aus der Halle laufe. Clair wurde herausgeschnitten. *Klasse.* Ein weiteres Bild zeigt, wie Noah und ich uns in der Pause unterhalten. Ich lese den Artikel noch einmal und stolpere über einen Begriff. *Insider.* Was für ein *Insider?* Wer soll bitte an die Presse gegangen sein? Woher wissen die, dass Noah und ich uns kennen? Dann sehe ich etwas weiter unten auf der Website ein weiteres Bild. Es ist ein Foto unserer damaligen Mannschaft. Noah und ich sind beide mit einem roten Kreis markiert. Wir stehen nebeneinander und wenn man genau hinsieht, bemerkt man, dass er einen Arm um meine Schultern und ich einen um seine Hüfte gelegt habe. Ich seufze und sende Archer den Link. Er hat sich nicht mehr gemeldet, auch nicht, nachdem ich ihn heute Morgen erneut versucht habe, zu erreichen.

Die Fahrt nach Hause zieht sich und ich zwinge mich die ganze Zeit über, nicht nach mehr Artikeln dieser Art zu suchen. Als es noch eine halbe Stunde bis nach Hause ist, bekomme ich eine neue Nachricht. Augenblicklich hoffe ich, dass sie von Archer ist, aber ich muss schnell feststellen, dass Noah sie mir geschickt hat.

Noah: Hast du das schon gesehen?

Anbei ist ein Link zu einem ähnlichen Artikel.

Ja. Weißt du mehr über diesen Insider?

Noah: Nein, tut mir leid. Ich sage dir Bescheid, wenn sich das ändern sollte. Möchtest du darauf reagieren?

Ich habe noch nicht mit Archer gesprochen. Ich weiß nicht, ob es so klug wäre, dazu ein Statement abzugeben.

Noah: Okay, sag mir Bescheid, wenn du weißt, was du machen wirst.

Werde ich.

24. Kapitel

Eigentlich hatte ich geplant, im Flieger nach St. Louis zu schlafen, aber daraus ist leider nur wenig geworden. Zwei, drei Stunden habe ich es geschafft, danach war ich wach und an Schlaf nicht mehr zu denken. Sobald ich durch die Tür des Flugzeugs gegangen bin, waren meine Gedanken augenblicklich bei Archer. Telefoniert haben wir seit der Gala nicht mehr, zu meinem Bedauern, aber bei dem Work-Load, den er im Augenblick hat, ist das kaum verwunderlich. Ich wette, er arbeitet auf dem Flug nach St. Louis gleich ebenfalls wieder. Ich schaue auf die Uhr. Der Flieger aus Atlanta müsste schon in der Luft sein. Wir kommen mehr oder weniger zeitgleich dort an, ich werde nur eine halbe Stunde später am Boden sein.

Als ich meinen Koffer endlich habe, hat sich die Hoffnung, bereits hier am Flughafen Archer wiederzusehen, in Luft aufgelöst. Aus welchem Grund auch immer konnte der Flieger nicht landen und musste einige Schleifen in der Luft ziehen. Und – wie sollte es anders sein – hat auch das Gepäck eine Ewigkeit auf sich warten lassen. Ich glaube kaum, dass Archer über eineinhalb Stunden hier gewartet hat.

„Sind Sie Mister Leighton?", werde ich plötzlich gefragt und verwundert drehe ich mich um. Ein Flughafenmitarbeiter kommt auf mich zu.

„Ja, bin ich. Wieso?"

„Ich soll Ihnen das hier geben. Mir wurde gesagt., sie wüssten, von wem sie kommt", antwortet er mir und reicht mir eine Rose. Eine einzelne, rote Rose. Augenblicklich flattert mein Herz und meine Knie werden weicher.

„Vielen Dank", lächle ich und nehme die Blume entgegen. An ihr ist ein kleiner Zettel befestigt, den ich allerdings erst öffne, als ich vor den Türen des Flughafens stehe.

Ich konnte leider nicht länger am Flughafen bleiben. Ich warte auf dich in der Halle. A

Der Versuch, mein Grinsen unter Kontrolle zu bekommen und zu unterdrücken, scheitert kläglich. Der Taxifahrer sieht mich durch den Rückspiegel schmunzelnd an. Natürlich hat er die Rose gesehen. Es geht zuerst zum Hotel.

„Würden Sie hier warten? Ich bin gleich wieder da."

„Sicher", antwortet der Fahrer und ich laufe zur Rezeption.

„Ah, Mister Leighton", werde ich von der Rezeptionistin begrüßt. „Ich habe schon auf Sie gewartet."

„Ich hatte gehofft, früher hier zu sein", antworte ich und ein Page nimmt mir den Koffer ab.

„Ihr Gepäck wird hochgebracht und eingecheckt sind Sie selbstverständlich auch schon. Möchten Sie, dass wir die Rose in einer Vase auf ihr Zimmer stellen?", meint sie und reicht mir eine Flasche Wasser.

„Gerne", stimme ich zu und gebe sie ihr.

„Viel Erfolg beim Spiel."

„Dankeschön", antworte ich und laufe zurück zum Taxi.

„Zum *Enterprise Center* nehme ich an?"

„So schnell es geht", antworte ich dem Fahrer und mein Blick fällt erneut auf mein Handy. Ich bin viel zu spät dran. Als das Taxi einen anderen Weg, als erwartet einschlägt, bin ich verwundert, aber nur wenige Minuten später sehe ich die Arena und stelle fest, dass es wohl eine Abkürzung über weniger befahrene Straßen war. Ich bezahle die Fahrt und möchte aussteigen, als der Fahrer sagt: „Mister Leighton? Das, was sie auf der Gala gesagt haben... Ich war sehr beeindruckt."

„Sie haben das Interview geschaut?", frage ich verwundert. Damit habe ich nicht gerechnet.

„Nun ja, mein Sohn ist bi und möchte eines Tages Basketballspieler werden. Er hat es mir gezeigt. Ich bin sehr froh, dass sich endlich jemand traut, dieses Thema anzusprechen."

„Dann wünschen Sie Ihrem Sohn bitte viel Erfolg von mir. Er wird es bestimmt schaffen!"

„Richte ich aus."

„Da bist du ja endlich." Drew kommt auf mich zu. „Ich dachte schon, du schaffst es nicht mehr pünktlich zum Warm-Up."

„Die Befürchtung hatte ich kurzzeitig auch", antworte ich ihm und sehe mich um. Drew sieht auf die Uhr. „Fünf Minuten, dann musst du dich umziehen. Archer ist gerade zu den Waschräumen gegangen."

„Perfekt", grinse ich und jogge los. *Fünf Minuten ist nicht lang, aber besser als nichts.* Ich stoße die Tür auf und stelle zu meinem Glück fest, dass niemand außer ihm hier ist. Er steht vor dem Spiegel und richtet seinen Anzug. Er sieht mich nicht, zumindest nicht, bis ich fast direkt hinter ihm stehe und ihn in der gleichen Sekunde umarme.

„Elliot", lächelt er und dreht sich zu mir um.

„Hi, Love", antworte ich und mein Blick fällt fast sofort auf seine Lippen. Archer verzieht sie zu einem Grinsen und ehe ich mich versehe, küsst er mich. Ich seufze leise, ziehe ihn näher zu mir heran und wie von selbst schließen sich meine Augen im gleichen Augenblick. Archer legt seine Hände an meine Hüfte und drückt mich zurück. Er küsst mich weiterhin, bis ich die Tür in meinem Rücken spüre.

„Wie war England?", fragt er mich leise.

„Gut, du hättest dabei sein sollen", antworte ich knapp und küsse ihn wieder. Meine Arme lege ich um seinen Nacken und keuche auf, als er ein Bein zwischen meine zwängt.

„Können wir nachher über alles sprechen? Den Artikel, Noah und so?", fragt er leise und küsst mich erneut. „Ich möchte nicht, dass du denkst, dass es mir egal ist oder dass ich so tue, als wäre es nicht passiert und..." Ich unterbreche ihn. „Ich habe dich vermisst, Archer."

„Ich dich auch", erwidert er und drückt sich gegen mich.

„Fünf Minuten", murmle ich gegen seine Lippen, denke aber gar nicht erst daran, ihn nicht mehr zu küssen.

„Ich wünschte, wir hätten mehr Zeit", murmelt Archer und küsst mich wieder. Mit einem Arm um meine Hüfte hält mein Freund mich fest an sich gedrückt bei sich.

„Mhm... Love", murmle ich. „Ich muss los." Archer sieht mich unzufrieden an und sein Griff wird lockerer. „Oh, und vielen Dank für die Rose."

„Es war eine spontane Idee", antwortet er. „Ich war nur nicht sicher, ob sie dich wirklich erreichen wird."

„Hat sie. Sie ist im Hotel in einer Vase", antworte ich ihm.

„Hast du unsere Zimmer wieder nebeneinander gelegt?"

„Was denkst du denn?", antwortet er amüsiert. Ich drücke einen kurzen, liebevollen Kuss auf seine Lippen. Wie kann es sein, dass ich ihn nach dieser kurzen Zeit so sehr vermisst habe? Ich mustere ihn.

„Was ist?"

„Du siehst gut aus", antworte ich unüberlegt. „Der Anzug steht dir sehr gut."

„Los, du musst dich umziehen", antwortet er mir.

„Darf ich dir keine Komplimente machen?"

„Doch, aber wir haben keine Zeit mehr", entgegnet er und drückt mich schon fast aus dem Waschraum. Ich atme tief durch, bekomme meinen Gesichtsausdruck wieder unter Kontrolle und laufe zur Umkleide.

„Leighton, da bist du ja wieder", begrüßt Kenny mich. Die Jungs meiner Mannschaft sind alle schon zur Hälfte umgezogen. Ich lasse mich auf die Bank fallen und schnappe mir meine Sachen.

„Ich habe Ewigkeiten auf mein Gepäck gewartet", antworte ich ihm.

„Wie war's in England?", möchte Ian wissen.

„Ich konnte endlich wieder richtigen Tee trinken", antworte ich ihm grinsend. „Liebe Grüße von meiner Familie, an euch alle natürlich", füge ich dann hinzu, bevor ich es vergesse.

„Bist du fit?", fragt Duncan kurz darauf.

„Ich hatte auf dem Weg hierher einen starken Kaffee. Das wird schon", antworte ich und warte auf die Fragen über die Gala. Über mein Interview. Aber es kommt nichts. Niemand sagt etwas dazu und das lässt mich skeptisch werden. Auf dem Weg durch die Flure zum Innenraum frage ich Kenny leise: „Die Jungs wissen schon von der Gala, oder nicht?"

„Ja, wieso fragst du?"

„Kein dummer Spruch? Keine Fragerei?"

„Erkläre ich dir später", antwortet Kenny mir. *Aha?* Archer steht bereits in der Box, als das Warm-Up startet. Er lächelt, zeigt mit beiden Daumen nach oben und ich grinse glücklich, als ich das Eis betrete. Als wir uns dehnen, kommt Ian zu mir. „Darf ich dich etwas fragen?"

„Das hast du doch gerade, Rookie", antworte ich und er verdreht die Augen. „Du weißt, was ich meine."

„Schieß los."

„War es dein Text?"

„Was?"

„Das, was du auf der Gala gesagt hast, auf dem roten Teppich", antwortet er mir.

„Du hast das Interview gesehen?"

Er nickt. „Das haben wir alle, glaube ich."

„Ist es wichtig, wessen Text es war?"

Er zuckt mit den Schultern. „Ich bin mir nicht sicher, ob Archer ihn nicht geschrieben hat. Kann das sein?" Ich antworte nicht und verwundert sieht Ian mich an. „Hätte ich nicht fragen sollen?"

„Es war mein Text, aber vorher wurde besprochen, was ich in etwa sagen werde."

Er nickt verstehend. „Nachdem Kenny uns verboten hat, dich auf die Gala anzusprechen, dachte ich, es wäre dramatischer."

„Moment, was?", frage ich perplex.

„Oh… Scheiße… äh… das Warm-Up ist um." Er gleitet zum Ausgang. Ich folge ihm in die Kabine. Oder zumindest bis kurz davor. Kenny steht dort mit Drew und bespricht irgendetwas.

„Kenny?"

Verwundert sieht mich an. „Mhm?"

„Stimmt es, dass du allen verboten hast, mich auf die Gala anzusprechen?", frage ich geradeheraus. Ich schaue zu Drew, als Kenny einen Moment lang nicht antwortet. „Ich schätze, das heißt *ja*. Warum tust du das?"

„Wer hat dir das gesagt?"

„Ist das wichtig?"

„Ich wette, es war Ian", wirft Drew ein, was mit anderen Worten heißt, dass er auch davon wusste.

„Wir reden nach dem Spiel", legt Kenny fest. *Glaubt er wirklich, dass ich mich jetzt auf das Spiel konzentrieren kann?*

25. Kapitel

Das Team aus St. Louis hat definitiv irgendetwas an ihrem Training verändert. Nach den ersten drei Minuten steht es bereits 0:1 und wäre Lane heute nicht in Top-Form, würde der Würfel bestimmt schon 0:3 oder gar 0:4 anzeigen. Fluchend lasse ich mich auf die Bank fallen, nachdem der gegnerische Goalie meinen Torschuss gefangen hat, als hätte ich ihm den Puck freundschaftlich zugespielt.

„Das wird ein hartes Spiel", murmelt Duncan neben mir. Ich sehe Coach Warren hinter der Bank im Augenwinkel auf und ab tigern. Es ist nie gut, wenn er das tut und schon gar nicht, so kurz nach Anpfiff. Ian springt über die Bande. Der Rookie ist heute in Bestform und als er nur wenige Sekunden später den Puck an sich genommen hat und aufs Tor zuläuft, wird es in der Halle augenblicklich lauter. *Daneben.* Ich sehe, dass Ian unzufrieden ist und auch der Rest des Teams hatte gehofft, dass es der Ausgleich sein würde. Archer steht hinter mir. Ich sehe ihn nicht, aber ich weiß es. Plötzlich spüre ich eine Hand an meinem Nacken. Um genau zu sein, sind es Archers Fingerspitzen. Er hat eine Hand auf die Lehne der Bank platziert und augenblicklich überzieht ein Schauer meinen Körper und mein Herz hüpft. Ich lehne mich nach hinten, sodass es nicht auffällt. Archer streicht sanft über meine Haut, zeichnet kleine Kreise mit seinem Zeigefinger und mir wird mollig warm in der Brust. Ich versuche nicht zu lächeln. Stattdessen hoffe ich darauf, dass er es mitbekommt und fasse mir kurz ans Ohrläppchen. Nur wenige Augenblicke später ist meine Reihe dran und ich springe aufs Eis. Gerade, als ich eine Kurve fahre und mein Blick zu meinem Freund schweift, kratzt er sich sanft lächelnd ebenfalls am Ohrläppchen. *Er hat es also doch gesehen.* Zu dem Adrenalin in meinem Blut gesellen sich Endorphine, die mir den nötigen

Schwung geben, dass ich mir den Puck schnappe und aufs Tor von St. Louis zulaufe. Ich denke nicht mehr nach. Instinktiv weiche ich nach rechts aus, als ein Gegenspieler versucht, mir den Puck abzunehmen. Fast im gleichen Augenblick schieße ich. Das Tor ist nur zwei, vielleicht drei Meter entfernt und als es wenige Sekunden später laut wird, reiße ich grinsend die Arme nach oben. Sofort ist meine Mannschaft bei mir. Ich fahre zur Box und meine Kollegen klopfen mir auf den Helm.

„Wie gut, dass du wieder da bist", meint auch Warren und ich setze mich zufrieden. Dabei sehe ich, dass Archer versucht, nicht zu schmunzeln. Ihm ist genauso klar wie mir, was der Auslöser für das Tor war.

Das 1:1 bleibt zum Schluss des ersten Drittels unverändert. Als die Pause beginnt, haste ich nach drinnen in die Umkleide.

„Was hast du?", fragt Kenny verwundert.

„Ich muss pissen", antworte ich nur und entledige mich alibihalber der Schutzhose und des Tiefschutzes. Mich wundert es, dass der Waschraum leer ist. *Hat er nicht mitbekommen, was ich zu Kenny gesagt habe?* Ich seufze leise und stütze mich auf die Waschbeckenhalterung.

„Sorry, Coach Warren hat noch mit mir gesprochen", sagt Archer direkt, als er durch die Tür kommt.

„Wieso bist du nur noch halb angezogen?", fragt er anschließend verwundert und sieht an mir herab.

„Hätte ich in Schutzhose aufs Klo gehen sollen? Meinst du echt, das wäre nicht aufgefallen?", frage ich amüsiert.

„Oh."

„Magst du jetzt herkommen?" Auffordernd und erwartungsvoll sehe ich ihn an. Er lächelt und tritt zu mir heran. „Sag mir, dass ich recht habe."

„Womit?"

„Du hast das Tor geschossen, nachdem ich mir ans Ohr gefasst habe."

„Nachdem du mir stumm gesagt hast, dass du mich liebst", korrigiere ich ihn.

„Ich habe es lediglich erwidert", grinst er und drückt sein Knie zwischen meine. Ich lächle und streiche seine Locken aus seiner Stirn. Archer sieht auf meine Lippen. „Am liebsten würde ich dich jedes Mal küssen, wenn du zurück in die Box kommst", sagt er leise und auch, wenn mein Herz vor Freude flattert, zieht es sich gleichzeitig schmerzhaft zusammen.

„Was ist los?" *War es so offensichtlich?*

„Nichts, schon gut. Küsst du mich jetzt?"

„Lenk nicht ab, was ist – wegen dem, was ich gerade gesagt habe?", unterbricht er sich selbst und mustert mich. Ich schweige. „Weil ich gesagt habe, dass ich dich küssen möchte, wenn du in die Box zurückkommst?", hakt er erneut nach. Ich seufze und zucke mit den Schultern. „Vielleicht. Ja. Keine Ahnung." Ich streiche Archer durch die Haare. „Jetzt werde ich an nichts anderes mehr denken können, wenn ich vom Eis fahre und dich hinter der Bank stehen sehe."

„Und das ist schlecht, weil?", möchte er wissen.

„Ich würde dich gerne küssen. Jedes Mal, wenn ich dich sehe, möchte ich dich küssen und die Spiele sind davon nicht ausgenommen."

Archer sieht mich lächelnd an. Er legt einen Arm um meine Hüfte und küsst mich liebevoll. Ich seufze ungewollt auf und meine Augenlider fallen wie von selbst zu. Sanft drückt Archer mich gegen die Steinplatte, in der die Waschbecken eingelassen sind. Seine Zunge streicht über meine Lippen und meine Gedanken werden immer leiser. Jeder meiner Sinne fokussiert sich auf meinen Freund. Unser Kuss wird inniger, fordernder und plötzlich legt Archer seine Hände an meine Oberschenkel.

„Soll ich jetzt etwa springen?", frage ich amüsiert, als ich merke, was er vorhat.

„Das wäre zumindest hilfreich", antwortet er grinsend.

„Und wenn ich es nicht mache?", frage ich provokant. Archer zögert nicht lange. Fast im gleichen Moment, hebt er mich hoch und setzt mich auf der Steinplatte ab. Instinktiv halte ich mich an seinen Oberarmen fest. Er steht zwischen meinen Beinen, legt eine Hand an meinen Hintern und zieht mich bis zum Rand. Augenblicklich finden unsere Lippen wieder zueinander und ich schlinge meine Beine um seine Hüfte.

„Fuck, Elliot...", murmelt er und zieht mich enger zu sich heran. „Du musst ganz viele Tore schießen." Kuss. „Ich will nicht..." Kuss. „... dass das Spiel in die Verlängerung geht." Kuss. „Ich will endlich mit dir ins Hotel." Kuss.

„Ich werde mir Mühe geben", antworte ich und presse meine Lippen erneut auf seine. Unsere Zungen tanzen, streichen umeinander. Sanft beißt er in meine Unterlippe, zieht mich dadurch näher zu sich und ich spüre, dass er hart geworden ist. Grinsend bewege ich meine Hüfte ein wenig und er stöhnt rau und tief auf.

„Wie viel Zeit haben wir noch?", möchte ich wissen und Archer braucht zwei Versuche, um sein Handy aus der Hosentasche zu ziehen.

„Zehn Minuten. Aber du musst dich noch wieder anziehen", merkt er an. Ich nicke und drücke ihn weg.

„Was wird das?", möchte er wissen und ich drehe mich um.

„Also eigentlich dachte ich, dass wir in einer Kabine verschwinden und ich es dir besorge, aber wenn du nicht..." Ich komme gar nicht erst dazu, meinen Satz zu Ende zu sprechen, da hat Archer bereits meine Hand genommen und mich in die hinterste Kabine gezogen. Grinsend verschließe ich die Tür und drücke ihn gegen die Wand. Er seufzt leise auf. Darüber, dass ich ebenfalls inzwischen hart bin und gleich wieder den Tiefschutz anlegen muss, mache ich mir in diesem Moment keine Gedanken. Eilig öffne ich Archers Gürtel und seine Hose und ziehe seine Kleidung so weit hinunter, wie nötig. Dabei bin ich auf die Knie gegangen und betrachte meinen wunderschönen Freund.

„Elliot…", murmelt er und streicht durch meine Haare. Zu gerne würde ich ihn in diesem Moment provozieren, ihn lange und ausgiebig verwöhnen, aber die Zeit haben wir nicht. Ich küsse seine Oberschenkel und lege eine Hand an seine Wurzel. Er unterdrückt ein Stöhnen und ich lecke neckend über seine Spitze. „Fuck… mach", bittet er und drückt meinen Kopf in die Richtung seines Schwanzes. Ich lasse ihm die Führung, lasse ihn bestimmen. Immer wieder lecke ich über seine Spitze, sauge daran und bewege zeitgleich meine Hand um ihn. Als ich seine Hoden umfasse, sie massiere und ihn noch mehr reize, sehe ich nach oben. Er beißt sich auf die Unterlippe, um leise zu sein. Ich stöhne leise gegen seinen Schwanz und Archer lässt seinen Kopf nach hinten gegen die Wand fallen, als er die Vibration spürt. Ich sauge stärker, nehme ihn tiefer in meinen Mund auf und es dauert nur wenige Sekunden, bis er kommt. Seine Beine zittern und er stößt seine Hüfte immer wieder nach vorne.

„Fuck…"

Ich stehe auf, lecke mir über die Lippen und schließe Archers Hose wieder. „Gut?"

„Ist das eine ernst gemeinte Frage?", will er wissen und lächelt zufrieden. Er sieht auf die Uhr. „Du musst los."

„Bis gleich", lächle ich, drücke einen kurzen Kuss auf seine Lippen und verschwinde aus dem Waschraum. Ich bin gerade noch pünktlich wieder in der Box. Der Tiefschutz drückt unangenehm, aber ich weiß, dass das in wenigen Minuten wieder vergehen wird. Das zweite Drittel wird angepfiffen und ich bin motivierter denn je. Ich lege vor, dann landet die Scheibe im Netz. 2:1. Die Führung bleibt nicht lange bestehen. St. Louis holt nur wenige Minuten später auf und so ist erneut Gleichstand.

Beide Mannschaften wollen gewinnen. Das ist in diesem Spiel sehr eindeutig zu spüren. Es ist ein Kopf-an-Kopf-Rennen.

Kurz nach dem Gegentor schießt St. Louis erneut aufs Tor und Lane kann den Puck nicht abblocken. Sie führen. Schon wieder. Skeptisch sehe ich zu, wie Ian versucht, den Puck aufs Tor zu schießen, aber er verfehlt. Ich höre ihn bis hierhin fluchen. Meine Reihe ist als nächstes dran. Ich springe über die Bande und warte keine Sekunde, bis ich dem gegnerischen Spieler den Puck wegschnappe. 3:3 Mein zweites Tor heute. *Verdammt, der Tag ist doch nicht so schlecht.* Vielleicht liegt es daran, dass mich das Spiel so sehr einnimmt, dass ich nicht mehr an das denke, was Ian mir vorhin gesagt hat. Vielleicht liegt es aber auch daran, dass ich *endlich* wieder bei Archer bin.

Mit einem sehr knappen 5:4 endet die Partie. Wir haben gewonnen. Selten hat mich ein Sieg so gefreut, wie heute. Als ich jedoch in die Kabine trete und Ian und Kenny sehe, erinnere ich mich wieder an Ians Worte. *Wie gut, dass ich beim Spiel nicht darüber nachgedacht habe.* Ich ziehe mich um und meine Gedanken kreisen um die Unterhaltung beim Warm-Up. Als ich umgezogen bin, warte ich vor der Kabine auf Kenny. Archer sieht mich verwundert an, als er den Flur entlang kommt.

„Ich muss mit Kenny sprechen", sage ich.

„Wieso das?"

„Ian meinte vorhin… am besten, du bleibst einfach hier." Wenig später gehen Archer, Kenny, Drew und ich aus der Halle und stellen uns an die Seite neben den Bus, der uns zum Hotel bringen wird.

„Also?", frage ich erwartungsvoll und Kenny sieht kurz zu Drew. „Es… die Gala…"

„Es geht um die Gala?", fragt Archer irritiert.

„Ian meinte zu mir, dass das Team nicht darüber reden darf", fasse ich zusammen. Archer sieht Kenny perplex an. „Was? Wieso das?"

„Das war doch deine Idee", entgegnet Kenny und verwirrt sehe ich zu Archer. „Deine Idee?"

Archer schüttelt den Kopf. „Nein, war es nicht."

„Natürlich war es das. Wir haben darüber gesprochen, bevor die Mannschaft davon erfahren hat", betont Kenny.

„Drew?", frage ich daraufhin. „Was davon stimmt?"

„Ich war nicht dabei. Ich weiß nur, dass Kenny dem Team klar gemacht hat, dass niemand dich auf die Gala und das Interview ansprechen soll", entgegnet er und hebt dabei beide Hände. Archer schüttelt den Kopf und drückt Zeigefinger und Daumen gegen seine Nasenwurzel. „So kann das nicht funktionieren. Es bringt nichts, wenn wir euren Teamkollegen verbieten, darüber zu sprechen."

„Also war es nicht deine Idee?", frage ich ihn.

„Nein, definitiv nicht", stellt Archer klar. „Ich habe mit Kenny besprochen, dass er zusehen muss, dass das Team nicht vollkommen an die Decke geht, sobald sie das Interview sehen. Das bedeutet aber nicht direkt, dass man gar nicht darüber sprechen darf."

„Was hätte ich denn deiner Meinung nach tun sollen?", möchte Kenny von ihm wissen.

„Du hättest erklären können, dass Elliot dort stellvertretend für das ganze Team war. Vielleicht hättest du sagen können, dass es eine hochangesehene Gala ist und dass Idioten wie Gibson oder Duckie lieber froh darüber sein sollen, nicht selbst dorthin geschickt worden zu sein." Kenny schweigt.

„Wir müssen das geradebiegen", meint Drew wenig später.

„Und wie? Ich denke, es wäre besser, es so zu belassen", entgegnet mein Teamcaptain.

„Das denke ich allerdings auch", werfe ich ein. „Beim nächsten Mal… also, wenn es ein nächstes Mal gibt, wird es anders laufen."

Archer nickt zustimmend. „Das muss es."

Wir gehen zum Bus und zu meinem Bedauern ist der letzte freie Platz nicht neben meinem Freund. Bevor jemand fragen kann, ob ich mit zur Bar komme, verschwinde ich in Richtung meines Zimmers. Dort angekommen finde ich die Rose von Archer in einer Vase auf dem Tisch in der Mitte der Suite vor. Lächelnd schließe ich die Tür und sehe, dass die Zwischentür bereits offen steht. Archer ist noch nicht in seinem Zimmer, also schnappe ich mir das Oberteil, das er mir nach Bristol mitgegeben hat und lege sie zurück. Eventuell schnappe ich mir dafür ein neues Shirt, dass ich auf meinen Koffer werfe. Mein Handy leuchtet auf.

Love: Bist du schon oben?

Ich sitze garantiert nicht noch an der Bar. Wo bist du?

Love: schreibt…

Love: Offline

Verwundert sehe ich auf mein Handy, werde aber fast im gleichen Moment von hinten umarmt. Erschrocken zucke ich zusammen. „Du hast dich angeschlichen", stelle ich unnötigerweise fest. Archer lächelt scheinheilig, nimmt mein Handy und legt es auf das Regal neben uns. „Schlimm?"

„Weiß ich noch nicht."

Er lacht und zieht sich sein Jackett aus.

„Lass mich das machen." Ich öffne die Knöpfe seines Hemdes und meine Fingerspitzen berühren dabei immer wieder seine warme Haut. Archer lässt mich machen, streicht durch meine Haare, über meinen Nacken und meine Schultern. „Du warst gut heute."

„Danke."

Ich streife ihm das Hemd von den Schultern und es fällt zu Boden. *Herr Gott, dieser Mann ist so schön!*

„Zu dir oder zu mir?", frage ich grinsend. Er lacht und schüttelt dabei den Kopf. „Es sind die gleichen Betten. Durch die Zwischentür haben wir quasi eine XL-Suite."

„Also?"

„Zu mir", antwortet er und zieht mich durch die Zwischentür in sein Schlafzimmer. Küssend taumeln wir zum Bett, liebevollen Sex können wir später haben. Jetzt gerade wollen wir es beide heiß und heftig. Archer rutscht in die Mitte des Bettes und ich verschwende keine Zeit, ihn langsam auszuziehen.

„Wow."

„Was?"

„Du. Wow."

Er verdreht die Augen. „Du Idiot. Küss mich." Wie könnte ich da *nein* sagen? Der Kuss ist hitzig und verlangend. Archer schält mich aus meiner Kleidung und sie findet ihren Weg auf den Boden neben dem Bett.

„Warte", sage ich und verwirrt sieht er mich an. Er hat in seiner Bewegung inngehalten und fragt: „Ist alles okay?"

„Ja, natürlich. Aber ohne Gleitgel?", frage ich und möchte aufstehen, aber er kommt mir zuvor. „Ganz unten in meiner Reisetasche."

„Da ist nicht nur Gleitgel", stelle ich fest und schnappe mir das Seil, den Vibrator und den Penisring.

„Ich habe dich vermisst", antwortet er nur. Ich sage nichts mehr, ich küsse ihn stattdessen und streiche mit meinen Händen über seinen Körper. Ich bin hart, schon lange und mein Blut rauscht in meinen Ohren. Mein Herz überschlägt sich fast und ungeduldig presse ich mich gegen meinen Freund.

„Mach… oh, Lio… mach", fordert er erregt und küsst mich wieder. Ich greife nach seinen Händen und drücke sie über seinem Kopf in die Matratze. Archer stöhnt auf – ungehemmt und unfassbar heiß.

„Okay?"

„Frag nicht so viel. Mach!"

Grinsend knie ich zwischen seinen Beinen, nehme das Seil und binde seine Handgelenke aneinander fest. Archer schließt die Augen, als ich Küsse über seinen Oberkörper verteile.

„Mhm…", seufzt er genießend und ich spreize seine Beine ein Stück mehr. An den Innenseiten seiner Oberschenkel ist er besonders empfindlich und das nutze ich gerne aus. Erst küsse ich ihn dort, knabbere und sauge an seiner Haut, bevor ich den Vibrator nehme und ihn einschalte. Archer schnappt nach Luft, als ich die vibrierende Spitze über seine Haut gleiten lasse und dabei immer wieder seinen Schwanz und seine Hoden streife.

„Oh fuck… Elliot! …"

„Noch nicht!", warne ich, nehme mir den Penisring und streife ihn über Archers Schwanz. Er wimmert auf, aber ich denke gar nicht daran, aufzuhören. Stattdessen nehme ich das Gleitgel, weite ihn mit einer Hand und lasse den Vibrator zeitgleich über seine Brustwarzen gleiten. Er windet sich unter mir, stöhnt vor Lust und drückt sich mir soweit es geht, entgehen. Zu sehen, wie er sich in seiner Lust verliert, Lust, die nur ich ihm bereite, macht mich sowohl heiß als auch glücklich.

„Mach! Los! Fick mich endlich!", befiehlt er und spreizt seine Beine noch ein Stück mehr. Den Vibrator schalte ich aus und schenke ihm keine Beachtung mehr. Stattdessen positioniere ich mich und küsse Archer innig, als ich mich in ihn drücke. Ich stöhne auf, halte mit einer Hand seine Hüfte an Ort und Stelle und warte einen Moment, als er mich endlich heiß und eng umschließt.

„Fang an!"

Dass Archer nicht kommen kann, nutze ich restlos aus. Ich vögle ihn hart und tief, fasse ihn zeitgleich an und provoziere ihn ins Unermessliche. Mit feuchten Wangen sieht er mich an, hebt seinen Kopf ein Stück und bittet mich somit stumm um einen Kuss. Natürlich erfülle ich diesen Wunsch und pausiere meine Bewegung in dieser Zeit für einen Moment. Ich halte nicht mehr lange durch, das merke ich und als Ekstase meine Wirbelsäule herunterrollt, ziehe ich den Ring von Archers Penis. Er drückt seinen Rücken durch und erzittert unter mir. Ich stoße immer wieder gegen seinen süßen Punkt und bei jeder Bewegung kommt er mir entgegen. Lust überrollt meinen Körper und ich ficke ihn durch unsere Höhepunkte.

„Ich liebe dich", lächelt Archer, als ich das Seil löse.

„Ich dich auch", grinse ich glücklich und küsse ihn liebevoll. Archer streicht über meinen Rücken und eine Gänsehaut breitet sich dort aus. Er setzt sich auf und streicht sich die Locken aus dem Gesicht. „Wir können morgen auf dem Flug zurück schlafen, oder?"

„Willst du noch einmal?", frage ich amüsiert und er zuckt mit den Schultern. „Du warst einige Tage nicht da. Wir sollten das aufholen, findest du nicht?"

„Als würde ich dir widersprechen."

Archer steht auf. Verwundert sehe ich ihm nach.

„Möchtest du auch?"

„Was?"

„Etwas zu trinken", ruft er mir von der Küchenzeile aus entgegen. Ich klettere aus dem Bett und sehe ihn vor der Minibar stehen. Besser gesagt, sehe ich, wie er sich nach unten beugt und den Inhalt inspiziert. Ich bleibe im Türrahmen stehen und mein Blick wandert an ihm herab und bleibt an seinem Hintern hängen. *Fuck, das macht er doch mit Absicht!*

„Wasser? Oder Cola? Oh, hier steht auch Bier und Wein", spricht er weiter.

„Wasser… erst einmal", stottere ich heraus. Archer richtet sich wieder auf, dreht sich um und schmunzelt. „Was ist los?"

„Das fragst du jetzt nicht wirklich, oder?", entgegne ich und Archers Blick schweift an mir herab. Natürlich ist mir anzusehen, wie *unfassbar* heiß dieser Anblick gerade war. Er kommt auf mich zu und reicht mir eine der beiden Wasserflaschen in seiner

Hand. Als ich etwas trinke, merke ich erst nicht, dass Archer um mich herum geht. Erst, als ich seinen Körper an meinem spüre, bekomme ich es mit. Prompt verschlucke ich mich.

„Geht's?"

„Mhm. Alles gut." Ich schließe die Wasserflasche wieder und Archer nimmt sie mir aus der Hand. Ich drehe mich nicht um. Kurz darauf spüre ich sanfte, zarte Küsse auf meinen Schultern und an meinem Hals.

„Mhm…"

Archer nimmt sich Zeit. Seine Fingerspitzen tanzen über meinen Oberkörper und meine Taille. Immer wieder spüre ich seinen Schwanz an meinem Hintern. Er lässt sich dadurch nicht aus der Ruhe bringen. Er ist hart, genau wie ich, aber niemand von uns beiden möchte es jetzt hitzig und schnell. Mein Freund streicht über meine Hüfte, zeichnet meine V-Linie nach und seine Hände gleiten zu meinem Hintern. Er packt etwas kräftiger zu und ich stöhne leise auf. Die ganze Zeit über küsst er mich, knabbert und saugt hier und da an meinem Hals. Ich vertraue ihm, dass er keine Flecken hinterlassen wird und genieße seine Zuneigung.

„Love…", murmle ich ergeben und lehne mich gegen seine starke Brust. Er umschließt meinen Körper mit seinen Armen und zieht mich eng zu sich heran.

„Ich liebe dich, Elliot."

„Ich liebe dich auch", lächle ich glücklich und schließe einen Moment lang die Augen. Hier gehöre ich hin. Hier in seine Arme. Es ist scheiß egal, in welchem Hotel, in welcher Stadt wir sind. Genau hier ist mein Zuhause.

„Was denkst du?"

„Mhm?"

„Ich weiß, dass du gerade über etwas nachdenkst", antwortet er mit liebevoller Stimme.

„Ich bin sehr glücklich. Mit dir. Das hier ist… ich dachte nie, dass diese ganzen Filme und Songs und der ganze Kram recht haben könnten", gebe ich zu. „Aber das haben sie wohl", gestehe ich und werde von Archer umgedreht. Er streicht durch meine Haare.

„Allerdings haben sie das", entgegnet er und küsst mich zaghaft, fast schon schüchtern und vorsichtig. *Ich liebe es.* Ich hätte nie gedacht, dass ich es mögen würde, so geküsst zu werden, aber es ist viel besonderer, als heiße, von Lust getränkte Küsse.

Erneut schließt mein Freund seine Arme um mich und zieht mich an sich heran. Ich stöhne, wimmere immer wieder, als seine Erregung meine streift und sie aneinander reiben. Archer geht es nicht anders. Seine Hände wandern zu meinem Hintern und mit einem Ruck presst er mich gegen sich.

„Ah…"

„Elliot…"

„Mhm?", fragend sehe ich ihn an. Er leckt sich über die Lippen und ich schmunzle. „Ich weiß, was du gerade denkst", stelle ich fest.

„Und was denke ich?"

„Das, was du vorhin schon im Waschraum gedacht hast", antworte ich ihm verschmitzt grinsend.

„So?"

„Du möchtest mich."

„Oh ja."

„Okay."

„Okay?", fragt er verwundert und ich nicke. „Ja. Okay."

Fast augenblicklich drückt Archer seine Lippen erneut auf meine. Ohne darüber nachzudenken, lege ich meine Arme um seinen Nacken und ehe ich reagieren kann, hebt er mich hoch. Ich schnappe nach Luft, als mein Schwanz gegen seinen Bauch gepresst wird und seine Hände meinen Hintern in Beschlag nehmen. Sein Griff wird fester, immer wieder. Er massiert mich und mustert mich dabei. „Sicher?"

„Ich will mit dir schlafen. Mach schon", fordere ich und küsse ihn erneut. Archer trägt mich zurück ins Schlafzimmer und legt mich in der Mitte des Bettes ab. Ich angle nach der Tube Gleitgel und drücke sie ihm in die Hand.

„Fuck, du bist so heiß." Seine raue, tiefe Stimme und der mitschwingende, erregte Tonfall schicken einen Schauer über meinen Körper. Die Tube klickt leise, als Archer sie öffnet und ich atme tief durch. Ich will das hier. Definitiv will ich es, ich bin aber dennoch nervös. Sehr. Lächelnd sieht mein Freund mich an. „Soll ich dir jetzt auch den Penisring umlegen?"

„Untersteh dich!"

Er lacht und ich möchte gerade noch etwas sagen, als ich seinen ersten Finger spüre. Vorsichtig und langsam weitet er mich. Genießend seufze ich und komme ihm entgegen. Er stößt seine Finger tief in mich, trifft meinen süßen Punkt augenblicklich und ein lautes Stöhnen verlässt meine Lippen. „Oh Gott, Archer!"

„Ich liebe es, wenn du laut bist", grinst er und spreizt seine Finger. Ich beiße mir auf die Unterlippe und wimmere.

„Zu schnell?"

„Geht schon."

Er nickt verstehend und küsst meine Oberschenkel. „So schön", flüstert er dabei zwei, dreimal gegen meine Haut. Meine Finger verfangen sich in seinen Haaren. Er liebkost meinen Körper und leckt plötzlich über meine empfindlichen Brustwarzen.

„Mhm…" Er saugt daran, erst rechts, dann links, beißt ganz leicht hinein und ich stöhne auf. Die ganze Zeit über bewegt er seine Finger in mir und nun drückt er einen dritten hinzu.

„Gut?"

„Weiter!" fordere ich und spüre seinen harten Schwanz an meinem. „Oh fuck!"

Er reibt sich an mir, stöhnt nun selbst und ich klammere mich an seine Oberarme. „Ich will dich, Elliot."

„Nimm mich!", antworte ich verlangend und augenblicklich entzieht er mir seine Finger. Bevor ich mich beschweren kann, spreizt er meine Beine weiter, drückt sie bestimmend auseinander und positioniert sich dazwischen. Langsam überwindet er die Engstelle. Er küsst mich immer wieder, zupft an meinen Brustwarzen, reizt mich, bis er vollkommen in mir ist. Ich schließe meine Beine um ihn, ziehe ihn zu mir und stöhne auf, als die Spitze seines Schwanzes direkt gegen meinen süßen Punkt drückt.

„Oh…"

Er fängt langsam an, aber hart. Er stößt immer wieder in mich. Ich drücke meinen Rücken durch und lasse die Lust, die meinen Körper flutet, die Kontrolle übernehmen.

„Elliot", stöhnt Archer und seine Augenlider flattern. „Ich… kann ich etwas ausprobieren?", möchte er wissen.

„Nur zu."

Er zieht sich aus mir heraus und als er mich an der Hüfte packt und mich umdreht, schnappe ich erschrocken nach Luft. Um zu verstehen, was er vorhat, habe ich gar nicht erst die Chance. Sofort stößt er erneut in mich, zieht meinen Hintern mit den Händen an der Hüfte nach oben und ich drücke mein Gesicht in das Kissen. *Heilige Scheiße.* Ich spüre ihn tiefer, intensiver und härter.

„Okay?"

„Hör bloß nicht auf!", entgegne ich und drücke mich ihm entgegen. Er löst eine Hand von meiner Hüfte und legt sie stattdessen zwischen meine Schulterblätter. Während er immer wieder hart und tief in mich stößt, immer wieder meinen süßen Punkt trifft und mich bis aufs Äußerste reizt, drückt er meinen Oberkörper in die Matratze. Wimmernd und stöhnend nehme ich ihn auf, genieße seine Berührungen und nehme zu gerne, was er mir gibt.

„Kannst… kannst du so kommen?"', möchte er wissen.

„Mhm… ja… oh ja! Oh fuck!"', fluche ich laut, als Archers Bewegungen schneller und erneut härter werden. Ich komme unberührt auf die Bettdecke unter mir. Archer vögelt mich durch meinen Höhepunkt, verlangt mir alles ab und *fuck, ich liebe es*. Er kommt in mir. Ich spüre und höre, wie er der Ekstase nachgibt und ziehe mich gleichzeitig um ihn zusammen.

„Ah… Elliot… Oh Gott!"'

Sanft küsst er meinen Rücken, säubert mich mit (ich denke) Taschentüchern und dreht mich um.

„Komm her." Sage ich lächelnd und strecke meine Arme nach ihm aus. Er schüttelt den Kopf, nimmt meine Hände und zieht mich in eine sitzende Position. Ich mustere ihn. Er sieht unglaublich heiß aus, wenn er gekommen ist. Plötzlich hebt er mich hoch und kurz darauf befinden wir uns in meinem Schlafzimmer.

„Wieso sind wir jetzt hier?"'

„Möchtest du in Sperma schlafen?"'

„Mhm. Eher nicht", entgegne ich und reiche Archer die Wasserflasche, die ich mir gerade geschnappt habe.

„Du magst also, wenn ich dich von hinten nehme", stellt er wenig später fest und ich verdrehe die Augen. „Wehe du verrätst das jemandem."'

„Wem sollte ich das erzählen?"', fragt er amüsiert und zieht mich in seine Arme. „Es geht niemanden etwas an, was wir im Schlafzimmer tun und wenn du es magst, müssen wir damit nicht aufhören."'

Lächelnd sehe ich ihn an. „Danke."'

„Danke?"'

„Ohne dich hätte ich niemals herausgefunden, dass ich auch Blümchensex mag, geschweige denn…"'

„Dass du zwischendurch durchaus ein Bottom bist?"

„Mhm. Ja."

26. Kapitel

„Guten Morgen, Schatz", flüstert Archer gegen meine Lippen.
Es ist das Erste, was ich höre, als ich aufwache und das Erste,
was ich spüre, ist ein sanfter Kuss.

„Mhm..." Ich seufze leise, lasse die Augen geschlossen und
lächle. Archer hat ein Bein zwischen meine gelegt und auch,
wenn er sich gerade auf einen Unterarm stützt und sich somit
ein wenig aufgerichtet hat, weiß ich, dass er meine Brust heute
Nacht als sein Kopfkissen benutzt hat. Seine Fingerspitzen streichen über meine Haut. Er zeichnet wirre Muster und mein Herz
tanzt dazu. Es passt sich Archer an. Jedes Mal, wenn er mich
berührt, habe ich das Gefühl, dass mein Herz sich vollkommen
und ausschließlich auf ihn ausrichtet.

„Guten Morgen, Love", antworte ich und öffne die Augen.
Archers Locken stehen wirr von seinem Kopf ab und ich kann
nicht anders, als meine Finger hindurchgleiten zu lassen. „Hast
du gut geschlafen?"

„Ich hatte endlich wieder ein vernünftiges Kopfkissen", antwortet Archer schmunzelnd. „Ich habe den Wecker ausgestellt",
teilt er mir mit. „Und ich habe uns Frühstück bestellt."

„Was?", frage ich verwundert.

„Frühstück im Bett", antwortet er mir.

„Meinst du nicht, dass das auffällt?", entgegne ich, aber er
schüttelt den Kopf. „Wenn ich nicht da bin, wird das dem Team
nicht komisch vorkommen und Drew weiß sowieso was los ist.
Dass du nicht beim Frühstück erscheinst, schiebst du auf den
Jetlag", erklärt Archer mir. „Keiner der anderen Spieler wird darauf kommen, was wir hier wirklich machen."

Ich denke einen Moment darüber nach – es klingt plausibel
und daher nicke ich zustimmend. „Okay. Gerne."

„Sehr gut", grinst Archer und steht auf.

„Was machst du?"

„Mir etwas anziehen", antwortet er und sieht an sich herab. „Es sei denn, du möchtest, dass ich dem Zimmerservice gleich so die Tür öffne."

„Garantiert nicht!", widerspreche ich sofort. Lachend geht Archer in Richtung seines Schlafzimmers und ich kann nicht anders als ihm hinterher zu starren. Genauer gesagt, starre ich seinen Hintern an. Seinen hübschen, knackigen, verführerischen Hintern.

„Perfektes Timing", höre ich Archer kurz darauf sagen und sehe, wie er einen Servierwagen ins Zimmer schiebt.

„Also." Er steht auf der anderen Seite des Wagens und sieht auf die Auswahl herab. Zwei kleine Abdeckhauben halten wohl etwas warm. „Wir haben hier Earl Grey mit Milch für dich, und Kaffee, aber ich glaube, den werde eher ich trinken", beginnt er und ich nicke belustigt. „Allerdings."

„Dann gibt es frische Brötchen. Unter diesen Kuppen ist… Rührei. Wir haben Bacon, Marmelade, Käse… was möchtest du?", fragt er lächelnd.

„Erst einmal meinen Tee, bitte."

Er nickt und reicht mir kurz darauf die Tasse. Während er das Tablett, das auf der unteren Schiene lag, füllt, nehme ich die Kissen und lehne sie gegen das Kopfende, damit es etwas gemütlicher ist, sich dort anzulehnen.

„Wir haben noch etwa eine Dreiviertelstunde", meint Archer, als er sich gesetzt hat. Ich sehe zur Seite und nehme mir mein Handy. „So lange noch?"

„Eventuell war ich ein paar Minuten eher wach, als ich zugeben habe. Und vielleicht habe ich dich entsprechend früher geweckt."

Ich mustere ihn einen kurzen Moment. „Du hattest das Frühstück im Bett geplant."

„Möglich", lächelt er scheinheilig und isst etwas von dem Rührei.

Bereits kurz nach der Landung habe ich einen Uber bestellt, der nun vor dem VIP-Eingang auf mich wartet. Oder besser gesagt, auf uns. Inzwischen ist im Team allgemein bekannt, dass Archer und ich recht nahe beieinander wohnen und uns aus diesem Grund öfter einen Uber teilen. Zumindest ist das die offizielle Version. Wir steigen ein und ich gähne schon wieder.

„Hast du nicht gerade erst geschlafen?", fragt Archer amüsiert.

„Habe ich. Ich sehe leider schon, dass ich heute Nacht kein Auge zumachen werde", prophezeie ich. Der Jetlag ist nur ein kleiner Preis dafür, dass ich nach England fliegen konnte, aber das macht ihn nicht weniger nervig. Archer schmunzelt. „Tragisch."

„Spinner", entgegne ich, lächle aber auch. Morgen haben wir beide frei, was nichts anderes bedeutet, als dass wir heute lange aufbleiben und morgen ausschlafen werden.

Wir schlängeln uns durch den Stadtverkehr Atlantas und nach einer Ewigkeit stop-and-go hält der Uber endlich vor meinem Zuhause.

„Ach fuck, ich muss noch einkaufen", fällt mir ein, als ich den Schlüssel aus meiner Hosentasche ziehen will.

„Habe ich schon gemacht", antwortet Archer und drückt mir einen Kuss in den Nacken.

„Du warst für mich einkaufen?", frage ich überrascht.

„Für uns", korrigiert er mich. „Möchtest du nicht aufschließen?"

Mein Gepäck lasse ich achtlos im Flur stehen.

„Kochen wir später?", frage ich und kicke meine Schuhe zur Seite.

„Ja. Wir", lacht er und schließt die Tür hinter sich. Ich sehe mich um. Irgendetwas ist anders. Aber ich kann nicht sagen was. Skeptisch mustere ich mein Zuhause.

„Was ist?", fragt Archer verwundert und kommt auf mich zu.

„Nichts... es ist nur... ach vergiss es." Ich schüttle den Kopf und nehme mir die Post, die ich vorn auf den Esstisch gelegt habe. Werbung. Werbung. Etwas von meiner Bank. Rechnung. Rechnung? Ich öffne den Brief und mir prangt ein Firmenlogo entgegen.

Glas- und Fensterarbeiten Atlanta City.

Mein Blick schweift nach oben in Richtung meiner Terrassentür. Die Glasscheibe sieht aus wie neu. Das Netz aus Rissen, das ich letzte Woche dort hinterlassen habe, ist verschwunden.

„Warst du das?", frage ich irritiert und sehe zu meinem Freund.

„Was meinst du?"

„Die Scheibe?", entgegne ich und wedle mit dem Brief.

„Oh, ja. Nachdem du weg warst, dachte ich, es wäre ganz schön, ein heiles Haus vorzufinden, wenn du wiederkommst", antwortet er mir. „Die Handwerker haben es vorgestern fertiggestellt", fügt er hinzu. „Die Rechnung sollte die Tage kommen", erklärt er mir. Perplex schaue ich ihn an. Unsicher tritt er einige Schritte durch den Raum. „Es ist doch in Ordnung, dass ich das gemacht habe, oder? Ich weiß nicht, wie hoch dein Gehalt ist, aber ich weiß, dass jemand wie du reichlich verdient und..." Er stockt und sieht zur neuen Glasscheibe der Terrassentür.

„Danke, Love. Damit habe ich ehrlich gesagt nicht gerechnet", lächle ich und lege den Brief zurück auf den Tisch, um auf meinen Freund zuzugehen. „Natürlich ist es in Ordnung, dass du mein Haus hast reparieren lassen!"

Er nickt zufrieden. „Habe ich gerne gemacht. Oder machen lassen", grinst er und ich stehle mir einen Kuss. Dann verstehe ich noch etwas anderes. „Wann hast du dir den Schlüssel genommen?"

„Was?"

„Du hast den Schlüssel, nicht wahr?"

Ertappt sieht er mich an.

„Meinst du, ich würde nicht verstehen, wie du hier reingekommen bist?", schmunzle ich.

„Ich habe ihn mir genommen, bevor du abgereist bist. Du warst im Bad und ich bin an deinen Schreibtisch gegangen, um ihn mir zu nehmen."

„Also hattest du die Reparaturen schon geplant, als ich noch hier war", stelle ich fest und er zuckt mit den Schultern. „Schon."

„Du bist viel zu gut für mich." Er schüttelt den Kopf. „Red nicht so einen Unsinn", widerspricht er und drückt seine Lippen kurz auf meine.

„Wenn du mir dann immer einen Kuss gibst, werde ich niemals damit aufhören", beschließe ich und Archer schüttelt lachend den Kopf. „Das ist so kitschig."

„Du liebst es."

„Mhm… möglich."

Grinsend klaue ich mir eine weitere süße Liebesbekundung.

Als ich wenig später in meinem Schafzimmer stehe, um mich umzuziehen, sehe ich verwundert in eins meiner Regale.

„Archer?", frage ich laut und hoffe, dass er es unten in der Küche hört. Es klappt, er kommt die Treppe hoch zu mir ins Schlafzimmer.

„Was ist – oh." Seine Augen werden groß und seine Wangen rötlich.

„Möchtest du mir das erklären?", frage ich amüsiert und sehe erwartungsvoll zu ihm.

„Das… ähm… habe ich wohl vergessen", stottert er und beißt sich auf die Unterlippe. Eins der Regale, das in meiner

Abwesenheit leer war, ist es nicht mehr. Dort liegen einige Kleidungsstücke meines Freundes säuberlich einsortiert.

„Bist du hier heimlich eingezogen?", frage ich ihn halb spaßend, halb ernst gemeint.

„Das… äh…"

„So schlimm?"

„Ich wollte die Handwerker nicht in dein Haus lassen, wenn niemand hier ist. Also habe ich Nachmittags von hier aus gearbeitet", erklärt er mir. „Es ist teilweise etwas später geworden, weil ich einige Aufgaben nicht einfach abbrechen wollte und eventuell habe ich zwei… nein drei Nächte in der letzten Woche hier verbracht. Ich war so frei, deine Waschmaschine zu benutzen, deine Wäsche habe ich natürlich auch gemacht und einsortiert und dabei habe ich meine Sachen provisorisch hierher geräumt. Und vergessen."

„Du hast hier geschlafen?"

„Uhm… ja?" Unschlüssig sieht er mich an. „Ich habe aber die Bettwäsche gewechselt", fügt er hinzu und ich fange an zu lachen. „Meinst du echt, es würde mich stören, dass du in meiner Bettwäsche geschlafen hast?"

„Ich hatte erst überlegt, in eines der Gästezimmer zu gehen, aber ich war zu müde und bin automatisch hier gelandet", gibt er zu. Ich sehe wieder zu dem gefüllten Regal mit Archers Kleidung. „Mit anderen Worten: Du hast dir selbst eine Schublade bei mir zu Hause genommen."

„Das ist keine Schub- oh… äh… ja, scheint so", unterbricht er sich selbst und kratzt sich am Hinterkopf. Er möchte seine Kleidung herausnehmen. Ich nehme schnell seine Hände in meine und hindere ihn somit daran. Verwundert sieht er mich an.

„Lass die Sachen da."

„Huh?"

„Ich habe dir vor Wochen schon einen Schlüssel anfertigen lassen. Meinst du wirklich, ich hätte etwas dagegen, dass du hier übernachtest? Oder dass du einige deiner Sachen hier hast?", frage ich ihn schmunzelnd. Mein Herz pocht wie verrückt und der Gedanke daran, dass Archer sich in diesem Haus so wohl fühlt, dass er nachts auch hierbleibt, wenn ich nicht da bin, lässt Glücksgefühle durch meinen Körper strömen. „Du bist hier immer willkommen."

„Meinst du, es ist zu früh für Wein?", möchte Archer wenig später wissen, als wir wieder in der Küche sind. „Es ist kurz vor fünf, das ist völlig in Ordnung. Meine Mum sagt, irgendwo auf der Welt ist immer 18 Uhr", antworte ich und er öffnet die Flasche. „Hier." Er reicht mir ein Glas und wir stoßen an.

„Bleibst du später hier?"

Verwundert blickt er mich an. „Ich dachte, das wäre klar."

„Gut." *Bleib für immer hier,* rufen meine Gedanken, aber ich spreche die Worte nicht aus. Archer hat angefangen zu kochen und ich lehne an der Kücheninsel und beobachte ihn dabei. Es wird eine One-Pot-Pasta. Archer hat mir versucht zu erklären, was genau dieses Menü von Nudeln mit Sauce unterscheidet, aber den Sinn sehe ich trotzdem nicht. Als ich die Tomaten geschnitten habe, hat Archer sich das kaum eine Minute angeschaut, bis er mich von der Arbeitsplatte verbannt hat. *Soll mir recht sein.* Wir wissen beide, dass er ganz klar der bessere Koch von uns ist. Und eine gute Aussicht habe ich von hier aus auch.

„Um ehrlich zu sein, waren es fünf Nächte", sagt er plötzlich.

„Fünf?"

„Mhm…"

„Haben die Handwerker so lange gebraucht?"

Archer schüttelt den Kopf. „Nein, aber…" Er seufzt und ich strecke einen Arm nach ihm aus. Unser Essen köchelt vor sich hin, als Archer meine Hand nimmt und sich zu mir ziehen lässt. Er sieht auf unsere Füße. Meiner. Seiner. Meiner. Seiner. „Die Handwerker haben nur drei Tage gebraucht", gibt er zu und sieht mich an. Ich streiche durch seine Locken und lasse ihn weitersprechen, ohne dass ich irgendwelche Fragen stelle. Auch, wenn ich sie habe. „Nachdem ich hier geschlafen habe, weil die Reparaturen recht lange gebraucht haben, uhm... ich bin nach der Arbeit hierher. Ich war nur ein paar Mal bei mir zu Hause und das auch nur, um Kleidung zu holen. Es sind noch einige meiner Sachen in der Waschküche", erklärt er mir und zögert einen Moment, bevor er weiterspricht. „Es... uhm... ich bin gerne hier." Ich nicke verstehend, sage aber nichts. „Um ehrlich zu sein, bin ich lieber hier als in meiner Wohnung."

Es ist einen Moment still zwischen uns und ich höre in meinem Gedanken immer wieder meinen Freund diesen Satz sagen. *Er ist lieber hier als bei sich zu Hause.* Archer zupft am Ärmel seines Oberteils und sieht an mir vorbei, dann zur Seite, auf den Boden und immer wieder zwischendurch streifen sich unsere Blicke. Er ist unsicher. Sehr. Ich warte, ob er noch etwas sagen möchte, aber er schweigt. Dann stellt er den Herd aus und verlässt plötzlich die Küche. Verwirrt sehe ich ihm nach. Was wird das? Mit leisen Schritten folge ich ihm. Er steht im Wohnzimmer und hat seinen Schlüsselbund in der Hand. Ich brauche einen Moment, um zu verstehen, was er dort tun. Mit schnellen Schritten laufe ich die letzten Meter auf ihn zu. Als ich ihm den Schlüssel aus der Hand nehme, sieht er auf, möchte etwas sagen, doch schließt seinen Mund einen Moment später wieder. Ich sehe mir den Schlüssel an. Meine Vermutung bestätigt sich, es ist mein Haustürschlüssel.

Einen Moment lang mustere ich Archer nachdenklich. Er beißt sich auf die Unterlippe und sieht weg. In der Hoffnung, nichts Falsches zu tun, greife ich nach seiner Hand. Genauer gesagt, nehme ich ihm den Schlüsselbund ab, den er noch festhält und nach zwei Versuchen, bekomme ich den Schlüssel wieder durch den Schlüsselring geschoben.

„Was…", setzt Archer zu einer Frage an, aber ich lächle nur zufrieden, als ich den Schlüssel an dem Bund erblicke.

„Du kannst ihn dran lassen."

„Dran lassen?"

„Natürlich", nicke ich und gebe ihm den Bund wieder. Er lässt ihn in seiner Hand ruhen und blickt das Metall an. „Ich könnte verstehen, wenn du ihn wiederhaben möchtest", sagt er schließlich. Ich streiche ihm die Haare aus der Stirn. Er sieht auf. „Ich habe den Schlüssel nicht nachmachen lassen, damit er in meiner Schublade versauert. Dass es dir bisher zu früh war, akzeptiere ich voll und ganz, das weißt du, aber denkst du wirklich, ich möchte nicht, dass du ihn behältst? Auch jetzt noch, obwohl ich wieder da bin?"

Er zuckt mit den Schultern. „Ich wollte es nicht machen, ohne dich zu fragen."

„Dann frag."

„Mhm?"

„Frag mich", wiederhole ich lächelnd und verschränke seine Finger mit meinen. Er zögert erneut. „Da ist noch etwas", stelle ich fest. Er nickt und ich gehe in Gedanken die letzten Minuten durch. „Hat es was damit zu tun, dass du meintest, dass du lieber hier bist, als bei dir zu Hause?"

Er schnaubt. „Nicht?"

„Doch. Treffer", antwortet er und zuckt mit den Schultern. Ihm ist anzusehen, dass er in seinem Kopf nach den richtigen Worten sucht. Ich hetze ihn nicht. „Die Wohnung, in der ich lebe, ist nicht meine Wohnung", beginnt er kurz darauf. „Sie ist über *TAA* angemietet, sie gehört nicht wirklich mir."

„Mhm. Ich weiß."

„Fast alle Möbel gehören dem Unternehmen. Nicht mal das Bett ist mein eigenes", sagt er mit bitterem Tonfall. „Seitdem ich zwischendurch hier bin… vor allem, nachdem ich einige Tage hier quasi gewohnt habe… als ich in meine Wohnung zurückgekommen bin, hat es sich nicht wie ein Zuhause angefühlt. Es war eher ein Gefühl von Hotel. Eine große Suite oder so", verdeutlicht er mir. „Da habe ich beschlossen hier in deinem Haus zu bleiben, obwohl die Handwerker weg waren. Ich habe es nicht eine Nacht in der Wohnung ausgehalten, die mein Boss mir besorgt hat", seufzt er und zuckt mit den Schultern. „Ich weiß natürlich, dass mir hier auch nichts gehört, aber die Dinge hier sind nicht nur zweckmäßig, verstehst du?"

Ich nicke und mache einen kleinen Schritt auf ihn zu. Archer lehnt an der Rückseite des Sofas und ich stelle mich zwischen seine Beine. „Ich finde es schön. Also nicht, dass du dich in der Wohnung nicht wohlfühlst, aber es ist toll, dass es hier offenbar der Fall ist", lächle ich und werde noch ein wenig glücklicher, als ich es ohnehin schon bin. „Ich möchte nicht, dass es dir zu schnell geht, Love", betone ich noch einmal. Wie hätte ich bei seinen Worten nicht daran denken können? Wie hätte ich meine Gedanken von diesem Thema fernhalten sollen? Er schüttelt den Kopf. „Nein. Nicht mehr."

Lächelnd spiele ich mit seinen Locken. „Dann bleib." Archers Augen werden groß. „Bleib hier. Du musst es deinem Boss nicht sagen, wenn du nicht willst. Du kannst die Wohnung noch behalten, falls es dir zu viel wird." Ein Lächeln schleicht sich auf meine Lippen. „Bleib hier."

„Du möchtest wirklich, dass ich hier einziehe?"

„Erstaunt es dich?"

„Es überrascht mich ein wenig", gibt er zu. „Ich wusste bis gerade nicht einmal, ob es in Ordnung war, dass ich mich hier einquartiert habe, ohne dich vorher zu fragen und jetzt… du möchtest, dass ich hier wohne?"

„Ich würde mich sehr darüber freuen", stimme ich zu, denn es ist die Wahrheit. Jeden Morgen einen Kuss. Jeden Abend einen Kuss. Nach Hause kommen und wissen, dass ich nicht allein einschlafen werde. Einschlafen und wissen, dass mein erster Blick am Morgen in seine Richtung gehen wird. Mir wird warm ums Herz.

Fast unscheinbar nickt Archer. Er nickt. Er möchte es auch. Ich grinse breit, lache glücklich und ziehe ihn in meine Arme. „Wirklich?", frage ich vorsichtshalber nach. Nun nickt er stärker.

„Ja. Ich will mit dir zusammen wohnen!", antwortet er schließlich. Er hat seine Stimme wiedergefunden und presst mich an seinen eigenen Körper. „Ich bin so viel lieber bei dir als irgendwo sonst", murmelt er gegen meinen Hals und ich schließe meine Augen. Wir lassen uns nicht los. Einige Zeit lang bleiben wir in der Umarmung und genießen den Moment. Es ist unser Moment. Einer von vielen keinen Augenblicken, die nur uns gehören. Archer schmiegt sich an mich und ich weiß, dass er lächelt. Sanft drücke ich einen Kuss auf die Haut seiner Halsbeuge. Er lacht leise und glücklich. Ich wiederhole es und Archer drückt mich fester. Es ist wundervoll, wie er auf mich reagiert. Ich könnte den ganzen Tag nichts anderes machen, als ihn wieder und wieder zu küssen.

„Elliot", murmelt er leise. „Schatz."

„Mhm?" Vorsichtig löst Archer sich von mir, legt eine Hand auf meine Wange und streicht mit dem Daumen darüber. Ich bin sicher, ich erröte ein wenig. Mein Herz klopft mir bis zum Hals und meine Knie sind längst nicht mehr so stabil, wie sie es sein sollten.

„Ich liebe dich, Elliot. So sehr. Du bist so ein wunderbarer Mensch."

„Ich liebe dich auch." Ich widerspreche dem anderen Teil seiner vorherigen Aussage nicht, er würde ja doch wieder anfangen zu diskutieren. Stattdessen küsse ich ihn, sanft, liebevoll, mit Bedacht und voller Hingabe. Er streicht über meinen Rücken. Eine

Gänsehaut breitet sich aus und ein Schauer krabbelt meine Wirbelsäule hinab.

„Wann kann ich meine Sachen herbringen? Es ist nicht so viel, wir müssen niemanden engagieren oder so. Ein Auto habe ich ja hier. Also kein eigenes, aber den Leasingwagen von *TAA*.“

„Wann immer du möchtest“, entgegne ich. „Du hast meinen Haustürschlüssel und in der Garage ist definitiv noch Platz für einen zweiten Wagen.“

„Ich darf die Garage nutzen?“, fragt er überrascht und ich lache. „Archer, Love, das hier ist jetzt dein Zuhause. Du darfst machen, was immer du willst!“ Archer unterdrückt ein Grinsen.

„Also fast alles“, merke ich an. „Ich wäre nicht erfreut darüber, wenn du plötzlich alle Wände bunt streichst oder meine Eishockey-Sachen wegpackst, aber…“

„Das würde ich doch nie machen!“, unterbricht er mich sofort empört und ich lache. „Das weiß ich doch, das war ein Spaß.“

„Haha.“

„Mach, was immer du möchtest, Love. Ein neues Sofa, ein anderer Wohnzimmertisch, von mir aus auch ein neues Bett. Ich möchte, dass du dich hier wohlfühlst und dass es für dich ein Zuhause wird, okay?“

„Das dürfte ich alles machen?“ Ich nicke und nehme seine Hand, ehe ich ihn aus dem Wohnzimmer führe. Mein erster Stopp ist mein Arbeitszimmer.

„Schau, hier ist definitiv viel freie Fläche. Wenn wir meinen Schreibtisch dorthin stellen…“ Ich deute zur linken Seite des Raumes. „… ist hier genug Platz, damit du dich auf der Seite einrichten kannst. Und abgesehen davon, bin ich so gut wie nie im Arbeitszimmer“, erkläre ich und gehe weiter. Der nächste Haltepunkt ist in meinem Keller: mein Fitnessraum. „Ich wette, du hast eine Yogamatte, oder?“

„Natürlich“, antwortet er mir, als wäre es selbstverständlich.

„Dann richte es dir hier ein, wie du möchtest. Mit Pflanzen oder so einem Kram."

„Das stört dich nicht?"

„Wieso sollten mich Pflanzen beim Sport stören?", frage ich verwirrt.

„Vielleicht magst du es nicht."

„Mir ist es recht egal", erwidere ich schulterzuckend und führe Archer als nächstes in mein – nein, unser Schlafzimmer und sehe in meinen begehbaren Kleiderschrank. „Hier ist jede Menge Platz", stelle ich fest. Ich habe nicht die ganze Größe des Raumes ausgeschöpft und ich bin sicher, Archers und meine Kleidung passt hier locker rein. „Wenn dir etwas fehlt, eine Kleiderstange für deine ganzen Hemden oder so, dann machen wir das."

Archer sieht sich um. „Ich denke, ich bräuchte vielleicht sogar zwei Kleiderstangen", gibt er zu und ich nicke. „Sicher, dann zwei Kleiderstangen. Was fällt dir noch ein?", möchte ich wissen und sehe zu meinem Freund. „Komm schon, da ist etwas."

„Komm mit", bittet er mich und führt mich wieder nach unten. Er läuft zur Terrassentür, öffnet sie und sieht hinaus in den Garten. „Ich würde den Garten gerne umgestalten, wenn ich darf. Nur ein bisschen und nichts Großes, aber…"

„Was schwebt dir vor?"

„Erdbeersträucher, Himbeeren, Kräuter, Wildblumen, Rosen, Sonnenblumen, Lilien… alles Mögliche, um ehrlich zu sein", gibt er preis.

„Darum kümmerst du dich dann. Ich habe keinen grünen Daumen."

„Es… wirklich?"

„Der Garten gehört ganz dir. Lass mir nur ein wenig Grünfläche."

„Natürlich, das… ja, sicher!" freut er sich. Archer strahlt. Von einem Ohr bis zum anderen. „Stell dir vor, hier tummeln sich

Bienen und Schmetterlinge, vielleicht zieht sogar ein kleiner Igel in den Garten ein. Oh, und Vogelhäuschen brauchen wir."

Morgen haben wir frei. Ich ziehe mein Handy aus der Hosentasche und stelle mir einen Wecker, nicht allzu früh, aber so, dass wir zeitig aufstehen. Mein Freund sieht im Garten umher. Ich kann mir vorstellen, dass sich vor seinem inneren Auge gerade dutzende Bilder zusammenfügen, was er hier alles tun könnte. *Noch nie war ich so glücklich darüber, ein Haus mit Garten zu haben.* Allein für die Freude in Archers Gesicht hat es sich gelohnt.

„Ich liebe dich, Elliot, so sehr", flüstert er und dreht sich zu mir.

„Weil ich dir einen Garten geschenkt habe?"

„Weil du wunderbar bist."

„Unser Essen ist kalt geworden", stelle ich fest, als wir zurück in der Küche sind und nehme mir mein Weinglas, ehe ich die Herdplatte wieder anstelle, um die One-Pot-Pasta aufzuwärmen.

„Möchtest du es morgen machen?"

„Was genau meinst du?", fragt er mich.

„Alles", antworte ich schulterzuckend und lehne mich gegen die Arbeitsplatte. „Wir können zuerst in einen Baumarkt fahren oder in ein Einrichtungshaus. Wir lassen alles liefern. Und dann gehen wir in ein Gartencenter", schlage ich vor. „Auf dem Rückweg machen wir einen Abstecher bei der Wohnung von *TAA* und laden deine Sachen ein. Die Kartons dafür können wir von Baumarkt mitnehmen", überlege ich laut.

„Du hast es ja schon durchgeplant", stellt Archer amüsiert fest.

„Meinst du, jetzt wo die Möglichkeit besteht, dass du hier lebst, möchte ich, dass es auch nur einen weiteren Tag anders ist?"

„Du bist süß", schmunzelt er. Ich hole zwei Teller aus dem Schrank, während Archer Besteck aus der Schublade nimmt. „Wir holen meine Sachen morgen", stimmt er zu. „Aber alles andere muss noch warten."

„Was? Wieso das? Musst du doch arbeiten?"

„Nein, aber ich muss auf mein Gehalt warten. Gute Pflanzen sind teuer." Irritiert sehe ich ihn an und er hält in seiner Bewegung inne. „Vergiss es."

„Wieso denn nicht?"

„Nein, Elliot, du hast gerade erst super viel Geld ausgegeben."

„Gespendet", korrigiere ich ihn. Er verdreht die Augen. „Es gehört nicht mehr dir. Es kommt am Ende aufs Gleiche raus", entgegnet er und schüttelt den Kopf. „Wenn ich hier etwas ändern möchte, zahle ich das schön selbst."

„Aber..."

„Verdammt, Elliot!", unterbricht er mich plötzlich lauter und perplex sehe ich ihn an. „Du bist doch nicht mein Sugar Daddy!" Einen Moment schaue ich ihn stumm an, dann bricht es aus mir heraus. Ich fange schallend an zu lachen und halte mir den Bauch. „Dein... dein Sugar Daddy?!", frage ich und irritiert mustert mich mein Freund. „Du findest das witzig?"

„Oh und wie!", grinse ich. „Du glaubst, ich würde zu deinem Sugar Daddy, wenn ich dir ein paar Vogelhäuschen schenke? Scheiße, da würde schon eher der Garten die passende Begründung sein."

„Elliot!"

Ich schmunzle und gehe auf ihn zu. „Wir fahren morgen dahin und du packst alles ein, was dir gefällt, okay?" Mir kommt eine Idee. „Wir können es als Deal ansehen. Ich bezahle die Pflanzen und den ganzen Kram und du kochst."

„Ich soll kochen?"

„Wenn du hier wohnst, wirst du kochen müssen, denn ich kann es nicht. Und ich bezweifle, dass du Fan davon bist, ständig Essen zu bestellen."

„Allerdings nicht."

„Also haben wir das geklärt." Archer überlegt einen Moment lang. „Du wirst ab heute hier kochen und dich um den Garten kümmern, das ist dein Beitrag, ja? Lass mich die Pflanzen zahlen. Ich habe genug Geld", argumentiere ich, auch wenn ich es nach wie vor nicht gerne laut ausspreche. Ich spiele Eishockey nicht des Geldes wegen.

„Bist du dir wirklich sicher?"

„Das werden wir sehen, wenn ich deine anderen Gerichte probieren konnte", antworte ich provokant und erreiche damit genau das, was ich erreichen wollte. Archer lacht.

27. Kapitel

Wir laufen durch den Außenbereich des Gartencenters, als Archer das Thema anspricht, das wir seit gestern umgehen. Natürlich hatte ich bereits im Sinn, darauf zurückzukommen, so wie es ursprünglich vereinbart war, aber jedes Mal, wenn meine Gedanken dorthin geschweift sind, hatte ich augenblicklich Bedenken, die entspannte, angenehme Stimmung zwischen uns zu zerstören.

„Möchtest du zuerst über Noah sprechen, oder über den Artikel?", fragt er schließlich und schiebt den großen Einkaufswagen vor sich her.

„Ich wusste nicht, wie ich es ansprechen soll."

„Mhm. Habe ich mir gedacht", erwidert er und bleibt stehen, um sich ein paar Pflanzen anzusehen. Keine Ahnung, welche Art es ist, Grünzeug halt. Er stellt den Topf wieder weg und geht weiter. Einige Pflanzen hat er bereits eingepackt, ich glaube es sind Wildblumen. Archer hat einen Zettel in der Hand. Heute Morgen beim Frühstück hat er eine Skizze des Gartens angefertigt und verschiedene Ideen niedergeschrieben.

„Ich wollte nie, dass du dich hintergangen fühlst", sagt er schließlich und betrachtet den Zettel in seiner Hand. „Irgendwie musste ich an Tickets kommen und ich bin meine Kontakte durchgegangen. Ich hatte die Hoffnung, dass Noah eventuell helfen kann, weil er dort arbeitet. Glaub mir, ich hätte lieber jemand anderes angerufen", erzählt Archer mir. „Noah mag dich nach wie vor. Soweit ich weiß, wolltet ihr doch versuchen, wieder Freunde zu werden", merkt er an und blickt zu mir. Ich schweige. Archer seufzt und geht ein Regal weiter. Die Stimmung ist genauso angespannt und unangenehm, wie ich befürchtet hatte. Am liebsten würde ich das Thema auf der Stelle abbrechen, aber mir ist bewusst, dass es die Situation nur schlimmer machen würde. Augen zu und durch. Etwas anderes wird nicht helfen.

„Du hast es mir nicht gesagt."

„Mhm. Habe ich nicht", nickt er und nimmt sich einige Pflanzen, um sie zu den anderen zu stellen. „Noah wollte den Grund wissen. Verständlicherweise. Ich habe nicht viel verraten, aber anders wäre ich nicht an die Tickets gekommen. Ohne ihn hätte es wahrscheinlich nicht geklappt. Als er mir die Zusage wenig später per E-Mail geschickt hat, war ich gerade dabei, alles andere zu organisieren: Das Hotel, die Stylistin, dein Outfit, Clairs Outfit, deine Fahrt zur Gala", zählt er auf. „Es war sehr viel zu tun", erklärt er mir und unsere Blicke treffen sich. Ein Schauer erfasst meinen Körper und mein Herz hüpft. Das tut es jedes einzelne Mal, wenn Archer mich ansieht. Keine Mauer, kein Schutz. Er sieht mich, erkennt mich. Sofort.

„Ich hätte es dir schreiben können, da hast du recht, aber ich wollte, dass du den Abend genießt. Ich war mir nicht sicher, ob das gegangen wäre, wenn du gewusst hättest, dass Noah dort ist. Und ich hatte die kleine Hoffnung, dass ihr euch überhaupt nicht begegnen würdet", gibt er zu.

„Okay."

„Okay?"

„Ja, okay. Ich denke, ich kann es inzwischen verstehen", lenke ich ein und lächle versöhnlich. Als ich sehe, dass er es erwidert, erfüllt mich das Gefühl der Erleichterung.

„Ich würde dich jetzt gerne küssen", sage ich unüberlegt und Archer unterdrückt ein Grinsen. „Ich dich auch."

Ich sehe mich um. Wir stehen zwischen vielen hohen Regalen. Es ist noch früh am Tag und das Gartencenter recht leer. Niemand ist in Sichtweite. Also verliere ich keine Zeit. Mit beiden Hände greife ich die Knopfleisten seiner offenen Jacke, ziehe ihn bestimmend zu mir heran und küsse ihn.

„Mhm", keucht Archer leise überrascht. Ich lecke über seine Lippen und er öffnet seinen Mund. Einen kurzen Moment lang schmecke ich seine Zunge, spüre seinen Mund und vergesse die Welt um uns herum. Ich blende alles aus, nur Archer nimmt meine Sinne ein. Mein Körper fokussiert sich auf ihn und erneut stelle ich fest, wie sehr ich diesem Mann verfallen bin. Wie sehr ich ihn liebe.

„Was…", fragt Archer verblüfft, fast schon sprachlos.

„Ich wollte einen Kuss, also habe ich mir einen Kuss geholt."

„Habe ich mitbekommen."

„Schlimm?", frage ich amüsiert.

„Nein… uhm… wir sind nicht zu Hause", stellt er fest und mir wird warm ums Herz.

„Du hast *zu Hause* gesagt", bemerke ich glücklich.

„Ja", lächelt er nun auch und seine Wangen werden etwas dunkler.

„Sag es nochmal."

„Was, zu Hause?"

„Es klingt wundervoll."

Er sieht auf seinen Zettel mit der Gartenskizze und nickt. „Tut es. Ja."

Ein Mitarbeiter läuft an uns vorbei und räumt wenige Meter neben uns einige Pflanzen in die Regale. *Verdammt, muss er das jetzt tun? Ich möchte meinen Freund noch einmal küssen!*

„Wenn wir schon dabei sind… der Artikel", fällt mir stattdessen ein.

„Darum kümmere ich mich bereits", meint Archer. „Ich habe ihn gelesen und die Reaktionen auf Social Media angesehen. Es gibt durchaus Personen, die diese Theorie für realistisch halten, aber noch mehr Menschen, die den Artikel kritisiert haben. Die Meinungen gehen auseinander, aber viele verstehen nicht, wieso du schwul sein solltest, nur weil du LGBTQ+ unterstützt. In den Augen der Fans bist du durch die Gala offiziell zu einem Ally geworden."

„Einem Ally?", frage ich ihn irritiert.

„Jemand der hetero ist, aber sich für Gleichberechtigung bezüglich LGBTQ+ einsetzt", erklärt er mir. „Das ist sehr gut. Es passt perfekt zur Kampagne und ist gute PR für *Lightning*. Ich denke, es ist das Beste, gar nicht auf diesen Artikel zu reagieren."

„Was?" Mit großen Augen sehe ich ihn an. „Du willst gar nichts machen?!"

„Es sind nur Spekulationen und die Mehrheit glaubt es sowieso nicht. Getroffene Hunde beißen, Elliot, deswegen denke ich, wir sollten die Füße stillhalten. Und der sogenannte Insider ist übrigens ein altes Jahrbuchfoto der Eishockeymannschaft. Man kann es über Google finden." Ich denke darüber nach und erwidere: „Du bist der Fachmann. Ich vertraue dir."

„Ich würde niemals etwas machen, das dir oder deiner Karriere schaden würde."

„Das weiß ich, Love."

Damit ist auch dieses Thema abgeschlossen. Ich kann nicht sagen, dass ich mir gar keine Gedanken um den Artikel mache, aber es stimmt, ich vertraue Archer in diesem Punkt voll und ganz. Ich vertraue Archer in allem, was er sagt, ganz egal, worum es geht. Kurzerhand nehme ich ihm den Zettel aus der Hand.

„Was soll das sein?", frage ich und blicke auf eine Notiz.

„Ein Hochbeet", erwidert er.

„Brauchen wir aus dieser Abteilung noch etwas?", frage ich ihn und sehe in den inzwischen sehr vollen Einkaufswagen. Er schüttelt den Kopf. „Nein, das wars, denke ich."

„Dann komm, holen wir dieses Hochbeet", beschließe ich und laufe vor. „Das ist für die Kräuter, oder?"

„Wenn alles klappt, ja", nickt Archer. Er hat mir heute Morgen zwar erzählt, welche Kräuter es genau sein sollen, aber das weiß ich schon nicht mehr.

Nachdem ich feststellen muss, dass ich in die völlig falsche Richtung gelaufen bin, kommen wir schließlich doch am richtigen Bereich des Gartencenters an. Archer stöbert durch die Auswahl.

„Oh wow…"

„Das ist ein Baum."

„Das ist ein Olivenbaum. Bestimmt schon 50 Jahre alt, oder mehr", antwortet Archer mir und sieht auf das Schild „56", korrigiert er, wirft einen letzten Blick auf den Baum und geht weiter.

„Warst du nicht gerade noch total begeistert?" wundere ich mich.

„Ähm… ja, aber wir haben doch schon so viel", redet er sich heraus. Ich verdrehe innerlich die Augen und schnappe mir das Etikett, das am Baum befestigt ist. *Stammumfang: 0,5 Meter, Höhe: 2,1 Meter inkl. Topf, Preis: 599$.*

In dem Moment, als Archer den Baum gesehen hat, haben seine Augen geleuchtet. Das könnte er nie bestreiten und nun ist mir klar, weswegen er so schnell weiter gelaufen ist. Er schaut gerade ein paar Meter weiter nach Sonnenblumenkernen (glaube ich zumindest) und bemerkt nicht, dass ich noch hier stehe. Schnell winke ich einen Mitarbeiter zu mir.

„Was kann ich für Sie tun?", fragt er freundlich.

„Ich möchte diesen Baum."

„Den Olivenbaum?", fragt er überrascht.

„Ja. Haben Sie einen Zettel?", frage ich und sehe wieder zu Archer. Er sieht immer noch nicht her. Der Mitarbeiter folgt meinem Blick. „Oh, verstehe."

„Können Sie ihn heute noch liefern?"

„Sicher, aber da müssten Sie Vorkasse leisten."

„Kein Problem."

Er nickt und ich schreibe meine Adresse und meinen Namen auf. „Ich gebe es an meine Kollegin an der Kasse weiter."

Nachdem er einen *verkauft*-Sticker auf den Zettel am Olivenbaum geklebt hat, ist er wieder weg und ich gehe zu Archer.

„Schau, die sollen über 1,5 Meter hoch werden", meint Archer
und zeigt mir die Tüte mit den Sonnenblumenkernen. „Also
werden sie wahrscheinlich größer als du", kichert er und legt sie
in den Wagen.

„Arschloch. So klein bin ich wirklich nicht." *Und diesem Kerl
kaufe ich mal eben so einen Baum der knapp 600$ kostet.*

„Gehst du schon einmal zum Auto?", frage ich ihn, als die
Pflanzen des ersten Einkaufswagens gescannt sind. Einen zweiten habe ich vorhin holen müssen, als es langsam ziemlich viele
Pflanzen geworden sind, die Archer für den Garten ausgesucht
hat.

„Klar", nickt er und ich gebe ihm meine Schlüssel.

„Sie überraschen ihn mit dem Olivenbaum?", fragt die Dame
an der Kasse. Ich nicke. „Ja, genau."

„Ein ziemlich großes Geschenk." Ich zucke mit den Schultern
und sage nichts weiter dazu. Ich stelle fest, Pflanzen sind teurer,
als ich dachte. Sehr viel teurer. Meine Bankkarte glüht, als ich
die Quittung einstecke und mit dem Wagen zum Auto laufe.

„War es sehr viel?"

„Mhm?"

„Geld. War es sehr viel Geld, was du ausgegeben hast?"
Wenn du wüsstest.

„Es ging", antworte ich schulterzuckend und hieve den Ro-
senbusch in den Kofferraum.

„Deswegen sollte ich doch vorgehen, oder nicht?"

„Ich weiß, dass du dich nicht wohl damit fühlst, wenn ich
zahle", entgegne ich. Er zuckt mit einer Schulter. „Nicht unbedingt." Er sieht auf unseren Einkauf. „Aber ich freue mich auf
den wunderschönen Garten, den wir bald haben werden."

„Und ich freue mich auf das grandiose Essen, dass du heute
Abend zaubern wirst", grinse ich und Archer lacht glücklich.

„Es wird ein Dinner, das du niemals vergessen wirst. Ich werde alle Register ziehen", kündigt er an.

Ich setze Archer bei der Wohnung von *TAA* ab. Er wird seine Sachen einpacken und mit seinem Auto anschließend zu uns fahren. Auch sein Schreibtisch, wird er mitbringen. Der passt auf den Rücksitz, wenn man die Beine abschraubt, meinte er. Mein Wagen platzt aus allen Nähten. Ich öffne die Kofferraumtür. Das alles muss jetzt in den Garten geschafft werden. Ich verliere keine Zeit. Ich weiß nicht, wie lange Archer brauchen wird, bis er hier sein wird, aber in jedem Fall möchte ich, dass die Pflanzen dann nicht mehr im Auto stehen. Bei einigen der Pflanzen bin ich mir nicht sicher, aber den Rest stelle ich entsprechend der Skizze im Garten auf. Ich bilde mir ein, wenig später bereits ein paar Bienen und andere Insekten zu sehen. Plötzlich klingelt es an der Tür. Archer hat seinen Schlüssel dabei, es muss der Lieferservice des Gartencenters sein. Ich habe recht. Sie bringen den Olivenbaum in den Garten. Nur ein paar Minuten später wird die Tür aufgeschlossen. Archer kommt herein. Wäre er ein wenig früher hier gewesen, hätte er den grünen Transporter noch gesehen, aber zum Glück ist dies nicht der Fall. Der Baum steht mitten im Garten. Er ist nicht auf der Skizze eingezeichnet, also habe ich ihn dort stehen gelassen.

„Hallo Schatz!", ruft Archer laut.

„Wieso steht das Auto nicht in der Garage?", frage ich verwundert.

„Wie hätte ich sie öffnen sollen?"

„Ich habe dir die zweite Fernbedienung fürs Tor doch an den Schlüssel gemacht. Heute Morgen."

„Das hast du nicht gesagt."

„Ich dachte, es wäre dir aufgefallen."

Archer sieht auf seinen Schlüsselbund. „Offenbar nicht", grinst er amüsiert und geht zurück zu seinem Auto. Es sind weniger Kisten, als ich gedacht hatte, aber dennoch dauert es eine

Weile, bis sie alle im Wohnzimmer stehen. Archer stellt den Wagen in die Garage und kommt durch die Tür, die in die Küche führt, wieder ins Haus.

„Du hast die Pflanzen alle allein aus dem Auto getragen?"

„Sie stehen im Garten", nicke ich. „Bei einigen wusste ich allerdings nicht, wo sie hinsollen."

Archer greift zu seiner Hosentasche. „Du hast meinen Zettel geklaut."

„Oops."

Er lacht und geht zur Terrassentür. Abrupt bleibt er stehen.

„Elliot…", sagt er leise, fast flüsternd.

„Mhm?" Ich gehe zu ihm und schmunzle. Er sieht starr geradeaus. Direkt zum Olivenbaum.

„Elliot Leighton…", murmelt er und öffnet mit zittriger Hand die Glastür.

„Ja, bitte?", frage ich amüsiert.

„Das… das kann nicht dein Ernst sein." Mit kleinen Schritten läuft er über den Steinboden der Terrasse näher zum Garten. „Du hast doch nicht… das kann nicht dein Ernst sein… das… ach du Scheiße!", flucht er und dreht sich zu mir um. „Du hast… du hast… der Olivenbaum… wann… aber…", stottert er und glücklich grinsend folge ich ihm in den Garten. Er steht am Rand der Terrasse und blickt mich mit großen Augen an.

„Du warst so auf die Sonnenblumenkerne konzentriert, dass du es nicht mitbekommen hast", erkläre ich ihm und zucke mit den Schultern. Meinem Freund ist anzusehen, wie sein Gehirn arbeitet, die Rädchen sich drehen und er nach und nach versteht, was hier passiert. „Deswegen hast du mich vorgeschickt."

„Stimmt."

„Du… der Baum ist so teuer. Das… oh Gott, das ist so viel Geld!"

„Vergiss das Geld, bitte." Er sieht wieder zu mir. „Du wolltest ihn haben, oder nicht? Ich wusste nicht, wo er stehen soll, deswegen ist er noch hier… mitten auf der Wiese. Stell ihn hin, wo immer du es möchtest", lächele ich, streiche über seine Schultern, seine Arme und schiebe schließlich meine Finger zwischen seine. Archer schluckt, sieht zum Baum, sieht wieder zu mir und atmet tief durch.

„Love…", murmle ich lächelnd und löse eine Hand aus seiner, um mit einem Daumen über seine feuchte Wange zu streichen. „Du hast mir einfach so einen Olivenbaum gekauft? Wirklich?"

„Ich liebe dich. Und du hast so gestrahlt, als du ihn gesehen hast. Wenn dich dieser Baum glücklich macht, sollst du ihn haben."

„Oh Gott, Elliot", keucht er und schnappt nach Luft. Er geht einige Schritte über die Wiese, umkreist den Baum einmal und wischt sich immer wieder über die Augen. „Das… du bist irre. Du bist vollkommen wahnsinnig", lacht er und schüttelt dabei den Kopf.

„Vielleicht bin ich wahnsinnig", gebe ich zu. Ich bin wahnsinnig verliebt. Ich bin vollkommen verrückt; nach ihm. Ihn so zu sehen, so glücklich, so sorglos und überwältigt, ist jedes Geld der Welt wert. Ich trete einen Schritt auf die Wiese.

„Ich… danke. Das ist… ich weiß nicht, wie ich dir danken soll", gibt er zu. Ich strecke einen Arm in seine Richtung aus. Er nimmt meine Hand nicht. Stattdessen umarmt er mich stürmisch und kräftig. Überrumpelt lande ich auf der Wiese und ziehe ihn mit mir. „Ich liebe dich so sehr. Du… du bist unglaublich!"

„Ich dich auch, Love."

Er küsst mich. Wir liegen mitten in unserem Garten, umringt von Pflanzen, die darauf warten ihren Platz in der Erde zu finden und küssen uns. Es ist perfekt. So perfekt.

Archer verbannt mich aus der Küche. Um nicht tatenlos herumzusitzen, räume ich meinen Kleiderschrank um und seine Klamotten ein. Und die Kiste fürs Badezimmer. Und seine Bücher und die Yogamatte und alles andere.

„Hi, wie weit bist du?"

„Du sollst doch nicht in die Küche kommen!"

„Ich weiß sowieso nicht, was genau du da tust", entgegne ich. „Außerdem sind inzwischen alle Kisten leer und ich möchte bei dir sein."

„Du hast meine Sachen ausgeräumt?"

„Ja. Ich möchte den Abend mit dir in Ruhe verbringen", erkläre ich.

„Du bist süß", lächelt mein Freund, kommt zu mir und küsst mich sanft. „Ich brauche noch ein bisschen. Es wird dir schmecken, das verspreche ich."

„Davon gehe ich aus", grinse ich und stehle mir einen weiteren Kuss. „Verbannst du mich jetzt wieder aus der Küche?"

„Oh ja! Und aus dem Wohnzimmer!"

„Und was soll ich stattdessen tun?", möchte ich wissen. Er zuckt mit den Schultern. „Du könntest die Hochbeete zusammenbauen."

„Der Garten ist dein Gebiet", erinnere ich ihn.

„Sicher", nickt er. „Dann ruhe dich ein bisschen aus."

„Ich hole mein Werkzeug", antworte ich und schnappe mir die Kiste mit den Utensilien aus der Garage. Man sollte meinen, es dürfte nicht so schwierig sein, ein Hochbeet aufzubauen. Falsch. Es ist schwierig. Es steht erst eins der beiden Beete, als Archer die Terrassentür öffnet.

„Essen ist fertig."

„Zum Glück", seufze ich, stehe auf und klopfe das Gras von meiner Hose. Als ich aufstehe erblicke ich meinen Freund in einer schwarzen Anzughose, die seine Beine umschmeichelt. Als ich sein Oberteil sehe, klappt mein Mund ein Stück auf. Er trägt das pinke Hemd. *Herr Gott, er sieht so gut darin aus.* Ich stolpere auf ihn zu, ungeschickt und mit vernebelten Gedanken. „Erst Händewaschen", sagt er direkt und sofort befolge ich diese Anweisung. Danach laufe ich wieder zu ihm. Er bringt mich völlig durcheinander. Kichernd schiebt er seine Finger zwischen meine.

„Wieso so wacklig auf den Beinen?"

„Sie sind eingeschlafen", antworte ich, wissend, dass ihm sowieso der wahre Grund bekannt ist. Archer führt mich ins Wohnzimmer und meine Augen werden groß. Ich bemerke nicht, wie Archer sich hinter mich stellt.

„Oh wow."

„Das Dinner ist angerichtet, Mister Leighton, setzen Sie sich." haucht er gegen meinen Hals. Und legt seine Hände an meine Hüfte. Ich seufze leise und schließe die Augen, als weiche Lippen meine Haut berühren.

„Love…", murmle ich ergeben und lehne mich gegen seine starke Brust. „Das Essen wird kalt."

„Die Vorspeise wird sowieso kalt serviert", antwortet er leise und küsst meinen Hals erneut. Sanft saugt er an der Stelle unter meinem Ohr, die mich schwach werden lässt.

„Archer…", seufze ich. „Mhm."

„Schatz", antwortet er und ich spüre, dass er lächelt.

„Du hast eine Vorspeise gemacht?"

„Ich habe ein Drei-Gänge-Menü gemacht", korrigiert er mich und ich öffne die Augen wieder. Der Esstisch ist mit Rosenblüten dekoriert, Kerzen stehen überall im Raum verteilt und hüllen uns in eine romantische Atmosphäre. Ein dreiarmiger Kerzenständer steht auf dem Tisch.

„Das ist deiner, oder?"

„Unserer", antwortet Archer, ohne zu zögern. Er hat wirklich alle Register gezogen. Silberne Servierteller, Stoffservietten mit dazugehörigen Ringen darum, Besteck für jeden Gang, makellos polierte Wein- und Wassergläser. Neben dem Tisch steht ein hoher Weinkühler mit einer Flasche Rosé darin.

„Gehört der auch dir?"

„Uns", wiederholt er lediglich.

„Woher hast du das alles?", möchte ich wissen und verschränke unsere Finger miteinander. Er hat die Arme um mich geschlossen und umhüllt mich dadurch.

„Die Rosen habe ich auf dem Weg hierher gekauft, die Kerzen auch", erklärt er mir. „Die anderen Dinge... sagen wir, ich habe sie nicht heute besorgt", weicht er aus. Ich frage nicht weiter. Er führt mich zum Tisch, zieht den Stuhl nach hinten und rückt ihn vor, als ich mich setze.

„Der erste Gang ist Carpaccio."

„Du warst einkaufen."

„Möglicherweise." Er lächelt verschmitzt und verschwindet für einen kurzen Moment in der Küche.

„Ich hoffe, es schmeckt dir."

„Garantiert!" Mir läuft beim Anblick der Vorspeise das Wasser im Mund zusammen. Archer schenkt uns ein und wir stoßen an.

„Auf uns."

„Und deinen Olivenbaum", füge ich hinzu. Mein Freund lacht glücklich.

Das Dinner ist perfekt. Archer ist ein Gott in der Küche, anders kann man es nicht sagen. Wieso ist er nicht Koch geworden? Ich bin sicher, er würde mit hunderten Sternen ausgezeichnet werden. Mit allen Preisen, die es gibt.

„Für dieses Essen hast du dir die Pflanzen mehr als verdient", stelle ich fest und seufze genießend.

„Freut mich, dass es dir schmeckt."

„Das ist der Wahnsinn, Archer. Scheiße, was bin ich froh, dass du jetzt hier wohnst."

„Damit ich dich bekochen kann."

„Oh ja!", stimme ich nickend zu und trinke einen Schluck Wein.

„Nur deswegen?", fragt er provokant, schafft es aber, dabei scheinheilig zu lächeln.

„Deswegen und… und weil der Garten dringend Pflege braucht."

„Idiot."

„Oh, und wegen des unfassbar guten Sex natürlich", füge ich hinzu und tue so, als würde es mir gerade erst einfallen.

„Schon klar." Der schöne Mann, der mir gegenüber sitzt, verdreht die Augen. „Und?"

„Meinst du, ich habe etwas vergessen?"

„Vielleicht. Möglich wäre es schon."

„Lass mich überlegen… mhm."

„Fällt es dir ein?"

„Mhm… oh, ach ja!"

„Ja?", fragt Archer erwartungsvoll und amüsiert.

„Ja, ich weiß es wieder!"

„Möchtest du es mir auch sagen?"

„Sollte ich das?"

„Ich wäre dafür."

„Oh, na dann", grinse ich und zucke mit den Schultern. „Da wäre noch der Fakt, dass du mit sehr hoher Wahrscheinlichkeit meine Person bist."

„Deine Person?"

„Meine Person. Mein Mensch", stimme ich zu. „Die Liebe meines Lebens." Es auszusprechen ist weniger schwierig und beängstigend als gedacht. Vielleicht war es mir schon länger bewusst, nur habe ich es nicht verstanden. Ich kann es nicht sagen. Aber ich kann sagen, dass es der Wahrheit entspricht. 100 Prozent. Archer ist die Liebe meines Lebens, wenn es so etwas gibt. Der Gedanke daran ist nicht mehr abwegig und der Grund dafür sitzt mir direkt gegenüber. Perplex blinzelt er ein paar Mal. „Ich… was?"

„Du bist meine Person", wiederhole ich und lächle sanft. Archer legt seine Gabel und sein Messer weg. Für einen Moment frage ich mich, ob es zu früh war. Zu viel auf einmal und zu unüberlegt. Hätte ich es nicht aussprechen sollen? Angespannt umklammere ich mit einer Hand mein Weinglas und mein Bein beginnt, nervös zu zucken. Archer schweigt nach wie vor. Wenn er in den nächsten Sekunden nichts sagt, werde ich wahnsinnig. Garantiert.

Ich atme zittrig tief ein und wieder aus. Ich habe es versaut. Das wars. Das romantische Dinner ist um und die mit Liebe getränkte Atmosphäre wie weggefegt. Herausgekehrt und hinter ihr wurde die Tür hart und laut ins Schloss geknallt.

„Schatz?"

„Mhm?"

„Du hast nicht reagiert. Ich habe zweimal deinen Namen gesagt."

„Oh." *Hat er das?* „Sorry."

Er schüttelt den Kopf. „Schon gut", entgegnet er. „Du warst in Gedanken." Stumm nicke ich. „Uhm… bereust du es?"

„Was?"

„Was du gesagt hast?"

Irritiert sehe ich ihn an. „Wieso sollte ich das?"

„Ich weiß nicht. Nachdem du es gesagt hast, hast du nicht mehr auf mich reagiert und… ich weiß nicht recht, wie ich es deuten soll."

Ich befeuchte meine Lippen und sehe auf die Rosenblüten zwischen uns auf der glatten Tischdecke. „Wenn es zu früh ist, tut es mir leid, ich hatte nicht vor, dich damit zu überfallen, es…" Ich breche ab.

„Also bin ich es? Du siehst mich als die Liebe deines Lebens an?"

„Ja."

Archer öffnet den Mund, aber es kommt kein Ton heraus. Ich seufze. Es war definitiv zu früh. Unschlüssig, was ich jetzt tun soll, schiebe ich das Essen auf meinem Teller hin und her. „Schatz, magst du mich ansehen?", bittet mich Archer und ich schaue auf. Seine Augen glitzern. Der Schein der Kerzen um uns herum verstärkt es nur noch mehr. Sie glänzen verräterisch. Er versucht erst gar nicht, es zu verhindern. Seine Wangen werden feucht. Schon wieder. Die Stille zwischen uns ist sowohl beruhigend als auch drückend. Sie hüllt uns ein und schottet uns vollkommen von der Welt außerhalb dieses Raumes ab. Es ist unsere eigene kleine Realität, die sich in diesem Raum gebildet hat.

„Ich weiß nicht, was ich sagen soll", beginnt mein Freund schließlich. „Ich habe damit nicht gerechnet, überhaupt nicht." Er schnieft und wischt sich über die Wangen. Ich habe das Bedürfnis, das Gleiche zu tun und seine Haut zu trocknen.

„Vor ein paar Monaten war ich mir nicht einmal sicher, ob du dich auf mich einlassen würdest, ob wir jemals ausgehen können. Und dann habe ich darauf gewartet, dass du mir sagst, wie du für mich fühlst und jetzt…" Er atmet tief ein und wieder aus. „Versteh das nicht falsch, okay? Ich frage mich nur, wieso du es plötzlich kannst. Das alles machen, das alles sagen. Du küsst mich im Gartencenter, wir gehen zusammen einkaufen und du sagst mir, ich wäre die Liebe deines Lebens", erklärt er mir. Ich warte einen Moment, ehe ich etwas sage. Stattdessen reiche ich ihm meine Hand, lege sie mit nach oben geöffneter Handfläche auf den Tisch und lächle, als er seine Hand hineinlegt. Mein Daumen streicht über seine Knöchel und mein Herz flattert verliebt.

„Du *bist* die Liebe meines Lebens, Archer Swan. Ich glaube, ich habe es verstanden, als ich in England war. Vielleicht schon davor." Er schnieft erneut und nimmt sich die Serviette. „Dort ist mir einiges klar geworden, bei meiner Familie und auf der Gala. Ich habe mir so sehr gewünscht, dass du in diesem Moment an meiner Seite bist, es hat mich selbst überrascht", gebe ich meine Gedanken preis. „Ich habe mit Clair über einiges gesprochen. Ich möchte es nicht unbedingt weiter ausführen, aber mir wurde klar, dass ich nie wieder ohne dich leben möchte. Und das bedeutet wohl, dass du meine Person bist. Dann haben wir beschlossen, dass du hier einziehst und ich habe es tatsächlich geschafft, dich heute glücklich zu machen. Das ist so viel besser als jedes gewonnene Spiel."

Archer lacht. „Du bist irre."

„Ich habe bisher jeden, der von so etwas gesprochen hat, aus Prinzip für vollkommen durchgeknallt erklärt, aber jetzt glaube ich es. Wenn es dir zu früh war, tut es mir leid."

Archer schüttelt den Kopf. „Nein. Nein, oh Gott, Elliot, nein." Ich lache und drücke seine Hand etwas fester. Er steht auf, zieht mich auf die Füße und streicht durch meine Haare. „Du bist auch meine Person", erwidert er schließlich mit leiser Stimme. „Und ich bin so glücklich, hier mit dir leben zu können. Und wenn es noch zehn Jahre braucht, bis du dich outest. Ich sehe dich eines Tages als Captain, wie du dein Team zum Stanley Cup führen wirst. Als du in England warst, habe ich ebenfalls etwas verstanden."

„So?"

„Dass du dich nicht outest, ist für mich kein Grund, nicht mit dir zusammen zu sein. Es tut mir leid, dass ich dich dazu gedrängt habe, mit Kenny zu sprechen, wirklich. Ich bin zufrieden damit, dich im Waschraum in den Pausen zu küssen, zu sehen, wie du mir stumm auf dem Eis sagst, dass du mich liebst und hier mit dir ein Zuhause zu teilen."

„Oh, Love." Ich schmelze. Wortwörtlich. Meine Knie sind bereits zu Pudding geworden. Darin befindet sich nichts Stabiles mehr. Archer küsst mich. Er küsst mich um den Verstand. Ich war noch nie so sicher, wie jetzt. Das hier ist absolut richtig. Und Clair hat recht. Eines Tages werde ich diesen Mann heiraten.

28. Kapitel

Alle Augen sind auf mich gerichtet. Skeptisch sehe ich durch die Runde und lasse meine Sporttasche auf meinen Platz fallen. „Habe ich etwas im Gesicht?" Keiner antwortet mir. Ich bin fünf Minuten zu spät, aber das Training hat noch nicht begonnen. Meine Sportsachen für das Trockentraining trage ich bereits und muss mich zum Glück nicht mehr umziehen.

„Leute, was ist los?", möchte ich mit etwas mehr Nachdruck wissen. Ich bemerke, dass Ian die Augen verdreht und auf sein Handy schaut. Gibson hingegen antwortet, als es niemand anderes tut: „Wo warst du in St. Louis?"

„Was meinst du?" Irritiert sehe ich ihn an. „Ich war doch dort. Ich war nur später da. Ihr wisst doch, dass ich an dem Tag erst aus England zurück…"

„Das meint er nicht", unterbricht Duckie mich. „Wir haben gerade darüber gesprochen, dass niemand mitbekommen hat, weswegen du nach dem Sieg nicht mit uns in die Bar gekommen bist."

„Ihr wart etwas trinken?", frage ich überrascht. Lane nickt. „Ja, wir alle. Nur du warst nicht da."

Ich weiß genau, was er am liebsten noch hinzugefügt hätte. *Nur du warst nicht da, und Archer auch nicht.* Augenblicklich macht sich Nervosität in mir breit und ich muss mich dazu zwingen ruhig und gefasst zu bleiben. „Äh… ich habe das wohl tatsächlich nicht mitbekommen", gebe ich zu. „Der Jetlag, ihr wisst schon", rede ich mich raus. Gibson schüttelt den Kopf. „Bullshit, Leighton."

„Was soll das heißen?", entgegne ich genervt und er verschränkt die Arme vor der Brust. „Du warst die letzten Spiele nicht dabei und nachdem wir diese verdammt schwere Partie gewonnen haben, verpisst du dich? Niemand hier hat erwartet, dass du bis zum Ende bleibst, wenn du Jetlag hast, aber wir sind ein Team, und wir gewinnen als Team."

„Was soll das denn heißen?", möchte ich wissen.

„Das bedeutet, dass du die letzten Wochen immer früher als jeder andere verschwunden bist", wirft Ian nun ein. Verwirrt wende ich mich dem Rookie zu. „Was?"

„Bei den Auswärtsspielen bist du immer sofort in dein Zimmer verschwunden. Ich weiß nicht, wann du zuletzt mit im Hattrick's warst und dann…"

„Dann verpisst du dich auf einmal nach England", beendet Gibson seinen Satz. „Nicht einmal davon, dass du deine Familie besuchst und zu dieser Gala fliegst, hast du uns etwas gesagt." Er blickt zu Kenny. „Mir ist klar, dass wir nichts sagen sollen, was übrigens niemand von uns versteht." Er wendet sich wieder mir zu. „Was soll der Mist, Leighton?"

Ich befeuchte meine Lippen und setze mich, um zu verhindern, dass ich wie ein nervöses Huhn hin und her tigere.

„Wer von euch hätte es freiwillig gemacht, mhm?", frage ich entschlossen in die Runde. „Wer von euch hätte gesagt *Ja, ich gehe gerne zu der Gala, repräsentiere Lightning und setze mich für Gleichberechtigung bezüglich LGBTQ+ ein?*"

Ich sehe meine Mannschaft an. Kenny sieht ein wenig überrascht aus, sagt aber nichts weiter dazu.

„Ich hätte es getan", meint Ian plötzlich schulterzuckend. Ich verdrehe die Augen. „Das ist mir klar, ich meinte eher einen der anderen", spezifiziere ich. „Duckie, hättest du es lieber machen wollen?" Er sieht mich an, als hätte ich ihn gebeten, beim nächsten Spiel nackt übers Eis zu laufen. Wobei er wahrscheinlich sogar eher das machen würde.

„Ich konnte meine Familie besuchen. Ihr wisst genau, dass das nicht oft der Fall ist. Wieso ist es ein Problem, dass ich vorher nichts gesagt habe? Vielleicht habt ihr es ja mitbekommen, aber ich war einer der Überraschungsgäste. Da funktioniert es nicht, wenn man vorher weiß, dass ich dorthin reise", stelle ich mit starkem, festem Tonfall klar.

„Wir sind deine Mannschaft. Du denkst, du könntest uns das nicht sagen?", fragt Lane daraufhin und ich verdrehe die Augen. „Darum geht es nicht. Es ging darum, dass es niemand vorher wissen sollte." Gibson schüttelt den Kopf. „Du weißt selbst, worum es hier geht."

„Wird das eine Intervention?"

„Was ist los mit dir? Wieso verschwindest du nach den Spielen sofort? Man könnte meinen, du willst nicht mehr zu diesem Team gehören!"

Perplex sehe ich meine Kameraden an. „Denkt ihr alle so?" Niemand widerspricht.

„Es ist nur etwas komisch", meint Ian schließlich. „Das war doch am Anfang der Saison nicht so."

Ich schweige und sehe zu Kenny. Dieser hadert sichtlich mit sich selbst. Schließlich nickt er leicht und sagt dann mit klarer, lauter Stimme: „Genug geredet. Wir müssen endlich das Training starten."

Nicht das, was ich erwartet oder erhofft habe, aber besser als nichts. Auf dem Weg durch die Flure kommt Duncan zu mir.

„Gibson hat das angezettelt", raunt er. Ich zucke mit den Schultern. „Und jetzt?"

„Es... ich wusste nicht, was ich sagen soll."

„Du wolltest etwas sagen?"

„Schon, aber nicht die Wahrheit."

„Mhm."

„Glaubst du, mir ist nicht klar, weswegen du in St. Louis so schnell abgehauen bist?"

„Soll ich es dir in allen Einzelheiten erzählen?", frage ich sarkastisch und kann nicht verhindern, dabei angepisst zu klingen.

„Äh... nein. Danke", stottert er und schüttelt den Kopf. „Es fällt tatsächlich langsam auf. Du solltest dir überlegen, ob du nicht öfter wieder mitkommst. Irgendwann bekommt es sonst noch jemand mit." Duncan schweigt einen Moment und sieht sich um. „Niemand steht nahe genug bei uns, um uns hören zu können. „Wenn das so weiter geht, wird früher oder später auffallen, dass Archer und du fast immer zeitgleich verschwindet und zum Frühstück kommt. Beziehungsweise zur Abfahrt. Das bedeutet nicht, dass ich euch nicht unterstütze, aber wenn du nicht willst, dass es bald die Runde macht und öffentlich wird, solltest du darüber nachdenken."

Ich nicke stumm und beschließe, mich jetzt aufs Training zu konzentrieren. Es klappt nur bedingt gut. Wie sollte ich mir darüber keine Gedanken machen? War ich in den letzten Wochen wirklich so unvorsichtig? In Gedanken gehe ich die letzten Spiele, besser gesagt, die Abende nach den Spielen, durch. Ich muss feststellen, dass die Jungs recht haben. Ich war seit Wochen nicht mehr mit dem Team nach einem Spiel unterwegs. *Verdammt, wieso ist mir das nicht aufgefallen?* Ganz einfach, ich war mit meinen Gedanken fast immer bei Archer, habe seine Zuneigung und seine Anwesenheit genossen. Wenn ich ehrlich zu mir selbst bin, möchte ich meine Zeit mit ihm nicht gegen einen Abend im Hattrick's eintauschen. *Wird mir etwas anderes übrig bleiben?* In Gedanken versunken merke ich nicht, dass Drew einen Wechsel der Übungen ansagt. Erst als Ian mich anstößt, bekomme ich es mit. Innerlich fluche ich, ignoriere Ians verwunderten und prüfenden Blick und mache mich an die nächste Übung.

In der Pause tritt Drew auf mich zu, als ich an der Seite stehe und etwas trinke. „Hi, Elliot. Ein kleiner Tipp: es fällt durchaus auf, wenn du in einer Spielpause zehn Minuten auf dem Klo verschwindest." Irritiert sehe ich ihn an. Er verdreht die Augen. „Die erste Pause? In St. Louis? Mir ist klar, wieso so lange weg warst und wieso ich Archer in der Zeit nirgends gesehen habe."

Meine Augen werden groß und panischer, als ich möchte, schaue ich mich um.

„Ich bezweifle, dass es jemand mitbekommen hat. Aber die Toilette? Ist das euer Ernst?", fragt er amüsiert.

„Ich... fuck", murmle ich.

„Ich würde es nicht so oft drauf ankommen lassen", erwidert Drew. „Sei lieber froh, dass zufällig kein anderer dorthinein gekommen ist."

„Es weiß niemand?", versichere ich mich trotzdem noch einmal.

„Nicht, soweit ich weiß. Vielleicht hat Kenny eins und eins zusammengezählt, aber niemand, der es nicht schon wusste, wird es verstanden haben", überlegt der Co-Trainer. „Aber wie gesagt, reizt es nicht zu sehr aus. Das kann nicht gut ausgehen."

„Mhm. Schon klar", murmle ich. Ich kann mich nicht gut aufs Training konzentrieren und leider fällt das auf. Kenny sieht mich fragend an, aber ich gehe nicht darauf ein, als wir abends vom Eis kommen und uns auf den Weg in die Kabine machen. Dort setze ich mich und sehe auf mein Handy. Archer hat mir heute Mittag geschrieben.

Love: Hey Schatz, ich arbeite heute von zu Hause aus und würde nachher gerne kochen. Was hältst du von gefüllter Paprika mit Reis, magst du das?

Das klingt gut. Ich denke, ich brauche nicht mehr allzu lange.

„Kann es sein, dass du jemanden kennengelernt hast?", fragt mich plötzlich jemand. Erschrocken zucke ich zusammen und bemerke, dass Ian sich neben mich gesetzt hat und neugierig von meinem Handy zu mir schaut. Der Bildschirm ist bereits wieder schwarz, aber trotzdem frage ich mich augenblicklich, wie viel er gesehen hat. Die anderen Spieler sind bereits in der

Dusche. Ich schüttle den Kopf und stehe auf, um ebenfalls duschen zu gehen.

„Sicher? Das würde zumindest erklären, weswegen du in letzter Zeit so abwesend bist."

„Ich habe keine Freundin", betone ich.

„Ich glaube, du bist ein schlechter Lügner. Du verheimlichst doch etwas. Wir treffen uns draußen", beschließt er. *Verdammt.* Gedanklich gehe ich mögliche Antworten durch, die ich Ian gleich geben kann. Auch, wenn ich es am liebsten würde, sang und klanglos kann ich heute nicht abhauen. Die Stimmung im Team ist schon angespannt genug. Nein, die Stimmung zwischen dem Team und mir, so sollte man es wohl besser ausdrücken. Vor der Tür wartet Ian bereits auf mich. Er steht an der Seite und schaut auf sein Handy, als ich auf ihn zugehe. Er sieht auf.

„Also?", frage ich ihn abwartend.

„Ich bin mir ehrlich gesagt nicht sicher, ob du es hören willst."

„Was soll ich nicht hören wollen?"

„Ihr solltet alle etwas… vorsichtiger sein?"

„Wen meinst du?"

„Ich bin sicher, das weißt du", antwortet er mir. „Was denkst du, weswegen ich vorhin so wenig gesagt habe? Ich bin mir ziemlich sicher, zu wissen, weswegen du in letzter Zeit so oft früher abgehauen bist."

Mein Herz setzt einen Schlag aus und mir wird augenblicklich eiskalt. Kalter Schweiß bedeckt meine Haut und meine Gedanken überschlagen sich.

„Was glaubst du bitte zu wissen?" Er schweigt. „Ian!"

„Ich sag's mal so. Ellie hat sich vor ein paar Tagen neue Kräuter gekauft. Und ich war dabei."

„Was haben Kräuter damit…" Ich breche den Satz mittendrin ab.

„Eigentlich wollten wir kurz Hallo sagen, aber dann… naja, dann haben wir es gelassen."

„Du… ihr…"

„Korrekt", nickt er.

„Fuck", fluche ich leise und gehe einige Schritte hin und wieder her.

„Elliot, beruhig dich."

„Beruhigen? Ist das dein scheiß Ernst?", frage ich aufgebracht und schüttle den Kopf. „Du sagst mir gerade, dass du… dass Ellie und du von mir… dass ihr von uns wisst." Ich drücke Zeigefinger und Daumen gegen meine Nasenwurzel.

„Ich werde niemandem etwas sagen, wenn du das nicht willst", verspricht er mir. Meine Gedanken überschlagen sich. *Verdammte Scheiße!* Ian und Ellie waren nicht wirklich im Gartencenter, oder? Wie unwahrscheinlich ist es, dass gerade ein Teamkollege zeitgleich mit mir dort ist und sieht, wie ich meinen Freund küsse?

Mit gemischten Gefühlen schließe ich meine Haustür auf.

„Love?", frage ich laut, aber bekomme keine Antwort. „Archer?!" Wieder keine Antwort. Meine Schuhe kicke ich zur Seite und gehe durch ins Wohnzimmer. Sein Laptop steht auf dem Tisch, ist aber ausgeschaltet. Gerade möchte ich ein drittes Mal rufen, als ich bemerke, dass die Terrassentür geöffnet ist. Lächelnd trete ich hinaus ins Freie. Archer sitzt zwischen einigen Pflanzen und klopft gerade die Erde um eine dieser Pflanzen fest. Beide Hochbeete sind schon fertig bepflanzt und auch der Olivenbaum hat seinen Platz gefunden. Ich stelle fest, er ist so gut wie fertig damit, alles einzupflanzen.

„Wann hast du anfangen, den Garten zu machen?"

Archer dreht seinen Kopf zu mir und sieht mich irritiert an. „Was machst du hier?"

„Was?"

„Hast du nicht noch Training?"

„Was denkst du, wie spät es ist?", frage ich amüsiert.

„Ich habe mein Handy nicht hier", entgegnet er. „Oh shit, so spät schon?"

„Scheint so."

„Verdammt, ich wollte nur in meiner Mittagspause schon einmal anfangen."

„Du bist fast fertig." Er nickt. „Ich finde, es sieht ziemlich gut aus. Und außerdem hast du sowieso einen Haufen Überstunden."

„Danke." Er steht auf, klopft sich die Erde ab und kommt auf mich zu. „Wie war das Training?" Ich schüttle den Kopf und küsse ihn sanft. „Hätte besser sein können. Ich muss dir etwas erzählen."

„Das klingst nicht gerade positiv."

„Lass uns den Garten erst einmal fertig machen", beschließe ich und lasse mir von Archer sagen, was noch zu tun ist.

Die Sonne geht gerade unter, als ich Archer das Vogelhäuschen anreiche.

„Schau, da sind schon ein paar Insekten", bemerkt er begeistert und tatsächlich entdecke ich einen Schmetterling zwischen den Blumen und Sträuchern.

„Du hast den Garten ziemlich gut hinbekommen."

„Findest du?"

„Ich hätte nicht gedacht, dass es hier mal so lebendig sein könnte."

„Danke", lächelt er, zieht mich zu sich und streicht mir die Haare aus der Stirn. Mir ist egal, dass er Erde an den Fingern hat. Das habe ich auch und trotzdem kann ich meine Finger nicht von ihm lassen.

Archer kocht, als ich unter die Dusche springe. Als das heiße Wasser auf mich hinabprasselt, kann ich nicht verhindern, dass meine Gedanken wieder zu dem Gespräch mit Ian abwandern.

Verflucht, ich muss mit Archer darüber sprechen. Und darüber, was mein Team mir heute an den Kopf geknallt hat. *Wieso stellen die sich alle nur so an? Was ist daran schlimm, dass ich einige Male nicht mit im Hattrick's war?* Frisch geduscht und in warmen Joggingklamotten, die eventuell nicht mir gehören, gehe ich wieder nach unten in die Küche.

„Mhm, das riecht gut", stelle ich fest. Lächelnd sieht Archer zu mir und schmiegt sich an mich, als ich ihn von hinten umarme.

„Ich hoffe, es schmeckt dir."

„Bestimmt." Ich drücke einen Kuss in seinen Nacken.

„Du wolltest mir noch etwas erzählen", erinnert er mich. Ich seufze. „Ich muss."

„So schlimm?"

„Mhm. Schon."

„Lass uns das beim Essen besprechen, deckst du den Tisch?"

„Ian weiß es."

Perplex sieht Archer mich an. „Was? Wie kommt's?"

„Er hat uns gesehen", antworte ich ihm und erzähle ihm den Rest.

„Er hat doch gut reagiert", meint Archer daraufhin entspannt. „Alles andere hätte mich bei Ian auch gewundert", fügt er hinzu.

„Da gibt es noch etwas", meine ich nach einigen Augenblicken.

„So?"

„Die Jungs… mein Team ist der Meinung, dass ich mich zu sehr abkapsle."

„Inwiefern?"

Ich zucke mit den Schultern. „Sie haben mir vorhin gesagt, dass ich wohl in den letzten Wochen so gut wie nie mit ins Hattrick's gekommen bin. Oder mich irgendwo anders habe blicken lassen; vom Training und den Spielen abgesehen. Dass ich nach

England gereist bin, ohne einen Ton zu sagen, hat das Fass wohl dazu gebracht, überzulaufen."

„Scheiße."

„Ich weiß nicht, was ich machen soll."

„Mit ins Hattrick's gehen?"

„Sie sind skeptisch. Alle."

„Du willst damit sagen, dass sich etwas ändern muss."

„Ich schätze schon."

„Das bedeutet?"

„Ich kann nicht mehr direkt nach den Spielen abhauen. So gerne ich danach sofort zu dir würde, das wird in nächster Zeit nicht mehr gehen."

Mein Freund nickt verständnisvoll. Ihm wäre es anders lieber, das steht ihm auf der Stirn geschrieben, aber gleichzeitig merke ich, dass er mir deswegen nicht böse ist.

„Glaub mir, mir gefällt das auch nicht."

„Es ist dein Team."

„Und?"

„Du solltest es nicht meinetwegen vernachlässigen."

„Das ist doch Quatsch. Das tue ich nicht."

„Doch, genau das wollten sie dir sagen", widerspricht Archer mir. „Wir müssen in Zukunft einen Mittelweg finden."

„So schlimm war es nicht."

„Was würdest du davon halten, wenn, sagen wir Lane, sich nach einem Spiel immer verdrückt, ohne zu erklären, weswegen?", fragt er mich. Ich möchte antworten, aber ich weiß nicht, was.

„Cool wäre es nicht", meint Archer dann. Er überlegt einen Moment. „Was würdest du davon halten, eine Art Wiedergutmachung zu organisieren?"

„Eine Entschuldigung?"

„Quasi", nickt er.

„Und was schwebt dir vor?"

29. Kapitel

„Hallo Leute", sage ich laut, als ich vor dem Spiel gegen Toronto die Umkleide betrete. Einige antworten mir, andere nicht. Ich überlege hin und her, wie ich die Aufmerksamkeit der Mannschaft auf mich lenken soll. Ian blickt kurz zu mir, zieht sich dann aber ohne eine weitere Reaktion um. Ich setze mich und lasse meinen Blick durch die Runde meiner Mannschaft gleiten.

„Wer von euch hat Sonntagnachmittag Zeit?", frage ich dann laut. Aufschieben bringt nichts und je länger ich warte, desto schlimmer wird es.

„Wieso fragst du?", möchte Kenny verwundert wissen. Die meisten meiner Kollegen sehen nun zu mir.

„Ich habe darüber nachgedacht, was ihr mir gesagt habt. Ihr wisst schon; dass ich mich zurückziehe, nicht mehr mit ins Hattrick's komme und so." Einige nicken. „Mir ist das nicht so aufgefallen, ehrlich nicht und es tut mir leid", füge ich hinzu und sehe mein Team entschuldigend an. „Das würde ich gerne wieder ausgleichen, zumindest ein wenig. Sonntag bei mir im Garten wird gegrillt. Ich besorge das Fleisch und alles andere zu essen und natürlich bezahle ich auch das Bier."

Die mich anschauenden Gesichter spiegeln wider, wie überrascht und verwundert meine Teamkollegen darüber sind.

„Gerne", stimmt Kenny als Erster zu.

„Wir kommen auch", sagt Duncan und Lane nickt zustimmend.

„Ich hoffe, das Bier wird nicht warm sein", grinst Kenny und ich schüttle den Kopf. „Nein, dafür werde ich sorgen."

„Fragst du Drew auch?"

„Ja", beschließe ich spontan. In diesem Moment kommt Archer durch die Tür.

„Hier ist ja ausnahmsweise mal gute Laune", stellt er fest und grinst dabei. Ich muss ein Schmunzeln unterdrücken und schnappe mir stattdessen meine Sportklamotten, um mich umzuziehen. Drew ist mit Archer in die Kabine gekommen.

„Was ist denn hier los?", fragt auch er irritiert.

„Elliot lädt am Sonntag zum Grillen ein", meint Gibson.

„Dich natürlich auch", sage ich sofort zu Drew.

„Sicher, bin dabei", stimmt Drew zu.

„Archer?", möchte Ian wissen.

„Was?"

„Kommst du auch?"

„Stimmt, du solltest auch dabei sein", wirft Duncan ein. *Was passiert hier gerade?*

„Klar. Aber ich brauche noch die Adresse", bemerkt er.

„Schicke ich dir", antworte ich knapp und muss aufpassen, dass man mir nicht ansieht, dass mein Herz bereits jetzt so schnell schlägt, wie es das normalerweise erst nach Beginn des Trainings tut.

„Irgendwelche Wünsche?"

„Bier", antwortet Duckie sofort.

„Wein", antwortet Archer.

„Und zwar?"

„Gerne Rosé, wenn es keine Umstände macht. Und bitte nicht zu lieblich."

„Alles klar", nicke ich. *Wie gut, dass wir im Keller noch einige Flaschen seines Weins haben.*

„Shots?", fragt Lane in die Runde und erhält breite Zustimmung.

„Kümmere ich mich drum", nicke ich und schreibe mir im Handy eine Notiz. Dann wechsle ich zu Archers Chat.

Du brauchst also meine Adresse?

Love: Scheint so :)

Archer schmunzelt ein wenig, als er meine Nachricht liest. Ich trinke einen kleinen Schluck, um nicht verliebt und glücklich zu grinsen und gehe anschließend mit den anderen aus der Umkleide. Als wir durch den Flur laufen, kommt Ian zu mir.

„Du hättest ihn nicht eingeladen?", fragt er und achtet darauf, dass niemand mitbekommt, was er sagt. Ich antworte ihm nicht, ich zucke lediglich mit den Schultern.

„Wieso das nicht?", hakt er nach. „Hattet ihr Stress, oder…"

„Es sollte einfach fürs Team sein", unterbreche ich ihn. „Es ist nicht so, dass ich ihn nicht… wir hatten darüber gesprochen", weiche ich aus.

„Also wusste er davon?"

„Mhm." Ich nicke leicht. Wir laufen uns warm und zum Glück belässt Ian es dabei. Stattdessen hat jedoch Duncan entschieden, zu mir zu kommen und mir die gleiche Frage zu stellen. „Was meinst du wohl, warum ich ihn nicht vor versammelter Mannschaft eingeladen habe?"

„Meinst du nicht, es fällt mehr auf, wenn du jedem Bescheid sagst, außer ihm?", fragt er mich skeptisch.

„Ihr habt das doch gut geregelt", entgegne ich nur. Glauben wirklich alle (die von uns wissen), dass ich Archer nicht dabei haben wollen würde? Natürlich möchte ich, dass er dabei ist. Duncan joggt schweigend neben mir. Ich laufe etwas schneller und hole Ian ein. Verwundert sieht er mich an, lässt sich aber nicht aus dem Rhythmus bringen.

„Danke."

„Wofür?"

„Du hast Archer eingeladen."

„Achso. Kein Ding", entgegnet er. Ich schaue zu meinem Freund. Er steht an der Seite und macht einige Fotos oder Videos. Bestimmt wieder für Instagram oder sonst irgendeinen Social-Media-Account.

Ich muss feststellen, zum Grillen einzuladen macht mehr Arbeit, als ich dachte. *Ein paar Bierkästen und genug Essen.* Klingt einfacher, als es ist. Es fängt damit an, dass der Grill dringend wieder gesäubert werden muss. Archer ist vor einer halben Stunde einkaufen gefahren. Er wird wohl das meiste der Vorbereitungen erledigen, vorher habe ich kaum Zeit dafür.

„Meinst du, das passt so?", frage ich ihn schließlich Sonntagmittag.

„Wieso sollte es nicht?", entgegnet mein Freund und sieht in den Garten hinaus. Ich habe Bierbänke organisiert und aufgestellt, der Grill heizt bereits vor und das Bier steht seit Samstag kalt. Erneut stelle ich fest, dass es eine gute Entscheidung war, Archer die Gestaltung des Gartens übernehmen zu lassen. Es sieht viel besser aus als vorher.

„Eine halbe Stunde haben wir noch. Und ich bezweifle, dass das Team pünktlich ist", bemerke ich. Archer schmunzelt und streicht durch meine Haare. „Eine halbe Stunde also?"

„Mhm."

Eine Gänsehaut überzieht meinen Körper, als er meine Kopfhaut sanft krault und ich schließe genießend die Augen.

„Dann sollte ich diese Zeit nutzen, oder? Schließlich werde ich dich den ganzen Abend nicht küssen können."

„Das ist so eine Scheiße", murmle ich.

„Es ist okay, wir werden es überleben", entgegnet Archer und legt einen Arm um meine Hüfte. Bestimmt und gleichzeitig vorsichtig zieht er mich zu sich. Ich komme ihm näher, lege meine Hände auf seine Brust und spiele mit dem geöffneten Kragen seines Hemdes. Er sieht so gut darin aus, dass er es am liebsten direkt wieder ablegen sollte. Zumindest, wenn es nach mir geht. Mein Blick fällt auf seine Lippen. Er schmunzelt und seine Finger schlüpfen unter mein Shirt. „Willst du mich nur ansehen? Oder küsst du mich endlich?"

Wie könnte ich widerstehen? Unsere Lippen treffen sich und mein Herz überschlägt sich, wie so oft, wenn Archer mich küsst. Er seufzt leise, als ich ihn enger zu mir ziehe und meine Zunge gleichzeitig über seine Lippen gleiten lasse. Er öffnet seinen Mund und der Kuss wird inniger. Unsere Zunge streichen umeinander, tanzen miteinander und ich verfalle ihm von Sekunde zu Sekunde mehr. *Herr Gott, ich will nie wieder jemand anderen küssen.* Archer schmeckt nach dem Frucht Smoothie von vorhin. Er hat ihn frisch gemacht, nachdem er seine Yoga Session beendet hat. Zu sagen, ich sehe ihm dabei nicht gerne zu, wäre glatt gelogen. Er hat mich gefragt, ob ich mitmachen möchte, aber ich habe ihn auf das nächste Mal vertröstet.

„Elliot…", flüstert er gegen meine Lippen und küsst mich erneut. Erst, als ich die Kante der Kücheninsel an meinem unteren Rücken spüre, bemerke ich, dass wir einige Schritte gegangen sind. Ohne zu zögern, hebt Archer mich auf die Arbeitsplatte und drückt meine Beine auseinander, um sich dazwischen zu stellen. Ich seufze auf und ziehe ihn mit meinen Händen an seinem Nacken und Hinterkopf wieder in einen Kuss.

„Definitiv zu früh", murre ich unzufrieden, als uns wenige Minuten später der Klang meiner Haustürklingel auseinander reißt. Es ist Ian.

„Hi, komm rein." Er mustert mich belustigt. „Was hast du?"

„Archer ist schon da, kann das sein?"

„Ja, wieso?", frage ich irritiert. Er lacht und geht durch in den Garten, wo Archer inzwischen am Grill steht.

„Weil dir anzusehen ist, dass ihr gerade noch geknutscht habt." Er sieht zu meinem Freund. „Ich korrigiere: man sieht es euch beiden an."

„Du bist zu früh", antworte ich trocken. Er zuckt mit den Schultern. „Schon klar. Ich hole mir ein Bier."

„Kannst du mir ein Glas Wein mitbringen?", bittet Archer.

„Warte, ich komme mit in die Küche", beschließe ich und öffne wenig später die Weinflasche. Ich selbst nehme mir ein Bier mit nach draußen. Ian sieht sich im Garten um. „Ihr habt gar nicht erwähnt, dass ihr zusammenlebt."

„Was?", frage ich perplex und auch Archer zuckt irritiert mit den Schultern.

„Das ist niemals dein Garten", antwortet Ian. „Und um ehrlich zu sein bezweifle ich, dass du weißt, wie man mit der Küchenmaschine neben dem Kühlschrank umgeht. Und die drei Weinflaschen im Kühlschrank sprechen auch nicht dafür, dass Archer nur heute hier zu Besuch ist. Soll ich weiter machen?", fragt er und setzt sich auf eine der Bierbänke.

„Danke. Musst du nicht", antworte ich angespannt. Archer seufzt. „Ich dachte, wir hätten alles verschwinden lassen, was darauf hindeuten könnte, dass ich hier eingezogen bin."

„Wie offensichtlich war es denn vorher?", fragt Ian amüsiert.

„Ein paar meiner Schuhe und Jacken an der Garderobe", antwortet Archer. „Und ein paar Kleinigkeiten, aber das wäre wohl das Auffälligste. Ich gehe zumindest nicht davon aus, dass jemand in unser Schlafzimmer oder Arbeitszimmer geht. Da ist es sehr auffällig." Ian sieht sich um. Archer tritt zu mir und legt einen Arm um mich. „Das wird schon", sagt er leise. Erst da bemerkt Ian offenbar, was er mit seiner Feststellung angestellt hat. „Oh, sorry."

Ich schüttle den Kopf, lasse meinen Blick durch den Garten schweifen und lehne mich ein wenig gegen Archer.

„Ich meine, wenn man nicht weiß, dass ihr zusammen seid… naja, dann achtet man auch auf so etwas nicht. Es könnte doch auch sein, dass du einen Gärtner hast, Elliot", meint Ian. „Es

314

wird nicht auffallen. Und wenn es hier gleich Essen und Bier gibt, achtet sowieso niemand auf so etwas."

„Er hat recht, Schatz, mach dir nicht zu viele Gedanken", bekräftigt Archer und drückt mir einen Kuss auf die Haare.

Ian schmunzelt.

„Was?", frage ich irritiert.

„Ihr seid echt süß zusammen."

Ich verdrehe die Augen, antworte aber nicht. Archer lacht.

„Du solltest das als Kompliment auffassen."

„Dass wir süß sind?"

„Dass wir gut zusammenpassen", korrigiert Archer mich.

„Mhm."

Archer schmunzelt, schüttelt den Kopf und zieht mich in seine Arme. Ich schließe die Augen und drücke mich an ihn. Mir ist klar, dass er es tut, weil es gleich nicht mehr geht und mir könnte nicht egaler sein, dass Ian nach wie vor hier ist und uns sehen kann. Plötzlich piept mein Handy.

Ian: Foto

Es zeigt Archer und mich vor ein paar Sekunden. Irritiert sehe ich ihn an.

„Ich konnte nicht anders", meint er. „Und da nicht viele von euch wissen, denke ich, ihr habt nicht viele solcher Fotos. Keine Sorge, ich lösche es von meinem Handy wieder."

„Danke", antwortet Archer für uns. Ian hat es ihm offenbar auch geschickt. Kurz danach klingelt es an der Tür. Als ich gerade losgehen möchte, um aufzumachen, zieht Archer mich zu sich zurück. Bevor ich fragen kann, küsst er mich.

„Ich muss eine ganze Zeit lang darauf verzichten", flüstert er gegen meine Lippen. Ich lächle und küsse ihn erneut. Nur wenige Sekunden. Danach öffne ich die Tür. Wenig später steht fast das ganze Team im Garten. Niemand wundert sich darüber, dass Archer am Grill steht. Niemandem scheint irgendetwas aufzufallen.

„Seit wann gärtnerst du?", fragt Drew plötzlich irritiert. „Das war doch letztens noch viel leerer hier?"

Ich zucke mit den Schultern. „Ich habe neuerdings einen Gärtner." Gelogen ist das nicht, aber es muss ja niemand wissen. Drew sieht sich um, dann scheint ihm ein Licht aufzugehen. „Das bedeutet…"

„Ja", antworte ich knapp. „Ich wäre dir dankbar, das nicht laut zu sagen."

„Schon klar", nickt er.

„Wer hat Hunger?", fragt Archer laut. Die ersten Stücke Fleisch sind fertig. Ich hole mir eine zweite Flasche Bier und nehme in dem Zug direkt Archers Weinglas mit. Es ist warm geworden, da er es neben dem Grill stehen hatte. Da das zu erwarten war, habe ich vorhin ein anderes Weinglas in den Kühlschrank gestellt und fülle dieses nun auf, um es ihm zu bringen.

„Möchtest du auch schon etwas?", fragt er mich. Ich schüttle den Kopf. „Nein, nimm dir ruhig. Ich übernehme das hier eine Weile." Er nickt und nimmt sich einen der Teller.

„Nettes Haus." Gibson hat sich zu mir gestellt.

„Danke."

„Ich hätte eher gedacht, dass du in einem Loft oder so wohnst."

Ich schüttle den Kopf. „Nein, das wäre unpraktisch. Oben sind ein paar Gästezimmer, für die Zeit, wenn meine Familie hier ist. In einem Loft würde das nicht gut funktionieren."

Er nickt verstehend. Einen Moment ist es still, ehe er weiterspricht. „Hör mal, niemand aus dem Team wollte dich vor den Kopf stoßen." Verwundert und etwas überrascht sehe ich ihn an. „Ich meine das ernst", betont Gibson. „Wir haben an einem Abend darüber gesprochen, als du mal wieder nicht dabei warst.

Es ist einfach aufgefallen. Ich finde gut, dass du das hier veranstaltest."

„Danke."

„Aber wieso bist du in den letzten Wochen so abwesend gewesen?", möchte er wissen und am liebsten würde ich ihm antworten, dass ich im Augenblick wirklich keine Lust darauf habe, mich mit ihm zu unterhalten.

„Es… ich hatte einiges zu tun", weiche ich aus.

„Du willst es also nach wie vor nicht sagen."

„Muss ich das? Reicht es nicht, wenn es sich ändert?", entgegne ich. Er zuckt mit den Schultern. „Pass einfach auf, dass du dich nicht selbst aus dem Team ausschließt. Wenn du Probleme hast, können wir dir bestimmt helfen. Das ist alles, was ich damit sagen will."

„Okay."

Lane beendet die Konversation, indem er sich zu uns stellt und über das Spiel gestern spricht. Wir haben verloren und nach wie vor ärgert es ihn. Das ganze Team hätte gestern besser sein können, aber er hat zwei Torschüsse durchgelassen, die er locker hätte fangen können.

„Mach dich deswegen nicht so fertig. Das nächste Spiel wird besser."

Lane schnaubt, als ich das sage und reicht mir seinen Teller. Ich lege einen fertigen Hähnchenspieß darauf.

„Ich hätte besser sein müssen."

„Warst du abgelenkt?"

„Nein, keine Ahnung", er seufzt genervt. „Ich weiß nicht einmal, was mit mir los war."

„Jeder hat mal einen schlechten Tag."

„Wir stehen kurz vor den Play-offs und wir sind NHL-Spieler. Wir können uns keine schlechten Tage leisten", erinnert er mich. *Wie recht er doch hat.* Ich hatte in letzter Zeit definitiv zu viele schlechte Tage, aber das erwähne ich nicht.

Plötzlich klingelt es erneut an der Tür. Ich sehe mich irritiert um, aber mir fällt nicht ein, wer es sein könnte. Da entdecke ich auch schon Ian, der durch die Terrassentür ins Haus geht. Wie ich vermutet habe, kommt er wenig später mit Ellie zurück. Ian reicht ihr einen neuen Teller und ich gebe ihr etwas vom Grill.

„Hi, ich hoffe, es ist okay, dass ich hier bin."

„Ich habe sie spontan gefragt, ob sie herkommen möchte", fügt Ian hinzu.

„Sicher ist das in Ordnung", erwidere ich. „Bier ist im Kühlschrank. Du kannst dich bedienen."

„Danke", lächelt sie, aber da besorgt Ian ihr schon etwas zu trinken. Sie blickt ihm hinterher. „Ich habe wirklich Glück mit ihm."

„Ian ist ein guter Kerl", nicke ich. Sie sieht zu mir. „Bevor ich hier gleich irgendetwas Falsches sage…" Sie spricht etwas leiser als gerade und sieht sich kurz um. „Das Gartencenter?", fragt sie lediglich.

„Es stimmt, was du gesehen hast, allerdings weiß es niemand und das soll so bleiben."

Sie nickt verstehend. „Darf ich denn fragen, wie lange das schon… also ihr zwei…" Sie hat offensichtlich Probleme damit, eine Formulierung zu finden.

„Seit Mitte November. Fest."

„Also war davor schon was."

Ich nicke und trinke einen Schluck Bier. *Ugh. Ich hätte die Flasche nicht neben den Grill stellen sollen.*

„Wow."

„Wow?"

„Ich war mir so sicher, dass ich es mitbekommen hätte", schmunzelt sie.

„Ich bin ziemlich gut darin, Geheimnisse zu bewahren", antworte ich. Erst lacht sie, dann versteht sie es und blickt mich entschuldigend an. „Sorry, das… ich habe einen Moment gebraucht."

„Schon gut", winke ich ab. „Irgendwann wird es sich ändern."

„Irgendwann?"

„Nach meiner Karriere", erwidere ich schulterzuckend. „Danach werde ich es ändern."

„Aktuell möchtest du es nicht, stimmt's?"

„Muss ich erklären, warum das so ist?"

Sie schüttelt mit dem Kopf. „Nein. Nein, musst du nicht." Sie zögert. Fragend sehe ich sie an. „Ich habe deinen Auftritt bei der Gala auf dem roten Teppich gesehen. Ich habe es mit mir Ian angeschaut. Das war ziemlich beeindruckend."

„Danke", sage ich verwundert und drehe die Würstchen auf dem Grill. „Es war vor allem beängstigend."

„Den Eindruck hast du gar nicht gemacht."

„Zum Glück, sonst hätte mir das niemand geglaubt."

Sie nickt verstehend. „Hast du deswegen so viel gespendet? Du musst natürlich nicht antworten", rudert sie zurück.

„Auch", überlege ich laut. „Ich denke, es war zum einen der Situation geschuldet und zum anderen den Organisationen, die dort vorgestellt wurden. Die haben mich sehr beeindruckt. Ich möchte nicht, dass ein Kind oder Jugendlicher das gleiche durchmachen muss, wie ich. Zu erkennen wer man ist, ist schon schwierig genug…"

„Aber es ist noch schlimmer, wenn man niemanden hat, mit dem man darüber reden kann und alles allein mit sich selbst organisiert bekommen muss", unterbricht sie mich.

Überrascht sehe ich sie an. „Ziemlich genau das."

„Ich bin nicht in deiner Situation gewesen, ich kann es in dem Sinne nicht nachvollziehen, aber ich denke, ich kann es verstehen."

„Okay?"

„Ja, aber für mich kam zum Glück nie eine Karriere als Sportlerin infrage", erwidert sie.

„Das dürfte einiges unkomplizierter gemacht haben."

„Ich denke schon", stimmt sie zu.

„Ich übernehme mal. Setzt dich ruhig", meint Duckie, als ich schon eine ganze Weile am Grill stehe.

„Danke", nicke ich und setze mich zu Duncan und Lane an einen der Tische auf die Bierbank. Duncan sieht zu mir, dann zu Archer, der sich gerade ebenfalls dazugesetzt hat und schmunzelt.

„Sag es nicht", brumme ich. „Das hat Ian gerade schon."

„Ian?", fragt Lane irritiert und sieht fragend zu Archer. Dieser nickt, schweigt aber. Ich sehe mich kurz um, niemand hört zu.

„Wir waren im Gartencenter, er und Ellie auch."

„Und nur weil ihr zusammen unterwegs wart...", setzt Duncan zur Frage an, aber Archer unterbricht ihn: „Es war sehr eindeutig."

„Oh", versteht er nun.

„Er wird nichts sagen", meine ich daraufhin.

„Besser wäre es", entgegnet Lane. Ich nicke stumm.

Plötzlich setzt Gibson sich zu uns. „Stimmt es, dass geplant ist, zwei oder dreimal pro Saison einen Schwulen-Tag zu machen?", fragt er an Archer gerichtet und augenblicklich sehen wir alle zu Gibson.

„Schwulen-Tag?", fragt Ian irritiert.

„Pride-Spiele", korrigiert Archer ihn sofort. „Es werden zwei bis vier Spiele pro Saison die Kampagne fortführen."

„Also diese Saison noch einmal?", fragt Gibson.

„Von wem hast du das?", möchte ich irritiert wissen.

„Duckie."

„Was?", fragt nun auch Ian verwundert. „Duckie?"

„Er hat Archer und Drew letztens darüber reden hören." Mein Freund nickt und erzählt: „Der Vorstand hat alles abgesegnet. Die Planung hat schon begonnen. Zu Beginn der Playoffs wird das nächste Pride-Spiel stattfinden."

„Scheiße, das ist doch nicht dein Ernst?!", fragt Gibson entsetzt.

„Ist es sehr wohl. Außerdem hatte ich das bereits angekündigt, erinnerst du dich?", fragt Archer ihn ruhig.

„Fuck, ich hätte nicht gedacht, dass der Vorstand das wirklich mitmacht", flucht er.

„Die Kampagne lief gut", werfe ich unbedacht ein.

„War ja klar, dass du das sagst", brummt Gibson.

„Wieso das?", möchte Duncan nun wissen.

„Hast du es schon wieder vergessen? Leighton hat sich nach England für diese Gala verpisst, ohne es jemandem von uns zu sagen."

„Bist du wirklich noch sauer deswegen?", möchte Lane wissen.

„Nicht nur ich. Und ich dachte eigentlich, dass du der gleichen Meinung bist, Lane."

Fragend sehe ich den Goalie an. Er schweigt.

„Du hast dich doch in der Kabine letztens noch darüber aufgeregt, dass wir bald als *Atlanta Gay Lightning* deklariert werden, wenn das so weiter geht", erzählt Gibson.

„Was?", fragt Duncan perplex.

„Du warst noch nicht da", meint Gibson nur.

„Ist das dein Ernst, Shelton?", fragt Archer merklich angepisst.

„Es ist doch so!", antwortet Lane etwas lauter. „Die Kampagne war ja schön und gut, aber wenn ständig so etwas veranstaltet wird…" Er spricht nicht weiter, aber das ist auch nicht notwendig. Schweigen hüllt uns ein. Die gute Stimmung ist dahin. Lane steht auf und verschwindet im Haus. Stattdessen setzt

Duckie sich zu uns. Drew hat den Grill übernommen. Ein anderes Thema wird angeschnitten, aber konzentrieren kann ich mich darauf nicht. Ich halte mich zurück. Stattdessen denke ich darüber nach, wie Lane sich gerade aufgeführt hat. *Verdammt, ich dachte inzwischen tatsächlich, dass zumindest Duncan und Lane nichts mehr dagegen haben.* Im Goalie habe ich mich offensichtlich getäuscht. Wahrscheinlich sollte mich das nicht einmal wundern.

Es ist inzwischen so normal geworden, dass sie darüber Bescheid wissen, dass ich kaum noch daran gedacht habe, dass sie nur die Klappe halten, weil Archer irgendetwas gegen sie in der Hand hat. Ich sehe mich um, sehe mein Team in meinem Garten verteilt stehen und sitzen, essen und sich unterhalten. Ich fühle mich von Moment zu Moment unwohler. Am liebsten würde ich augenblicklich die Grillparty für beendet erklären und alle rausschmeißen. Alle bis auf Archer, versteht sich. Mit ihm möchte ich mich auf unser Sofa kuscheln und irgendeinen Film schauen. Wahrscheinlich wäre es eine RomCom. Ich würde ihn aussuchen lassen. Stattdessen gehe ich rein und hole mir eine neue Flasche Bier. Verwundert sehe ich Lane an, der an der Kücheninsel gelehnt steht und nachdenklich geradeaus schaut. Oder besser gesagt, geradeaus starrt.

„Was war das gerade?", möchte ich von ihm wissen und er sieht zu mir. „Du weißt, dass es so ist. Es kann nicht lange dauern, bis *Lightning* aus der Liga fliegt, wenn Archer weiter diesen Mist macht."

„Es hat bisher funktioniert."

„Er spielt mit unserem Rauswurf", entgegnet er. Ich öffne den Kühlschrank und nehme mir eine Flasche. „Meinst du, er macht das deinetwegen?"

„Wegen mir?"

„Die Kampagne. Die *Pride-Spiele.* Das alles", erklärt er. Ich schüttle den Kopf. „Nein, darüber haben wir gesprochen. Den Plan hatte er schon bevor…"

„Ihr was angefangen habt", beendet er. Ich nicke.

„Mhm."

„Wieso zweifelst du das an?"

„Ich sehe, wie er dich ansieht."

„Und?"

Er zuckt mit den Schultern. Ich verdrehe genervt die Augen.

„Was soll das, Lane? Hast du wirklich nur Angst, dass *Lightning* aus der NHL fliegt oder gibt es da etwas, was du mir sagen möchtest?"

Fragend sieht er mich an.

„Tu nicht so blöd."

„Dass ich etwas gegen dich – euch habe?"

„Es könnte kaum offensichtlicher sein."

„Ich glaube nur nicht, dass das gut ausgehen wird."

„Danke, dein Optimismus ist toll", antworte ich sarkastisch.

„Denkst du wirklich, dass das auf Dauer funktioniert?"

„Wieso sollte es nicht?", möchte ich wissen. Lane schüttelt den Kopf. „Du solltest dich entscheiden, Elliot. Eishockey und Schwulsein passt nicht zusammen."

„Doch", widerspreche ich ihm.

„Nur, weil du es verheimlichst", merkt er an.

„Du bist ein beschissener Freund."

Perplex sieht Lane mich an. „Du solltest mich lieber unterstützen. Wenn wir ehrlich sind, ist der einzige Grund, weswegen du mich nicht schon längst verpfiffen hast, der, dass Archer etwas gegen dich in der Hand hat. Das ist beschissen, Lane."

„Ich würde nicht…"

„Spar dir das. Ich bin bereits wegen dir und Duncan fast aus dem Team geflogen", unterbreche ich ihn angepisst und wütend. „Natürlich würdet ihr es sagen, du wahrscheinlich noch lieber als er! Es ist mir scheiß egal, was du davon hältst oder ob du denkst, dass das nicht klappen kann. Solange du deine Fresse hältst, kann ich machen, was ich will!"

„Elliot, so habe ich das nicht…"

„Spar's dir", falle ich ihm ins Wort und gehe wieder nach draußen. Lane und ich sind schon lange keine Freunde mehr.

30. Kapitel

Die Grillparty zieht sich länger, als erwartet. Ich stehe neben dem inzwischen ausgeschalteten Grill und lasse meinen Blick über die sich mir bietende Szene gleiten. Lane ist vorhin zu mir gekommen und meinte, dass es Duncan nicht gut ginge und dass er schon nach Hause gegangen sei. Ian sitzt mit Archer und Drew zusammen. Mein Freund strahlt und ich sehe, dass er zu dem Olivenbaum deutet. Kurz darauf machen die anderen beiden Kerle ein überraschtes, fast schon geschocktes Gesicht und Archer lacht glücklich. Er errötet dabei ein wenig und ich schmunzle. Garantiert hat er ihnen erzählt, dass ich ihm spontan den Baum geschenkt habe. Niemand sonst sitzt bei den dreien am Tisch. Ich bezweifle also, dass jemand mitbekommen könnte, worüber sie sprechen. Ich hingegen kann meine Augen nicht woanders hinlenken. Archer sieht glücklich aus. Er dreht sein Weinglas zwischen seinen Fingern, trinkt immer wieder ein bisschen und am liebsten würde ich mich zu ihm setzen, ihn an mich ziehen und ihn küssen. Ich werde ihn sofort küssen, wenn das Team weg ist.

„Was habe ich verpasst?", möchte ich wissen, als ich mich wieder zu ihnen setze.

„Nicht viel, Archer hat nur erzählt, wie ihr euch das erste Mal begegnet seid", antwortet Ian schmunzelnd. Ich verdrehe die Augen. „Die Schlüssel-Geschichte?"

„Ja", grinst er scheinheilig und trinkt einen Schluck. „Es war sehr süß, dass du zu klein warst, um ihn zu sehen. Und immer noch bist."

„Arschloch", antworte ich trocken und er lacht. „Du hast mich außerdem für einen Fan gehalten und wolltest mich rausschmeißen."

„Du hast dich nicht einmal vorgestellt. Ich habe erst erfahren, wer du bist, als du dem ganzen Team vorgestellt wurdest", erinnere ich ihn.

„Was hätte ich tun sollen?", fragt Archer scheinheilig. „Dich in die Dusche ziehen und küssen?" Ich möchte antworten, stocke aber. „Als wäre das eine Option gewesen", erwidere ich schließlich amüsiert und schüttle den Kopf. Archer zuckt mit den Schultern und lächelt. Verwundert sehe ich ihn an. „Wäre es eine Option gewesen?"

„Ich kann nicht behaupten, dass ich etwas dagegen gehabt hätte", meint er.

„Wirklich?"

„Mein so ziemlich erster Gedanke war: *Scheiße, es ist mein erster Arbeitstag! Da kann ich doch nicht direkt einen der Spieler attraktiv finden!*", gibt er zu. Ich grinse glücklich.

„Und dein erster Gedanke?", möchte Ian wissen. Ich lache und schüttle den Kopf. „Wie ein Fan wohl den Weg zur Kabine gefunden hat."

„Romantisch", antwortet Ian amüsiert.

„Dann habe ich ihn bei der Konferenz gesehen und wollte abhauen", erzähle ich.

„Das habe ich gesehen."

Verwundert sehe ich Archer an. „Hast du?"

„Wie gesagt, ich fand dich damals schon attraktiv. Also ja, ich habe dich dort bemerkt und mitbekommen, dass du versucht hast, mich nicht anzusehen." Mein Herz flattert und ich sehe auf die Bierflasche in meinen Händen. War es damals wirklich so offensichtlich? Archer drückt sein Knie gegen meins und ich muss der Versuchung, ihn endlich zu küssen, erneut widerstehen. Stattdessen erwidere ich den Druck leicht und fasse mir an mein Ohrläppchen. Drew fängt an zu lachen. „Ich wusste es!"

„Was?", fragt Ian verwundert und sieht irritiert zwischen ihm und mir hin und her.

„Das ist es, oder? Das ist euer Zeichen oder so etwas!" Er hat gut einen sitzen und freut sich wie ein kleines Kind darüber, es herausgefunden zu haben.

„Was für ein Zeichen?", möchte Ian wissen. Ich sehe zu Archer. Er grinst glücklich und schielt zu mir.

„Vielleicht", antwortet er Drew.

„Die zwei machen das zwischendurch bei den Spielen, achte mal drauf", meint Drew. „Ich denke, es heißt so etwas wie: *Ich liebe dich.*"

„Verdammt, seid ihr kitschig", bemerkt Ian. Ich zucke mit den Schultern und drücke mein Knie erneut gegen Archers.

"Was wird das?"

„Ich räume die Spülmaschine ein", antworte ich und drehe mich um. Archer steht ein paar Meter weiter und stellt sein Weinglas auf der Kücheninsel ab. „Du weißt, was ich meine."

„Ich kann nichts dafür, wenn du mir auf den Hintern starren musst, während ich aufräume."

„Du hast mich praktisch dazu eingeladen", entgegnet er mit rauer Stimme.

„Das ist deine Interpretation", erwidere ich trocken, nehme die nächsten Teller und räume sie ein.

„Elliot?"

„Mhm…", murmle ich und richte mich wieder auf. Archer tritt plötzlich hinter mich und legt seine Hände an meine Hüfte.

„Du provozierst", sagt er leise und küsst meinen Nacken.

„Mhm… vielleicht."

„Wir sind noch nicht wieder allein hier."

„Es sind nur Drew, Ian und Lane noch da. Sie helfen nur aufräumen", entgegne ich leise. „Deswegen bist du offiziell auch noch hier."

„Und inoffiziell?"

„Bist du hier, weil ich dich später noch für etwas anderes brauche", raune ich und grinse verschmitzt.

„Aha? Und zwar?", fragt er leise und küsst meinen Hals erneut. Ich seufze und lehne mich ihm entgegen. „Schatz?"

„Ich will dich schon den ganzen Abend küssen. Aber das geht nicht." Frustriert nehme ich weiteres dreckiges Geschirr und räume es in die Spülmaschine. Archer lacht leise. „So ist das also. Du vermisst mich."

„Du warst die ganze Zeit hier, in meiner Reichweite und doch geht es nicht. Das ist, als würde man einem Schokolade vor die Nase halten, aber verbieten, sie zu essen."

„Du vergleichst mich mit Schokolade?", lacht er und ich verdrehe die Augen. „Du weißt, was ich meine."

Seine Hände gleiten über meine Seiten hoch zu meinen Schultern und er massiert meinen Nacken. „Du bist angespannt", stellt er fest.

„Mhm…"

„Wieso das?"

„Ich dachte nicht, dass die Grillparty so lange dauern würde", antworte ich ehrlich. Ich drücke mich an ihn und lecke mir über die Lippen. Es tut so gut, seinen Körper wieder an meinem zu spüren.

„Elliot." Archers Stimme ist tief und rau. Er greift mit einer Hand nach meiner Hüfte. Ich seufze auf und schließe die Augen. Archers Hand gleitet über meinen Bauch und schlüpft unter den Saum des Hoodies.

„Bist du die ganze Zeit schon hart?", möchte er wissen und ich schnappe nach Luft, als er mich durch die Hose umfasst.

„Erst seit ein paar Minuten", gebe ich zu.

„Wir haben doch nur geredet." Er spricht nicht weiter. Stattdessen packt er mich an der Hüfte und dreht mich zu sich um. Meine Hände landen wie von selbst an seinem trainierten Oberkörper. Er sieht sich kurz um. Die anderen sind nicht im Haus, sie bauen im Garten gerade die Bierbänke und -tische zusammen ab. Flink zwängt er seine Hand in meine Hose. Er packt meinen Hintern und ich stöhne auf.

„Fuck…", murmelt Archer und wiederholt es.

„Sobald die anderen weg sind…", murmle ich. Wenn er so weiter macht, werde ich in meiner Hose kommen. Von Lust und Verlangen vernebelt, bekomme ich nicht mit, dass die anderen das Haus betreten. Archer allerdings schon und er zieht rechtzeitig die Hand aus meiner Hose, ehe er sich zwei Bierflaschen nimmt und sie in den Kasten räumt. Schnell ziehe ich den Hoodie zurecht und räume die Spülmaschine weiter ein.

„Wir sind's nur", meint Drew trocken. „Ihr könnt euch weiter abknutschen."

„Idiot", antworte ich und nehme ihm die Teller ab, die er reingebracht hat. Archer lacht und zieht mich an sich heran, als die drei wieder nach draußen gehen, um den Rest zu holen. Dazu legt er einen Arm um meine Taille und küsst mich. Er weiß ganz genau, was er tut, wie er mich damit provoziert und heiß macht. Meine Augen schließen sich von selbst und ich vergesse, dass wir hier nicht allein sind.

„Spring!", flüstert er gegen meine Lippen. Keine Bitte – ein Befehl. Mit den Händen unter meinem Hintern fängt er mich auf. Wieder küsse ich ihn. Stürmischer, verlangender. Er schmeckt so wunderbar. Ich kralle mich in seinen Locken fest und stöhne leise, als er mich gegen die nächstbeste Wand drückt. Seine Finger drücken sich in meinen Hintern und seinen Schritt presst er gegen meinen. Er ist hart, genau wie ich.

„Wollt ihr den Rest allein machen?", werden wir unterbrochen. Verwirrt sehe ich Lane an. Er deutet auf das Geschirr, das in der Küche verteilt steht.

„Äh…"

„Ja. Ihr könnt gehen", antwortet Archer für mich.

„Wir finden raus", grinst Ian. „Viel Spaß."

Die Haustür fällt wenige Sekunden später ins Schloss. Augenblicklich küsst Archer mich wieder. Endlich.

31. Kapitel

Archer:

gestern 20:22Uhr
von: noah.whitten@gmail.com
an: e.leighthon@ail.com
Betreff: Kuss, Gala, Grüße

Hey Elliot,

ich hoffe, du bist wieder gut in Atlanta gelandet.
[zum Weiterlesen Handy entsperren]

Irritiert sieht Archer auf Elliots Handy. Er liest die Zeilen immer wieder. Noch einmal. Und noch einmal. _Kuss? Gala? Grüße?_ Scheiße, er will es nicht denken, aber er kann nicht anders. Haben Noah und Elliot sich geküsst? Haben sie sich auf der Gala geküsst? Nein, das würde Elliot nicht tun. Aber das würde erklären, weswegen er Archer nicht zurückgerufen hat. Er sieht erneut auf die E-Mail und ist versucht, Elliots Handy zu entsperren. Ein Blick über die Schulter lässt sein Herz flattern. Elliot schläft tiefenentspannt neben ihm. Er liegt auf dem Bauch, hat die Arme um sein Kissen geschlungen und atmet regelmäßig. Er hat den Wecker, den Archer vor ein paar Augenblicken ausgemacht hat, nicht mitbekommen. Dass Elliot auf seinem Handy einen Wecker gestellt hat, ist überhaupt erst der Grund dafür, dass Archer es nun in der Hand hält und die ersten Zeilen der E-Mail gelesen hat. Das Wort _Kuss_ springt ihm entgegen, als wäre es mit leuchtender Schrift geschrieben worden.

Archer sieht Elliot an und lächelt. Sanft streicht er mit der freien Hand durch Elliots Haare. Sie sind so weich. Er ist sich ziemlich sicher, dass Elliot ab und an seinen Conditioner klaut. Das soll Archer recht sein. Elliot könnte sich alles von ihm nehmen, ohne dass es ihn stören würde. Seine Gedanken gleiten zu gestern Abend und ihm wird sofort wärmer. *Dieser Mann ist der Wahnsinn!* Noch nie wurde er so leidenschaftlich geküsst. Und der Sex erst… gestern Abend hat die bisherigen Male definitiv in den Schatten gestellt. Vor seinem Auge erscheint der Anblick, der ihm gestern geboten wurde, als er Elliot ins Schlafzimmer getragen hat: seinen Freund auf dem Boden vor dem Bett kniend, ihn ansehend und mit seinem Schwanz zwischen den Lippen. Als wäre das nicht genug, hat Archer sich kurzerhand die Fernbedienung geschnappt und den ferngesteuerten Plug in Elliot angestellt. *Herr Gott!*

Elliot hat ihn gestern überrascht. Archer merkt, dass sein Schwanz erregt zuckt und schließt kurz die Augen, um seinen Freund nicht weiter anzusehen. Stattdessen setzt er sich auf und rutscht nach hinten, um sich an die Wand zu lehnen. Wieder schaut er auf Elliots Handy. Er sollte das nicht tun. Er macht es. Er entsperrt das Handy und drückt auf die Benachrichtigung.

gestern 20:22Uhr
von: noah.whitten@gmail.com
an: e.leighton@ail.com
Betreff: Kuss, Gala, Grüße

Hey Elliot,

ich hoffe, du bist wieder gut in Atlanta gelandet. Ich hatte überlegt, bald mal vorbeizuschauen?

Vielleicht sollte ich von vorne beginnen. Tatsächlich hat Archer mich gebeten, dich auf die Gästeliste zu setzen, aber das weißt du ja schon. Ich weiß nicht, wieso, aber ich hatte das Gefühl, es war dir unangenehm vor Clair, mich wiederzusehen. Ich weiß, dass du ihr von den Küssen erzählt hast und…

„Love?"

Archer zuckt ertappt zusammen, sperrt im gleichen Moment Elliots Handy und sieht zu seinem Freund. Verschlafen sieht er ihn an.

„Was machst du da?"

„Deinen Wecker ausstellen", entgegnet Archer etwas zu schnell. Kurz sieht Elliot ihn irritiert an, aber als Archer das Handy weglegt und den Sportler stattdessen in seine Arme zieht, ist das vergessen. „Gut geschlafen?"

„Mhm, ja", murmelt Elliot leise und drückt seine Nase an Archer. Sein Herz hämmert gegen seine Lippen und er merkt, dass Elliot lächelt. Als dieser dann noch beginnt, Muster auf Archers Brust zu zeichnen, flattert dessen Herz noch schneller und Elliot grinst, als er bemerkt, dass er der Grund dafür ist. Er sieht nach oben und stiehlt sich einen Kuss von Archer.

„Ich gehe duschen, kommst du mit?"

„Ich bin sofort bei dir", antwortet Archer, küsst ihn noch einmal und sieht dabei zu, wie Elliot aus dem Bett klettert. Nackt. Natürlich nackt. Er verschwindet im Badezimmer und Archer atmet tief durch, ehe er sich wieder Elliots Handy schnappt.

Ich weiß, dass du ihr von den Küssen erzählt hast und dir den Abend anders vorgestellt hast. Ich habe mich allerdings gefreut dich zu sehen und ich hoffe, dir geht es inzwischen genauso. Bist du zufällig die Tage in New York? Oder ich könnte gerne zu dir nach Atlanta kommen. Ich würde dich sehr gerne wieder in meinem Leben haben, so wie früher. Was sagst du dazu?

„Archer?"

Er zuckt zusammen und wirft das Handy vor sich auf die Decke. Elliot steht mit nassen Haaren im Türrahmen zwischen Bad und Schlafzimmer.

„Kommst du?", fragt er verwundert. „Was machst du noch im Bett?"

„Ich... äh..."

„Wenn du allein duschen möchtest..."

„Nein!", widerspricht Archer sofort und stolpert aus dem Bett. Dass er dabei mit den Beinen in der Decke hängenbleibt und fast aus dem Bett fällt, könnte lustig sein, aber keiner der beiden schmunzelt auch nur. Archer wirft einen kurzen Blick auf das Handy, folgt Elliot unter die Dusche und stellt sich zu ihm unter das Wasser.

„Magst du?"

Elliot hält ihm das Shampoo hin. Archer nickt leicht. Ihm geht der Text der E-Mail nicht aus dem Kopf. *Noah will wieder Kontakt zu Elliot haben. Und Noah hat Elliot eventuell auf der Gala schon wieder geküsst.* Oder hat Elliot ihn geküsst? Ein Schauer erfasst seinen Körper, das verhindert auch das warme Wasser auf seiner Haut nicht.

„Archer?"

„Sorry. Ja."

„Was ist los?"

„Ich bin nur müde", erwidert der Lockenkopf und nimmt Elliot die Shampooflasche ab. Wie in Trance seift er seinem Freund die Haare ein. Schaum bedeckt seinen Kopf und vorsichtig wäscht Archer ihn wieder raus. Dann greift er intuitiv zu seinem Conditioner und massiert Elliots Kopfhaut.

„Was... oh", seufzt dieser genießend und lässt ihn machen. Dass Archer vollkommen in Gedanken versunken ist, merkt er nicht. Archer wäscht Elliots ganzen Körper und mit jedem Zentimeter, den er berührt, stellt er sich vor, wie Noah und Elliot sich auf der Gala küssen. Vor seinem inneren Auge wird das

Bild immer klarer. Elliot und Noah küssen sich, Noah drückt Elliot an die Wand in einem der Flure im Backstage Bereich und Elliot stöhnt auf. So wie er es sonst tut, wenn Archer ihn verlangend und leidenschaftlich küsst und gegen die Wand drückt. Archers Fingerspitzen gleiten sanft auf Elliots Haut umher. Er will ihn nicht loslassen, aber er will, dass dieses Kopfkino endet. Es klappt nicht. Archer hat den Drang, ihn zu fragen, wie lange er schon wieder mit Noah schreibt. Er berührt Elliot nicht mehr, zieht die Hände zurück und bemerkt erst einen Moment später, dass er sich umgedreht hatte.

„Love?"

„Zieh dich schon einmal an. Ich komme gleich nach. Wir sind spät dran", betet Archer herunter. Elliot mustert ihn skeptisch, aber er fragt nicht weiter nach. Er möchte nicht unter der Dusche mit Archer diskutieren. Archer starrt gegen die Fliesen, als Elliot den Raum verlassen hat. Er stellt das Wasser etwas wärmer und nimmt sich sein Shampoo. Mit glasigem Blick wäscht er seine Haare. Wieder taucht das Bild auf. Nein, dutzende Bilder.

Stumm vermischt sich das Salzwasser auf seinen Wangen mit dem Wasser aus der Regendusche und sickert den Abfluss hinunter. Archer ist mit seinen Gedanken allein und auch, wenn er vielleicht weiß, dass das es ganz und gar nicht gut ist, hier allein stehen zu bleiben, bewegen sich seine Füße keinen Millimeter. Er wäscht sich. Einmal. Zweimal. Er hat das Gefühl, Noahs Parfum in der Dusche zu riechen. Er hat das Gefühl, es gerade an Elliot gerochen zu haben. *Er muss hier ganz schnell raus.* Mit noch einigen Schaumresten in den Haaren, hastet er aus der Dusche, schnappt sich die Handtücher und zieht sich mit einem Handtuch-Turban auf dem Kopf an. Er rubbelt seine Haare danach nur kurz trocken, holt seine Sachen und geht die Treppe hinunter.

„Bist du jetzt wach?", fragt Elliot lächelnd. „Hier, ich habe dir Kaffee gemacht."

„Danke, aber ich muss los. Ins Büro. Ich habe gerade... bis später", stottert Archer unbeholfen und bevor Elliot reagieren kann, ist er aus der Tür verschwunden. Er öffnet die Garage und fährt wenige Sekunden später aus der Auffahrt. Erst im Auto merkt er, dass er noch nasse Haare hat.

32. Kapitel

Das Training ist hart, aber gut. Den ganzen Vormittag quälen Coach Warren und Drew uns mit Cardio- und Ausdauertraining. Ich bin schon vor zwölf Uhr völlig verschwitzt.

„Eine Runde noch!", ruft Drew laut und ich stöhne genervt.

„Jetzt mach nicht schlapp, Leighton", sagt Coach Warren und schaut darauf, dass meine Ausführung der Übung nicht schwächelt. Heute Morgen, als ich in die Kabine gekommen bin, war meine Motivation zu trainieren sehr hoch. Ich wollte aufs Eis und mich auspowern, aber jetzt bin ich fix und fertig. Wie soll ich nach der Pause nochmal volle Leistung bringen? *Das wird von dir als Profisportler nun einmal erwartet!*, rufe ich mir ins Gedächtnis und beiße die Zähne zusammen. Selbst wenn ich es wollte, ich kann mich gerade nicht auf mein Umfeld konzentrieren. Meine Muskeln brennen, meine Lunge verlangt eine Pause und ich spüre meinen Herzschlag an meinen Rippen. Vor Beginn des Trainings war Archer nicht hier. Ich vermute, dass er im Büro ist. Ich hatte gehofft, er kommt zumindest zwischendurch her. Das macht er inzwischen oft so. Außer Atem und mit wackligen Beinen gehe ich einige Schritte an die Seite und lasse mich auf den Boden fallen, ehe ich meine Wasserflasche nehme und kühles Wasser meine Kehle hinablaufen lassen. Duncan setzt sich zu mir. Ihm geht es nicht anders. Ich schaue mich um. Archer ist nicht hier.

„Ist mir auch schon aufgefallen", meint Duncan plötzlich. „Er kommt um die Zeit sonst immer kurz vorbei."

„Er hat zu tun", weiche ich aus. „Er war heute Morgen schon total gestresst."

„Wie kommt's?"

„Keine Ahnung. Geht es dir wieder besser?", frage ich ihn und wechsle damit das Thema. Duncan ist am Wochenende sehr plötzlich von der Grillparty abgehauen. „Was…äh ja." Verwundert sehe ich ihn an. „Hab ich etwas verpasst?" „Nein, alles gut. Ich denke, mir ist irgendetwas vom Grill nicht gut bekommen", antwortet er und winkt ab. „Halb so wild." „Mhm. Okay." Ich lasse meinen Blick durch die Trainingshalle schweifen. Unsere Teamkollegen sind genauso geschafft wie ich. Drew läuft umher und verteilt Proteinriegel. Ich seufze, als ich den ersten Bissen nehme.

„Die mit Schokolade", stellt der Verteidiger neben mir fest. „Wie kommen wir zu dieser Ehre?"

„Frag nicht. Sonst gibt er dir wieder die anderen", erwidere ich und schließe einen Moment lang die Augen.

Wir haben eine kleine Pause. Ich nehme mir mein Handy, muss allerdings feststellen, dass Archer mir nicht geschrieben hat. Stattdessen habe ich nur ein paar Instagram-Benachrichtigungen und E-Mails: Newsletter, Newsletter, Rechnung, Newsletter, Noah, News- *Noah?* Verwundert sehe ich auf mein Handy und öffne die E-Mail.

„Weißt du zufällig, wann wir wieder gegen die New Yorker spielen?", frage ich Duncan.

„In zwei Wochen? Irgendwie so etwas, wieso?"

Ich schüttle den Kopf. „Nicht so wichtig."

heute: 11:46Uhr
von: e.leightion@ail.com
an: noah.whitten@gmail.com
Betreff: New York oder Atlanta

Hi Noah,

Ich bin gut wieder zu Hause angekommen, aber am den Jetlag bin ich natürlich nicht vorbei gekommen. Wieso schreibst du eigentlich per E-Mail? Ich würde mich darüber freuen, wenn wir uns bald wieder sehen. Ich meine, dass ich in zwei Wochen (oder so) in New York sein werde. Bestimmt kann ich dir Tickets besorgen. Möchtest du nur eins oder soll ich zwei besorgen? Wenn du nach Atlanta kommst, könnte ich natürlich auch Tickets reservieren lassen…

„Weiter geht's!" ruft Coach Warren und kurz sehe ich auf. Schnell sende ich die E-Mail ab und gehe zu den anderen. „Zieht euch um, wir gehen aufs Eis", kündigt Kenny an. Mein Blick schweift zur Tür, bevor ich mich auf den Weg zur Kabine mache. *Kein Archer.* Ich seufze leise und schreibe ihm, während ich meinen Kollegen folge.

Hi, wie läuft dein Tag? :)

Als ich fertig angezogen bin, sehe ich auf mein Handy. Archer ist online. Erwartungsvoll bleibe ich in der Kabine stehen.

Love: schreibt…

Love: Bisher ist alles gut, bei dir?

Anstrengend. Hast du sehr viel zu tun?

Love: Ich habe immer viel zu tun.

Soll ich später schon kochen? Wie lange wirst du im Büro sein?

Love: Ich dachte, die Küche ist mein Gebiet?

Das bestreite ich doch gar nicht :)

Love: Ich werde für uns Abendessen machen, wenn du auf mich warten kannst.

Natürlich werde ich auf dich warten!

Love: Es kann heute spät werden, ich schreibe dir. Sonst ist noch etwas im Tiefkühlschrank.

Love: schreibt…

Love: offline

„Da bist du ja", murmelt Ian. *Shit, zu spät.* Kenny wirft mir einen warnenden Blick zu, unterbricht Drew aber nicht, der gerade den Trainingsplan für heute vorstellt. Groß erklären braucht er die Übungen nicht. Nach der Sporteinheit heute Vormittag, ist es doppelt so anstrengend, jetzt alles zu geben. Aber wir tun es. Jeder einzelne Spieler reißt sich am Riemen, so auch ich. Erschöpft steht Ian an der Bande, als wir Pause haben. Er sieht auf sein Handy und seufzt.

„Was ist?"

„Ellie geht es nicht gut. Ich denke, ich werde nach dem Training direkt zu ihr fahren."

„Liebe Grüße und gute Besserung." Er nickt dankend, ehe er zögert. „Hast du nach dem Training schon etwas vor?"

Irritiert sehe ich ihn an. „Wieso fragst du?"

„Theoretisch bin ich gleich zur Massage eingeteilt, aber wenn du magst, kannst du den Termin haben", antwortet er schulterzuckend.

„Da sage ich nicht nein", erwidere ich lächelnd. Wenn Archer sowieso spät nach Hause kommt, kann ich mir die Zeit nehmen und meinen Muskeln etwas Gutes tun. Oder tun lassen.

Meine Sachen lasse ich wie immer neben der Tür fallen, als ich das Physiozentrum betrete, das sich unter anderem um uns Spieler kümmert.

„Elliot?" Lorena, unsere Masseurin und Physiotherapeutin kommt durch die Tür und sieht mich irritiert an, ehe sie ihren Blick ihrem Kalender widmet. Lorena ist eine kleine, augenscheinlich zierliche Frau Mitte dreißig, aber sie hat es faustdick hinter den Ohren. Sie begründet es mit dem mexikanischem

Temperament, aber ich bin mir sicher, dass sie einfach nur verdammt tough ist. Vielleicht ist sie manchmal etwas sadistisch, da bin ich noch nicht hinter gekommen. In ihrer Physiotherapie ist schon jeder an seine Grenze gekommen. Ich bin sicher, ich bin nicht der Einzige, der bereits bei ihr Tränen in den Augen stehen hatte. Aber es hat sich immer gelohnt, sie versteht ihr Fach einwandfrei.

„Ian musste kurzfristig wohin", erkläre ich ihr. „Er hat mir den Termin überlassen."

„Ah, okay", lächelt sie, legt den Kalender weg und desinfiziert sich die Hände. Ich ziehe bis auf meine Shorts meine Kleidung aus und lege mich bäuchlings auf die schwarze Liege, die in der Mitte des Raums steht.

„Wie war das Training heute?", fragt sie, ehe sie mit ihrer Arbeit beginnt. Smalltalk. Damit startet sie immer. Dennoch würde ich behaupten, sie kennt das ganze Team ziemlich gut. Ausnahmslos. Nicht wenige verdanken ihr, dass Verletzungen und Verspannungen quasi spurlos verheilt sind.

„Ich merke es schon", antwortet sie selbst. „Coach Warren hat euch heute ordentlich durch die Mangel gedreht."

„Oh und wie", antworte ich leise und schließe die Augen. „Ich sollte mich nicht darüber freuen, das Ian es nicht hierher geschafft hat, aber ich tue es", gebe ich zu und höre sie leise lachen. Lorenas Hände und ihre gekonnten Griffe lockern meine Muskeln und ich seufze leise, als ich mich mehr und mehr entspanne. Wenn sie einen nicht mit Physio quält, kann es sehr angenehm bei ihr sein. Sie lockert meine Rückenmuskulatur und beginnt dann mit meinem rechten Bein. In diesem Moment klingelt mein Handy. Es liegt oben auf meinen Sachen.

„Willst du rangehen?", fragt sie mich. „Seit wann hast du eine Freundin?"

„Mhm?"

„*Love*, ruft dich an", antwortet sie. Sie hat auf das Display geschielt.

„Gibst du es mir?"

„Sicher."

„Hi", sage ich leise und seufze erneut, als Lorena mit der Massage weitermacht.

„Wo bist du?"

„Was?"

„Ich bin gerade nach Hause gekommen. Du bist nicht hier. Das Training ist schon seit einer Stunde um", sagt er geradeheraus und ich brauche einen Moment, um diese Aussage einzuordnen.

„Ich dachte, es wird bei dir heute spät?", entgegne ich und seufze erneut auf, als Lorena mit dem anderen Bein weiter macht.

„Wo bist du?", möchte er erneut wissen. In diesem Moment drückt Lorena auf eine Verspannung und ich ziehe die Luft zwischen den Zähnen ein.

„Fuck", murmle ich leise.

„Nicht wehren, sonst wird es morgen schlimmer."

Ich nehme das Handy vom Ohr und sage: „Weiß ich doch."

„Gut so."

„Elliot?", höre ich Archer fragen.

„Ich bin in einer Stunde zu Hause, spätestens", antworte ich schnell.

„Okay, bis dann."

„Mhm, bis dann", murmle ich. „Mhm...", seufze ich leise und lege auf. Jetzt weiß ich definitiv, dass irgendetwas in der Luft liegt. Wieso ist er doch so früh zu Hause?

„Archer?", frage ich laut, als ich eine Stunde später durch die Haustür trete. Er antwortet mir nicht. Verwundert gehe ich in die Küche. Er ist nicht dort. Das Essen steht auf dem Herd, ein leerer Teller steht daneben auf der Arbeitsplatte. Er hat schon gegessen? Ich fasse an den Topf. Er ist noch warm, aber nicht mehr heiß.

„Love?", frage ich noch einmal laut. Keine Antwort. Erst, als ich aus dem Fenster schaue, sehe ich, dass Archer im Garten ist. Die Terrassentür ist zugezogen, deswegen hat er mich nicht gehört. Ich trete auf die Terrasse und sehe ihm einen Moment zu. Er gießt die Pflanzen Dabei läuft Musik, Archer summt. Ich lächle und lehne mich an den Türrahmen. Ein heimliches Foto später gehe ich zu ihm.

„Hallo, Love." Er dreht den Kopf, sieht mich kurz an und drückt die Erde fest.

„Archer?" Irritiert sehe ich ihn an und trete näher an ihn heran. Er nimmt sich ein paar weitere Pflanzensamen und streut sie auf einer kleinen, noch freien Fläche aus. Von hinten lege ich locker meine Arme um ihn und drücke einen Kuss auf seinen Nacken. Er strafft die Schultern und macht einen Schritt zur Seite. Er befreit sich aus meinem Griff. *Was?* Stumm folgt er weiter seiner Gartenarbeit.

„Was ist los?", möchte ich wissen. Er schweigt. „Archer."

Er schüttelt den Kopf. „Der Garten ist mein Gebiet, schon vergessen?"

„Deine Aufgabe, nicht dein Gebiet", verbessere ich ihn. Er zuckt mit den Schultern. „Das Essen sollte noch warm sein, nimm dir was davon."

Ich mustere Archer einen Moment lang. Dann drehe ich mich um und gehe zurück in die Küche. Archers Essen schmeckt hervorragend, doch das hatte ich nicht anders erwartet. Nach dem Essen ist Archer im Garten fertig. Ich habe zwei Gläser Wein auf den Wohnzimmertisch gestellt, dazu den Kerzenständer und ein wenig Schokolade.

„Archer?", frage ich laut. Er antwortet schon wieder nicht. Ich seufze und gehe durchs Haus. Ich finde ihn schließlich zwischen den neuen Zimmerpflanzen in meinem ehemaligen Fitness-raum. Es ist inzwischen vielmehr zu einer kleinen Yoga-Oase geworden. Er sitzt auf der Yogamatte in einem ungemütlich aus-sehenden Schneidersitz. Seit Wochen versucht er, mich zu über-reden, mit ihm Yoga zu machen, aber bisher habe ich mich drü-cken können. Ich stehe im Türrahmen und bleibe still.

„Was möchtest du?"

„Du hast mich bemerkt."

„Natürlich", antwortet er mit ruhiger Stimme und öffnet seine Augen nicht.

„Was machst du da? Ist das Yoga?", möchte ich skeptisch wis-sen.

„Ich meditiere."

„Wann bist du fertig?"

„Ist das wichtig?", fragt er und mein Herz zieht sich einen Moment lang zusammen.

„Ich dachte, wir machen es uns heute Abend gemütlich", ant-worte ich. „Ich habe eine Flasche Wein aufgemacht."

Archer seufzt und öffnet die Augen. Er sieht mich direkt an und ein Schauer fährt mir über den Rücken.

„Eine Flasche Wein?", fragt er skeptisch.

„Ja, wieso nicht?"

„Du trinkst lieber Bier", antwortet er lediglich.

„Und?"

Er zuckt mit den Schultern. „Ich habe mich nur gewundert."

Ich verschränke die Arme vor der Brust. „Möchtest du noch etwas?", fragt er nach einem Augenblick.

„Was ist los?"

Er schüttelt leicht den Kopf. „Ich muss nur ein wenig nach-denken, das ist alles."

„Nachdenken?"

„Ja, nichts weiter." Er lächelt kurz, aber es erreicht seine Au-gen nicht. „Und das am besten allein."

Ich nicke. Noch deutlicher hätte er es mir kaum sagen können. Ich ziehe mich zurück und setze mich aufs Sofa. Die Schokolade verdrücke ich ohne ihn. Der Wein schmeckt nicht halb so gut wie sonst, aber ich stehe nicht noch einmal auf, um mir ein kühles Bier zu holen. Ich nehme Archers Glas, nachdem ich es eine Zeit lang angesehen habe und trinke daraus, als mein eigenes leer ist. Er ist nach wie vor nicht nach oben gekommen. Meditiert er immer noch? Ich komme nicht drumherum, mich zu fragen, was ihn so beschäftigt. Hat es etwas mit heute Morgen zu tun? Mit der Arbeit? Heute Mittag meinte er noch, er würde lange brauchen, dann ist er plötzlich doch früh zu Hause und muss nachdenken. Der Alkohol bekommt mir nicht gut. Ich vertrage deutlich weniger Wein als Bier. Ich bin nicht betrunken, aber nicht mehr nüchtern. Unbedacht stehe ich auf und laufe die Kellertreppe hinunter. Archer sitzt nach wie vor in dem komisch aussehenden Schneidersitz. Ich zögere, schaue durch den schmalen Türspalt und mein Brustkorb zieht sich zusammen. Er hat leise Musik angemacht und bemerkt mich nicht. Oder doch? Vorhin hat er mich auch bemerkt. Ich ziehe mich zurück. Ich spreche ihn nicht an und unterbreche seine Meditation nicht.

Im Bett kuschle ich mich in die Kissen und die Bettdecke, aber ohne Archer ist es unangenehm kühl. Ich ziehe die Decke höher. Es bringt nichts. Seufzend stehe ich auf und öffne die Tür zu unserem Ankleidezimmer. Schnell habe ich mir einen von Archers Pullovern geschnappt und angezogen. *Besser.*

Ich versuche einzuschlafen, jedoch werde ich immer wieder wach. Vielleicht schlafe ich auch gar nicht richtig. Irgendwann höre ich die Tür. Sie wird leise geöffnet. *Archer.* Er zieht sich aus, seine Kleidung raschelt und dann klettert er zu mir ins Bett. Ich liege mit dem Rücken zu seiner Bettseite. Mein Herz pocht mir bis zum Hals und ich muss mich zwingen, meine Augen geschlossen zu halten und mich nicht zu bewegen. Ruhig bleiben. Archer zieht die Decke höher und macht das Licht aus. Der Drang, einfach zu ihm zu rutschen und mich an ihn zu kuscheln, wird immer größer. Aber ich mache es nicht.

Eine Zeit lang geschieht nichts. Ich bin mir sicher, Archer ist schon eingeschlafen. Seine Atmung ist ruhig, leise und gleichmäßig. Ich rieche sein Aftershave bis hierher. *Verdammt!* Ich beiße mir auf die Unterlippe. Wie kann es sein, dass ich ihn vermisse, obwohl er neben mir liegt? Die Frage, wieso er nicht mit mir spricht, bleibt.

Plötzlich bewegt er sich, ich spüre es durch die Matratze und die Bettdecke. Dann spüre ich seinen Atmen an meinem Nacken und erschaudere augenblicklich. Sanft legt er seine Hand unter der Decke auf meine Taille. Er zögert. Er bemerkt den Pullover, zumindest denke ich das. Dann schlüpfen seine Finger unter den Bund seines Hoodies. Er streicht über meinen Bauch, sanft und vorsichtig. Archer rückt näher. Seine Fingerspitzen gleiten über meine Rippen und schließlich legt er seine Hand auf meine Brust. Er zieht sich zu mir heran. An meinem Rücken spüre ich seinen Oberkörper und bereue es in diesem Moment, den Pulli angezogen zu haben. Er trägt kein Shirt. Ich würde gerne seine Haut auf meiner spüren. Wenn ich mich jetzt bewege, zieht er sich zurück. Zumindest besteht das Risiko, dass dies geschieht – deswegen lasse ich es. Archers Nase streift meine Haut. Er drückt sie an meine Halsbeuge und seufzt leise. *Riecht er gerade an mir?* Mein Herz freut sich augenblicklich und doch tut es gleichzeitig weh. Ich atme ruhig weiter, Archer ist alles andere als ruhig. Er kuschelt sich an mich, drückt sich gegen meinen Körper und umklammert mich, als würde ich jeden Moment abhauen. Dann spüre ich, dass er einen Kuss in meinen Nacken drückt. Mein Herz flattert. Noch ein Kuss. Ich öffne die Augen, nur ein wenig und sehe auf das Kissen vor mir. Noch ein Kuss. Und noch einer. Sanft und leicht. Die Stellen kribbeln und eine Gänsehaut bildet sich.

Nass. *Nass?* Irritiert blinzle ich ein paar Mal. Ich liege nach wie vor eng in Archers Griff. Mein Nacken ist feucht. Ich möchte mich umdrehen, aber er hält mich fest. Ich lege meine Hände auf seine und löse sie von mir. Augenblicklich spannt er sich an. Schnell tue ich so, als würde ich lediglich den Hoodie ausziehen, weil mir zu warm ist. Ich werfe ihn neben das Bett, sitze nun und wage es, einen Blick in Archers Richtung zu werfen. Er hat sich umgedreht. Ich zögere, aber dann rutsche ich zu ihm. Ich fasse mir vorher an den Nacken. Tatsächlich, meine Haut ist feucht. Ich rücke näher zu ihm.

„Love?", frage ich leise. Er antwortet nicht. Schon wieder nicht. „Archer?" Er spannt sich an. „Ich weiß, dass du wach bist."

„Mhm."

„Ich habe auch nicht geschlafen."

„Die ganze Zeit nicht?", fragt er leise.

„Nein, die ganze Zeit nicht. Ging nicht, du warst nicht hier."

„Weil ich nicht hier war, konntest du nicht schlafen?"

„Zumindest ist das meine Vermutung", antworte ich leise und schiebe meine Finger zwischen seine. Er nickt leicht, dreht sich aber nicht um.

„Elliot?"

„Mhm?"

„Können wir morgen reden?"

„Sicher. Möchtest du mir sagen, worum es geht?"

Er schüttelt den Kopf. Nur ein bisschen. „Kannst du mich festhalten? Können wir so einschlafen?"

„Natürlich", antworte ich. Nun mache ich mir wirklich Sorgen. Ich stütze mich auf meinen freien Unterarm und betrachte meinen Freund. Seine Wangen sind nass. Also doch, ich hatte leider recht. Sanft platziere ich einen Kuss auf seine Wange. „Schlaf gut, Love."

„Du auch", murmelt er und umklammert meine Hand fester.

33. Kapitel

„Möchtest du jetzt reden, oder…"

„Ich muss los", weicht Archer aus und trinkt seine Kaffeetasse in einem Zug leer.

„Aber wir reden schon noch, oder? Später?"

„Sicher."

Ich verdrehe die Augen und murmle: „So sicher ist das nicht."

„Was?"

„Nichts."

„Ich habe schon verstanden, was du gesagt hast", antwortet Archer mir. „Wieso sagst du das?"

„Du hättest gestern den ganzen Abend mit mir reden können", antworte ich.

„Ich musste nachdenken."

„Über drei Stunden?"

„Ich habe Zeit für mich gebraucht", weicht er aus und holt seine Sachen.

„Fahren wir zusammen?"

„Meinst du nicht, das ist zu auffällig?", fragt er hingegen. „Jeder weiß, dass du mit dem Rad kommst."

„Vermutlich hast du recht", nicke ich unschlüssig und warte darauf, dass er sich verabschiedet. Genauer gesagt, warte ich auf einen Kuss.

„Archer?"

„Was?" Er steht schon an der Tür, mit Schuhen und Jacke.

„Du hast etwas vergessen", erinnere ich ihn und verschränke die Arme vor der Brust. Er sieht an sich herab, klopft seine Taschen ab und schüttelt den Kopf. „Nein. Ich denke, ich habe alles."

„Das meine ich nicht", antworte ich ungewollt getroffen. Irritiert sieht er mich an. „Fällt es dir wirklich nicht ein?", frage ich ruhig und kratze mich am Nacken. „Ist heute irgendein Tag? Geburtstag hast du nicht", antwortet er. Ich schüttle den Kopf. „Schon gut. Vergiss es."

Er seufzt genervt und kommt auf mich zu. „Sag schon, sonst denke ich den ganzen Tag darüber nach. Wir haben keinen Jahrestag, du hast nicht Geburtstag und der Stanley Cup findet heute auch nicht statt. Ich habe keine Ahnung." Entschuldigend sieht er mich an.

„Es ist dumm. Bescheuert", winke ich erneut ab. Nur weil er mich nicht wie sonst, bevor er geht, innig und liebevoll und leidenschaftlich küsst, sollte ich nicht so ein Fass aufmachen.

„Ich werde keine Ruhe geben", antwortet er mir. Ich sehe zur Seite. „Es… ich habe übertrieben."

„Elliot."

„Du solltest gehen, du kommst du spät."

„Elliot Leighton."

Ich seufze und sehe ihn an. Die letzte Nacht, nein der ganze letzte Tag nagt noch an mir. Vielleicht kommt es daher, dass ich so empfindlich reagiert habe. Er hat mir nicht einmal einen Guten-Morgen-Kuss gegeben. Als ich aufgewacht bin, war er schon unter der Dusche und gerade, als ich dazukommen wollte, war er fertig und hat das Wasser abgestellt.

„Du hast mich nicht geküsst."

„Was?", verwundert sieht er mich an.

„Du hast mich nicht geküsst, du… es ist unsinnig", unterbreche ich mich selbst und schüttle erneut den Kopf. Archer sieht mich an, mustert mich und ich kann nicht erkennen, was in seinen Gedanken vor sich geht.

„Ich habe dich nicht geküsst", sagt er leise. Ich schüttle den Kopf. „Tust du sonst immer, deswegen… schon gut, du hast wahrscheinlich immer noch ziemlich viel zu tun, richtig?"

Er nickt stumm. Obwohl er zustimmt, macht es die Situation nicht angenehmer.

„Musst du los?", frage ich zögerlich, obwohl ich fragen möchte, wieso er mich immer noch nicht küsst. Wieder rufe ich mir in Gedanken, dass ich wahrscheinlich zu sehr darüber nachdenke, aber ich kann es nicht verhindern. Er sieht auf sein Handy. „Verdammt, schon so spät. Ich muss los, ich sollte…" Er geht zur Tür. Gerade als er seine Hand auf den Griff legt, hält er inne, dreht sich zu mir um und kommt doch noch einmal auf mich zu. Ich seufze leise, als er seine Lippen auf meine legt und möchte den Kuss gerade erwidern, da ist er auch schon wieder vorbei. „Bis später, Elliot." Er ist verschwunden. Der Kuss war nicht sanft, nicht liebevoll, nicht leidenschaftlich. Dieser Kuss war ein Mittel zum Zweck – man könnte ihn auch als eine Pflicht betiteln. Ich fasse an meine Lippen und sehe ungläubig zur Tür. Ich höre, dass mein Freund wegfährt und erst als ich sein Auto nicht mehr hören kann, löse ich mich aus meiner Starre. *Was zur Hölle war das?*

Ich warte darauf, dass Archer mir erklärt, was passiert ist, aber er tut es nicht. Beim Spiel gegen Chicago macht er gewissenhaft seine Arbeit. So gewissenhaft, dass er keine Zeit hat, fünf Minuten vor dem Spiel mit mir zu verschwinden. Ich stehe an der Mittellinie. Das erste Bully des zweiten Drittels steht an. Ich schaue zu Archer und fasse mir kurz ans Ohr. Er hat das Handy auf mich gerichtet, trotzdem erwidert er meine Geste. Ich sehe nach vorne zu meinem Gegenspieler und unterdrücke ein Lächeln. Kurz sieht er mich verwirrt an.

„Wir werden euch in den Arsch treten", antworte ich nur provokant. Er grinst. „Sei dir da mal nicht zu sicher."

Einen Moment später wird der Puck fallengelassen und das zweite Drittel beginnt. Dass wir Chicago in den Arsch treten, war eine Ausrede für meine Reaktion auf Archers stumme Liebesbekundung, aber das macht es nicht weniger wahr. Das Spiel ist schnell, recht ausgeglichen, fair und spannend. Es ist ein fantastisches Spiel. Nach dem zweiten Drittel steht es drei zu zwei für uns, aber das bedeutet noch lange nichts. Ich bin sicher, dass das nicht die letzten Tore waren, die heute Abend fallen. Da wird noch einiges kommen.

Ich komme vom Eis und setze mich. Wenig später werden die Reihen erneut getauscht und Ian setzt sich zu mir. Er hat sein Handy hier, auch wenn Coach Warren das nicht gerne sieht. Er nimmt es und hält es mir hin. Irritiert sehe ich ihn an.

„Schau", meint er und ich sehe auf sein Handy. Er hat Archer gefilmt. Er sieht auf sein Diensthandy und als er sich lächelnd ans Ohrläppchen fast, weiß ich, dass es vorhin war. Jetzt öffnet Ian Instagram und zeigt mir das Video, dass Archer vorhin gemacht hat. Man sieht mich, besser gesagt, sieht man mich, wie ich ebenfalls diese kleine Geste mache.

„Ich schicke es dir und lösche es von meinem Handy", meint er schmunzelnd. „Ich dachte, ihr zwei würdet euch das gerne mal ansehen."

Ich nicke und springe wieder über die Bande.

Wir gewinnen, es ist sehr knapp, aber wir gewinnen. Als das Spiel vorbei ist, schaue ich augenblicklich in Archers Richtung. Normalerweise sehe ich ihn klatschen, oder beide Daumen nach oben strecken, wenn wir siegen, aber jetzt ist sein Blick auf sein Diensthandy gerichtet. Er macht offenbar ein Video, dann verschwindet er auch schon in den Katakomben der Arena. Irritiert sehe ich ihm nach.

„Ärger im Paradies?", fragt Ian leise und ich zucke zusammen.

„Schleich dich doch nicht so an!"

„Habe ich nicht. Immer wenn du ihn ansiehst, blendest du alles andere aus."

„Ach, halt die Klappe, Ian."

„Werde ich eingeladen?"

„Was?"

„Auf eure Hochzeit."

„Nicht, wenn du weiterhin dumme Sprüche bringst", antworte ich trocken. Ich sehe wieder in Richtung der Box, aber Archer ist nicht mehr da. „Ich habe keine Ahnung, was mit ihm los ist", gebe ich zu und lasse die Schultern hängen. Endorphine und Adrenalin sollten meinen Körper eigentlich längst übernommen haben. Das Gefühl des Sieges und des Triumphes ist jedoch so gut wie abgeflaut. Ich folge meinen Mitspielern in die Umkleide. Laut feiern sie den Sieg.

„Hattrick's wir kommen!", ruft Duckie euphorisch. Ich nicke und verziehe mich unter die Dusche. Ich will zu Archer. Ich will wissen, was passiert ist. Inzwischen bezweifle ich, dass ich es mir einbilde.

„Diesmal kommst du aber wieder mit, Leighton!", höre ich Kenny sagen, oder eher befehlen.

„Natürlich", antworte ich und lächle kurz zustimmend.

„Verdammt, das war eine starke Leistung, Jungs!", lobt Drew uns. Er steht im Türrahmen der Kabine und sieht zufrieden durch die Runde. „Sauberes Spiel, merkt euch das Gefühl und spielt ab jetzt bitte immer so!"

„Social Media ist begeistert", stimmt auch mein Freund zu, der plötzlich hinter Drew auftaucht. „Wir sehen uns", fügt er dann noch hinzu und verschwindet so schnell, wie er gekommen ist. Archer kommt nicht mit ins Hattrick's. Es hat sich nicht einmal die Möglichkeit ergeben, ihn zu fragen, so schnell, wie er wieder gegangen ist. Drew hingehen ist dabei. Ein wenig später stoßen wir mit dem ersten Bier des Abends an. Ich seufze, als ich den ersten Schluck nehme und lehne mich nach hinten an die Wand. *Genau das habe ich jetzt gebraucht.* Und ich brauche diesen Abend mit meinem Team. Ich merke es sofort. Mir haben die Abende hier oder in den Bars der Hotels nach den Spielen gefehlt. *Verdammt, die Jungs hatten recht.* Zwei Bier später hat sich meine Laune gehoben und ich spiele mit Duncan, Lane, Duckie und Kenny Karten. Kenny hat bereits vor Beginn des Spiels angekündigt, dass er uns alle abziehen wird, aber nun schaut er verzweifelt in seine Karten.

„Du hast ein beschissenes Poker-Face", bemerkt Duckie.

„Vielleich bluffe ich auch nur", antwortet Kenny trocken.

„Nein, tust du nicht, da kann ja sogar Elliot besser lügen", lacht Duncan und legt die nächste Karte. Kennys Blick wird verzweifelter. „Fuck", murmelt er und sieht wieder in seine Handkarten.

„Gib es zu, du verlierst", grinse ich siegessicher. Kenny legt seine Karten nieder. *Haushoch verloren.* Während wir anderen die Runde zu Ende spielen, besorgt unser Teamcaptain eine Runde Shots.

Archer hat mich nicht angerufen. Ich bin im Waschraum und sehe auf mein Handy. Wollte ich, dass er mich anruft? Er hätte mir eine Nachricht schreiben können. Weiß er überhaupt, wo ich bin? Ich blinzle ein paar Mal. Die Buchstaben tanzen ein bisschen auf meinem Display, aber da steht nicht Archers Name. Ich laufe aus der Kneipe und die kühle Luft der Nacht empfängt mich.

„Noch wach?"

„Überrascht dich das?", frage ich amüsiert. „Hast du dir das Spiel nicht angeschaut?"

„Ich habe es auf Instagram verfolgt."

„Das zählt."

„Ihr wart gut. Glückwunsch zum Sieg."

„Danke."

„Ihr seid bestimmt in diesem Pub, oder?"

„Du meinst das Hattrick's", korrigiere ich ihn.

„Ja, genau."

„Mhm… ja, aber ich bin jetzt rausgegangen."

„Wieso das?"

„Du hast angerufen."

„Achso, ja. Aber es ist nichts Dringendes."

„Soll ich wieder auflegen?"

„Nein, musst du nicht", antwortet er sofort.

„Noah? Ich brauche mal deine Meinung", fange ich an.

„Worum geht's?"

„Archer."

„Äh, okay? Bist du dir sicher, dass ich der richtige Ansprechpartner bin?"

„Wir sind Freunde."

„Ja, aber…"

„Hör mir einfach zu."

„Gut, fang an", antwortet er und ich lehne mich an die Backsteinmauer. „Er verhält sich komisch."

„Inwiefern?", möchte er wissen und ich erzähle ihm, was passiert ist. Vielleicht erzähle ich es nicht in chronologisch richtiger Reihenfolge, aber er begreift es trotzdem.

„Verhält er sich merkwürdig? Oder bilde ich es mir nur ein?"

„Ich kenne nur deine Sicht, wie soll ich das beurteilen?"

„Du hast Archer kennengelernt", erinnere ich ihn. „Was sagst du dazu? Meinst du, er wollte mich heute Morgen einfach nicht mehr küssen?", frage ich unbeholfen und zupfe am Saum meines Oberteils herum.

„Frag ihn. Es bringt keinem von euch etwas, wenn ihr nicht darüber sprecht."

„Ich habe es versucht. Gestern und heute."

„Versuch es noch einmal", rät er mir. „Du liebst ihn." Keine Frage, eine Feststellung.

„Sehr", antworte ich zustimmend.

„Dann lass nicht locker. Er kann ruhig merken, dass es dich interessiert, wie es ihm geht und was ihn beschäftigt." Ich denke darüber nach. Scheint Sinn zu ergeben. Zumindest soweit ich das aktuell beurteilen kann.

„Danke, Noah."

„Ach was, dafür sind Freunde doch da, oder nicht?"

„Ich schätze schon."

„Ruf einfach an, wenn du nochmal reden möchtest."

„Werde ich."

Erst als ich aufgelegt habe, fällt mir wieder ein, dass er bestimmt einen Grund hatte, mich anzurufen. Shit, ich hätte ihn wohl fragen sollen, was er von mir wollte. *Whatever.* Er wird sich schon noch einmal melden. Ich gehe wieder in die Bar und prompt drückt Lane mir einen Shot in die Hand.

„Was wird das?"

„Wir spielen *Never Have I Ever*", grinst er betrunken und ich setze mich zu meinem Team. „Wir alle?"

„Ja!", antwortet Kenny grinsend.

„Und du brauchst gar nicht erst zu sagen, dass wir keine Teenies mehr sind", merkt Duncan warnend an.

„Hätte ich nie gemacht", antworte ich lachend. Natürlich hätte ich gerade fast genau das getan.

„Wer fängt an?"

„Immer der, der fragt", erwidere ich trocken und sehe Lane abwartend an.

„Ähm… okay…" Er überlegt einen Moment. „Ich hatte noch nie in der Öffentlichkeit Sex", sagt er dann. Einige trinken und auch ich kippe den Shot meine Kehle hinunter.

„Wo?", möchte Duckie wissen. Restaurant-Toilette, Auto, Aufzug – nichts Überraschendes.

„Elliot?", fragt Gibson plötzlich.

„Mhm?"

„Du hast auch getrunken. Alle haben gesagt, welche Orte es waren."

„Äh… Auto."

„Standard. Auf einem Parkplatz?", fragt Lane mich daraufhin.

„Im Autokino", antworte ich und frage mich, ob die Loge in unserer Arena auch in der *Öffentlichkeit* liegt.

„Ich habe noch nie einen Orgasmus vorgetäuscht", sagt Gibson. Es trinken nur ein paar wenige.

„Scheiße, Duncan du auch?", lache ich. „War der Sex so schlecht?"

„Es war nicht schlecht, aber…"

„Nicht gut genug", lacht Kenny und reicht ihm einen neuen Shot für die nächste Runde.

„Woran lag's?", möchte Lane wissen. Duncan zuckt mit den Schultern. „Ich glaube, es war eine Kopfsache." Mehr sagt er dazu nicht, sondern spielt weiter. „Ich habe noch nie einen Kerl geküsst." Mir bleibt kurz die Luft weg und schnell räuspere ich mich. Ich schaue mich um. Ian trinkt. Lane trinkt. Ich sehe auf das Glas in meinen Fingern.

„Trink schon!", fordert Kenny mich auf. Perplex sehe ich ihn an. „Was?"

„Du überlegst. Dann kannst du auch direkt trinken."

„Da hat er recht", stimmt Ian zu. Ich verdrehe die Augen und trinke den Shot.

„Jetzt will ich die Stories dazu", fordert Duncan.

„Ich war betrunken", antworte ich sofort. „Es war damals in der Schule, wir haben… ach ja, wir haben Flaschendrehen gespielt", erkläre ich und zucke mit den Schultern. „Es war nichts aufregendes oder…"

„Erleuchtendes?", lacht Duckie. Ich nicke und lache ebenfalls. Zumindest tue ich so. „Ian?"

„Es war mein bester Freund, also damals. Er wollte wissen, ob er auf Kerle steht und hat mich gefragt, ob er mich küssen könnte."

„Stand er auf dich?", möchte Gibson wissen und verzieht dabei das Gesicht.

„Nein." Ian schüttelt den Kopf. „Er wollte nur wissen, ob er es generell mag, einen anderen Kerl zu küssen. Lane?"

„Wie bei Elliot", antwortet er. „Ich war ein betrunkener Teenager. Zumindest habe ich da herausgefunden, dass ich absolut nicht auf Typen stehe", grinst er.

„Ich hatte noch nie Sex während eines Spiels", meint Kenny als nächstes.

„Arschloch", antwortet Ian und trinkt. Das ganze Team fängt an zu lachen. Ich trinke nicht. Drew wirft mir einen wissenden Blick zu und auch Ian sieht mich abwartend an.

„Na schön", murre ich und trinke.

„Was, du auch? Wann?", möchte Gibson verwundert wissen. Ich zucke mit den Schultern. „In einer Pause, und auch nur einmal", weiche ich aus. Ich muss ihnen ja nicht sagen, dass es erst kürzlich war. Lane und Duncan hingegen scheinen es verstanden zu haben. Duckie mustert mich.

„Was ist?"

„Du hast jemanden. Du hast eine Freundin, kann das sein?"

„Bullshit."

„Also nur... Bekanntschaften?", fragt Ian mich zögerlich. Ich zucke mit den Schultern. „Ich nehme es, wie es kommt."

„Wie es kommt", lacht Duckie betrunken. „Du kannst auch direkt sagen: Ich habe guten, unverbindlichen Sex. Seid neidisch."

Ich grinse. „Seid neidisch. Der Sex, den ich habe, ist weltverändernd!"

„Weltverändernd?" Gibson grinst. „Das klingt ganz und gar nicht danach, dass es unverbindlich ist."

Ich zucke mit den Schultern. „Wieso etwas hinterfragen, was gut funktioniert?", entgegne ich. „Ich hatte noch nie etwas mit einem Fan", mache ich mit der nächsten Aussage weiter. Kenny trinkt, Gibson trinkt, einige andere auch.

„Zählt Ellie?", fragt Ian zögerlich.

„Ist sie ein Fan?"

„Inzwischen schon."

„Dann ja, trink!", beschließe ich und Ian greift nach einem gefüllten Shotglas. Wir lassen uns ein weiteres volles Tablett mit Shots bringen. Mein Handy vibriert.

Noah: Jetzt hatte ich ganz vergessen, dir zu sagen, weswegen ich angerufen hatte.

Ja, das ist mir auch schon aufgefallen.

Noah: Können wir morgen telefonieren?

Sicher. Es sei denn, du bleibst noch wach, dann rufe ich dich auf dem Weg nach Hause an.

Noah: Ich verzichte dankend, haha.

Noah: Viel Spaß und liebe Grüße an dein Team!

Richte ich aus :)

Archer hat mir nicht geschrieben. Immer noch nicht. Ich zögere. Meine Daumen schweben über der Tastatur in unserem Chat. Er ist nicht online. Mein Herz weiß nicht so recht, was es fühlen soll. Ich liebe diesen Kerl. Ich liebe ihn so sehr und doch weiß ich nicht, ob es klug wäre, ihm jetzt zu schreiben. Ich bin betrunken. Ich weiß, dass ich betrunken bin und wahrscheinlich sogar noch mehr, als ich dachte. Vermutlich stellt sich das heraus, wenn ich aufstehe. Plötzlich ist Archer online. Und fast sofort drücke ich den Sperr-Button an der Seite meines Handys. *Verflucht.* Ich öffne mein Handy wieder. Er schreibt. Und dann ist er wieder offline. Es kommt keine Nachricht. Ich verdrehe die Augen.

„Bin sofort wieder da", murmle ich und verschwinde in den Waschraum.

Wieso schreibst du mir nicht?

Love: Was?

> *Du weißt, dass ich weiß, dass ich gesehen habe, dass du etwas schreiben wolltest.*

Love: Was?

Love: Moment, du beobachtest unseren Chat?

> *Nein. Das habe ich zufällig gesehen.*

Love: Ich wollte nur kurz schreiben, dass ich schlafen gehe.

Love: Sei nicht zu laut, wenn du nach Hause kommst, okay? Ich bin echt müde.

Nur deswegen wollte er mir schreiben?

> *Es wird nicht besser!*

Noah: Was ist passiert?

> *Screenshot*

Noah: Du solltest ihm nicht schreiben, wenn du betrunken bist.

> *Ich schreibe nichts Dummes!*

Noah: Schreib ihm lieber nicht, Eli.

> *Eli?*

Noah: Lieber nicht?

> *Doch, schon in Ordnung, wir sind schließlich wieder Freunde :)*

Ich sehe in den Spiegel. Ich bin betrunken, Neo hat recht. *Oops.*

> *Aber dann werde ich wieder Neo zu dir sagen! Immerhin bist du endlich wieder Teil meines Lebens :)*

359

34. Kapitel

Auf Zehenspitzen schleiche ich mich durchs Wohnzimmer in die Küche. Archer hat heute Abend Pizza gegessen, zwei Stück sind noch übrig. Grinsend gehe ich zur Arbeitsplatte und nehme mir den abgedeckten Teller. Damit setze ich mich nach draußen. Die Sterne erhellen den Himmel, als ich mir die Sofadecke um die Schultern lege und mir das erste Stück Pizza nehme. Es ist kühl, aber nicht zu kalt, um hier zu sitzen. Ich schaue in den Garten. Automatisch wende ich meinen Blick dem Olivenbaum zu. Archer scheint ihn vorhin gegossen zu haben, die Gießkanne steht noch daneben. Den Teller stelle ich zurück in die Küche und tapse nach oben. Zu *Archer*. Ich werfe einen Blick in unser Schlafzimmer. Er liegt in der Mitte des Bettes auf dem Bauch und schläft. Bevor er aufwacht, schließe ich die Schlafzimmertür und verschwinde ins Badezimmer. Wenig später klettere ich so leise wie möglich unter die Bettdecke. Archer liegt unverändert im Bett. Ich möchte mit ihm kuscheln, aber ich möchte ihn nicht wecken. Ich überlege einen Moment lang, wie ich es anstellen soll, aber bevor ich zu einer Lösung komme, hat mein Freund mir schon einen Arm über den Bauch gelegt und zieht mich zu sich. Ich kuschle mich in die Kissen und rücke an ihn heran. Archer murmelt irgendetwas Unverständliches. Ich glaube, er schläft sogar noch. Sanft lege ich einen Arm um ihn und ziehe ihn auf meine Brust. Er spannt sich kurz an und streicht mit einer Hand über meinen Oberkörper. Seine Finger gleiten über meinen Hals zu meiner Wange.

„Elliot?"

„Schlaf weiter", antworte ich ihm leise und streiche ihm mit der anderen Hand durch die Haare.

„Du bist hier", murmelt er leise und drückt seine Nase gegen meine Haut.

„Wo sollte ich sonst sein?", frage ich amüsiert.

„Ich habe dir Pizza gemacht", antwortet er schlaftrunken und öffnet die Augen nicht.

„Ich weiß, Love, die habe ich schon gegessen", erwidere ich lächelnd.

„Mhm… gut", antwortet er und gähnt leise. „Du bist wieder hergekommen."

„Was dachtest du, wohin ich gehe?", frage ich erneut, doch da ist Archer bereits wieder eingeschlafen. Irritiert sehe ich ihn an, möchte ihn aber nicht erneut wecken. Ich schließe die Augen, doch meine Gedanken sind zu durcheinander. Wieso hätte ich nicht nach Hause kommen sollen? Wieso war Archer überrascht, dass ich hier bin?

Es wird nicht besser, daher bin ich nicht überrascht, als ich ein paar Tage später eine neue Nachricht von ihm lese.

Love: Heute wird es wahrscheinlich wieder spät. Iss ruhig schon ohne mich zu Abend. Es müsste noch etwas im Kühlschrank stehen.

Ich sehe auf die Nachricht und dann auf die Uhr. Archer hat sie mir vor etwa einer Stunde geschrieben und ich habe heute frei. Gestern war ein Spiel. Wir haben knapp im Penalty verloren. Es hat eine Ewigkeit gedauert, bis das Spiel vorbei war und noch länger, bis Archer und ich gestern endlich zu Hause waren. Er hatte schon vorgekocht und wir mussten es nur noch warm machen. Danach bin ich ins Bett gefallen und habe augenblicklich geschlafen. Als ich heute Morgen aufgewacht bin, war mein Freund schon weg.

Hast du Lust auf Italienisch? Oder Thai? Oder Mexikanisch?

Love: Möchtest du mir Essen bestellen?

Wieso nicht? Oder hast du schon Mittagspause gemacht?

Ich wette, das hast du nicht.

Love: Nein, habe ich nicht.

Also?

Love: Frühlingsrollen und gebratene Nudeln, bitte :)

Darf es noch etwas zu trinken sein?

Love: Eistee.

Bestellung wurde erfasst und wird nun bearbeitet.

Die Lieferzeit beträgt zwischen 30 und 45 Minuten.

Love: Spinner.

Ich springe vom Sofa auf, schnappe mir meine Sachen und mache mich auf den Weg. Es gibt einen Asiaten, der nur ein paar Minuten von Archers Büro entfernt ist und auf dem Weg dorthin, rufe ich an und gebe die Bestellung durch. Sie ist fertig, als ich dort mit dem Fahrrad ankomme und wenig später betrete ich das Bürogebäude von *Lightning*. Ich laufe zügig durch die Gänge. Es muss nicht sein, dass jemand mitbekommt, dass ich hier bin. Ein Lächeln hat sich auf meine Lippen geschlichen, als ich durch den schmalen Flur zu Archers Büro laufe. Ich klopfe gar nicht erst an, sondern öffne direkt die Tür.

„Das waren nur 20 Minuten."

„Freut mich auch, dich zu sehen" antworte ich sarkastisch.

„Sorry, ich habe hier ein Problem mit – ach weißt du was, das Problem ist auch in einer halben Stunde noch da. Wir machen jetzt Mittagspause", unterbricht er sich selbst und klappt den Laptop zu.

„Gute Entscheidung", antworte ich und setze mich ihm gegenüber an den Schreibtisch. „Die Frühlingsrollen und die Nudeln, der Herr, und natürlich der Eistee."

362

Just in diesem Moment knurrt Archers Magen. Ich schmunzle und packe mein eigenes Mittagessen aus.

„Verdammt, das wurde Zeit, danke", antwortet er hungrig und nimmt die Essstäbchen aus der Papierverpackung. Er seufzt auf, als er von der ersten, dampfenden Frühlingsrolle abgebissen hat und lehnt sich nach hinten.

„Schmeckt's?", frage ich belustigt. Er nickt mit geschlossenen Augen und kaut genüsslich weiter. Amüsiert sehe ich ihn an, ehe ich selbst ebenfalls anfange zu essen.

„Seit wann bist du im Büro?", frage ich irgendwann. Er zuckt mit den Schultern. „Heute Morgen."

„Also warst du schon wieder früher hier, als du müsstest", schlussfolgere ich. Sonst hätte er die exakte Uhrzeit geantwortet.

„Und wenn schon."

„Du solltest nicht immer so viel arbeiten."

„Und wer soll es dann tun?", fragt er mich.

„Du brauchst dringend einen Kollegen", antworte ich ihm.

Ich räume die Kartons zusammen und mache seinen Schreibtisch wieder frei. Plötzlich steht Archer auf. Irritiert sehe ich ihn an. Er geht wortlos um den Schreibtisch zu mir, legt einen Arm um meine Taille und zieht mich zu sich heran.

„Was…"

Er küsst mich. Bestimmend, verlangend, heiß. Ich keuche auf, erwidere den Kuss und lege meine Arme um seinen Nacken.

„Was wird das?", frage ich leise gegen seine Lippen.

„Was denkst du denn?", möchte er wissen und lächelt, bevor er mich wieder küsst. Herr Gott, wie sollte ich dabei nicht augenblicklich hart werden? Archer presst meinen Körper an seinen. Er entscheidet, dass wir beide ein paar kleine Schritte nach hinten gehen und ich die Kante seines Schreibtisches an meinem Hintern fühle. Als er dann anfängt, Küsse auf meinem Hals zu verteilen, lässt meinen Verstand vollkommen abschalten. Ich seufze und lege meinen Kopf zur Seite. Seine Lippen liebkosen meine Haut und reizen mich von Sekunde zu Sekunde mehr. „Love...", murmle ich und vergrabe meine Finger in seinen Locken.

„Ich will dich, Elliot."

„Mhm..."

„Darf ich?"

„Du meinst..."

„Ich will dich vögeln", unterbricht er mich und leckt sich über die Lippen. Er mustert mich und ich spüre, dass er hart ist. Sein Schwanz drückt durch seine Hose gegen meine Hüfte und mein Herz überschlägt sich einmal. „Was hast du hier?"

„Alles, was wir brauchen."

Ich überlege, aber dann nimmt mir die Lust in meinem Körper die Entscheidung ab. „Mach!"

Er küsst mich, leckt über meine Unterlippe und unsere Zungen tanzen. Er weiß ganz genau, wie er mich küssen und wie er mich anfassen muss, damit ich innerhalb weniger Sekunden vollkommen wahnsinnig werde. Auf einmal hebt er mich hoch und instinktiv schlinge ich meine Beine um ihn. Er geht zur Tür und schließt ab. Er drückt seine Lippen erneut auf meine und küsst mich innig. Anstatt mich auf dem Schreibtisch niederzulassen, wie ich es dachte, stehe ich mit den Füßen auf dem Boden, als er mich herunter lässt. Augenblicklich zieht er mir mein Shirt über den Kopf und öffnet meine Hose. Bis ich die Knöpfe seines Hemdes geöffnet habe, bin ich bereits nackt. Archer öffnet seine Hose selbst und setzt sich auf seinen großen Schreibtischstuhl. „Komm her."

„Du willst das ich dich reite?", frage ich lächelnd. Er nickt und öffnet die unterste seiner Schubladen. Ganz hinten drin ist eine Tube Gleitgel. Ich beiße mir voller Vorfreude auf die Unterlippe und klettere auf seinen Schoß. Seine Finger streichen über meinen Rücken, meine Taille und meine Hüfte. Ich erschaudere und küsse lächelnd seinen Hals und seine Schultern. Das Hemd hängt schief an ihm herab, aber das macht es nur noch heißer.

„Mhm…" Ich schnappe nach Luft, als er vorsichtig den ersten Finger in mich drückt und klammere ich mich an ihn.

„Okay?"

„Mhm… ja." Ich nicke und er weitet mich. Dabei küsst er mich immer wieder sinnlich und leidenschaftlich. Unsere Schwänze reiben aneinander und alles in mir verlangt nach ihm. Jetzt sofort. Mein Freund legt seine Hände an meinen Hintern und zieht mich in Position. Mit einer Hand greife ich um seinen harten Schwanz und platziere ihn unter mir. Langsam lasse ich mich auf ihn nieder. Es tut weh, aber die Lust überwiegt.

„Love…", murmle ich und lege meine Stirn gegen seine, als er fast vollkommen in mir ist. Archers Blick fängt meinen und er stößt seine Hüfte nach oben. Ich schnappe nach Luft. Heilige Scheiße!

„Reite mich." Seine Hände an meiner Hüfte kontrollieren die Bewegungen, stützen mich ein wenig und vor allem schenken sie meinem Schwanz keine Aufmerksamkeit. Meine inzwischen feuchte, empfindliche Spitze reibt über seinen trainierten Bauch und ich stöhne immer wieder.

„Verdammt, ist das scharf", höre ich ihn sagen, als ich schneller und fester werde. Mit einer Hand halte ich mich an seiner Schulter fest, meine andere Hand befindet sich in seinen Haaren. „Oh fuck… oh Archer!", stöhne ich und drücke den Rücken durch.

„Stopp!"

„Was?" Perplex sehe ich ihn an und halte in meiner Bewegung inne. „Stopp? Was ist los?"

Archers Hände streichen über meinen Oberkörper. Er sagt nichts, hebt mich von sich herunter und bevor ich erneut fragen kann, drückt er mich an den Schreibtisch.

„Archer – ah!"

Er dreht mich ruckartig um und presst meinen Oberkörper hinunter auf die kühle Platte. Mit seinen eigenen Füßen zwischen meinen spreizt er meine Beine und mit den Händen an meiner Hüfte zieht er meinen Hintern weiter nach oben.

„Fuck, Elliot…", höre ich ihn mit rauer, tiefer Stimme sagen. Er streicht über meine Haut hoch zu meinem Rücken und ich seufze auf. Ich liebe es, wenn er mich so anfasst. Seine Spitze berührt dabei die ganze Zeit meinen Hintern und ich strecke mich ihm auffordernd entgegen. Er bemerkt es, geht aber nicht darauf ein. Stattdessen spüre ich weiterhin seinen Blick auf meinem Körper.

„So schön", sagt er leise und ich lächle glücklich.

„Oh Gott!" Ohne Vorwarnung stößt er in mich, hart, tief. Ich klammere mich an die Kante seines Schreibtisches. Mit einer Hand an meiner Hüfte und der anderen zwischen meinen Schulterblättern kann ich mich nicht viel bewegen. Fast gar nicht. Er fickt mich. Immer wieder trifft er tief in mir meinen süßen Punkt und katapultiert mich in Höhen, die ich so nicht kannte. Er küsst meinen Rücken und meinen Nacken.

„Meins", haucht er gegen meine Haut und knabbert an einer Stelle unter meinem Ohr, die mir die Knie weich werden lässt.

„Nur meins."

Ich höre ihn, seine Lust, seine Ekstase und als ich merke, wie er in mir kommt und mich durch seinen Höhepunkt vögelt, fliege ich. Zeitgleich umfasst er meinen zuckenden Schwanz, rollt seinen Daumen wieder und wieder über meine Spitze und intensiviert meinen Orgasmus bis aufs Äußerste.

„Heilige Scheiße", murmle ich außer Atem und richte mich mit zitternden Beinen wieder auf. Archer hat sich zurück auf seinen Schreibtischstuhl gesetzt und sich eine Packung Taschentücher geschnappt. Er legt sanft eine Hand an meine Hüfte und zieht mich zu sich. Mein Freund säubert mich und drückt einen

Kuss auf meine V-Linie, bevor er zu mir hochsieht. „Danke für das Essen.“

35. Kapitel

Dass Archer nicht mit mir darüber spricht, weswegen er im Augenblick derart gestresst ist, ist mir nicht neu, aber das bedeutet nicht, dass ich mich nicht nach wie vor frage, was der Grund dafür ist. Er geht mir aus dem Weg. Mittlerweile bin ich mir ziemlich sicher. Auch jetzt, einige Tage später, hat sich die Stimmung zwischen uns nicht geändert, von der einen Mittagspause abgesehen. Er verlässt das Haus, bevor ich gefrühstückt habe, er arbeitet abends und verzieht sich dazu ins Arbeitszimmer und er küsst mich selten. Er kocht nach wie vor für uns, aber wir essen kaum noch zusammen. Immer kommt etwas dazwischen. Ich sehe zu meinen Teamkollegen. Wir sitzen gerade im Flughafen von Atlanta und warten darauf, in den Flieger einsteigen zu können. Archer steht bei Drew. Ich habe mich einige Meter entfernt von den anderen auf einen der Flughafensitze fallen gelassen.

„Und du bist dir sicher, dass er nicht einfach nur gestresst ist?", fragt Neo, nachdem ich ihm die letzten Tage beschrieben habe.

„Wir hatten das letzte Mal vor einer Woche Sex."

„Das ist für euch zwei recht lange, oder?", schlussfolgert Neo.

„Allerdings", stimme ich zu. „Das ist untypisch. Merkwürdig."

„Willst du mir jetzt sagen, dass du untervögelt bist?"

„Nein. Also doch, auch, aber darum geht es nicht", entgegne ich. „Es ist ja nicht so, als hätte ich nicht versucht, ihm nahezukommen, aber er blockt ab. Mal ist er zu müde, mal hat er noch zu tun, mal ist er nicht in Stimmung. Kein Kuscheln, keine Küsse. Nichts", fasse ich zusammen. „Es ist untypisch für uns. Nicht einmal bei den letzten Auswärtsspielen ist abends etwas gelaufen", merke ich an.

„Ihr müsst ganz dringend miteinander sprechen."

„Wie soll ich das anstellen?"

„Er ist dein Freund, nicht meiner."

„Hilfreich, Neo, wirklich", entgegne ich trocken.

„Setz dich im Flieger zu ihm, da kann er nicht weg", schlägt er vor.

„Mhm. Mal schauen. Hast du die Tickets bekommen?", frage ich dann.

„Ja. Ich soll dir Ricks Dank ausrichten." Rick, der Schauspieler, der damals bei der Gala bei uns am Tisch saß, und Neo daten sich inzwischen. Es scheint gut zwischen ihnen zu laufen.

„Ach was, schon okay."

„Wann kommst du an?"

„Wir sollten in ein paar Minuten in den Flieger steigen", antworte ich und schaue auf die Uhr. „Wieso?"

„Du hast danach noch Zeit, oder?"

„Eine Stunde, vielleicht zwei."

„Wir könnten Mittagessen gehen", schlägt er vor. „Ich muss heute nicht arbeiten."

„Lass mich raten. Dir schwebt schon vor, wo wir essen gehen", grinse ich wissend.

„Natürlich", antwortet er sofort. „Schreib mir einfach, ob das zeitlich bei dir passt. Ich hole dich im Hotel ab. Und dann besprechen wir, wie du und Archer eure Beziehung wieder auf die Reihe bekommen könnt."

„Okay, bist später", stimme ich zu. Es sind zwar nur eineinhalb Stunden, die ich mir für das Mittagessen nehmen kann, aber das sollte reichen. Als wir in den Flieger gehen, setzt Archer sich zielsicher zu Drew und Coach Warren in die Reihe. Dort ist kein Platz mehr frei. Er bemerkt nicht, dass ich ihn kurz fragend ansehe. Seufzend lasse ich mich auf einen freien Platz fallen. Man könnte meinen, wir kennen uns überhaupt nicht mehr. Ich muss an heute Morgen denken. Archer hat mich geküsst. Das tut er jeden Morgen. Aber seitdem ich ihn letztens daran erinnert habe, mich zu küssen, bevor er aus der Tür gegangen ist, ist es anders. Der Kuss ist zu einem Punkt auf seiner morgendlichen To-Do-Liste geworden. Im Hotelzimmer angekommen, gehe ich geradewegs auf die Zwischentür zu. Sie ist verschlossen. Was? Irritiert versuche ich erneut, sie zu öffnen. Vergeblich. Was ist denn jetzt los? Ich schnappe mir meine Zimmerkarte und gehe auf den Flur. Gerade, als ich zum Nachbarzimmer gehen und klopfen möchte, sehe ich Archer auf der anderen Seite des Ganges. Er öffnet ein Zimmer und tritt mit seiner Reisetasche über der Schulter ein. Wir haben keine nebeneinanderliegenden Zimmer? Wieso das nicht? *Bestimmt hat es diesmal nur nicht geklappt. Ein blöder Zufall.* Wer's glaubt. Ich gehe zurück, schnappe mir meine Sachen und laufe hinunter ins Foyer.

Ich stehe unten, bist du schon da?

Neo: 5 Minuten :)

Ich setze mich auf eins der Sofas und warte.

„Elliot?"

Ich sehe überrascht zur Seite. „Hi."

„Auf was wartest du? Hast du deinen Zimmerschlüssel nicht bekommen?", fragt Archer mich irritiert.

„Doch, alles gut. Was machst du hier?"

„Mir das WLAN-Passwort holen", antwortet er und deutet mit dem Kopf zur Rezeption. „Ihr habt doch noch frei, oder nicht? Habe ich etwas verpasst?"

„Nein, hast du nicht, ich…"

„Elliot!" Ich sehe nach vorne. Neo kommt durch die Eingangstür und winkt lächelnd.

„Hallo Archer", sagt er dann. Archer sieht zu mir. „Ihr seid verabredet?"

„Wir gehen Mittagessen", antworte ich schulterzuckend.

„Du hast mir nichts gesagt", meint Archer. Ich kann seinen Tonfall nicht deuten.

„Wir haben das spontan beschlossen", antwortet Noah ihm. „Erst vorhin, bevor ihr losgeflogen seid."

Archer nickt versteckend. „Okay… dann bis später." Er dreht sich auf dem Absatz um und verschwindet in Richtung der Aufzüge.

„Eisklotz", meint Neo leise und ich sehe Archer nach. „Ist das die ganze Zeit so schlimm?", möchte er wissen.

„Lass uns los, wir haben nicht allzu viel Zeit", antworte ich und wir verlassen das Hotel. Neo führt mich in ein kleines, abgelegeneres Restaurant.

„Unsere Zimmer liegen nicht nebeneinander", sage ich, als wir uns gesetzt haben.

„Meinst du, das hat er extra getan?" Noah weiß, dass es sonst anders ist und wir normalerweise immer eine Zwischentür zwischen den Zimmern haben.

„Keine Ahnung. Jedes Mal, wenn ich mit ihm sprechen will, blockt er ab. Ich weiß nicht einmal, was ich getan haben könnte."

„Da fragst du den Falschen. Dass er gerade nicht begeistert davon war, dass wir essen gehen, hat mich nicht überrascht, aber der Rest? Keine Ahnung." Er reicht mir die Karte. „Rick hat sich übrigens extra einen Schal von *Lightning* bestellt", lenkt Neo das Gespräch auf ein anderes Thema. Überrascht sehe ich ihn an. „Ich hätte gedacht, dass er für New York ist."

„Doch nicht, wenn wir von *Lightning* eingeladen werden", lacht Neo und schüttelt den Kopf. „Wenn ihr euch heute Abend gut anstellt, könnte ich mir sogar vorstellen, dass er den Schal morgen nicht wieder umtauschen wird."

371

„Arschloch."

„Auch mal da."

„Ich bin pünktlich", antworte ich verwundert und sehe kurz auf mein Handy. Archer nickt und blickt zur Tür. „Ist Noah nicht hier?"

„Wieso sollte er?"

„Hätte ja sein können", antwortet Archer trocken und geht in Richtung Innenraum der Arena. Irritiert sehe ich ihm nach. Was war das denn? Ich laufe ihm hinterher. Glücklicherweise erreiche ich ihn, kurz bevor er die letzte Tür öffnet, die ihn vom Innenraum trennt.

„Ist es, weil wir Essen waren?"

„Was?"

„Bist du deswegen so…"

„So *was*?"

„Angepisst."

„Ich bin nicht angepisst, ich muss arbeiten", antwortet er und möchte die Tür öffnen, aber ich halte sie zu. „Wen willst du verarschen, Archer?"

„Lässt du mich jetzt bitte durch?", fragt er genervt und sieht mich abwartend an.

„Kann es sein, dass du ein Problem damit hast, dass Noah und ich uns wieder anfreunden?"

„Hatten wir das Thema nicht schon ungefähr ein Dutzend Mal?"

Fragend sehe ich ihn an. „Nein, ich habe nichts dagegen. Kann ich jetzt in die Halle? Bitte?"

„Und was verhagelt dir sonst die Laune?"

„Ich bin gestresst. Wieso soll ich mich rechtfertigen?"

„Das ist Bullshit und das weißt du. Du bist schon seit Tagen so drauf. Seit Wochen", entgegne ich. *Wenn er denkt, ich lasse jetzt locker, kennt er mich aber schlecht.*

„Elliot im Ernst, ich muss arbeiten. Ich weiß nicht, was du gerade von mir willst, aber ich muss in diese Halle und du musst zu deinem Team. Also bitte hör auf mit diesem Unsinn", antwortet er mit fester Stimme und durchdringendem Blick. Ich mache einen Schritt zurück und lasse die Tür wieder los.

„Eine Frage habe ich noch."

„Und zwar?"

„Wieso sind unsere Zimmer nicht nebeneinander?"

„Hat nicht geklappt. Es war doch klar, dass das mal vorkommen wird." Ich sehe ihn stumm an und er seufzt. „Du glaubst mir nicht."

„Nein. Irgendwie nicht."

„Ich kann es jetzt nicht ändern, Elliot, und außerdem ist es doch sowieso nur noch für eine Nacht. Wieso ist das schlimm?"

„Du hättest es mir sagen können", bemerke ich.

„Ja hätte ich."

„Habe ich etwas getan?", möchte ich wissen. Er sieht mich verwundert an. Aber er schweigt. Ich blinzle ein paar Mal, als ich verstehe, was das bedeutet. „Was soll ich bitte getan haben? Bist du deswegen die ganze Zeit so mies drauf?" Er schweigt erneut. „Archer, verdammt! Rede mit mir und sag mir, was ich getan habe."

„Das weißt du ganz genau."

„Bitte?"

„Du weißt es, Elliot. Und du solltest wissen, dass ich es auch weiß."

„Wovon sprichst du?!"

„Wir… du musst zu deinem Team. Und ich muss arbeiten", sagt er leiser und ich bemerke, dass seine Stimme zittert.

„Love?", frage ich besorgt und nehme vorsichtig seine Hand, aber augenblicklich zieht er sie weg. „Nicht hier. Es könnte jemand sehen." *Hier ist weit und breit niemand.* Er strafft die

Schultern und bevor ich reagieren kann, verschwindet er durch die Tür in den Innenraum der Arena.

36. Kapitel

Ich bin unkonzentriert. Im ersten Drittel verpatze ich es ganze dreimal, den Puck vernünftig anzunehmen. Ich setze mich auf die Bank und sehe bereits aus dem Augenwinkel, dass Coach Warren augenblicklich auf mich zukommt. „Was ist los, Leighton?"

Ich schüttle den Kopf. „Alles gut."

„Sicher? Das sieht nicht danach aus."

„Alles gut, Coach. Versprochen", betone ich erneut und atme lautlos erleichtert auf, als er wieder zurück geht.

„Du hast gelogen."

„Lass gut sein, Ian", entgegne ich genervt und verfolge das Spiel. Es steht 1:1. Er zögert, entscheidet sich dann aber dazu, nichts mehr zu sagen. Ein Glück. In Gedanken gehe ich immer wieder die letzten Wochen durch. Ich weiß nicht, was ich getan haben könnte, das Archer derart gegen den Strich geht. Ich verstehe es nicht und das macht mich wahnsinnig. Meine Reihe ist wieder dran. Wir springen über die Bande und Kenny spielt den Puck zu mir. Ich nehme an, rase nach vorne und spiele den Puck wieder ab. Daneben.

„Konzentrier dich!", sagt Kenny zu mir, als er an mir vorbeifährt. *Ich versuche es.* Es klappt nicht. Es ist ein Desaster. Kenny spielt zu mir und ich aufs Tor. Daneben. Wenn ich nicht vorbeigeschossen hätte, wäre der Puck im Kasten gewesen. Garantiert. *Verdammte Scheiße!* Fluchend lasse ich mich auf die Bank fallen. Auch die nächste Runde ist nicht besser. Nein, es ist noch schlechter. Ich verliere den Puck an einen Gegenspieler und *zack.* Gegentor.

In der ersten Pause steht Coach Warren mit verschränkten Armen vor uns in der Kabine. „Ihr spielt so schlecht, wie seit Monaten nicht mehr!", regt er sich auf. Ich sehe auf den Boden.

Kurz habe ich zu Archer geblickt, oder ich wollte es, aber er ist nicht hier.

„Ich muss mal eben weg. Bin sofort wieder da", unterbreche ich unseren Coach und verschwinde aus der Kabine. So schnell wie es auf normalem Boden mit meiner Ausrüstung eben geht, laufe ich durch die Flure auf der Suche nach meinem Freund. Fast wäre ich dran vorbeigelaufen. Ich stocke in meiner Bewegung und sehe in den Raum zu meiner Linken.

„Archer?" Seine Schultern hängen nach unten, er sitzt mit dem Rücken zu mir auf der Liege im Sanitätsraum. Ich gehe durch die Tür und schließe sie hinter mir. „Archer?"

Er zuckt nicht einmal. Ich mustere ihn einen Moment lang. „Was machst du hier? Musst du nicht arbeiten?", frage ich. Plötzlich lacht er, bitter und freudlos. „Oh, ja. Ich müsste arbeiten."

„Soll ich wieder fragen, was los ist, oder sagst du es mir diesmal so?"

Er schüttelt den Kopf und seufzt. Ich gehe um die Liege und sehe ihn an. *Moment, was?* Perplex sehe ich ihn an. Seine Wangen sind nass und ich höre ihn leise schniefen.

„Love?", frage ich leise und mustere ihn. Er antwortet mir nicht. Ich gehe vor ihm in die Hocke und versuche, seinen Blick zu fangen, aber er weicht aus.

Eine Weile ist es still zwischen uns. Die Stimmung ist zum Zerreißen gespannt und ich weiß, dass ich nicht wieder aufs Eis gehen kann, ohne zu wissen, was in der Luft liegt. Archer spielt mit seinem Diensthandy. Er dreht es nervös zwischen seinen Fingern und wischt sich zwischendurch über die Wangen. Ich habe das Bedürfnis, ihm die Tränen wegzuwischen, aber ich bin mir sicher, dass ihm das nicht recht wäre.

„Schläfst du wieder mit ihm?"

„Was?"

Irritiert sehe ich ihn an. Archer sieht auf, er blickt mich direkt an. In seinen Augen stehen neue Tränen.

„Stehst du wieder auf Noah? Oder vögelt ihr nur? Oder beides?", möchte er wissen und atmet zitternd aus. Dann schüttelt er den Kopf. „Ich weiß nicht einmal, ob ich es wissen möchte."

„Bitte was?"

„Wenn du *ja* sagst, ist alles kaputt, aber wenn du nicht antwortest, dann…"

„Archer!", unterbreche ich ihn und lasse die letzten Sekunden Revue passieren. „Wie kommst du darauf? Wieso denkst du, dass Neo und ich… was?!", frage ich sprachlos. Er schnieft und zuckt mit den Schultern. „Ich hätte das nicht tun sollen."

„Was nicht tun sollen? Mir sagen, was los ist? Das ist es doch, was dir seit Wochen den Kopf zerbricht, oder nicht? Wie kommst du darauf, dass ich mit Neo schlafe?!"

Er zögert.

„Bitte, Love, rede mit mir", versuche ich es erneut, diesmal ruhiger.

„Vor ein paar Wochen… uhm… dein Wecker hat geklingelt und du hast noch geschlafen und… ich wollte nicht schauen, aber da war diese E-Mail von Noah und er hat geschrieben… er hat was über euren Kuss geschrieben und die Gala und…" Er weint stärker und mein Herz zieht sich schmerzhaft zusammen. „Und dann… ich bin früher nach Hause gekommen, weil ich dachte, ich überrasche dich mit einem Dinner und du warst nicht da." *Wann?* „Und als ich dich angerufen habe… hattest du da Sex mit Noah?", möchte er wissen.

„Wovon sprichst du?"

„Ich habe es doch gehört", meint er und schnieft erneut. „Und du hast mir die Nachricht geschickt, nicht ihm", fügt er dann hinzu. „Und jetzt trefft ihr euch wieder und geht essen und…" Seine Stimme bricht.

„Welches Telefonat?", möchte ich wissen. „Wann soll das gewesen sein?"

„Am gleichen Tag wie die E-Mail", antwortet er mir leise.

„Die E-Mail...", überlege ich. „Und welche Nachricht?" Er zieht sein Handy aus der Hosentasche und dreht es kurz danach mit dem Bildschirm zu mir.

Schatz: Aber dann werde ich wieder Neo zu dir sagen! Immerhin bist du endlich wieder Teil meines Lebens :)

„Das habe ich dir geschickt?"

„Hast du. Und du hast es nicht einmal bemerkt."

„Ich war betrunken", weiche ich aus, aber er schüttelt den Kopf. „Du hast es auch nicht am nächsten Tag bemerkt."

Ich streiche mir die Haare nach hinten und versuche, meine Gedanken zu ordnen. „Du denkst, ich schlafe mit Neo."

„Ich will es nicht denken, aber das Telefonat... und alles andere... und du hast mir nicht gesagt, dass ihr wieder so engen Kontakt habt."

„Glaubst du mir, wenn ich dir sage, dass ich seit Monaten nur mit dir schlafe? Und es auch nicht ändern möchte?", frage ich ihn und versuche, nicht durchzudrehen.

„Ich möchte es dir glauben", antwortet er. „Es spricht so viel dagegen", murmelt er. „Kannst du es mir erklären? Ich weiß, ich sollte dir vertrauen und dich nicht bitten, dich rechtfertigen zu müssen, aber..." Er spricht nicht weiter. Ich sehe mich um und entdecke auf dem Beistelltisch eine halbleere Packung Taschentücher. Ich stehe auf, greife sie und reiche meinem Freund eins. Dann hocke ich mich wieder vor ihn und nehme eine seiner Hände in meine. Er zieht sie nicht zurück.

„Ich schlafe nicht mit ihm. Wir sind Freunde. Vielleicht ist er im Moment sogar mein bester Freund", fange ich an. „Archer, ich will dich. Wieso sollte ich jemand anderen haben wollen, wenn ich dich haben kann?"

Er zuckt mit den Schultern.

„Der Anruf… es klingt super bescheuert, nur als Vorwarnung", merke ich an. Er nickt und fordert mich auf, weiterzusprechen. „Nachdem du mir geschrieben hast, dass du länger im Büro bleibst, hatten wir wieder Training. Eigentlich hatte Ian einen Termin bei Lorena, aber irgendwas ist dazwischengekommen. Jedenfalls war Warren *unfassbar gut drauf* und das Training entsprechend hart", erzähle ich weiter. „Deswegen war Ian so nett und hat mir seinen Termin überlassen. Das, was für dich danach klang, dass ich Sex hatte, war Lorena, die meine Muskeln davor gerettet hat, am nächsten Morgen nicht mehr funktionstüchtig zu sein. Ich lag auf der Massagebank, Love. Das ist alles. Und dass ich dir die Nachricht geschickt habe, ist wohl ein blöder Zufall gewesen. Ich hab viel getrunken im Hattrick's. Wir haben Trinkspiele gespielt. Und das Essen heute Mittag? Wir sind Freunde, mehr nicht, ich verspreche es dir."

„Du warst bei Lorena? Und hast auf ihrer Liege gestöhnt?"

„Glaubt mir, das würdest du auch, wenn du mal bei ihr auf der Liege wärst", antworte ich ihm sofort. „Frag sie, oder Ian oder Noah. Ruf ihn an oder geh direkt zu ihm. Er sitzt im Block über der Box in Reihe sieben", schlage ich vor. Archer schüttelt den Kopf. „Du war bei Lorena."

„Ja."

„Ihr hattet auf der Gala nichts?"

„Scheiße, nein!"

Er seufzt und wischt sich wieder über die Wangen. „Es tut mir leid." Er streicht mit dem Daumen über meinen Handrücken. „Ich hätte dir vertrauen sollen. Müssen. Ich dürfte nicht daran zweifeln, dass du mir treu bist."

Er spricht genau das aus, was ich die ganze Zeit denke, aber in den Hintergrund schiebe. „Es gab… Anzeichen. Ich weiß nicht, was ich in so einer Situation gedacht hätte."

Er schüttelt den Kopf. „Nein, ich hätte dich einfach direkt fragen sollen. Und außerdem war es scheiße, dass ich deine E-Mail gelesen habe", fügt er hinzu. Ich lache. Verwirrt sieht er mich an.

„Archer, du kannst alle meine E-Mails lesen. Ich verheimliche dir nichts!", grinse ich. „Oh, außer wenn eines Tages E-Mails von Juwelieren oder so kommen. Die öffnest du bitte nicht", füge ich ernst hinzu und seine Augen werden groß. „Du verarscht mich doch!"

„Irgendwann. Nicht jetzt", betone ich. „Aber irgendwann." Archer streicht durch meine Haare. Mein Helm liegt in der Umkleide auf meinem Platz.

„Ich liebe dich, Elliot. Ich habe dich überhaupt nicht verdient."

„Jetzt wirst du kitschig", antworte ich schmunzelnd. Und schiebe meine Finger zwischen seine. „Ich liebe dich auch."

Er lehnt seine Stirn gegen meine. „Es tut mir leid." Ich nicke leicht. „Ich wollte nie an dir zweifeln, oder an uns", wiederholt er und ich höre, wie sehr sein Gewissen gerade an ihm nagt.

„Okay", antworte ich leise und lege eine Hand an seine Wange. *Nass.*

„Oh, Love", flüstere ich und rücke ein Stück zurück, um ihn anzusehen.

„Sag nicht, dass es dir nicht wehtut."

„Tut es, aber wir haben doch geredet?"

„Ich hätte früher zu dir kommen sollen. Viel früher", beteuert er erneut. „Scheiße, ich habe wirklich gedacht, du betrügst mich."

Er schließt die Augen und mir wird etwas klar. „Vor ein paar Tagen... mittags in deinem Büro...", fange ich zögerlich an. Archers Gesichtsausdruck nach zu urteilen, weiß er, worauf ich hinauswill.

„Ich weiß nicht, was über mich gekommen ist", antwortet er mir.

„Mir hat es gefallen, versteh das nicht falsch, aber jetzt, wo ich weiß, was du die ganze Zeit über dachtest – oder befürchtest hast – uhm…" Ich weiß nicht, wie ich es formulieren soll, aber ihm ist bereits klar, was ich versuche zu sagen.

„Ich denke, ich war so…"

„Dominant?"

„Besitzergreifend", korrigiert er nachdenklich. „Ich denke, ich war so besitzergreifend, weil ich Angst hatte, du entscheidest dich gegen mich und für Noah", erklärt er mir. „Es kommt mir vor, als hätte ich dich letzte Woche im Büro benutzt." Er zieht sich ein Stück zurück, aber ich lasse seine Hand nicht los.

„Glaub mir, du hast mich auf die beste Art und Weise benutzt", schmunzle ich. „Im Ernst, meinst du, ich hätte das mitgemacht, wenn ich es nicht gewollt hätte? Natürlich sehe ich es jetzt anders, weil ich jetzt weiß, wieso du mich auf diese Art und Weise… genommen hast, aber ich vergebe dir. Ich werde wahrscheinlich nicht allzu bald die nächste Dummheit begehen und doch vergibst du mir kurz danach auch wieder", versuche ich ihn zu überzeugen. „Und wenn es dir dann besser geht, darfst du gerne eine Entschuldigung organisieren", schlage ich vor. Fragend und etwas verwundert sieht er mich an. „Ein Date, ein Dinner, irgendetwas in dieser Richtung." Er blinzelt ein paar Mal. „Ist das dein Ernst?"

„Hast du überhört, dass ich plane, dich irgendwann zu heiraten?", entgegne ich belustigt. Archers Mund öffnet sich ein kleines Stück, aber kein Ton entweicht seiner Kehle. Ich streiche über seinen Handrücken und führe seine Hand an meinen Mund, um seine Fingerknöchel zu küssen.

„Du meinst das ernst?", haucht er ungläubig.

„So überraschend?"

„Ich weiß nicht… ich…", stottert er. „Ich dachte, das hättest du gesagt, weil wir streiten… oder so etwas."

„Wir streiten?"

„Nein. Du weißt doch, was ich meine", antwortet er schulterzuckend und lächelt schief. „Wir heiraten?"

„Erst werde ich dir einen Antrag machen."

„Du machst mir den Antrag?"

„Es sei denn, du hattest dir schon etwas überlegt und geplant, dann tu dir bitte keinen Zwang an", antworte ich und höre ihn daraufhin endlich wieder laut lachen. Lächelnd sehe ich ihn an.

„Alles wieder gut?"

Er fängt meinen Blick und lächelt. Dann nickt er. „Ja. Deine Entschuldigung bekommst du trotzdem noch", kündigt er an.

„Küss mich."

Archer steht auf, zieht mich zurück auf die Füße und küsst mich. Er küsst mich innig, liebevoll, hingebungsvoll, sehnsuchtsvoll. Mein Herz randaliert. Ich presse mich an ihn und seufze leise auf, als ich seine Zunge an meiner spüre. Danach sehe ich ihn an und zupfe seine Locken zurecht. Archer küsst mich wieder. Und wieder. Und wieder. Lachend drücke ich ihn von mir weg. Und doch fängt er mich wenige Sekunden später in einem Kuss.

„Das kann doch nicht euer Ernst sein!"

Erschrocken fahren wir auseinander und sehen zur Tür des Sanitätsraumes. Drew steht dort und sieht uns entgeistert an. Erst jetzt bemerkt er, dass es Archer ganz offensichtlich bis vor kurzem noch gar nicht gut ging. Seine Wangen sind rot, seine Nase ebenfalls und seine Augen verraten wie ein großes Leuchtschild, wie er vor wenigen Augenblicken noch ausgesehen haben muss.

„Was ist los?"

Mein Freund schüttelt den Kopf. „Nichts, schon gut."

„Und für *nichts* muss Elliot jetzt erklären, wo er das ganze zweite Drittel gesteckt hat", antwortet Drew trocken. Perplex nehme ich Archer das Handy aus der Hand und schaue auf die Uhr.

„Oh scheiße!", fluche ich und auch Archer blickt mich entgeistert an. „Das war doch niemals eine halbe Stunde, wir…"

„Doch, war es", unterbricht Drew ihn sofort. Er ist angepisst. Und gestresst. Und wütend. „Bewegt eure Ärsche und macht euren verdammten Job! Scheiße, ihr werdet euch echt etwas einfallen lassen müssen", brummt er. Mir ist eiskalt geworden und mein Herz ist in meine Hose gerutscht.

„Bis später, Love", sage ich leise und drücke ihm einen kurzen Kuss auf die Lippen, bevor ich Drew folge.

„Ich kann euch zwar bis zu einem gewissen Punkt decken, aber das hat wirklich den Vogel abgeschossen", sagt er, als wir den Gang entlang laufen. „Stell dir vor, es wäre Warren gewesen, der euch gefunden hätte", fügt er hinzu und ich schüttle sofort den Kopf.

„Das will ich gar nicht", murmle ich nachdenklich. *Was soll ich dem Team sagen?*

„Geht es Archer gut?", möchte Drew dann wissen. Ich bin etwas überrascht, antworte aber: „Ja, jetzt wieder."

„Okay", nickt er. Wir gehen in die Box zurück. Die Pause ist fast vorbei, als ich mich neben Ian und Duncan auf die Bank setze.

„Alter! Wo warst du?", fragen sie sofort. „Warren ist durchgedreht, als du nicht wiedergekommen bist", raunt Duncan.

„Ich musste etwas klären. Ich konnte es nicht aufschieben", antworte ich ausweichend. Drew spricht gerade mit Coach Warren, der mich kritisch mustert. Ich sehe wieder auf den Würfel und die dort angezeigte, ablaufende Uhr. Noch eine Minute, bis die Pause vorbei ist.

„Offiziell warst du übrigens beim Doc", meint Ian. *Wie ironisch. Ich war tatsächlich im Sani-Raum.* Warren steht plötzlich hinter mir. „Ich erwarte nach dem Spiel eine Erklärung, Leighton."
Ich nicke sofort. „Natürlich Coach."
„Gut. Und jetzt aufs Eis!"
Ich springe über die Bande und konzentriere mich auf das Spiel. Es klappt. Ich schieße wenig später ein Tor und erziele den Ausgleich. *3:3.* Als ich grinsend zu meinem Team sehe, steht Archer wieder hinter der Bank, hält die Kamera auf uns gerichtet und fasst sich ans Ohrläppchen. Ich grinse breiter und erwidere die Geste.

Das Spiel ist schnell und energiegeladen. Es sind noch drei Minuten bis zum Ende und nach wie vor hat sich am Spielstand nichts weiter geändert. In der Luft liegt eine ganz besondere Stimmung. Jeder weiß, dass es nicht in die Verlängerung gehen wird. Ein Team wird es schaffen, noch ein Tor zu schießen, das ist sicher. Die Frage ist nur, welches Team. Ich sitze auf der Bank, beobachte Ian, der mit dem Puck am Schläger nach vorne rast, aber an der Verteidigung New Yorks scheitert. Dann hält Lane einen Slapshot auf unser Tor mit Leichtigkeit und das Spiel geht weiter. Beide Teams werden immer ehrgeiziger. Die Schüsse werden härter und in der Halle wird es lauter. Ich springe über die Bande. Meine Reihe ist am Zug. Ich fange den Puck ab, spiele zu Lane, er spielt zu Kenny und er schießt aufs Tor. *Gehalten.* Ich nehme einem der New Yorker den Puck ab. Wir arbeiten uns wieder nach vorne, bis ich perfekt stehe. Ich schieße direkt aufs Tor. Das muss klappen. *Tut es nicht.* Ein Spieler des New-Yorker-Teams fängt den Puck ab. *Das darf doch nicht wahr sein!* Es sind noch zwei Minuten. 120 Sekunden Zeit, damit wir gewinnen können. Wir werden gewinnen. Wir werden das Eis heute als Sieger verlassen! Ich spiele zu Kenny, aber der Puck kommt nicht an. Wir sind wenige Meter vom Tor der New Yorker entfernt und ein Verteidiger schießt die Scheibe weg.

Anders.

Augenblicklich ist die Stimmung anders. Es war ein harter Schuss, quer über die Eisfläche. Unkontrolliert und hart. Es ist laut, ich höre die Pfeife des Hauptschiris und erstarre in meiner Bewegung, bevor ich sehe, was passiert ist. Mein Blut gefriert und mein Herz zieht sich zusammen, als ich es sehe.

Archer stand an der Bande, direkt an der Bande, um zu filmen. Der Puck hat ihn geradewegs getroffen. Ich sehe, dass er blutet. Mit glasigem Blick fasst er sich an die Wange. Er blinzelt ein paar Mal. Dann fällt er um.

Epilog

Meine Gedanken überschlagen sich und doch ist mein Kopf leer. Ich rase zur Bande, öffne die Tür und drücke mich an meinen Kollegen vorbei, die besorgt um Archer herum stehen. Ian geht einen Schritt zur Seite, damit ich zu ihm kann. Als ich ihn sehe, wird mir schlecht. Der Puck hat ihn direkt unterm Auge getroffen. Blut strömt über sein Gesicht und seine Augen sind geschlossen.

„Geht zur Seite!", höre ich Warren laut befehlen, aber stattdessen falle ich auf die Knie. „Archer… Archer komm schon!" Ein Puck kann bei einem Slapshot gut und gerne 130 km/h schnell sein. Oder mehr. So einen Schuss abzubekommen, tut jedem Eishockeyspieler weh, trotz der Schutzausrüstung. Archer hatte keine an. Keinen Helm. Nichts. Meine Handschuhe habe ich bereits auf dem Eis weggeschmissen, jetzt folgt mein Helm.

„Archer, verdammt, mach die Augen auf", bitte ich ihn und nehme zitternd seine Hand.

„Leighton, geh da weg!", höre ich Drew sagen. Es ist, als wäre die Welt um mich herum in Watte gepackt.

„Archer… Love…", sage ich immer wieder. Meine Wangen sind nass. Ich traue mich nicht, ihm durch die Haare zu streichen. Da ist so viel Blut.

„Elliot, geh zur Seite." Duncan. Es ist Duncan. Er nimmt meinen Oberarm und möchte mich wegziehen, aber ich schüttle ihn ab. „Nein!"

Dr. O'Doyle kniet sich hin und winkt die Sanitäter mit der Trage und einer Halskrause heran. Mit beiden Händen habe ich Archers umschlossen und sehe zu, wie ihm die Krause anlegt wird.

„Du musst ihn loslassen", sagt Ian leise, aber ich schüttle den Kopf. „Nein. Wieso wacht er nicht wieder auf?!", will ich wissen. O'Doyle sieht mich verwundert an. Jeder hier ist besorgt, aber niemand so sehr wie ich.

„Wir fahren hinterher", verspricht Drew mir leise. „Lass ihn los."

Zitternd lasse ich mich von Duncan und Ian auf die Beine ziehen. Es ist nicht daran zu denken, zurück aufs Eis zu kehren. Zumindest für mich nicht. Aber wir haben gewonnen. Es ging weiter? Ich bemerke, dass Gibson wohl ein Tor geschossen hat. Das Spiel ist vorbei. Wir haben gewonnen. Obwohl ich es gerade noch unbedingt wollte, könnte es mir jetzt nicht egaler sein.

„Los, zieh dich um", sagt Drew. Ian und Duncan folgen mir. Ich lege meine Ausrüstung ab und ziehe mir meine Sachen über. Mein Team kommt in die Umkleide und mustert mich kritisch.

„Was ist mir dir los?", fragt Gibson, aber ich antworte nicht. Das ganze Team fährt mit dem Bus geradewegs zum Krankenhaus. Gedankenverloren starre ich geradeaus, bis wir im Foyer stehen. Archer ist in Behandlung. Ich darf nicht zu ihm. Die Zeit vergeht schleichend und mein Bein zuckt unaufhörlich nervös.

„Was ist mit Leighton los?"

„Checkst du das?"

„Wieso tickt er wegen Swan so aus?"

Immer wieder höre ich mein Team diese Fragen murmeln. Ich sehe auf den tristen Boden zu meinen Füßen. Einige Leute sehen uns an. Wann kommt es schon einmal vor, dass ein ganzes NHL-Team im Wartebereich eines Krankenhauses sitzt?

„Das wird schon", sagt Ian leise und klopft mir auf die Schulter. „Archer ist tough, er übersteht das."

„Er ist nicht wieder aufgewacht", murmle ich leise. „Was ist… was ist, wenn…"

„Das wird nicht passieren", unterbricht Duncan mich. „Du wirst sehen, eine kleine Naht und er ist wie neu."

„Sehr optimistisch", höre ich den Goalie brummen.

„Nicht hilfreich, Lane", zischt Ian warnend. Meine Wangen werden erneut nass. Ich kann es nicht verhindern, ich versuche es auch gar nicht.

„Wieso heulst du so?", möchte Duckie wissen. Ich antworte nicht. Das Getuschel im Team geht weiter, es ist, als wäre ich wieder zwölf und in der Schule. Die ganze Welt hat es gesehen. Ich sollte erschüttert sein, besorgt, was jetzt passieren wird, aber es ist mir erstaunlich egal. Es ist mir vollkommen gleichgültig, denn das Einzige, was mir gerade Angst macht, ist Archer. Um ihn mache ich mir Sorgen. Die Schwestern und Pfleger gehen umher, ohne uns weiter zu beachten. Ich drehe den Pappbecher mit dem kalten Wasser in meinen Händen.

„Ich nehme an, Sie sind das NHL-Team?", höre ich plötzlich jemanden sagen und mein Blick schnellt nach oben. Eine Ärztin ist aus einer der Türen gekommen. Dass ich den Becher weggestellt habe, merke ich überhaupt nicht.

„Sind wir. Wie geht es Mister Swan?", fragt Coach Warren sie sofort und Drew stellt sich dazu, bevor ich es kann. Ich stolpere fast, aber nur wenige Sekunden später stehe ich neben unseren beiden Trainern.

„Mister Swan schläft wieder, aber er war gerade kurz wach. Er hat einen Jochbeinbruch und eine starke Gehirnerschütterung, aber das haben wir im Griff", erklärt sie und ein riesengroßer Stein fällt mir vom Herzen.

„Können wir zu ihm?", fragt Drew, aber die Ärztin schüttelt den Kopf. „Nur Familienangehörige. Vorerst."

„Bringen Sie mich zu ihm", fordere ich mit dünner Stimme und zitternden Knien.

„Hast du nicht gehört? Nur…", sagt Gibson, aber ich unterbreche ihn sofort. „Ich bin sein Verlobter. Ich muss zu ihm."

„Was?!", fragt Warren perplex. „Wieso sagst du so einen Schwachsinn, Leighton?!"

„Es stimmt, sie sind verlobt!" Ich wende mich nach links. Kenny ist zu uns getreten.

„Sind sie", stimmt Duncan zu und schließlich antwortet auch Ian: „Seit ein paar Wochen. Elliot hat ihm deswegen sogar einen Olivenbaum gekauft."

„Bringen Sie ihn zu Archer!", fordert Drew.

„Danke", sage ich leise, fast tonlos und folge der Ärztin. Mein Team lasse ich wortlos im Foyer zurück.

Fortsetzung folgt...

Archer wurde bei einem Spiel von einem Puck getroffen. Der Slapshot war so heftig, dass er sofort ins Krankenhaus gebracht wurde. Elliot hat nicht darüber nachgedacht, als er sich für Archer entschieden hat. Er musste zu ihm und der schnellste Weg war, sich vor seinem Team zu outen. Nachdem Elliot sein Team im Warteraum hat stehen lassen, muss er nun mit den Konsequenzen seiner Entscheidung leben. Wird er Eishockeyspieler bleiben oder war es das endgültig? Und wie geht es Archer, nachdem er am Spielfeldrand umgekippt ist?

LIGHTNING
The Hattrick

Hat dir das Buch gefallen?

Dann hinterlasse gerne eine Rezension bei:

Books On Demand, Thalia oder Amazon.de

Bibliografische Information der Deutschen Nationalbibliothek: Die
Deutsche Nationalbibliothek verzeichnet diese Publikation in der
Deutschen Nationalbibliografie; detaillierte bibliografische Daten
sind im Internet über http://dnb.dnb.de abrufbar.

© 2025 Lea Busch
Illustration: Lea Busch, Canva
Cover: freepik.com
Verlag: BoD · Books on Demand GmbH, Überseering 33,
22297 Hamburg, bod@bod.de
Druck: Libri Plureos GmbH, Friedensallee 273, 22763 Hamburg
ISBN: 978-3-8192-1171-3

FSC
www.fsc.org

MIX

Papier aus ver-
antwortungsvollen
Quellen
Paper from
responsible sources

FSC® C105338